사랑은 꽃입니다

사랑은 꽃입니다
양영수 소설집

목 차

작가의 말

사랑은 꽃입니다 · 9

가출기 · 25

회전목마를 타다 · 63

봄날 아지랑이 가물가물 · 91

서예교실 여인네들 · 125

그림자 따라잡기 · 147

꽃을 찾아서 · 201

꽁트 10편 · 245

해설
화해와 교감의 목소리_장두영(문학평론가) · 339

소설책 말미에 통상적으로 붙이는 '작가의 말'을 써내기가 어려웠던 것은, 잡동사니를 모은 것 같은 이 책의 내용 때문이다. 장편소설을 낼 경우라면 작품 주제에 관련하여 하고 싶은 말이 있을 터이니, 헷갈릴 이유가 없다. 나의 이번 소설집에는 중편소설이 두 편이고, 단편이 다섯인데다(요즘 엽편소설이라고도 하고 스마트소설이라고도 하는) 콩트가 열 편이나 된다. 도합 열일곱 개 작품인데다가 작품 크기만 다른 것이 아니라 주제나 소재의 출처가 매우 다양하니 단일한 화제를 찾기가 쉽지 않았던 것이다.

아무리 여러 종류의 소재라고 하지만, 한 사람 머리에서 나온 작품들이니까 뭔가 공통점이 있을 거라는 생각으로 다시 꼼꼼히 들여다 보았다. 아닌 게 아니라, 이 책의 작품들 가운데에서 공통점 하나를 발견하게 되었다. 표제작으로 고른 「사랑은 꽃입니다」가 실마리였다. 꽃이란 무엇인가. 꽃은 벌나비들을 불러들이는 힘을 갖고 있다. 벌나비만이 아니라 사람들도 꽃을 보면 다가가서 본다. 사람을 끌어당기는 꽃의 힘은 아름다운 자태이지만 벌나비들을 끌어당기는 힘은 꽃의 향기이다. 사람이 사람을 끌어당기는 힘은 어디에 있을까. 그것은 사랑이 아니겠는가. 물체가 물체를 끌어당기는 힘이 인력(引力, attraction)인 것과 같은 이치일 터이다. 심리학에서라면, 사람이 사람을 끌어당기는 힘에 대해 사랑보다는 욕구(慾求, need)라는 말을 더 좋아할 것 같다.

열일곱 편 작품들 가운데 꽃을 등장시킨 장면이 적지 않다는 것이, 유실된 지 오래된 보물이 찾아진 것처럼, 반가운 생각이 들었다. 무대 중앙에 나오지 않고 그냥 무대 한 쪽 구석의 소품으로 쓰인 것조차도 그랬다. 이만하면 '작가의 말' 화제로 올려도 좋지 않을까 싶었지만, 다음 순간 꽃의 이미지를 어떻게 그렸는지가 걱정 되었다. 아름답고 싱싱한 꽃이 나왔는지, 시들거나 초라한 꽃을 내놓은 것은 아닌지 갸우뚱해지는 것이었다. 아무려면 어떤가. 시든 꽃의 슬픔을 알아야 싱싱한 꽃의 소중함을 알게 될 것인즉, 그대로 내놓아 보기로 하였다.

사랑은 꽃입니다

저의 누이동생 현이는 샘이 많아서 남이 잘되는 걸 보면 속을
잘 태웁니다. 어릴 적부터 단짝처럼 지내던 자기 친구 하나가 한
국에서 대학을 마친 다음에 독일로 유학을 갔는데 현이는 그것을
무척 부러워했었지요. 그 친구는 집안이 가난하여 유학 기간 내
내 아르바이트를 해야 했고, 동거생활 중인 애인도 함께 고학을
했다고 하지요. 그네들은, 말하자면 고학생 예비부부처럼 살았던
모양인데, 저의 동생 현이에게는 이 모든 것이 시샘할 일이었던
것입니다. 그러니까 자기가 못 가는 유학을 갔다는 것이 부러웠
고, 맞벌이 부부처럼 동고동락하는 애인이 있다는 것이 부러웠던
것이지요. 그 유학생 커플이 이국땅에서의 고생을 이겨낼 수 있
었던 것은 서로 간의 극진한 사랑과 미래의 희망이 있었기 때문
에 가능했을 것이라고 짐작이 갑니다. 대학 다닐 때 어쩌다 만난
그렇고그런 남자와 결혼하여 평범한 전업주부가 되어있는 현이

입장에서는 샘을 낼 만도 한 일이지요. 저의 동생도 학생시절에는 독일 유학 갔던 그 친구 못지않게 우등생이었고 촉망받던 재원이었으니까요.

그런데 그 유학생 예비부부가 귀국해서 몇 해 세월이 지나는 동안에 저의 동생에게서 친구 시샘하는 이야기가 나오지 않게 되었다는 겁니다. 짐작이 가시겠지만, 동고동락하던 자기 친구네의 애인 관계가 행복한 결혼으로 이어지지 못했던 것이지요. 두 사람은 모두 박사학위를 받고 귀국한 후 저마다 괜찮은 대학에 교수 자리를 얻어 안정된 생활을 시작하였는데, 이상하게도 주위에서 기대하던 대로 결혼하지는 않았다는 것입니다. 그렇다고 두 사람 사이에 이렇다 할 다툼이 있었던 것도 아니고 다른 배필감이 새로 생긴 것도 아니었다는데 이런 모습을 보는 저의 동생의 반응도 이랬다저랬다 했지요. 부러워하던 친구의 아름다운 로맨스가 결실을 보지 못한 것에 대해 안쓰러워할 때도 있었지만 그보다는 슬그머니 빈정댈 때가 더 많았던 것 같습니다. 남자와 여자 어느 쪽에 책임이 있는지에 대해서도 저의 동생은 이랬다저랬다 했지요. 남자로부터 매정하게 배신당한 여자만 억울한 것이라고 하길래 자기 친구 편을 드는구나 했더니, 때로는 자기 친구가 얼마나 박정하게 나왔으면 그렇게 알뜰하게 사랑하던 남자조차도 돌아서게 했을까 하고 오히려 남자 쪽을 두둔하기도 했습니다. 어쨌거나, 뭇 사람들의 입에 오르내리는 인정미담의 주인공으로 부상하였다가 용두사미 신세로 추락해버린 자기 친구의 처지에 대해 고소해 하는 듯한 현이의 표정이 어찌 그리 야박해 보였는지, 여자친구들의 우정이란 이런 것인가 하고 여성 폄하적인 확대해석까지 떠올라서 혼자 혀를 차기도 했지요.

아, 잠깐, 여기서 중요한 사실 하나를 말할 것이 있는데, 저의 동생 현이가 때때로 들려주는 자기 친구의 흉보기 수다를 듣던 중에 밝혀진 것은 문제의 커플 중에 남자는 바로 저의 고등학교 동창이었다는 것입니다. 손청학이라는 이름의 이 친구는 학생시절 나하고 퍽 가까운 사이는 아니었지만 그의 인품이나 버릇에 나무랄 데가 별로 없는 친구였다고 기억되고 있지요. 학년말에 수료식 할 때마다 우등상과 출석 개근상을 탈 뿐만 아니라, 누구와 싸우는 일은 고사하고 욕질이나 쌍말 한 번 하는 걸 본 적이 없는 그야말로 만사에 범생이었던 것이지요. 이같이 왕년에 범생이었던 친구가 사랑의 배신자가 되다니, 거기에는 필시 그럴만한 이유와 배경이 있을 것이라는 막연한 생각만이 들 뿐 그 이상으로 짚이는 것은 없었지요.

동생 친구인 여자와 저의 친구인 남자 사이의 어정쩡한 애정관계에 대한 관심이 세월과 함께 희미해져 갈 무렵이었습니다. 저는 어쩌다가 『식물에서 읽는 생명원리』라는 책에 접하게 되었는데, 이 책에 나와 있는 〈스트레스 개화 이론〉이 아주 그럴듯해 보였습니다. 나의 관심은, 식물이 꽃을 잘 피우는 환경에 대한 연구결과를 인간의 사랑 문제에 적용하는 일이었습니다. 〈스트레스 개화 이론〉에 의하면, 식물의 꽃에서 열매가 맺히는 것과 남녀

간의 사랑과 교합에서 태아가 생기는 것은 다같이 종족번식을 위해 마련된 오묘한 메커니즘인데, 흥미있는 것은 식물이나 인간이나 적당한 스트레스에 부딪칠 때에 종족보존의 본능이 더 왕성해진다는 것이었습니다. 식물의 성장에는 영양성장과 번식성장이 있는데, 개체의 가지나 잎을 키우는 영양성장이 잘될 경우에는 종족보존을 위한 번식성장이 오히려 둔화되고, 영양성장에 장애 요인이 되는 스트레스를 가할 경우에 번식성장이 촉진된다는 이론인데 그런 사례들이 많이 열거되어 있어서 이해가 쉬웠습니다. 고사 위기에 있는 소나무일수록 솔방울이 많이 맺힌다고 하였습니다. 난蘭을 전문적으로 키우는 농장에서는 일정 기간 동안에는 잎의 성장을 촉진하는 열과 수분과 영양의 관리에 철저를 기하지만, 그런 단계가 지난 다음에는 난이 겨우 살아남을 정도로 열악한 생장환경을 만들어줌으로써 꽃대의 성장과 꽃망울의 개화를 극대화시킨다고 하였습니다. 한라산에 자생하는 한란은 가뭄이 닥칠 때에 꽃을 더 잘 피운다고 하는데, 난초류의 식물이 자연현상의 변화를 더 잘 감지하는 것은 그만큼 생태학적인 진화가 많이 되어있다는 증거라고 나와있었습니다. 가뭄이 심해지면 꽃을 먼저 피우고 나서 죽는다는 한라산 조릿대의 이야기는 감동적이었습니다. 뿌리가 말라죽을 정도로 심한 가뭄이 들 때에 조릿대는 서둘러서 많은 꽃을 피우고 씨를 맺음으로써 종족보존의 비상수단을 쓴다고 했습니다. 조릿대 성분으로 암치료제 등 갖가지 특효약을 만든다고 하니 이 식물의 강인한 생명력이 병든 사람을 살려주는 기운이 되는가 봅니다.

종족을 보존하는 일이 동식물의 생명현상에서 얼마나 중요한지를 보여주는 감동적인 사례는 우리 주변에 많이 있다고 하네요. 잡초 제거할 때 보는 일인데요, 뿌리가 깊이 박혀서 잘 뽑히지 않는 잡초들도 꽃에서 씨가 맺힌 다음에 뽑으면 쉽게 뽑히지요. 태어나서 할 일은 다했으니 뿌리가 뽑혀서 죽어도 좋다는 것이지요. 벌 종류 중에 어떤 것은, 암컷과 교미를 마친 수컷이 죽어서 자기의 시체를 자기 새끼의 영양분으로 남긴다고 하고요. 식물의 꽃들이 예쁜 이유는, 벌, 나비들을 불러들여서 꽃가루의 타가수정他家受精이 가능케 할 목적이라는 것은 상식이지요. 그런데, 식물들의 종족보존 본능을 강화하는 것은 적당한 스트레스라고 하니 이것은 식물학자들에게서 얻는 전문지식이라고 할 것입니다. 겨울이 지나 봄을 맞이할 때 꽃을 피우는 나무나 풀이 많은 것은, 급상승하는 기온을 스트레스로 받아들이기 때문이라는군요. 그렇다면, 추운 겨울이 임박해서야 개화하는 국화꽃은 기온의 급강하를 스트레스로 받아들인다는 말이 되겠네요.

사랑하는 두 남녀가 처한 환경 조건이 비상한 위기에 이를 때 사랑의 에너지가 강해지는 것하고, 뿌리까지 말라들 정도로 가뭄이 들 때에 사력을 다해서 꽃을 피우는 조릿대의 생태 하고가 같은 이치라는 말이 그럴듯하지 않습니까. 예사로운 집중력으로도 원하는 사랑을 성취하고 즐길 수 있는 좋은 세월 호시절이라면, 비상시에나 나올 만한 필사적인 에너지 가동이 필요 없을 테니까 말입니다. 사랑 에너지의 공급상황이 한계에 임박할 때 사랑의 욕구가 더 강해지는 것은 종족보존의 본능이 얼마나 중요한지를 말해준다는 것입니다. 폐경기 직전의 여자는 남녀교합의 열락에 더욱 깊이 빠져들고, 성기능이 가물가물 퇴조기에 들어가는 늘그막의 남자들이 여자의 몸을 더욱 그리워한다는 것이지요. 세계사의 정상급 명인들도 어쩔 수 없었다는 겁니다. 칠순의 괴테는 17세 처녀에게 청혼했다가 된통 욕을 먹었다고 하고, 팔순의 처칠은 묘령의 깜찍한 여성작가에게 치근거리다가 되게 망신당했다는군요. 이 같은 위인들의 사랑은 정신적인 것이니까 보통 사람들의 성욕하고는 다르다고 할 사람이 있겠지만, 두 가지 사이의 경계선이 애매한 것은 사실 아닌가요.

이성 간의 사랑이 인간의 종족보존 본능에서 나온다는 것은 의식세계를 두고 하는 말이 아닐 것입니다. 섹스를 즐기는 순간에 나는 나의 대를 잇는 종족보존의 대업을 수행하고 있다는 생각을 한다면 온전한 교합의 희열이 달아나버리겠지요. 사랑하는 두 남녀가 섹스를 원하는 것은 자신의 욕망에 따르는 것이지만, 섹스의 욕망은 종족보존 수행코스로서의 이성간 교합을 유도하는 매개 수단이며 그것은 인간의 의지나 선택 이전의 자연질서일 것입니다. 자기가 선택한 이성에게 순정을 바치겠다고 맹세하는 것은 각 개인의 결심인 것 같지만 따지고 보면 이같은 결심도 종족번식이라는 대자연의 질서에 봉사하는 것이지요. 생식기능을 중단시키는 정관절제수술을 한 남자들도 섹스를 즐길 수 있음은, 인간의 성기능이 종족보존 본능과 무관할 수 있음을 알려주지요. 본능이란 오묘한 자연질서의 일부이고 우리의 의식적인 사고나 선택에서 벗어난 것이 아닌가요.

적당한 스트레스가 종족보존 본능으로서의 성욕을 촉진한다는 명제를 놓고 생명원리의 이해를 넓혀가던 나는 〈영웅호색〉이라는 말의 뜻을 새로이 음미하게 되었습니다. 종전에 나는 이 말의 뜻을 해석하기를, 용맹한 영웅호걸들은 그들의 싸움 잘하는 기백으로 멋진 여성들을 공략할 수 있고, 세상사를 주무르고 호령하는 잘난 남자들은 세상의 미인들에게 인기가 있을 터이니 남자들 간의 엽색행각 다툼에서 유리한 고지를 점할 수 있다는 뜻으로 보았더랬습니다. 그러나 내가 읽은 〈스트레스 개화 이론〉의 풀이에 따르면, 아슬아슬한 모험과 도전을 즐기는 영웅호걸들은 늘상 패배와 죽음의 위험을 예감하면서 살기 때문에 종족보존의 지상과제가 실패할 수도 있다는 심리적인 압박감 속에 살게 되고 이같은 스트레스 때문에 여성의 사랑을 더욱 탐하게 된다고 나와 있었고 나는 이 연구자의 명민한 관찰력을 인정하지 않을 수 없었습니다.

부부생활을 하면서 이성 간의 교합이 습관화되어있는 사람들의 종족보존 욕망은 어떤 양상으로 표출이 될까요. 얼핏 생각하더라도, 티격태격 잘 싸우는 부부보다는 화목하고 사랑이 깊은 부부간에 성욕이 더 강할 것이라고 짐작이 됩니다. 사랑하는 여자라야 껴안아주고 싶은 마음이 나올 것은 자연스러운 인지상정

일 테니까요. 부부싸움 하는 날은 꼭 아내의 몸을 부여안고 성욕 발산을 해야 직성이 풀린다는 사람을 보았는데, 이런 말도 〈스트레스 개화 이론〉으로 설명할 수가 있을 것 같습니다. 부부싸움을 하는 동안에, 이러다가는 종족보존의 책무를 다하지 못하는 것이 아닌가, 하는 의구심이 스트레스로 작용하게 됨으로써 아내의 몸을 탐하게 될 것이 아니겠습니까. 동거하는 섹스파트너가 없기 때문에 독수공방 신세를 감수해야 하는 노총각의 경우에도 종족보존의 책무 불이행이 스트레스로 작용하여 성욕이 끓어오른다는 말을 할 수가 있을 것입니다.

화목한 부부의 경우에도 성애의 욕망 표출이 스트레스 때문이라는 설명은 얼른 이해가 되지 않았습니다. 아내를 예쁘고 사랑스럽게 여기기 때문에 그런 여자의 몸을 탐하는 것이 더 자연스러운 일이지, 사랑스러운 아내가 스트레스 요인으로 작용한다는 말은 이상하게 들리지요. 그러나 이 경우에도 좀 반어법的反語法的인 사고방식을 택한다면 설명이 될 것도 같습니다. 아내가 예쁘고 사랑스럽다고 여겨질수록 그런 아내와 교합하는 축복받은 순간을 놓쳐버리는 것이 아깝고, 이렇게 사랑스러운 아내와의 섹스를 마다하는 것은 종족보존의 책무를 포기하는 것이라는 압박감이 스트레스로 작용한다는 설명이 될 것입니다.

역경을 당하여 더 강해지는 사랑 욕구의 사례는 먼 역사 속에서가 아닌 우리 주변의 사람들 가운데에서도 쉽게 찾아볼 수 있을 것 같네요. 부모가 반대하는 이성과의 사랑을 당사자인 자식이 놓치지 않으려고 하기 때문에 부모 자식 간에 밀고 당기는 시소게임을 벌이는 경우를 세간에서 많이 보는데, 이럴 경우에 부모의 반대는 오히려 자식의 고집스러운 사랑 욕구를 강화시킨다고 하더군요. 물론 부모가 자식이 선택한 사랑에 대해 찬성하고 도와주는 경우에도 자식의 사랑 욕구를 조장할 수가 있겠지요. 그러는 경우는 역풍이 아니라 순풍을 만난 사랑의 행운이겠지만, 두 가지 경우가 갈라지는 분기점을 어떻게 설명할지는 뭐라고 말하기 어렵겠군요. 사랑의 주인공들의 성격 탓일 것이라고 생각되는 것은, 심한 가뭄을 당하여도 꽃이 많이 피는 식물들이 있는 반면에 그렇지 않은 식물들이 있음과 같은 이치이지요. 순풍을 만나 순조롭게 이루어지는 사랑의 경우와 역풍에 부딪쳐야 오히려 사랑 에너지가 더 강해지는 경우를 비교한다면 어느 쪽이 더 많을까요. 두 가지 경우를 정확히 비교할 도리는 없겠지만, 소문이 나고 역사에 남는 사랑 이야기가 되는 것은 역풍 속에서 강해지는 '인간조릿대'가 아닐까 싶군요. 순풍을 맞아 순조롭게 전개되는 사랑 이야기는 실지로 일어나도 사람들의 관심 대상이 못되고 인구에 널리 회자되는 영광의 기회를 얻지 못할 것 같네요.

저는 악조건 속에서 더욱 열렬하게 사랑했던 '인간조릿대'의 실례를 역사 속에서 찾아보았습니다. 얼른 떠오른 것은, 사랑을 위해 왕위를 버렸다는 한 영국 남자의 경우였습니다. 1930년대는 대영제국의 위세가 아직도 당당했을 때인데 영국 왕 재위 1년도 채우지 못한 에드워드 8세가 미국 출신의 이혼녀 심푸슨 부인과의 결혼을 위해 왕위를 떠나겠다고 발표했을 때 전세계인은 놀람과 감탄을 금할 수 없었다고 합니다. 국민들은 국왕의 비애국적인 결의에 실망하였고 의회는 국위를 실추시키는 그의 혼인을 성토하였으며, 파리의 교외에서 열린 그들의 조촐한 결혼식에 영국 왕실에서 보낸 축객은 한 사람도 없었다고 하니 이 모든 역경을 참고 견뎌야 했던 그들의 사랑은 얼마나 열렬하고 진정어린 것이었을까요.

"나는 사랑하는 여인의 도움 없이는 국왕으로서의 의무를 다할 수 없다."

이 얼마나 애절한 사랑의 호소였을까 짐작이 가지요. 그러나 수십 년간 지속된 그들의 결혼생활은 결코 행복하지 못했다는 말을 듣고 저는 고개를 가로저었습니다. 천성이 심약한 남자는 여자의 끝없는 허영심과 부딪쳐서 불화를 빚었다는군요. 사면초가의 영국 내 반대 여론과 부딪쳐 싸울 때에는 그렇게 강렬했던 사랑 에너지였는데, 막상 결혼에 성공하여 세상에 할 일이란 사랑하는 일밖에 없는 자유로운 삶이 되자 사랑의 불길이 꺼져버리다니, 안타까운 생각이 드는 것입니다.

조릿대꽃과도 같이 위기를 맞아 피어나는 사랑의 또다른 예를 저는 호머의 서사시에서 찾아보았습니다. 트로이전쟁에서 그리스 연합군을 승리로 이끌었던 오딧세우스 장군은 10년 동안의 고된 방랑 끝에 귀향하여 꿈에 그리던 아내 페넬로페를 만나는데, 오랜 세월 남편을 기다리면서 정절을 지켜내는 페넬로페의 아슬아슬한 수절 모험담은 유명하지요. 남편의 장기간 부재를 틈타서 천하의 영웅호걸들이 협박과 폭력, 감언이설과 계략으로 혼인을 압박하지만, 페넬로페는 끝끝내 총명한 지혜와 꿋꿋한 담력으로 이를 물리친다는 것이지요. 천신만고 끝에 재회의 기쁨을 누리는 그들의 장쾌한 러브스토리는 만인의 박수를 받을 만하지만, 우리의 박수는 딱 여기까지만이라는 것입니다. 한 짓궂은 호사가가 끈질긴 추적 조사 끝에 찾아낸 진실에 따르면, 오딧세우스 부처의 갸륵한 사랑은 극적인 만남 이후에 시들해지고 결국에는 기약 없는 작별의 운명을 맞이했다는 것입니다. 위기 속에서 강해진 사랑 에너지는 그 위기가 끝나는 시점에서 허무하게 사그라졌다는 얘기입니다.

이처럼 위기를 벗어나면서 시들해지는 사랑에 대해 어떤 생각이 드시는지요. 실망인가요, 아니면 공감인가요. 저보고 말하라고 한다면, 안타깝기는 하지만, 공감되는 이야기라고 하고 싶군요. 오딧세우스는 원래 바람기 있는 남자라고 했으니까 모범적인 남편이 되지 못한 것이 그리 이상할 게 없다고 할 수 있고 안타까운 쪽은 페넬로페 쪽이라고 할 것입니다. 여자의 입장에서 볼 때, 목숨 걸고 전쟁에 나간 남편의 모진 운명을 생각하는 동안에는 그 남편의 존재가 위대하게 여겨졌을 것이고, 이런 믿음이 곧 다함 없는 사랑 에너지의 원천이 되지 않았을까요. 하늘을 나는 새는 자태가 아름답고 노랫소리도 곱지만, 새장 속에 갇힌 새는 볼품이 없고 노래할 줄도 모른다는 이치라고나 할까요. 심프슨 부인의 경우에도, 역경에 부딪쳤던 결혼이 일단 성공한 다음에는, 사랑을 쟁취하기 위해 온갖 장애물과 싸워야 한다는 비상한 결의와 투지가 불필요해졌을 것 같네요.

사람 마음이란 게 얼마나 불가사의한 것인지, 저의 친구 손청학과 현이의 친구가 결혼했다는 말을 들은 저는 얼마나 놀랐는지요. 유학에서 돌아온 후 5년이나 왕래를 끊었다가 재결합했다는 것입니다. 저는 손청학의 소식을 모른 채로 지냈지만 저의 동생 현이는 이들 커플의 결혼과 신혼살림 정황까지 가까이에서 보고 듣고 알아보고 했다는 것이지요. 현이에게서 그런 소식을 들은 저는 뒤통수를 얻어맞는 기분이었습니다. 사랑 에너지의 성쇠를 두고 제가 세웠던 조릿대꽃 가설이 모두 허탕이 되어버린 것입니다. 물 건너간 것처럼 보이던 그들 커플의 혼인길을 트이게 한 것이 무엇이었는지 제가 현이에게 물어보았을 때, 동생의 얼굴표정에 분명히 시샘하는 기색이 엿보인 것도 저는 놓치지 않았지요.

"그 커플이 서로 대하는 품이 그전하고 달라진 것이 뭐가 있든? 멈춰 섰던 열차가 다시 달리게 된 건 엔진을 바꾸었든지 연료가 달라졌든지 했을 거 아니냐."

"손청학 씨는 잘 모르지만 제 친구는 그전하고 달라진 것이 없어 보였어요. 남편 앞에서도 멀뚱멀뚱 먼 산 바라보는 것 같고, 데면데면 필요한 말이나 하는데, 그전에도 그랬으니까요."

"그래도 왕래조차 않던 사람들이 이젠 여보 당신 하며 살고 있잖은가. 엔진은 달라진 게 없어도 연료는 바뀐 거 아냐?"

"제가 보기엔 엔진도 연료도 바뀐 게 없고 열차노선만 바뀐 거 같애요. 허긴 두 사람 다 머릿속이 꽉 들어찬 박사님들이니 다른 것이 들어갈 틈새나 있겠우? 신혼부부같이 뜨거운 열기는 고사하고 10년 차 부부같이 따뜻한 온기도 없어 보였다니까요. 그런 상태를 그냥 참고 견디기로 했나 봐요."

"느네 친구는 그렇게 눈이 높다는 거니? 손청학 정도라면 미남이고 똑똑하고 그만하면 괜찮은 남편감일 텐데 말이지."

"저도 걔가 남편에게 무슨 불만인지 알고 싶어서 슬쩍 떠보기까지 했다는 거 아닙니까. 그랬더니, 감각이 둔한 남자는 구제불능이라는 거였어요."

"감각이 둔한 남자?"

"그랬대요, 글쎄. 여자의 말귀를 못 알아듣는 남자를 어떻게 다스릴지 이젠 포기했다는 거예요. 40대에 들어선 지가 언젠데 나잇값을 못하고 꽁하게 막혔으니, 이젠 참고 사는 수밖에 없다는 거였어요."

"그랬다면 5년 동안 왕래 끊은 건 남자가 말귀 트일 때를 기다려보자는 거였나."

"그런 말이 나오게도 생겼어요. 그렇게 말귀 어둡고 센스 없다는 말을 듣다니, 손청학 씨가 그런 남잔가요?"

저는 동생과 헤어진 다음에 저의 뒤집혀진 추론을 놓고 한참을 고심했지요. 제가 그들 커플의 러브스토리를 잘못 해석한 게 드러난 셈이지요. 그 커플이 유학 기간 중에 고생하면서도 성공적인 동거생활이 가능했던 것은 위기에 부딪쳐서 강해지는 자기 방어 수단 때문이라는 게 제가 원용해 본 '스트레스 개화 이론'이었지만 이제 와서 보니 그게 아니었다는 말이지요. 현이가 전하는 말을 그대로 믿는다면, 말귀 어두운 남자가 달라지기를 더 기다리지 않고 운명처럼 참고 견디기로 결심한 결과 결혼까지 하게되었다는 것이니까요. 그 커플이 이국땅에서 고학할 때에도 남자가 센스 없기는 마찬가지였을 텐데 탈이 없었던 건 고난 속의 위기감이 마음을 강하게 만들어준 덕분이 아니라 고학생활이 버겁고 분망하다 보니 남자에게 여자의 말귀 알아듣는 감각이 없다는 것조차 관심 대상이 되지 않았던 것이 아닐까요. 이런 생각을 하면서도 저는 저의 새로운 추론의 뒤끝이 끝내 명쾌하게 여겨지지는 않았지요. 저의 친구 손청학이는 학생 때에 머리 좋고 똑똑하기로 유명했던 친구인데 그런 남자를 감각이 둔하고 머리가 꽁막혔다니 이상하단 말입니다. 어쩌면 말귀를 잘못 알아들은 사람은 저의 동생인 것이 아닌가 싶더군요.

어느 날 시립도서관에 갔다가 그곳의 넓은 꽃밭에서 흐드러지게 피어있는 갖가지 꽃들을 보게 되었습니다. 꽃의 종류도 많았지만, 같은 종류의 꽃송이들까지도 피어있는 모양새나 색깔이나 그것들에서 감도는 분위기가 셀 수 없이 가지각색임을 보았습니다. 현란하게 눈부신 꽃밭 앞에 서 있는 동안, 〈스트레스 개화 이론〉 등 식물생태학의 구차한 지식으로 이 아름다운 꽃들의 향연을 까발려 설명하는 것이 무모한 일처럼 보였습니다. 그같은 이론적 설명이 가능이나 하겠으며 필요하기는 한지 갑자기 부끄러운 마음이 되는 것이었습니다.

가출기

박 화백은 결국 죽어서야 집에 돌아오게 되었다. 아무리 예술하는 사람의 바람기는 일종의 특권이라고 하지만 처자를 버리고 정처 없는 유랑의 세월을 흘려보내다가 홀연히 세상을 뜨게 된 박 화백의 풍운아 같은 일대기는 그를 아는 뭇사람들의 입방아에 오랫동안 오르내렸다. 오십 줄 나이를 절반이나 남겨놓은 아까운 한평생이었다.

　박 화백의 떠돌이 인생이 시작된 것은 그의 자유롭고 방종한 생활 습관 때문이었지만, 처음에는 불안정한 직장 생활도 한몫을 하였다. 한 군데 직장에 마음 붙이고 오래 버티지 못하였으니 직업을 바꿀 때마다 가족들이 그를 따라다닐 수는 없었던 것이다. 한 직장에서 이삼 년을 넘기기 어려운 끈기 부족으로 직장 생활 십 년을 끝내 채우지 못하고 실직자가 된 후에는 이 여자 저 여자 바뀌가면서 자유와 풍류를 즐기느라 세월과 건강을 탕진하다 보니 가정과의 거리는 더욱 멀어져버렸다. 강직한 성격의 행정공무원인 아내는, 결혼 생활 초기에 직장 따라 전전할 때의 남편이 집으로 찾아오는 것은 받아들여주었지만 외간 여자들과 동거하는 낌새가 보인 다음에는 남편이 집에 발트집하는 것을 아예 허하지 않았다.

박 화백이 일정한 직업에 붙어 있지 못했던 것은 아무래도 자신의 능력에 대한 그의 과신 때문이었을 것이다. 어릴 때부터 그림에 대한 소질이 남다른 데가 있었지만 그렇다고 해서 다른 과목에서 남들에게 뒤지지도 않았다. 초중고를 통하여 그는 우등생 자리를 뺏겨본 적이 없었고 명문 대학을 졸업한 후 그가 다녀본 몇 군데 직장들 또한 세상 사람들이 한결같이 부러워하는 곳이었다. 그러나 아무리 학력과 능력이 괜찮다 하여도 자기 직무에 대한 애착을 갖지 못하고 지각과 결근을 수없이 결행하는 사람을 좋아할 직장이 존재할 리가 없었으니 그는 결국 몇몇 직장을 옮겨 다니다가 끝내는 영영 실업자 신세가 되어버린 것이었다.

박 화백의 진면모는 그러나 직장 생활을 그만둔 다음에 나타나기 시작하였다. 직장에 얽매이던 생활을 끝내고 그림 그리기에 전념한 30대 후반이 지나서 그는 마침내 전국적인 명성을 얻을 정도로 성공하는 화가가 되었던 것이다. 화가로서의 명성과 함께 그의 앞에는 때늦은 여복女福이 찾아들었다. 유명 화가의 낙관이 찍힌 작품들이 팔리면서 돈이 들어왔으므로 여자들과 살림 차려 나갈 형편이 되었으며, 타고난 풍류 기질과 준수한 용모는 그의 여성 편력의 역사를 화려한 것으로 만들기에 족하였다. 직장과 가정의 책임에서부터 놓여나 자유로운 생활이 시작되면서 비로소 그의 화려한 전성기가 열렸고, 그가 사망하는 날에는 주요 일간 신문마다 추모 기사를 크게 올릴 정도로 성공한 화가가 되었던 것이다. 정부에서도 이 나라 최고의 문화훈장을 추서하여 고인의 명성을 더욱 높여주었다. 그러나 그의 개인적 성공의 화려한 후광이 만드는 그늘에 가려져서 그의 눈에는 처자식 등 가족들은 보이지 않았던 모양이다.

한번은 박 화백의 외아들이 모친의 입원 소식을 갖고 부친을 찾아간 적이 있었다. 가벼운 대장염 수술을 위한 입원이었기 때문에 그리 큰 걱정은 되지 않았으나, 궂은일 날 때 찾아주고 위로해주는 일은 왕왕 끊겼던 인정의 끈을 복원시킨다고 생각한 아들의 주도면밀한 행동이었다. 종적이 묘연하던 부친의 거처를 알아내고 어렵게 만난 자리였지만 아들은 결국 만나지 않음만 하지 못했다는 찝질한 느낌만을 안고 헤어져야 했다. 그때가 마침 부친의 무슨 국제교류 미술전시회를 위한 해외여행 일정이 잡혀 있어서 갑자기 계획을 바꿀 수 없다는 구차한 변명이었지만, 병원으로 미안하다는 전화 한번 넣어주는 만큼도 남편으로서의 성의를 보이지 않았던 부친의 매정함에 아들은 실망의 한숨을 짓지 않을 수 없었다. 그때 모친은 아들이 어디에 갔다 오는지 눈치채면서도 아무 말이 없었고 아들도 부친의 매정함에 대해 한마디 내비치지 않았다. 그러나 아들은 모친이 그때 무슨 결심을 다지는 듯 입술을 몇 번 실룩거리던 모습을 여지껏 기억하고 있다.

아들의 기억 속에는 부친의 박정함이 모친을 실망시킨 일들이 수도 없이 많았다. 박 화백은 몇 년 전에 서울시문화상을 수상하는 영광을 얻었는데 부부 동반으로 참석하는 수상식에 그는 당시의 동거녀를 데리고 가는 강심장을 보였다. 뉴스를 보고 수상식에 참석했던 아들은 동거녀를 부인처럼 대동했던 부친의 뻔뻔스러움에 아연했지만 정작 본인 자신은 아무 거리낌이 없는 표정이었다. 박 화백의 뻔뻔한 여성 편력 궤적은 가족들을 수도 없이 한숨 쉬게 하고 눈살 찌푸리게 만들었으며 나중에는 차라리 눈과 귀를 닫아버리고 싶을 정도가 되었다. 활발한 창작 활동과 더불어 명성을 날리게 되면서 그는 이런저런 명목으로 해외 나들이를 자주 하였지만 그때마다 동반자는 외간 여자들이었다.

박 화백은 가족들 살아가는 일에 대해 아예 오불관언이었고 가족들로부터 관심의 대상이 되기를 바라지도 않았다. 그는 자기가 누구하고 같이 사는지, 어느 지방에 가 있는지를 가족들에게 알리지 않게 되었고 그러다 보니 나중에는 가족들조차 그의 행방에 대해 알려고 하지 않았다. 가족들에게 자신의 행방을 알리지 않음은 물론이요 가족들의 생계나 건강 걱정, 생일 축하 같은 일에도 신경 쓰지 않았기 때문에 그의 입장에서도 가족들의 도움과 존경을 바랄 처지가 되지 못하였다. 부인이 안정된 직장을 가져서 생계 걱정이 크지는 않았다 하나, 혼자 힘으로 3남매를 키우는 수고가 얼마나 클지 걱정을 내비친 적이 없는 위인이었다. 그의 아내는 자기를 버리고 이룩한 남편의 성공과 명성을 인정해주지 않았고, 아내가 인정해주지 않는 그의 성공을 자식들이 축하하는 데에는 한계가 있었다.

밖으로 떠돌던 박 화백은 죽기 1년 전에 아내에게 냉혹하고 매몰찬 거부를 당한 적이 있었는데 그것은 그가 한 달가량의 입원을 끝낸 다음 집으로 돌아오려고 했을 때였다. 아내는 남편이 간암 수술을 위해 입원해 있는 동안 한번도 병실에 얼굴을 보인 적이 없었으며, 퇴원 수속을 마친 남편이 아들의 부축을 받고 집에 들어왔을 때에도 가차 없는 문전박대의 강단을 보였기 때문에 그의 신병은 결국 그의 동거녀에게 다시 인도되는 신세가 되었던 것이다. 가출 남편의 귀환을 거부하는 박 화백 아내의 태도가 얼마나 준엄하고 냉혹하였는지 아들은 그 장면이 생각날 때마다 눈살이 저절로 찌푸려졌다. 건강을 잃은 박 화백에게 마지막 의지처는 가정이라는 것이 아들의 생각이었지만 집을 지키던 아내의 거부는 철벽같았다.

오랜 세월 떠돌다가 귀가한 박 화백이 문전박대당하던 그날의 일은 그의 이웃집 친구 최 사장까지 함께하여 더욱 불거진 일대 불상사였다. 인테리어 관련 소규모 업체를 경영하는 최 사장은 박 화백하고는 고교 동창이었던 데다 강북 지역 역사 오랜 동네의 이웃에 사는 관계로 한때는 두 사람이 매우 친밀하게 지내는 사이였다. 박 화백이 오랜 기간 가출해 있는 동안에도 최 사장은 동창 화가가 명성을 날리는 것을 자랑스럽게 여기고는 기회 있을 때마다 친구 자랑을 겸하여 자신의 미술 취미를 떠벌리기 좋아하였으며, 신문 같은 데에 친구 화가에 관련된 기사가 나오면 보는 족족 스크랩하여 박 화백네 집 대문 우편함에 넣어줄 정도로 이웃 간의 돈독한 우정을 과시하였다. 이 같은 친절 봉사가 정작 박 화백의 아내에게는 별로 달갑지 않게 여겨지는 눈치여서 나중에는 좀 뜨악해지는 것 같았는데, 집 나갔던 친구 화가의 역사적인 귀가 장면에 이르러서는 억제되었던 우정을 마음 놓고 펼쳐보자고 작심한 모양이었다. 박 화백이 한 달간의 입원 끝에 퇴원하는 날, 아들의 부축을 받으면서 자기 집 앞에서 택시를 내린 그가 잠시 그 자리에 서 있을 때였다. 소지품이 들어있는 트렁크를 내려놓고 어떻게 운반할까 망설이던 이들 부자의 모습을 때 맞춰 발견한 사람이 이웃집 최 사장이었는데, 그는 이들을 보자마자 달려와서 반색을 하였다. 박 화백의 손을 덥석 잡아 흔들고 난 다음에 바닥에 놓인 트렁크를 번쩍 들고 대문 안으로 들어선 최 사장은 무슨 큰 경사나 난 것처럼 벙글거리는 입으로 안주인 찾는 소리를 크게 내지르는 것이었다.

"사모님요오, 박 화백이 들어옵니다아. 가출 소년 박해원이가 불세출의 화가가 되어 들어옵니다아. 아, 사모님, 이제야 나오십니까. 사모님은 박 화백의 귀가 소식을 모르고 계셨나요, 그렇게 놀라는 표정을 지으시다니…."

최 사장의 외침 소리를 들으면서 현관문을 열고 나오는 박 화백 부인의 얼굴은 내키지 않는 싫은 표정으로 일그러져 있었고,

남편의 귀가를 반기는 빛이라고는 눈곱만큼도 없었다. 최 사장은 손에 들고 있던 트렁크를 현관문 밖에 내려놓았지만 반가운 기색이 전혀 없는 부인에게 무슨 말을 할지 잠시 망설이더니 마지못해 몇 마디 덧붙이는 것이었다.

"사모님, 오늘 댁에서는 큰 경사가 난 거예요. 그럼…."

최 사장은 이렇게 떠벌리는 것이 이 집안에 깊이 쌓였던 앙금을 씻어 내는 비방이라도 되는 것처럼 거침없는 변설을 늘어놓으려는 듯하다가 부인의 얼굴 표정이 심하게 일그러지는 것을 보고서는 급히 말문을 닫았다. 아들이 부친의 팔을 부축하고 걸어오는 방향으로 부인의 시선이 모아지는 것을 계기로 최 사장은 급히 뒷걸음쳐서 자리를 피해버렸다.

부인은 어느 틈엔지 현관문을 닫고서 그 앞에 버티고 서 있었다. 박 화백의 여위고 텁수룩한 얼굴과 후줄그레 궁상맞은 차림과 아들의 팔에 의지하여 겨우 몸을 가누는 것 같은 가녀린 모습에 대해서도 가엾다는 생각은 없는 것인지 부인은 현관문 앞을 가로막고 서 있으면서 길을 열어주지 않았다. 부인은 오랜만에 보는 남편에게는 입을 다문 채 거들떠보지도 않았고, 다만 아들을 향해 나직하고 짤막하게 한마디 던질 따름이었다.

"못 들어온다."

부인은 싸늘하게 한마디하고 나서 입을 꼭 다물고 얼굴 표정을 극도로 자제하였다. 그동안 버림받았던 자신의 처지에 대해 원망하거나 타박하는 말도 내뱉지 않았다. 냉혹한 운명의 발길질을 묵묵히 견디는 듯, 아니 그런 것의 존재를 아예 인정하지 않는 듯이 엄숙하고 경직된 얼굴이었다.

박 화백은 길을 가로막고 서 있는 아내에게 한마디 말을 꺼내기는커녕 눈을 뜨고 제대로 앞을 바라보지도 못하였다. 아들이 참다 못하여 어머니, 그러지 마세요. 아버진 지금 환자세요, 환자, 하면서 사정 이야기를 하려 할 때 부인은 더욱 완강하고 단호한 어조로 말하였다.

"못 들어온다고 하지 않느냐."

이 말을 듣는 순간 박 화백은 그 자리에 스르르 쓰러졌다. 갑자기 다리에 힘을 잃은 그의 몸이 아들의 부축에서 높여나 땅바닥으로 힘없이 나동그라져서 의식불명인 상태로 있는 가운데 두 모자간에는 잠시 무거운 긴장이 흘렀다. 기절해서 쓰러진 원인이 체력이 소진된 탓인지 아내의 냉랭한 거부를 당하여 마음에 충격을 받은 탓인지, 또는 자기 집 문전에서 당하는 수모를 견디지 못하여 일부러 쓰러진 것인지 아들은 헤아릴 수 없었으나 땅바닥에 쓰러진 부친의 몸을 집안으로 들여놓을 수는 없었다. 퇴원 환자로 돌아온 부친의 귀환을 거부한 모친이 더 이상 그곳에 서 있지 않고 안으로 들어가서는 현관문을 탁— 하고 닫아버렸는 데다가, 어깨를 추슬러주어도 다시 일어날 줄 모르는 부친의 몸에 기력을 되돌리기 위해서는 다시 병원으로 돌아가야겠다는 것이 아들의 결정이었다. 아들은 자신의 실수가 후회되었다. 암 수술을 받은 부친의 몸 상태가 아직 퇴원할 기력이 못 된다는 의사의 말을 순순히 따르지 않았던 것이다. 아들에게도 나름대로의 이유는 있었다. 부친의 병실을 지키는 사람이 가족 중에 누구가 아니라 부친의 동거녀라는 마뜩치 않은 사정을 조금이라도 빨리 끝내 보려고 내린 퇴원 결정이었지만 부친의 몸은 이제 다시 동거녀의 수발에 의지하지 않을 수 없게 되었다.

부친의 재입원 수속을 마치고 집에 돌아온 날 아들은 모친의 악다구니 같은 욕설을 들어야 했다. 그동안 가출 남편에 대해 자기 심중을 드러낸 일이 별로 없던 모친이었기 때문에 아들로서의 놀람은 자못 큰 것이었다. 아들의 진정 어린 변호는 들으려고도 하지 않았다. 아버지가 그동안 아무리 가장의 도리를 못 했다 하기로서니 병구완을 받아야 할 몸을 그렇게 매정하게 내쫓을 수 있느냐고 아들이 한마디 하자 모친은 기다렸다는 듯이 화를 터뜨리고서는 부친 앞에서는 들어 보지 못하던 모진 악담을 내지르는 것이었다.

"이놈아, 네 애비를 문전에서 내쫓을 때 내 심장이 얼마나 벌렁벌렁 뛰었는지 알기나 하냐. 네 애비 앞에서 내가 악을 쓰기 시작하면 가슴이 터지고 눈알이 튀어나올 것 같아서 입을 열지 못한 거 너까짓 게 짐작이나 하겠냐 말이다. 네 애비 만나면 멱살 잡고 한바탕 흔들려고 했던 걸 참느라고 이를 악다물었다 이놈아. 서방은 외간 여자들과 흥청망청 붙어 다니고 각시는 무슨 죄를 졌다고 집을 지키면서 온갖 고생을 해야만 하느냐 말이다. 서방 죽은 생과부는 체념이라도 하지 나처럼 서방이 버젓이 살아 있는 생과부는 얼마나 원통하고 억장이 무너지는지 네가 알겠냐. 내가 너희들 3남매를 어떻게 키운 줄 알고나 있냐아, 이놈아."

남편 앞에서는 나직하고 짤막하게밖에 입을 열지 않던 모친이 아들이 들으라고 고래고래 소리를 지르며 분한 감정을 토로하는 것을 보면서 그는 차마 무슨 말을 입에 담을지 막막했지만 한마디 건네지 않을 수 없었다. 모친의 말을 그냥 흘려버리고 있지는 않다는 표시라도 해야 될 것 같았다.

"아버지가 집 나가 사는 것이 그냥 목적 없이 돌아다니는 건 아니시잖습니까. 아버진 화가이시니까 화가에게 어울리는 자유로운 환경이 필요하신 거예요. 예술가에게 영혼의 자유가 얼마나 중요한지 어머니도 아시잖습니까."

"영혼 자유 좋아하시네. 이 집에 살면 누가 니네 애비 자유 구속할 사람 있냐? 니네 애빈 예술합네 하고 밖으로 싸다니는 이유가 한 가지밖에 없다. 내 얼굴 보기 싫어서 그런 거지, 이유는 무슨 다른 이유가 있다는 거냐. 처자식 다 내팽개치고 놀아나는 남자들 속셈은 내가 다 안다. 알고말고."

아들은 더 이상 무슨 말을 할 수가 없었다. 모친이 얼마나 야속했으면 이런 막말까지 나올까 생각하니 아들로서 가타부타 토를 달 수가 없는 것이었다. 그러나 모친의 입에서 나온 원한 맺힌 말들이 자신의 마음속을 모두 헤쳐 보인 것은 아니었음을 아들은 나중에야 알게 되었다. 얼마의 냉각기가 지난 어느 날 모친의 입에서 나오는 회한의 고백 같은 말을 듣고 아들은 다시 한번 놀랐던 것이다.

"그날 난 아무래도 말을 잘못한 것 같구나. 속으로는 네 애비를 받아들이자고 뇌이면서도 겉으로는 도무지 그런 말이 나오지 않더구나. 그때 네 애비가 한마디만 사죄하는 말을 했더라도 난 울음을 삼키며 손목을 잡고 받아들였을 것 같으니 참, 내 마음 나도 모르겠단 말이다."

자신의 지나친 행동을 뉘우치는 듯한 모친의 이 말을 어떻게 해석해야 할지 아들은 한동안 고심하였다. 모친의 심정은 극에서 극으로 갈피를 못 잡는 것 같지만 부부간의 정분을 포기하지 않겠다는 마음은 분명해 보였고, 그동안의 원통했던 감정이 현관 앞에서의 그 냉혹한 거부로 다소나마 풀렸다면 부친이 다시 집에 들어오려고 할 때엔 반대하지 않을 것이라는 믿음까지 드는 것이었다. 며칠 뒤 아들은 모친의 심중을 슬쩍 떠보기 위해 무슨 말끝엔가 가볍게 한마디 던져보았다.

"이제라도 아버지가 돌아오시면 좋을 건데….."

모친의 마음의 상처를 건드리지 않기 위해 질문도 아니고 자신의 의사 표명도 아닌 애매한 형식으로 한마디 내비친 말에 대해 모친이 아무런 대꾸도 없이 묵묵부답으로 나왔을 때 아들은 내심으로 옳지, 됐구나, 이럴 때의 침묵은 긍정의 뜻일 터이다, 하는 쪽으로 해석을 내렸다. 모친은 자존심 때문에도 입을 열지 못할 수 있을 것 같았던 것이다. 아들은 지체 없이 부친과 만나 보았다. 그러나 이번에는 뜻하지 않은 장애에 부딪혔다. 부친 자신이 가정 복귀를 절대 반대하고 나선 것이다. 부친은 이렇다 할 이유를 대지는 않고 간단하게 심중을 전하면서 아들의 입을 막았다.

"나 집에 안 간다. 이제 얼마나 남은 인생이라고 집에 들어가겠니…."

그날 이후 아들은 부친의 악화되는 건강의 책임을 모친에게 전가하였다. 날이 가고 달이 바뀌어도 부친의 병세가 호전되는 기미는 보이지 않았으며, 암이든 무슨 병이든 마음의 안정과 평화가 병 치료에 결정적인 영향을 준다는 생각을 할 때마다 아들은 모친에 대한 원망과 서운함을 지울 수 없었던 것이다. 과거의 불만에 얽매어 미래의 희망을 저버리는 것 같은 모친의 속 좁은 행동이 부친과의 재결합을 영영 가로막는다는 생각을 하면서도 아들은 다른 한편에서 부친의 이해 못 할 결심에 대해서도 의문을 던지지 않을 수 없었다. 부부간의 의사소통이란 꼭 말로만 이루어지는 것이 아닌 이상 변덕 많은 여자의 순간적인 거부를 최종적인 것으로 단정해버리는 부친의 마음도 속 좁기로는 마찬가지라는 생각이 드는 것이었다.

이런 의문에 싸여 있던 아들은 문득 집에 들어가지 못하는 부친의 마음의 진정성에 대해 더 깊이 알고 싶은 충동이 일어났다. 부친의 외도가 자신의 예술창작을 위해 얼마나 불가피한 일인가 하는 새로운 의문이 생기는 것이었다. 부친이 집을 나가 딴 여자들과 동거 생활을 했던 사실이 구체적인 작품 창작의 과정에 대해 어떤 대단한 의미를 지니고 있었는지를 알아보기 위해 아들은 부친의 작품 목록을 가지고 추적 조사를 해보기로 하였다. 아들은 우선 부친의 작품 목록부터 작성하였다. 먼저 인터넷 사이트에 올라있는 목록들을 정리한 다음에 인사동 미술 상인들과 몇몇 미술평론가들의 도움말을 많이 참고하였으며 필요하다고 생각할 때에는 부친이나 현재의 동거녀와의 직접 면담도 마다하지 않았다. 부친의 신상에 대해 알아보기 위해 초면의 인사들에게 접근하여 이야기 나누는 일은 거북하기도 했고 그리 쉽지도 않았다. 부친의 사생활의 내막을 미술계 인사들의 입담을 통해 얻어듣는다는 일이 아들을 다소 당황케 하였으나 한편으로는 그의 자존심의 일부를 만족시켜주기도 하였다. 활동 기간이 그리 길지 않았음에도 불구하고 작품 수가 예상외로 많은 데다 부친의 작품들은 다양한 부류에 걸쳐 있으면서 대담한 경향을 시도했다는 사실을 알게 되면서 추적 조사는 점입가경의 느낌이 없지 않았다. 소장자가 분명치 않은 작품들이 많이 있어서 완전한 작품 목록을 만들기는 도저히 불가능하다는 것이었고, 부친의 작품들 중에 대다수가 여러 여인들의 수중에 있을 것이라는 심증을 얻었지만, 이에 대한 대책은 있을 수가 없었다. 부친의 작품을 갖고 있는 여인들은 이런저런 이유로 인해 아마도 상당 기간 자신이 소장하는 작품들을 세상에 내놓지 않을 것이라는 귀띔을 들은 아들은 이들 여인의 신상에 대해 새로운 의문을 갖게도 되는 것이었다.

아들은 부친의 작품 목록을 조사하면서 부친의 여자관계가 창작 활동에 대해 얼마나 큰 영향을 끼쳤는지 놀라지 않을 수 없었다. 부친의 작품들은 세월이 가면서 그 소재나 경향의 변화가 뚜렷이 나타나고 있었는데 그러한 변화의 계기는 언제나 어떤 여인과 내연관계를 가졌느냐에 따라 크게 결정되었음을 발견하게 되었던 것이다. 아들은 부친의 창작 활동의 양상이 변해온 과정을 대충 세 시기로 정리했는데 그것은 부친의 내연녀들 중에 주요 인물은 대충 세 여자로 정리된다는 뜻이기도 하였다. 부친의 여성 편력에서 첫 시기는 젊고 의욕에 찬 사진작가와의 동거 기간이었다. 이 시기에는 계절 정취가 담긴 아담한 풍경화나 소담한 정물화, 인정미 느껴지는 시골마을이나 재래시장의 풍치를 담은 풍물화가 대부분인데, 일상생활의 어느 한 부분을 찐하게 포착한 경쾌하고 밝은 터치의 그림들이 많았다. 그 가운데 어떤 그림들은 사진작가가 추구하는 사실성寫實性과 대비되기를 원했음인지 몽환적이라 할 특이한 화법을 쓴 것들이 상당수 있어서 아들의 시선을 한참 잡아끄는 것이었다. 흔히 보는 평범한 소재인 숲속이나 강변의 풍경을 담고 있는 것인데도 새벽이나 저물녘의 어스름이 깃들거나 또는 물안개가 살포시 드리우면서 환상적인 분위기를 만듦으로써 마치 아득한 꿈나라에 온 것 같은 그림들이 특히 그랬다. 또한, 흔히 보는 그림처럼 유연하게 내리뻗은 어느 야산의 능선으로 알았는데 한참을 들여다본즉 그것은 부드러운 여체의 곡선미를 그린 것이었고, 화려한 꽃들이 무더기로 핀 꽃밭 한 모퉁이의 유달리 정교한 꽃 한 송이인 줄 알았는데 한참 들여다본즉 건강한 여성의 음문 같은 오묘한 형상이 그 속에 들어 있었다. 아들은 부친의 그림을 응시하면서 그림 뒤에 숨어 있을 부친의 사생활의 비밀을 추리해 들어가는 기분이 되었다. 부친은 이 시기에 얻은 화단의 명성에 고무되어 자신의 예술가로서의 가능성에 자신감을 가지게 되고 이는 다시 구름처럼 떠도는 그의 풍류객 취향을 뿌리내리게 만들었다는 게 아들의 생각이었다.

부친의 창작 활동 제2기는 화려한 패션 디자이너와의 동거 기간이었고, 부유하고 건강했던 호시절에 호의호식과 국내외 여행을 즐김으로써 세상 사람들의 이목이 집중된 기간이기도 하였다. 짓궂은 민완 기자들이 두 사람이 여행 중인 장소에 나타나서 깜짝 촬영으로 내놓은 사진들이 패션잡지에 특종으로 실리면서 이들 커플은 더욱 유명하게 되고 세간에 숱한 화제를 뿌리게 되었던 것이다. 세계여행의 바쁜 일정 사이사이에 체류 중인 여러 나라에서 이색적인 오브제를 취하여 서둘러 그려진 이 작품들은 대체로 사실적인 필치의 것이면서도 소재 자체의 기이함 때문에 눈길을 끄는 그림들이 많았다. 그림 속 사람들의 얼굴 윤곽과 의상과 주위 풍경들이 풍기는 분위기가 낯설고 이국적인 이런 작품들이 인기를 끌었던 것은 근래에 와서 한국인들에게 일기 시작한 해외여행 붐 덕분이라는 것이 어느 미술비평가의 촌평이었다.

이 기간 중의 내연녀도 앞서의 경우처럼 부친의 그림에 무시 못 할 영향을 주었으리라는 것이 아들의 생각이었다. 사진작가인 내연녀가 부친의 창작 과정에서 가까운 생활세계의 세태소묘라는 모티브를 제공해주었다면 패션 디자이너인 내연녀는 나라

마다 달라지는 문화와 풍속의 특색을 감지하는 안목을 길러주었을 것이라는 생각이었다. 낯선 나라 여행 중에 느껴지는 고감도의 인상들을 그림 하나하나의 좁은 공간에 응축시켜놓은 것들을 바라보노라니, 의상 디자인을 비롯한 패션 예술에서 미적 감각의 차이를 만드는 공간적인 요인이 시간적이 요인보다 훨씬 더 막강하다는 어쩌면 당연한 사실이 새삼스럽게 실감되었다. 오래 살면서 보게 되는 패션의 변화보다 여러 나라를 여행하면서 보게 되는 패션의 변화가 더욱 두드러지게 나타날 것이라는 생각이 들었고, 지구촌 곳곳의 천차만별한 패션을 두루 섭렵해본 것이 가정을 잊어버린 부친의 일탈행위를 더욱 부추기는 이유가 되었을 것 같았다.

부친의 풍류 인생 제3기는 현재 동거 중인, 가족들에게는 홍洪 여인으로 통하고 있는 여인과 만난 이후 사오 년 정도의 기간이었다. 세상에는 소설가로 알려져 있지만 부친의 내연녀들 중에 가장 수수하고 검박한 이런 여자를 만난 것은 이때에 와서 갑자기 암울해진 부친의 생활환경을 생각하면 커다란 행운이라는 것이 아들의 생각이었다.

아들은 이 시기에도 내연녀의 개성이 부친의 그림에 영향을 주었을 것이라는 생각에서 소설가라는 홍 여인의 최근 작품들을 조사해보려 했으나 찾아낼 수가 없었다. 젊은 나이에 소설책을 두 권이나 낸 필력의 소유자였음에도 불구하고 부친과의 동거가 시작된 다음에는 출판되어 나온 작품이 하나도 없었던 것이다. 또한 가지 이상한 것은 이 기간 중에 나온 부친의 작품들은 대다수가 인물화였고 그 인물화들은 대부분 여성의 얼굴이거나 여성 중심의 작품 구도에 포인트를 두는 것이었다. 아들은 부친의 작품 도록을 펼쳐 들고 무슨 숨겨진 비밀이나 탐지하듯 그 속에 그림들 하나하나를 찬찬히 들여다보았다. 처음에는 이렇게 많은 여인들을 그리는데 모델들은 어디서 어떻게 구했는지 의아스러웠지만, 한참 살펴본 결과 그 많은 여인 얼굴들이 홍 여인을 모델로 했음을 감지할 수 있었다. 한 여인에 대한 부친의 애착이 그 정도로 도탑게 쌓여 있음이었다. 건강 문제로 인하여 밖으로 잘 나다니지 못하였기 때문에 집안에서 소재를 찾았다고는 하지만, 이렇게까지 한 여성에게 집착할 수가 있었는지 실로 대단한 일이었다. 부친의 내연녀가 동거 기간 중에는 작품을 하나도 내놓지 못한 이유도 짐작이 될 것 같았다. 부친의 화필력에 봉사하느라고 자신의 문필력을 희생했을 터이었다. 어쩌면 그림의 뛰어난 묘사력에 비하여 자신의 소설 작품이 보잘것없음에 실망했는지도 모를 일이었다. 무한정한 색깔과 형상과 명암 처리를 구사하는 그림을 통해서 무궁무진한 인물 묘사가 가능함에 반하여 사전에 나오는 제한된 어휘 수를 가지고 인간의 오만 가지 상념과 욕정을 묘사하는 것이 터무니없다고 생각하지 않았을까 하는 것이다.

홍 여인 자신의 근래 작품은 보지 못했지만 그녀의 개성이 부친의 작품 경향에 끼친 영향이 크다는 증거는 명백하다는 것이 아들의 결론이었다. 앞선 두 내연녀들과의 동거 기간에 나온 작품들이 강렬한 색깔과 밝은 빛의 터치가 돋보이고 있음에 반하여, 마지막 홍 여인과의 동거 기간에 나온 작품들은 어딘가 음울한 분위기이며 진중하면서도 그윽한 톤으로 변한 것이 뚜렷하였다. 부친 자신의 암울해진 환경 탓도 있지만 홍 여인의 지긋한 나이와 조신하는 성격과 수수한 외모 등 동거녀의 특수성이 많이 작용한 결과라는 판단이 서는 것이었다. 이와 더불어 이 시기에 나온 작품들이 일반인에게 별로 많이 판매되지 않았다는 점도 이해가 될 듯하였다.

부친의 창작 활동의 이면사를 추적 조사한 꼴이 된 아들은, 조사의 종료와 거의 동시에 부친상을 당하게 되자 자기가 마치 부친의 죽음을 예비한 것과 같은 느낌이 들었다. 자기 집 현관 앞에서 기절하는 불상사 끝에 재입원하여 달포 정도의 추가 치료를 받고 퇴원한 후에도 박 화백의 병세는 별로 호전되지 못하다가 1년을 못 넘겨서 죽음을 맞게 되었던 것이다. 간암 말기의 투병 생활로 기진맥진해 있던 박 화백의 마지막 1년은 그러나 그의 창작 에너지가 최고의 절정을 보여준 때라는 것이 여러 비평가들의 의견이었다. 호방한 풍류 취미와 세계여행을 무리하게 즐기면서 재산과 건강을 탕진한 다음 불시에 닥친 운명적인 응징 같은 시기였지만 박 화백은 이를 마지막 남은 예술혼의 용광로로 승화시켰다는 세평이었다. 아내에게서 매몰찬 거절을 당하고는 대오각성을 했음인지, 꺼져가는 촛불처럼 임박한 죽음을 예감했음인지, 쓸데없는 외출이나 향락 행위와는 일체 손을 끊고 오로지 그림 그리는 일에만 열중한 이 짧은 기간은 그 이전 어느 때보다도 뜨거운 창작열을 보여주었다는 것이다.

박 화백의 죽음을 바라보는 아들의 심정은 착잡하였다. 부친의 죽음을 앞당긴 책임은 모친에게 있다는 생각을 지울 수가 없었던 것이다. 1년 전의 불행한 사건에 대한 기억이 아직도 생생히 남아 있는 아들은 모친의 매몰찼던 강단성을 원망하면서도 부친의 장례를 치르는 동안 그러한 내색은 애써 감추려고 하였다. 모친은 넋을 잃은 듯 장례 절차가 어떻게 돌아가는지 거들떠볼 기력도 없이 안방 한구석을 지키고 앉아서 하염없이 한숨 지으면서 눈물을 흘리는 것이었다.

박 화백의 죽음은 아들보다는 아내에게 더 큰 충격을 준 것이 누가 보아도 분명하였다. 그러나 가출 남편의 귀환이 아내에게 거부당할 때의 비참함에 비하면, 죽은 남편의 귀환은 매우 조용하고 순조롭게 진행된 편이었다. 객사한 것이나 다름없는 박 화백의 시신이 병원에서 집으로 옮겨진 다음에 장의사 직원들이 말하는 소정의 절차와 관행에 따라서 모든 장례 의식이 거행되었으며, 가족 측의 의사 결정이 필요할 때는 아들과 딸 상주들에게 물어보면 되었던 것이다. 그들은 모친이 바라는 대로 병원이 아닌 자택에서 빈소를 차리기로 의견을 모았다. 모친은 아마도 껄끄러웠던 부부관계를 외부 인사들에게 노출시키고 싶어 하지 않을 것이라는 게 자식들의 생각이었다. 자택에서 장례를 치르게 된 것에 대해 제일 좋아한 사람은 이웃집 최 사장이었는데 그는 상가喪

家에 있게 마련인 크고 작은 일들을 하는 데에 솔선하여 도와주었다. 아직 삼십 줄 나이에도 이르지 못한 상주들에게는 고맙고 다행한 일이었다. 최 사장은, 살았을 때 뒤틀려졌던 일들을 바로잡아주는 것이 사람의 죽음이라고 고인의 자식들 앞에서 몇 번이나 말했는데, 이 말은 그들의 마음에 깊은 울림을 안겨주었다. 아마도 최 사장의 이 말을 듣고 제일 좋아할 사람은 모친일 것이라는 게 장례가 진행되는 동안 그들 사이에 은연중에 전해진 공통된 생각이기도 하였다.

부친 사망의 전말과 장례 계획에 대해 아들로부터 설명 들을 때에 모친은 묵묵부답으로 일관하였다. 아들의 설명을 들으면서 타박하거나 제지하는 말이 한마디도 없었던 것이 다행이라면 다행이었다. 부친의 예술가로서의 명성에 어울리게 수많은 조문객들이 문상을 왔을 때에도 모친은 모든 것을 3남매 상주들에게 맡기고는 마루에 마련된 빈소에서는 보이지 않는 안방 한켠에 숨어 있다시피 앉아 있으면서 아주 가까운 지인이 아니고는 답례 인사하러 일어서는 일이 거의 없었다.

가출 남편의 죽음과 귀환에 대해 가타부타 언질이 없이 침묵으로 일관함으로써 고인의 평화로운 영면의 길을 도와준 아내의 너그러운 태도에도 불구하고 단 한 가지 일에 있어서만은 침묵도 너그러움도 없었다. 박 화백과 내연관계에 있던 여자들에 대한 그녀의 단호한 처결 태도가 그러하였다. 사실상 이 문제야말로 부친의 장례를 치르는 동안 3남매 상주들의 가슴을 조마조마하게 만든 중대사이기도 하였다. 부친이 함께 동거했던 여자들은 어떻게 생긴 이들이고 이들은 부친의 장례식에 어떤 모습으로 나타날 것이며 이 여자들의 등장에 대해 모친이 취하는 태도는 어떤 것일는지, 이 같은 문제들은 자식들의 큰 관심사이기도 했고 은근히 걱정되는 일이기도 하였던 것이다.

아들 상주는 처음 한동안은 문상객들 중에 그럴 만한 나이의 낯선 여자들을 눈여겨보았다. 그러나 수많은 여자 문상객들을 하나하나 찬찬히 바라보는 것은 인정상 차마 못 할 노릇이어서 아예 관심을 두지 않기로 하였다. 그러던 중 아침나절에 빈소에 배달된 조화 하나가 눈길을 끌었다. 아들의 조사 결과에서 부친의 두 번째 내연녀로 되어 있는 여자 이름이 달려 있는 조화였다. 조화에 걸린 이름 표지에 구태여 '일본 교오또에서'라는 단서가 붙어 있는 것은 아마도 외국에 가 있는 관계로 문상을 못 왔음을 알아달라는 뜻인 것 같았는데 하여간 이 같은 조화의 도착은 아들의 마음을 조금 놓이게 하였다.

별다른 일이 없이 시간이 지나 하루해가 기울 무렵이었다. 아들이 걱정했던 대로 부친의 내연녀 한 사람이 들어와서 문상을 하려다가 모친의 단호한 거부에 의해 쫓겨나는 일이 벌어졌다. 부친의 행적을 조사했던 아들은 빈소로 들어오는 이 여자를 보고는 유난히 키가 크고 목이 긴 그녀의 얼굴을 어렴풋한 기억 속에서 찾아낼 수 있었다. 부친과 나란히 함께 찍은 사진들을 통하여 많이 보았던 여자 얼굴들 가운데에서 기억을 얼른 되살린 결과 그는 부친의 동거녀 세 사람 중에 첫 번째 여자인 사진작가를 알아볼 수 있었다. 여행복 같은 점퍼에다 헐렁한 바지 차림으로 나타난 이 여인은 분향소 쪽으로 가서 무릎을 꿇고 앉아서 향을 피우고 나서도 일어설 줄을 모르더니 그냥 그 자리에서 흑—흑— 흐느껴 울기 시작하였고 그 울음은 드디어 엉—엉— 터져나오는 호곡 소리가 되어버리는 것이었다. 어깨를 들썩거리면서 통곡하는 낯선 여인을 바라보는 사람들 사이에서 수군거리는 소리가 나왔다. 무엇보다도 이어서 들어오는 조문객들이 분향하는 데에 지장이 되었기 때문에 복친 중에 나이 지긋한 한 사람이 다가가서 사정 이야기를 하자 마지못해 일어선 여인은, 그러나 걸어나오던 발걸음을 출구 쪽으로 옮기지 않고 아들 상주에게 다가가서 말을 거는 것이었다. 훤칠한 키에다 몹시 지친 기색을 보이는 이 여인이 성큼 다가와서 말을 건네었을 때 아들은 얼른 알아듣지 못하여 정신을 가다듬고 재차 들어야 했다. 고인하고는 장기간 스튜디오 동업자로 생활했던 사람이라고 자신을 소개한 여인은, 고인과의 관계를 생각하면 자기도 상장喪章을 달 만한 사람이라면서 분향소 한켠에 놓여 있는 상장 바구니 쪽으로 시선을 돌리는 것이었다. 아들은 별다른 생각 없이 삼베 조각으로 매듭지어 만든 여자용 상장 하나를 꺼내어 여인에게 건넸다. 여인은 건네받은 상장을 머리에 꽂을 생각은 않고 아들에게 계속해서 말하기를, 자기는 외국에서 거주하다가 박 화백의 서거 소식을 듣고 급히 귀국해서 오느라고 문상이 늦어졌는데, 옛날 두 사람의 동업 시절에 약속하기를 박 화백 장례식에서 조시弔詩는 자기가 맡아서 낭송하기로 하였다는 것이다.

아들은 어떤 말로 응대해야 할지 얼른 판단이 서지 않았다. 자기는 아들로서 부친의 과거 행적에 대해 조사한 것이 있어서 이 여인이 공연한 허세로 나서는 것이 아님을 알 것 같았으므로 모르는 일이라고 잡아뗄 수도 없었다. 문제는 역시 모친이 어떤 응대로 나올지 하는 것이어서 아들은 자연히 그쪽으로 시선을 돌렸더니 불과 대여섯 걸음 떨어진 곳에 모친이 서 있는 모습이 보였다. 언제 어떻게 눈치를 채었는지 모친은 안쪽 한켠에 앉아 있던 자리를 나와서 그들이 주고받는 말을 듣고 있었던 것 같았다. 아들은 어떻게든지 상황 설명을 해야겠다는 생각에서 모친에게로 다가가서 입을 열었다.

"전에 아버지하고 같이 화실을 썼던 사진작가이신데 아버지 장례식장에서 조시를 낭독하고 싶으시다고…."

"뭐, 같은 화실을?"

모친은 칼로 자르듯이 아들의 말을 가로막았다. 아들은 여행복 차림의 여인을 향해 시선을 돌리는 모친의 두 눈 사이가 깊게 찌푸지려는 것을 보았다. 억눌렸던 감정이 터져 나오는 것을 참으려 함인지 입술을 몇 번 실룩거리는 모친의 얼굴이 싸늘하게 일그러졌다. 벌써 좌중의 여러 사람들은 이런 광경을 걱정스러운 시선으로 바라보고 있었다. 모친은 좌중의 시선 같은 것은 아랑곳없이 눈앞의 키 큰 여인을 향하여 걸어가더니 다짜고짜 여인의 손에 있던 상장을 낚아채어 마룻바닥에 내동댕이친 다음에, 어디서 그런 독기가 나왔는지 모를 만큼 매몰차고 냉랭한 목소리의 불호령을 내지르는 것이었다. 얼굴은 벌써 붉으락푸르락 상기되고 입술은 덜덜 떨리고 있었으며 두 눈은 뜨거운 불꽃을 튀길 것처럼 이글이글 타오르는 듯하였다.

"언다 대고 무슨 소리 하는 거야? 당장 나가, 나가지 않으면 내쫓을 거야. 조시는 무슨 조시야, 이 집에는 그런 거 없어."

별로 젊지도 않은 처음 보는 여자한테 거침없이 터져 나오는 반말도 그러려니와 부인의 말투에 섞여 있는 독기와 위세가 상대방에게 일말의 끼어들 여지를 남겨주지 않았다. 상가의 수많은 복친들과 문상객들이 둘러보는 가운데 고인의 미망인한테서 당하는 냉혹한 응대는 이 난데없는 조문객의 기세를 가차 없이 눌러놓았다. 이 같은 자리에 나와서 자기의 애매한 신분을 밝힐 정도가 되려면 그 담대함과 뱃심이 상당한 여자였겠지만 막상 헤어날 길 없는 고립무원의 상황에 부딪쳐서 더 이상 뭐라고 대꾸할 말을 찾지 못하는 것 같았다.

이런 광경을 보면서 아들은 어찌할 줄을 몰라 가만히 보고 있을 수밖에 없었다. 이때 이웃집의 최 사장이 적절하게 거들고 나오면서 문제를 해결해주었다. 처음서부터 이 낯선 조문객의 일거수일투족을 유심히 지켜보던 그는 슬그머니 그 여인의 옆으로 가더니 이야기할 것이 좀 있다는 부드러운 말로 안심을 시키면서 그녀의 한쪽 팔을 가볍게 잡고 집 밖으로 데리고 나가는 것이었다.

얼마 후에 최 사장이 들어오더니 잘 타일러 돌려보냈으니까 염려 말라고 귀띔해주었다. 아들은 겨우 안도의 한숨을 지었다. 이렇게 과거를 들추면서 고인과의 연고를 고백해오는 여자가 숲속에 숨어 있는 복병과도 같이 언제 다시 나타날지도 모르며 이처럼 낯모르는 여자가 나타나서 다소간의 소란을 피우는 것은 어느 정도 각오해야 할 것이라는 생각도 들었다. 고인의 생시에 고락을 함께하였다고 고백하며 죽은 이의 명복을 빌겠다고 찾아올 때에 무턱대고 문전박대하는 것도 잘하는 일은 아닌 듯하였다. 상가 쪽 사람들이야 어떻게 생각하든 그렇게 문상 오는 사람은 나름대로의 의중이 있을 터이었다. 박 화백과 얼마 동안 내연관계에 있었다면 그가 그린 그림들 중 몇 개인가를 갖고 있을 가능성이 있고 그 그림의 창작을 둘러싼 어떤 비밀스러운 사연을 알고 있을 수도 있으며 이같은 사실은 작품을 평가하는 데에 상당한 인과관계를 만들 수도 있는 일이었다.

아들은 이런저런 상상을 쫓아가던 끝에 아침부터 떠올랐던 한 가지 궁금한 일에 대한 조바심을 금할 수 없었다. 그것은 바로 그의 집 가족들에게 홍 여인으로 알려진 여자의 등장에 대한 조바심이었다. 홍 여인은 분명히 부친의 다른 내연녀들과 달랐으며, 그녀가 장례식장에 나타날 적에 그네들과 같은 대접을 받을 수는 없는 일이었다. 홍 여인은 부친의 마지막 임종을 지켜본 내연녀이자 제일의 협력자였다. 더구나, 주독에 찌들어 건강이 악화되었던 부친의 말년에는 홍 여인에게도 병수발의 고충과 수고가 컸으리라는 것은 불문가지의 일이었다.

두서없이 생각나는 부친의 내연녀들을 놓고 가뭇없는 상상의 그림자를 쫓던 아들은 낮 시간이 얼마쯤 기울었을 때 들어온 문상객 한 사람으로 인하여 정신이 번쩍 드는 새로운 사실에 눈뜨게 되었다. 부친의 말기 암 치료를 맡았고 사망진단서까지 작성했던 의사였다. 잠시 짬을 내어 인사차 다녀간 아들에게 그가 건네는 말,

"아까운 나이에 아까운 인재가 돌아가셨습니다."

"어쩌겠습니까, 인력의 한계라고 보아야지요."

인력의 한계라는 표현을 당신네 병원의 기술 수준 한계라는 뜻으로 알아들었는지 의사는 잠시 아들의 얼굴을 지그시 바라보다가 의미심장한 표정으로 입을 열었다.

"아버님의 경우는 인력의 한계가 아니라 인력이 얼마나 대단한지를 보여주는 케이스일 겁니다."

"네? 인력이 대단하다는 말씀이라면…."

"그렇지요. 저희 병원 의사들끼리 하던 얘긴데요, 아버님께서는 석 달 정도로 예측하던 기간을 일 년이나 버티셨던 거예요. 대단한 의지력 아닙니까."

"의지력으로 버티셨다구요?"

"의지력과 더불어 목적의식이지요. 살아남아야 할 일이 있다는 목적의식이 확고한 사람의 세포는 쉽게 죽을 수 없다는 것이

지요. 아버님께서는 그만큼 열정을 쏟고 하시는 일이 있었기에 의사들의 예측도 뛰어넘을 만큼 오래 버티신 거지요."

담담하고 조용히 울려 나오면서도 진중한 무게가 느껴지는 의사의 말을 들으면서 아들은 잠시 귓속이 먹먹할 정도로 놀라는 심정이 되었다. 의사가 돌아간 다음에도 그가 남긴 말의 뜻을 놓고 한참을 부심하였다. 이제까지 무엇을 알지도 못하고 고심하던 자신의 모습이 부끄럽기도 하였다. 부친의 의지력과 목적의식이라면 물론 예술가의 창작열을 가리킬 터이었고, 부친은 결국 예술적인 창작 에너지를 가지고 수명까지 연장할 수 있었다는 얘기가 아닌가. 이런 생각이 들자 아들은 문득 홍 여인의 얘기를 듣고 싶었다. 부친의 창작열과 투병 생활에 대해서라면 홍 여인 이상으로 알 만한 사람이 없을 터이었다.

아들 상주에게 기다림과 두려움의 심정으로 착잡한 하루 시간을 보내도록 만든 홍 여인은 저녁시간도 지긋하게 지난 다음에야 빈소를 찾아왔다. 아침에 왔던 여인과는 달리 사뭇 무안스러운 듯 머뭇거리면서 들어선 홍 여인은 조용히 분향을 마치고 나오자 아들의 영접을 받았다.

상주의 입장에서 그녀에게 반감보다는 오히려 호감을 갖고 있음이 그의 솔직한 심정이었다. 그는 홍 여인의 남모를 고충을 다소나마 알고 있는 처지였고, 부친의 사망을 전후한 최근 며칠은 모친은 제쳐두고(더 정확하게는, 모친이 모르는 가운데) 병원 안팎에서 입퇴원과 환자 수발을 함께 돌봤던 처지였기 때문에 그런 사람의 문상을 정중히 맞아들이는 것이 당연한 도리라는 생각이 들었던 것이다.

홍 여인을 맞으면서 아들에게 떠오른 고민은 모친에게 이 상황을 어떻게 전하느냐 하는 것이었다. 그는 궁리 끝에 작정하기를, 홍 여인의 신원에 대해서는 모친에게 비밀로 하기로 하고 두 여동생들에게도 손짓으로 그의 의사를 전하였다. 때마침 모친은 어디로 갔는지 보이지 않아서 다행이다 싶었다. 아침에 모친에게서 혹독한 냉대를 받은 여자를 생각할 때 도무지 홍 여인의 문상에 대해 알릴 수 없었던 것이다. 그는 혹시나 모친이 이 난처한 정황을 눈치채지나 않을까 조마조마한 마음으로 홍 여인에게로 다가가서 간단히 인사말을 건넨 다음에 가만히 물어보았다.

"저 혹시 아버님께서 생전에 특별히 애써 그리던 그림이 있었나요?"

"있었지요. 몇 번이나 그리다가 던져버리고 다시 그리고 하시던 그림이 있었지요."

"그게 어떤 그림이었나요."

홍 여인은 한동안 아들의 시선과 마주하며 주저하다가 말을 이었다.

"아드님도 함께 들어있는 그림이었지요. 거 있잖아요, 아버님께서 1년 전에 퇴원하셔서 댁으로 들어가시려다가 현관문 앞에 쓰러지시는 장면을 그린 거였지요."

"아, 저도 생각이 납니다. 그 그림 제목은 '탕아 돌아오다'로 되어 있었던 거 아닌가요. 저도 화실에 들렀을 때 한 번 본 것 같습니다."

"맞아요. 아버님께서 그 그림 하나로 얼마나 고생하셨는지 몰라요. 한번 그렸다가는 찢어버리고 한참 후에 다시 그리고 하면서 하도 어렵게 하시는 통에 저는 완성 못 하고 돌아가시는 줄 알았지요. 그림 제목도 처음에는 '탕아 돌아오다'로 붙이셨다가 나중에는 '돌아온 탕아 쓰러지다'로 바꿀 생각도 하셨는데 결국 마지막까지 제목은 정하지 못하고 돌아가신 거예요. 100호에 가까운 대형 그림을 다 완성하신 것만도 다행이지요. 그림을 완성하시고 일주일도 못 되어 돌아가신 거지요. 아마도 아버님께는 최대의 역작이고 노작이 되실 거예요."

아들은 무엇에 얻어맞은 듯 머리가 핑 도는 것 같았고, 무엇을 아는 척하고 고심했던 자신이 다시 부끄러워지는 것이었다. 몇 달 전 그가 귀가를 권할 때 한마디로 거절하면서 허공을 응시하던 부친의 수심 띤 얼굴이 눈앞에 어른거리는 듯하였다. 간혹 만날 때마다 그렇게 비정해 보이고 그렇게 자신만만해 보이던 부친에게 그렇게 여린 마음이 숨어 있었으며, 그날 퇴원 길에 집에 못 들어간 것이 부친의 마음속에 그렇게 큰 상흔을 남겼다는 것이 아닌가. 잠시 넋을 놓고 있던 그는 홍 여인이 던지는 질문에 정신이 번쩍 들었다. 여전히 조심스러운 어조였다.

"저기, 부탁이 하나 있는데요."

"무슨 말씀이신가요? 말씀하세요."

"내일 영구차가 묘지로 가는 길에 정릉 화실에 잠깐 들렀다 가면 안될까요?"

"그건 무슨 말씀이시죠? 정릉에 잠시 들린다니….."

"노제路祭라는 거 있잖아요? 요즘은 많이 안 하긴 하지만."

"아, 노제라면 저도 몇 번 들은 것 같습니다만 노제를 어떻게….."

"잘 아시는 것처럼 박 선생님은 정릉 화실에서 마지막 오 년을 저와 함께 고락을 같이하셨어요. 그 기간 중에 가장 힘들게 사셨고 가장 열정적으로 사셨다고 생각해요. 그래서 내일 영구차가 묘지로 가는 길에 정릉 화실 앞에 잠깐 멈추고서 노제라도 올리고 싶은 거예요. 마침 우리 집이 공동묘지 가는 도중에 위치해 있으니 장의사 사람들에게 별로 부담될 것도 없을 거예요."

"글쎄입니다. 전 별로 보지 못한 일이라서요."

"제가 다른 것을 특별히 바라지는 않아요. 마지막 가시는 길에 제 마음 섭섭지 않게 하고 싶은 거지요."

"말씀하시는 심정을 이해는 합니다만은….."

아들은 뭐라고 대답하기가 난감하여 잠시 말을 끊었다. 홍 여인의 요구사항은 아주 작은 일인 것 같으면서도 일면에서는 결코 작은 일이 아닌 것도 같았다. 그의 대답을 기다리며 잠시 시간을 보낸 다음 홍 여인은 무슨 결심이라도 한 듯이 다시 뭐라고 말을 시작하려고 하다가 급히 멈추었다. 그들이 앉아 있는 자리에서 몇 발자국 떨어진 곳에 박 화백의 부인이 서 있는 것을 발견한 것이었다. 부인의 얼굴에 놀람의 기색이 없는 것을 보면 얼마 전부터 그곳에 서 있었던 모양이다. 홍 여인의 신원에 대해서도 뭔가 낌새를 눈치챈 것 같은 표정이었다. 홍 여인의 시선이 자기에게로 향하는 것을 본 부인은, 이제까지 감정을 억누르고 있다가 폭발하는 것처럼 그녀를 향하여 거친 말부터 나오는 것이었다. 아들한테 시키는 말이면서도 실지로는 홍 여인이 들으라는 듯이 단호하고 매몰찬 어조이다.

"이 여자 뭐 하러 왔느냐. 썩 나가도록 해라."

"어머니, 그런 말씀 마세요. 조용히 이야기하는 중이잖아요."

아들은 모친의 막가는 태도에 걱정이 되는지 자신의 몸으로 앞을 막아서며 혹시나 있을 불상사를 저지할 태세를 취하였다.

"이 여자한테 무슨 할 이야기가 있단 말이냐. 네 애비가 죽었는데 또 무슨 일이 있다고 찾아왔다냐."

"어머니, 그런 말씀 마세요."

아들은 다시 거칠고 막된 말을 들을지도 모른다는 의구심이 들면서 조용히 모친의 한쪽 팔을 잡고 안방 쪽으로 인도해 들어갔다. 나직한 소리로 홍 여인의 그동안의 노고에 대해 호의적인 설명을 하고 난 아들은 내일 묘지로 가는 도중에 노제를 올리고 싶다는 그녀의 말을 전하였다. 모친의 반응이 걱정되었지만 어떻게든 부딪치지 않을 수 없는 일이라고 생각되었던 것이다. 이 말을 들은 모친은 아들이 제지할 사이도 없이 안방 밖으로 뛰쳐나가더니 어느 틈에 홍 여인이 앉은 자리로 가서 다짜고짜 언성을 높여

소리 지르는 것이었다.

"뭐라고 했어, 이 년. 뭐, 노제를 올리겠다고? 살아서 서방질이지 죽어서까지 뭔 서방질이냐?"

어안이 벙벙해진 홍 여인이 엉겁결에 아무 말도 하지 못하자 부인은 삿대질을 하면서 다시 열을 올리는 것이었다.

"멀쩡한 남자를 죽여놓고 무슨 염치로 여기를 찾아온단 말이냐, 찾아오긴."

"여보세요, 말씀 똑바로 하세요. 죽여놓긴 누가 죽여놓았습니까. 저는 박 선생님의 건강을 챙겨드린 사람이에요. 집에서고 병원에서고 그 힘든 병수발을 해온 사람인 줄 알기나 하십니까."

"누가 당신 보고 남의 서방 데려다가 병수발해달라고 했나? 남의 서방 꼬드겨서 살림 차리는 건 가정파괴범이야, 알았어?"

"남편이 집 나가게 만든 사람은 잘한 건가요? 남자가 집 나가게 된 건 그럴 만한 이유가 있으니까 그런 거 아네요? 까닭이 있어서 집 나간 남자를 길바닥에서 죽게 놔두었으면 잘하는 일인가요?"

홍 여인의 말대꾸는 부인의 애간장을 태우는 불꽃에 기름을 붓는 격이 되고 있었다.

"그래 잘났다. 길바닥에서 죽어가는 사람을 살렸단 거구나. 그럼, 그런 정신 가지고 자선 사업가나 되지 왜 남의 집 남편을 데려다가 살리니 죽이니 한단 말이냐."

"생각해보세요. 길바닥에서 죽어간다고 아무나 살려줍니까.

박 선생님처럼 뛰어난 화가니까 같이 살기도 하고 서로 도와주기도 하는 거지요. 예술하는 사람들끼리니까 서로 통하는게 있을 거 아닙니까."

"그럼, 예술하는 사람들끼리 잘 통하니까 예술 모르는 사람 인생을 망쳐도 되는 거야? 내가 당신 같은 여자들 때문에 피눈물 얼마나 흘린 줄 알아? 당신 같은 여자한테 남편을 뺏겨 가지고 여자 혼자 힘으로 아들딸 키우고 사람 노릇 하느라 뼛골이 다 휘었어. 나도 연애할 권리 있고 행복할 권리 있는 사람이지만 피 끓는 청춘에 생과부 된 거야. 남편 죽은 생과부가 오래 버티면 열녀비라도 세워주지 남편 살아 있는 생과부는 병신이다 병신. 느그들이 나를 병신으로 만들었단 말이다. 남의 집 여편네 병신으로 만들어서 얼마나 통쾌하고 유쾌했느냐 이것아. 누구는 예술이다 로맨스다 인생을 즐기고 누구는 모성애다 희생정신이다 하면서 남 좋은 일이나 해주고 이래도 되는 거야? 살았을 땐 마누라 독수공방 시키고 죽어가선 시앗하고 동서지간 되라 하고 내 팔잔 이래도 되는 거야?"

악에 받친 모친의 말발이 점점 거세지는 모습을 바라보는 아들의 심정은 막막하였다. 모친의 냉혹한 언사를 듣는 홍 여인의 처지가 더욱 안쓰러워진 아들은 조용히 다가가서 그녀의 팔을 부축하고 빈소 밖으로 인도하여 나갔다. 이것이 두 억울한 여인을 위하여 그가 선택할 수 있는 최선의 길이라 생각되었던 것이다. 밖으로 나오고 나서도 아들은 소리를 죽이고 나직하게 말하였다.

"이거 정말 죄송하게 됐습니다. 제가 대신 사과하겠습니다. 저의 어머니가 요즘 제정신이 아닙니다."

아들의 사과 말을 듣고 쌓였던 감정이 터져 나오는 것인지, 지켜보는 사람들이 없어서 마음이 놓였는지, 홍 여인은 이제껏 참았던 울음을 터뜨리고 말았다. 그러면서 북받치는 감정을 이길 수 없는 듯 쓰러지듯이 땅바닥에 주저앉은 홍 여인은 얼굴을 두 손바닥에 파묻고 터져 나오는 울음을 겨우 참으면서 입을 열었다.

"정말 이렇게 될 줄은 몰랐어요. 노제를 지내는 것이 뭐가 그리 어려운 일인가요. 정릉 화실이 어떤 곳인 줄 알면 노제 한번 지내 주는 것이 못 할 일이 아닌 줄 알 텐데, 이럴 수가 있나요….”

홍 여인은 잠시 말을 잇지 못하더니 시선을 먼 곳으로 지그시 돌리면서 다시 말문을 열었다. 울먹이면서도 말을 마치고 말겠다는 의지가 역력하였다.

"저는 정릉 화실을 박해원미술관으로 개조하려고 했어요. 그곳에 남아 있는 그림들과 박 선생님 유품들과 작업실 유물들을 정리하면 훌륭한 미술관이 되고 박해원기념관이 될 거라고 생각한 거예요. 그리고요, 사실은 박 선생님의 영구차를 잠시 세우고 노제를 지내는 시간에 '박해원미술관' 간판을 달려고 했던 거예요. 그곳에 박 선생님의 아우라를 더하고 싶었던 거지요."

"좋은 생각을 하셨는데 정말 안됐습니다. 면목이 없습니다….”

홍 여인은 단단히 결심이 서 있는 듯 내처서 말을 이었다.

"저는 이제 정릉 화실에 물건들을 모두 인계하고 작가 생활로 돌아가기로 했어요. 그곳에 있는 물건들은 모두 귀중한 유물들이 예요. 유품들 말고 그림들도 꽤 되는데 모두 돌려드릴 생각을 하고 있었어요. 사실은 그 모든 것들을 사모님에게 인계하려고 했던 것인데 오늘 보니까 그런 날은 영영 올 것 같지 않네요. 정말 실망했어요."

"참 안됐습니다. 허지만 제가 잘 알아서 홍 선생님 뜻대로 '박해원미술관'을 만들어보겠습니다. 어머니가 관여하시지 않고도 잘되도록 하겠습니다."

아들은 최 사장이 했던 말이 얼핏 떠올랐다. 살았을 때 뒤틀린 일이 죽어서 바로잡힌다는 말이 이런 경우에는 해당되지 않을 것이라는 생각이 들어서 막막한 심정이 되었다. 모친이 가슴 깊이 응어리진 과거 일들을 인정하고 받아들이는 날이 올 것인지 도무지 가늠이 안 되는 것이었다.

그로부터 5년이 지난 어느 봄날 오후 홍 여인은 때마침 정릉 방면을 지날 일이 있던 차에 '박해원미술관'에 들러보기로 하였다. 박 화백의 아들이 다른 직장도 마다하고 자기 부친 이름의 미술관을 건립하여 운영한다는 소문을 오래전에 들은 적이 있어서 언제 한번 격려 방문을 해보기로 하던 차이기도 하였다. 1층짜리 조그마하면서도 아담한 미술관 건물로 들어서는 홍 여인의 발걸음은 그리 경쾌해 보이지는 않았으나 그러면서도 기대하던 일의 성패를 어서 알고 싶어 하는 듯 다소 잰걸음이 되고 있었다.

미술관 전시실로 들어선 홍 여인의 첫눈에 들어온 것은 그러나 박 화백의 아들이 아니라 그의 부인이었다. 다행히 부인은 어떤 그림 앞에 누구하고 나란히 서서 그림 설명인지 대화에 열중하고 있었다. 그들이 어떤 말을 하고 있는지를 알아들을 수는 없었지만 간간히 '관장님'이라는 호칭이 쓰이는 것만은 홍 여인의 귀에 분명하게 들려왔다. 그녀는 단순히 그림을 보러 온 사람처럼 입구 쪽 그림에서부터 하나씩 감상하는 모습을 보이기로 하였다. 그러던 홍 여인은 얼마쯤 걸어가다가 어떤 그림 앞에서 우뚝 멈추고 서서 누구한테 꽉 붙잡힌 듯이 움직일 줄을 몰랐다. 그녀의 마음속에서 오랫동안 어둡고 밝은 여러 가지 빛깔의 추억으로 아롱져왔던 그림이었다. 그녀는 눈을 크게 뜨고 눈앞에 걸린 그림을 찬찬히 들여다보았다. 대형 그림의 위아래 곳곳을 시선으로 어루만지면서 시간을 지체하던 그녀는 자신이 정작 보고 싶은 것은 그림 틀 아래 제목이었음이 생각난 듯 눈을 가늘게 뜨고 시선을 천천히 아래로 내려서 은빛 번쩍이는 철제 명패를 들여다보았다. 잠시 그림 제목을 응시하던 그녀의 눈이 가만히 감겨졌다. 결국은 이렇게 되었구나, 하는 안도의 한숨이 나왔다. 그림 틀 아래에는 '탕아 돌아오다'라는 제목이 붙여져 있었던 것이다.

잠시 후 홍 여인은 조용히 눈을 뜨고 발걸음을 떼어 밖으로 향하였다. 조바심하던 오랜 숙제가 풀린 듯이 밖으로 나선 발걸음이 한결 가벼워진 느낌이었다. 무르익은 봄의 정취를 알리는 듯 청명한 하늘이 그녀의 눈을 부시게 하였다.

회전목마를 타다

청수와 인혜가 대공원에 도착한 것은 오후 세 시가 가까운 때였다. 동창회 개회 프로인 음악공연이 시작되는 다섯 시보다 두 시간 정도 이른 시간이었다. 오늘 열리는 P대학 총동창회에서는 그동안 부진했던 회원들의 참여를 독려하기 위하여 대기업 총수인 신임 회장이 머리를 짜내어 만든 프로들이 있다고 하였다. 대공원 부설 노천극장에서 열리는 공연에는 이 대학 출신들인 세계적인 바이올리니스트와 대중가요 가수와 개그맨들이 나와서 연예 프로와 함께 대학시절의 추억을 더듬기로 되어있었고, 그것이 끝나면 부설 연회장에서 특급호텔을 통해 준비한 뷔페 식사가 있을 예정이라는 안내가 동창회보를 통해 전해졌다. 동창회 장소를 어린이대공원으로 정한 것도 이 대학 동창생들의 학생시절 추억 되살리기와 애교심 앙양을 겨냥한 것이라고 하였다. 어린이대공원은 P대학하고는 찻길 하나 건너 가까이에 있는 관계로 이곳에 한때의 추억을 많이 간직하고 있을 터이었다.

결혼 전 동거 중인 청수와 인혜가 이날 동창회 모임에 나가기로 결정한 데에는 몇 가지 특별한 이유가 있었다. IT업종의 중견기업체 영업사원인 청수로서는 동창회에 나가는 일을 업무상의 인맥을 넓히는 기회로도 생각할 수 있었다. 이날 동창회의 회원이 아닌 인혜가 참가하기로 결정하는 일은 며칠 간의 숙고를 요하였다. 자기 배우자를 동반하여 동창회에 참석한 회원이라면 어떻게 이성異性인 동창들의 얼굴을 마음 놓고 바라보겠느냐 하는 자상한 염려를 이유로 부부 동반 참가를 원칙적으로 권하지 않는 방침이었지만, 청수는 이날 모임에 참가하고 싶어 하는 인혜의 속마음을 무시할 수 없었다. 어린이대공원은 잊혀지지 않는 대학시절 추억이 많이 깃들어 있는 곳이라는 청수의 회고담을 듣고는, 남친의 현재를 알려면 그의 과거 추억의 산실을 꼭 봐야겠다는 것이 인혜의 주장이었고, 결국 동반 참가의 방향으로 결정을 보았다. 이날 총동창회의 참가자들에 대해 회원 명부와 대조하면서 체크할 것도 아니라면 여자 파트너를 동반한 청수의 동창회 참가는 문제 될 것이 없을 것 같았다.

대외적으로 공인되지 않은 동거생활 2년을 넘기면서 인혜는 청수의 군건한 애정을 확인하고 그와의 정서적 밀착도를 강화시키는 일에 여념이 없었다. 청수의 모든 개인적인 통화내용을 꼬치꼬치 알고 싶어 했고 동반 외출 시에 딴 여자에게 잠시 눈길을 주어도 곧장 시빗거리가 되었다. 명백하고 확실하게 사무적인 용건으로 나가는 외출이 아니고는 청수 혼자서 밖에 나가는 것을 금하려고 들었다. 동의보감을 참조하며 건강식품을 만들어 그의 만성변비를 치료해주었고 날마다 저녁식사를 준비하고는 밤늦게 까지라도 손대지 않고 기다릴 정도로 인혜의 지극정성은 대단하였으나, 그 대가로 그가 치러야 하는 답례 의무는 작은 것이 아니었다. 여자가 끼이는 회식 자리에 그가 나갈 경우에는 그럴 수밖에 없다는 명확한 사유를 제시하지 않고서는 허락을 얻기가 어려웠다. 인혜의 주장은 단순하였다. 남친을 눈앞에서 보고 싶고 같이 있고 싶은 것을 어떻게 마다하겠느냐는 것이며, 임자 없는 여자가 득실거리는 세상 밖으로 남자 혼자 내보내는 위험성을 어떻게 보고만 있느냐는 것이다. 수십 년 결혼 경력이 있고 자식들이 주렁주렁 딸리고서도 어느 날 갑자기 헤어지는 남녀들의 예가 허다한 것이 요즘 세상인데 아무런 제도적인 장치의 안전보장이 없는 동거생활을 하면서 어떻게 찰떡같은 백년해로를 믿느냐는 것이다. 거리에만 나가면 자기보다 나은 여자가 쌔고 쌘 것을 알겠는데 그런 여자들을 자유롭게 만나고 정을 쌓도록 가만 놔둘 수는 없다고 들이대었다.

인혜는 청수와의 동거생활을 시작할 때 그의 총천연색 과거 추억에 대해 회색빛으로 세탁시키는 일에 철저를 기하는 다부진 여자였다. 그의 사진첩에서 그와 함께 사진 찍은 여자들과의 관계에 대해 일일이 따져 물었고 현재까지도 그 관계가 계속되는지에 대해 알고 싶어 했다. 인혜가 잘 쓰는 표현으로는 두 사람의 동거

기간을 '사랑의 자연법 단계'라고 하였다. 실정법처럼 성문화된 법률적인 장치에 의해 남녀 간의 공생관계가 규제되는 단계 이전에 자율적인 판단과 센스에 의해 스스로 각자의 사랑행위를 조정해 나가는 단계라는 뜻이었으니, 그런 표현이 얼마나 보편화됐는지는 모르지만, 똑소리 나는 어휘 선택이라 할 것이다. 인혜가 이렇게 연극 대사처럼 거창한 표현을 좋아하는 것은 그녀가 연극 보기를 좋아하는 것과도 통하는 일이다. 인혜는 연극 구경을 좋아하여 거의 매달 빠짐없이 극장을 찾는다. 연극 대사처럼 흥분하고 도취하는 표현을 잘 쓰는데 그녀의 입에서 나오면 그런 표현도 자연스럽게 들리는 그런 사람이다. 학생시절에 대학생들의 소인극을 보려고 각 대학의 학내 극장도 잘 찾았으며, 청수가 다닌 P대학 캠퍼스에도 여러 번 찾아왔었다. 청수와 인혜가 서로 알게 된 것도 이 대학 극장에서였다.

청수는 이날의 외출을 동창회 참가 겸 여친과의 데이트라는 이중 목적의 행사로 생각하기로 하였다. 동창회 시작 시간보다 두어 시간 앞서서 대공원에 입장하여 두 사람만의 시간을 즐기자는 것도 그런 뜻에서였다. 어쩌면 동창회 참가보다 인혜와의 데이트가 더욱 중요한 사안일 수도 있었으니, 그것은 동거생활 중인 인혜와의 관계를 한결 공고히 하는 기회가 될 수 있기 때문이었다. 아직 공개적인 약혼 관계에는 이르지 못했지만 청수는 인혜와의 동거 사실과 동행 장면을 남들에게 보여주는 정도에 따라서 양인의 결합 약속이 공고해지는 것으로 생각하고 있었다.

대공원에 입장한 두 사람은 주차장에 자동차를 주차시킨 다음 공원 입구의 주차관리소 바로 안쪽에 동창회 집행부에서 임시로 설치한 동창회 안내소에 들러서 동창회원 참가자의 명찰을 받았다. 안내소에서는 참가자들에게 끈 달린 명찰을 즉석에서 만들어주었는데, 이 대학의 역사가 50년이 넘었음을 감안하여 재학시절을 알리는 입학 연도를 크게 쓰고 그 아래에 성명을 좀 작은 글씨로 써주면서 명찰 끈을 목에다 걸고 다니도록 일러주었다. 청수는 이 끈 달린 명찰을 목에다 걸고 좀 걸어가다가 그것을 거두어서 양복 주머니에 집어넣었다. 동창회 시작 시간까지는 데이트 시간으로 치기로 하였으니까 동창회원 명찰을 달고 다니지 않는 것이 인혜에게 대한 예의라는 생각이 들었던 것이다.

　　청수는 자존심이 강한 남자였고 동거 중인 여친에게 무책임한 남자로 찍혀서는 안 된다고 다짐하는 사람이었다. 오늘 동창회까지는 애매하게 소개하겠지만 다음번 모임부터는 약혼자라고 칭할 수 있어야 한다는 것이 그의 결심이었다. 그리고 평생의 반려자로 낙점을 한 이상 대국적인 관점에서 파트너를 평가해야지 별거 아닌 문제를 가지고 일을 그르쳐서는 안된다는 결심도 잊지 않고 있었다. 하찮은 일로 티격태격 다투지 말고 사소한 성격 차이는 참고 넘어가자는 것이었다. 이런 생각을 하면서 대공원으로 들어온 청수는 주차장에서 인혜와 의견 다툼이 있었을 때에도 여친의 고집을 너그럽게 받아들이기로 하였다. 자가용차 운전대를 잡은 인혜가, 대공원 입구 주차장에서 주차선 구획 안에 주차 공간이 없는 것을 보고는 자리가 날 때까지 마냥 기다려야 한다는 말을 했을 때 청수는 갑갑하였다. 주차 관리인이 보고 있는 것도 아니고 주차선 밖에 세운 차들도 여럿이 있지 않으냐고 말하려고 했지만 이런 문제 가지고 다투지는 않기로 하였던 것이다.

이날의 데이트 코스는 대공원의 자랑인 어린이놀이터를 둘러본 다음에 동물원과 식물원을 차례로 돌아보기로 집에서부터 약속이 되어 있었다. 사방을 둘러보며 어린이놀이터로 향하는 두 사람의 발걸음은 오랜만에 가볍고 경쾌하였다. 도심 속의 하늘답지 않게 푸르른 창공과 가까이서 보이는 우거진 숲속도 상쾌한 기분을 만들어 주었다. 어린이놀이터에서 제일 먼저 눈에 띈 것은 회전목마였다. 그러나 막상 이곳에 도착하였을 때 인혜는 난처한 표정을 지으면서 남친의 팔을 잡아당겼다.

"청수 씨, 나 집에 잠깐 다녀와야겠어."

"집에는 왜? 가고오고 한 시간 이상 걸릴 텐데."

"깜빡 잊고 핸드폰을 두고 왔어. 또 입고 나온 옷이 너무 가벼워서 추운 기가 느껴져. 봄철 햇살을 너무 믿었나봐. 어제부터 감기 기운 있는 것을 깜빡했어."

"그럼 얼른 갔다 오라구. 그동안 난 여기 어린이놀이터에서 기다리고 있을 테니까."

여친을 보내고 난 청수는 어떻게 혼자 남은 시간을 보낼지 궁리하면서 막연히 회전목마 타는 사람들을 구경하고 있었다. 이제까지 별다른 흥미 없이 그냥 스쳐 지나던 곳이었지만 가만히 눈여겨보니까 구경하는 것만으로도 재미있는 광경이었다. 위아래로 오르내리면서 휙휙 공중궤도를 비상하는 기분이 저렇게 신나는 것일지 새삼스럽게 신기한 놀이라는 생각이 들었다. 목마를 같이 타는 짝꿍끼리 마주 보는 자세로 앉아서 날아갈 수 있게 좌석을 배치할 수도 있다는 것을 이제야 알아보았다. 회전목마를 타는 사람들의 감정표현과 몸놀림도 무표정 무감각에서부터 환호작약형에 이르기까지 가지각색으로 다르다는 것도 또 하나의 구경거리였다. 쌍쌍이 마주 보는 파트너끼리도, 시선만 주고받으면서 싱긋이 미소짓는 과묵형에서부터 양팔과 고개를 높이 올렸다 내렸다를 반복하며 감격을 표시하는 열정파에 이르기까지 다양하였다.

얼마나 지났는지, 이제 그만 자리를 옮겨볼까 사방을 둘러보던 청수는 그가 서있는 바로 옆자리로 걸어오는 남녀들의 얼굴이 시선에 들어왔다. 옛날 P대학교 인문대학에 다니던 친구들이었다. 이들도 동창회 참가를 겸하여 대공원 유람을 즐기러 일찌감치 나온 모양이었다. 졸업한 지 10년이나 되지만 아직 그 이름들도 생생히 기억되는 그들은 남자가 정우이고 여자는 경선과 효정이었다. 정우와 경선은 청수와 같은 학과 학생이었고, 효정하고는 학과는 다르고 대학만 같은 인문대학이었는데 꿈 많은 대학 신입생 첫 학기 축제 전야제 때 파트너였었기 때문에 잊혀질 수 없는 여자였다. 효정과의 파트너 추억은 각별한 데가 있었다. 학생회에서 남학생들에게 짝지어 줄 여학생 파트너를 거의 전부 다른 대

70

학에서 구해왔는데 어쩌다가 효정을 비롯한 극소수 여학생들만 같은 대학 내에서 구해왔기 때문에 대학시절 4년 내내 친구들간에 갖가지 곤혹스러운 화제의 대상이 되었고, 그 같은 사정 때문에 따로 쉽게 만나기도 쑥스러웠던 미묘한 관계였던 것이다. 오늘 동창회 모임에서 남녀 동수로 4인 일행이 된 것도 용한 일이다 싶었다. 경선과 효정 두 여자가 대공원에 함께 입장했는데, 혼자서 왔던 정우가 이들을 알아보고 같은 일행이 되었고 이 놀이터에서는 다시 남녀 4인 동창들의 만남이 이루어진 것이다. 악수를 나누고 각자의 명함을 교환하며 잠시 동안의 수인사를 마친 다음에 정우의 성급한 제안이 나왔다.

"우리 네 사람이 쌍쌍이서 회전목마 타보는 것이 어떤가. 남녀 각각 두 사람씩이니 가위바위보를 하여 짝짓기를 하자구."

정우의 제안에 대해 반대자 없이 모두가 따라주었다. 대학시절 4년 동안 이곳에 자주 와봤으면서도 유치하다는 이유로 어린이 놀이터 쪽으로 가까이 가지 않았던 어설픈 성인행세 자체가 오늘 따라 더 유치해 보이고 후회스러운 생각까지 들었다. 가위바위보 결과로 청수는 효정과 파트너가 되었다. 옛날 대학 축제 때 쑥스러운 파트너 추억이 있던 두 사람은 서로 가벼운 미소를 교환하며 기묘한 짝짓기 운수임을 시인하였으나 정우와 경선은 과거의 일을 모두 잊어버렸는지 아무런 언급도 하지 않았다. 짝을 정한 네 사람은 놀이터 티켓을 끊고 회전목마 타는 입구로 걸어가 줄을 서서 차례를 기다렸다. 싱그러운 봄 날씨의 놀이터는 끊임없이 많은 사람들을 불러 모으면서 흥겨운 행락 분위기를 고조시키고 있었다. 청수는 모처럼 만난 옛날 친구들의 기분에 맞추어 동심의 세계로 돌아가 기분을 내보기로 하였다. 희희낙락 놀아보자는 그들 모습은 옛날 의기양양하던 대학시절로 잠시 돌아간 듯하였고, 쌍쌍이서 목마를 타는 것에 대해 정말 어린이 같은 열의를 보이는 모양새를 보아하니 청수를 제외한 세 남녀는 모두 독신 신세를 면치 못한 것 같은 인상이었다.

청수는 생전 처음 타보는 목마의 등을 어루만지면서 조심스럽게 올라탔다. 파트너인 효정은 벌써 그의 앞 좌석에 정좌하여 그에게 가벼운 눈웃음을 보내고 있었다. 정우와 경선도 라인 하나를 건넌 앞자리에 좌정하고 있었다. 청수는 효정하고는 대학시절에 그렇게 친한 사이는 아니였기 때문에 마주 보는 좌석에 앉아 시선을 마주한다는 것이 부담스러울 것 같았으나 막상 얼굴을 눈앞에 마주하고 보니 그렇지도 않았다. 옛날 학창시절에는 연극 활동을 통해 대학 내에 꽤 많이 알려졌던 그녀의 얼굴이 10년 세월에도 크게 변함이 없는 데다, 그 활달한 성격까지 가세하여 금세 격의 없는 친구지간이 되는 것 같았다.

삼사십 명 기수들이 걸터앉기를 마치자 빙빙 돌아가기 시작한 목마들은 그야말로 별천지 공중을 날아가는 유쾌한 기분을 만들어주었고, 갑자기 뛰어든 낯선 세계를 두 사람이 동반 비상한다는 삽상한 기분은 둘이가 마치 오래전에 예정된 길을 함께 가는 공동운명체임을 느끼게 해주는 것 같았다. 옛날 학생시절 때처럼 눈에 잘 띄는 발랄한 느낌의 차림을 하고 있는 효정은 지그시 깨물 입가에 시종 밝은 웃음을 짓고 있었다. 넉 줄로 배열된 목마 행렬이 그 운행 속도를 더해가면서 머릿속의 소소한 생각들을 말끔히 날려버리는 느낌이었다. 위아래로 승강운동이 반복되면서 머리를 흔들어 놓은데다가 사방에 보이는 경치들이 상하좌우의 여러 방향으로 휙휙 달라지면서 주변 환경에 대한 방향감각이 도무지 갈피를 잡을 수 없었다.

이런 가운데 서서히 마음을 가다듬고 정상적인 공간 감각을 회복하여 마침내 신나는 승마 기분을 즐겨보려고 하는 중에 사방에 둘러섰던 군중들 속에서부터 갑자기 어지러운 환호와 휘파람 소리가 터져 나오기 시작하였다. 청수는 무슨 일이 일어났는지 바깥에 서있는 구경꾼들의 동태를 살펴보았다. 환호성의 진원지는 바로 드러났다. 오늘 동창회에 참가하기로 되어있는 유명 개그맨 한 사람이 청수가 타고 앉은 목마에서부터 한 사람 건너 뒤에 타고 있었는데 뒤늦게 그의 얼굴이 알려지면서 그의 열렬 팬들 가운데에서 요란한 환호성과 휘파람 소리가 터져 나오게 된 것이었다. 청수 자신은 환호의 타겟인 개그맨이 앉은 자리와는 등지고 있어서 그의 얼굴을 볼 수 없었지만, 앞에 앉은 효정이 큰 소리로 전해주는 말을 통해서 사건의 전말을 알 수 있었다. 효정은 그녀 자신이 문제의 개그맨을 무척 좋아하는 것 같았다. 그녀는 고개를 높이 쳐들고 앞자리 건너의 개그맨을 바라보며 양손을 크게 흔들고 와―와― 소리까지 내면서 지지를 보내주었다. 개그맨이

띄어놓은 축하 분위기를 성원하는 제스처였지만 어린이도 아닌 교양있는 성인 여자로서는 너무 지나친 감이 있어서 청수로서는 좀 당황스럽기까지 하였다.

청수는 잠시 어수선한 마음이 되면서 가만히 지켜보고 있으려니 군중들의 어지러운 환호성에 묻혀서 짤막하면서도 낯익은 목소리가 들려왔다. 자지러드는 듯한 여인의 외마디 비명 소리였다. 청수는 소리 나는 쪽으로 얼른 고개를 돌리고 바라보았다. 끊임없이 시야가 바뀌는 통에 어렴풋이밖에 볼 수 없었지만, 비명소리 나는 쪽으로 급하게 돌린 청수의 눈길에 한 여인이 땅바닥에 나동그라져 있는 모습이 얼른 스쳐 지나갔다. 눈길에 얼른 스치는 여인의 모습으로도 청수의 가슴이 철렁 내려앉았다. 여인의 얍상한 몸피로 보나 가볍게 입은 옷으로 보나 그에게 심상치 않은 예감을 불러일으키는 것이었다. 회전목마가 한 바퀴 더 돌아서 땅바닥에 나동그라진 여인이 먼발치로 보이는 자리에 이르렀을 때 그의 예감은 틀리지 않았음이 드러났다. 그것은 분명히 그의 여친인 인혜였던 것이다.

목마는 서너 바퀴를 더 돌고서야 운행을 멈추었다. 청수는 지체없이 인혜가 쓰러진 자리로 달려갔다. 인혜는 의식을 아주 잃은 듯 땅바닥에 아무렇게나 나동그라져 있었다. 치마의 밑동이 말려 올라가서 허연 속살이 무릎 위까지 노출되어 보기가 민망할 정도였다. 그곳에는 벌써 많은 사람들이 모여들어 있었다. 청수는 급하게 땅바닥으로 엎드려서 실신 상태인 인혜의 얼굴과 가슴을 만져보았다. 호흡하는 움직임이 보이지 않자 겁이 덜컥 났다. 손목에 맥박이나 심장 박동도 어떤 상태인지 잘 알 수가 없었다. 청수는 어떻게 응급조치를 해야 할지 몰라서 당황하고 있는데 옆에 서 있던 효정이 급한 대로 요긴한 도움을 주었다. 그녀는 별로 당황스러운 기색도 없이 침착하게 엎드리더니 쓰러진 사람의 코를 손가락 두 개로 막은 채로 입을 가만히 벌린 다음 그 속에다 자기의 입술을 갖다 대고서는 후―하고 숨을 깊숙이 불어넣기를 반복하였다. 얼마 지나지 않아 인혜의 막혔던 입과 코에서 숨통이 트이기 시작하였다. 청수는 우선 안도의 한숨이 나왔다. 효정은 이어서 양손 손바닥을 포개어 인혜의 심장 부위에 대고 꼬옥― 누르기를 몇 번 반복하였는데 이로써 인혜의 호흡과 심장 박동은 정상을 되찾는 것 같았다.

효정으로부터 뜻밖의 조력을 얻은 청수는 고마운 마음이 이를 데 없었다. 그러나 다음 순간 벌어진 일은 그의 마음을 다시 당황케 하였다. 호흡과 함께 의식을 되찾은 인혜는 겨우 눈을 떠서 앞을 바라보다가 바로 자기 면전에 서 있는 효정의 얼굴을 보더니 억―하는 소리와 함께 고개를 떨구고 다시 혼절상태로 돌아가 버리는 것 같았다. 청수는 다시 어떻게 심폐소생 응급조치를 해야 할 것인지 당황스럽기만 하였다. 인혜가 효정과 어떤 관계가 있는 것인지, 얼굴을 보는 것만으로도 충격이 될 무슨 사연이 이들 사이에 있다는 것인지, 이 같은 의문이 들자 효정의 면전에서 꾸물거리는 것이 무안해지기도 하였다. 더 이상 지체할 수 없게 된 청수는 인혜를 번쩍 들쳐 업고 주차장 쪽으로 바쁜 걸음을 옮겼다.

청수의 의문이 조금이나마 풀린 것은 의식불명 상태인 인혜의 지체를 자동차 뒤 칸에 들여놓은 후 효정으로부터 몇 마디 말을 듣고 나서였다. 효정은 병원으로 급히 떠나려는 청수를 잠시 세워두고 나직하게 입을 열었다. 자기가 옛날 연극무대에서 심근경색 환자를 다루는 연기를 해본 적이 있어서 얻게 된 지식이라고 부언하면서, 아마추어 이상의 조리 있는 설명을 해주었다. 감성이 예민한 사람은 인지구조의 돌변상황을 견디기 어렵고 이것이 심근경색과 같은 심장운동의 장애로 나타날 수 있다는 것, 심근경색으로 기절한 사람이 깨어날 때에는 의식이 회복되는 순간의 경험이 매우 중요하니 당분간은 자극적인 말을 절대로 하지 말라는 것 등등 효정은 자상한 설명을 하고 나서 한마디 덧붙였다.

"어떤 남잔 복도 많네. 요즘 세상에 이런 순정파가 있다니."

청수는 차를 몰고 병원으로 가는 동안 효정의 말을 몇 번이고 다시 상기해 보았다. 인혜가 워낙 감성이 예민하여 청수의 사소한 언행에 대해 과잉 반응을 보인 적은 몇 번 있었지만, 심근경색으로 쓰러지기까지 한 적은 없었다. 효정의 말로는 감성이 예민하여 실신했다는 것인데 그게 무슨 말이며 그 실신이 왜 여기서 일어났다는 것인지, 두 번째 기절한 것은 효정의 얼굴을 보고서인데 두 사람 사이에 무슨 일이 있다는 것인지, 인혜와 효정은 도대체 어떤 관계인지, 이전부터 알고 있기나 한 사이인지, 그리고 집에 다녀온다던 인혜가 왜 그 시간에 회전목마 놀이터에 나타났는지, 의문은 꼬리에 꼬리를 물고 생겨나는 것이었다.

청수는 급히 인혜를 태우고 가까운 종합병원 응급실로 갔다. 응급조치 치료를 받은 인혜는 실신 상태에서는 곧 깨어났으나 정상적인 의식상태에는 이르지 못했으며, 의식이 몽롱한 상태에서도 여러 가지 검사를 거치는 데에 상당한 시간이 걸렸다. 청수는 실신 상태와 그 회복과정에 대한 담당 의사의 설명을 들으면서 낙관도 비관도 할 수 없는 착잡한 심정이 되었다. 심근경색으로 실신 상태가 된다는 것은, 심장조직의 일부에 마비 현상이 일어남으로써 심장운동이 정지되는 현상인데, 심리적인 충격으로 인해 산소와 영양분의 대량 공급이 갑자기 필요해지는데도 심혈관 계통의 기능부전으로 인해서 혈액순환이 잘 안될 때 일어난다는 것이 의사의 설명이었다.

인혜를 부축하여 검사실로 이동하고 검사 진행 중에는 밖에서 검사 결과가 나오기를 기다리고 하는 동안 청수는 이런저런 생각으로 머릿속이 뒤숭숭하였다. 심전도검사가 진행되는 중에 대기실에 앉아있는 청수에게 효정으로부터 전화가 걸려왔다. 지금 막 야외 공연장에서 동창회가 시작되려고 한다면서 급하게 전해주는 효정의 얘기를 통하여 청수는 쌓였던 의문의 일단이나마 겨우 풀 수 있었다. 환자의 안부를 물어본 다음에 효정은 청수의 질문에 대해 간단하면서도 꽤 명확하게 대답하여 주었던 것이다. 우선 인혜와 효정 사이의 지면 관계에 대해 물어보았더니, 두 여자끼리는 그전에는 만나본 적이 없는 사이로서 이날 대공원 입구 주차장에서 처음 보았고 인혜가 주차장에서 차를 빼고 나가려던 참에 그때 마침 주차장으로 들어오던 효정의 자동차와 약간의 접촉사고를 일으키는 바람에 잠시 동안의 다툼이 있었고 이로 인해 회전목마 놀이터에서 서로의 얼굴을 알아보게 되었다는 얘기였다. 이에 더하여 효정이 인혜의 실신 사건을 두고 순정파라는 표현을 쓴 부분이 청수의 마음을 다시 산란케 하였다. 효정은 어수선한 노천 공연장에서 거는 휴대전화 통화로는 어울리지 않는 차분하게 가라앉은 목소리로, 인혜처럼 자기 남자가 딴 여자하고 놀이터 파트너가 된 것을 보고 기절할 정도이면 얼마나 대단한 순정파냐고 앞서 대공원에서 들려준 것과 비슷한 말을 되풀이하였으며, 이번에는, 본의는 아니지만 두 번씩이나 인혜를 실신케 한 원인이 되었다면서 사과의 말까지 덧붙이는 것이었다.

청수는 전화를 끊고 나서 가만히 앉아 눈을 감았다. 생각의 갈피를 잡아보려고 했으나 잘되지 않았다. 작품해설 몇 마디를 가지고 연극 대본의 대사와 액션을 추리해내는 심정이었다. 자기 남자가 딴 여자와 놀이터에서 파트너가 된 것을 보고 기절하는 여성이라면 순정파가 아니겠느냐는 효정의 말이 우선 그의 뇌리의 중심에 떠올랐다. 평소의 행동으로 보아서도 인혜가 그와의 사랑을 엄청 중요하게 여기는 것은 분명한 사실이었다. 그녀의 표현으로는 사랑에다 '올인'을 했다고 하였다. 그가 거는 전화 통화의 상대편에서 모르는 여자의 목소리만 들려와도 가슴이 벌렁

벌렁 뛴다고 앙탈을 부렸지 않은가. 아무리 그렇더라도, 청수와 효정이 놀이기구에서 파트너 자리에 마주 앉았다는 것이 기절초풍할 정도로 충격적이었다는 말인가.

청수는 회전목마를 타고 빙빙 돌아갈 때의 광경을 다시 상기해 보았다. 효정이 자기 앞자리에서 양손을 치켜올리고 환호성을 지르던 모습이 떠올랐다. 그때 효정은 환호의 타겟인 개그맨이 청수의 뒤쪽 한 사람 건넌 자리에 앉아있음을 그에게 알리면서 큰 소리로 말을 걸었고 그 자리의 놀이판 분위기를 돋구었는데 효정의 이런 모습을 본 사람이라면 두 사람 사이를 막역지간처럼 볼 수도 있을 것이고 이 장면이 인혜의 질투심을 자극했을 것이라는 생각이 들었다. 그러자 인혜가 하필 그 자리에서 그 시간에 기절한 것이 설명됨직도 하였다. 다만 집에 다녀온다던 인혜가 놀이터 그 자리에 나와있었던 것이 수상하였고 이 부분을 알아내는 것이 오늘 그녀가 까무러친 사건을 설명하는 열쇠가 될 것이 아닌가 싶었다.

몇 가지 검사와 신체적 반응을 종합한 의사의 잠정 결론을 듣고 청수는 겨우 안도의 한숨을 내쉬었다. 인혜의 실신 상태는 구조적인 병환이라 할 정도는 아니고 심장운동도 거의 정상으로 돌아와 있어서 더 이상의 시술 없이 하루 정도 입원하여 링거주사 등 간단한 치료로 정상적인 활동을 개시할 수 있을 것이라는 판정이었다.

청수는 응급실 병상 옆에 의자를 갖다 놓고 앉은 자세로 밤을 새우기로 하였다. 주말치고는 응급실 환자가 그리 많지 않아서 별로 소란하지 않은 것이 다행이었다. 아직 잠잘 시간도 아니어서 청수의 시선은 자연히 인혜의 잠자는 얼굴로 향하였다. 어찌된 일인지 눈앞에서 잠자는 인혜의 얼굴이 딴 사람처럼 보인다. 머리숱이 땀에 젖어 맨살에 달라붙은 탓인지 오늘따라 머리통이 유난히 작아 보이고 얼굴에 혈색도 창백해 보여서 가엾고 외로운 여인이라는 느낌을 지울 수 없다. '당신 없으면 난 정말 못 살아'라고 수없이 많은 밤에 속살거렸던 사람이 바로 이 얼굴이었을까 싶다. 오죽하면 내가 공원 놀이터에서 딴 여자와 같이 어울려 노니는 것을 보고 자기 사랑을 뺏길까 봐서 졸도를 한단 말인가. 효정의 말대로 한 여자의 지극한 사랑을 누리는 것은 요즘 세상에 보기 드문 행운이 아닐까 싶다. 남자로 태어나서 세상을 뒤바꾸는 일이야 어렵다 치고 여자 한 사람 지켜주는 일이야 왜 못하겠느냐, 이 간단한 말을 어떻게 하면 저 작은 머리통 속으로 전해줄 수 있을까.

다음 날 아침 인혜는 정상적인 의식을 회복하여 곧장 퇴원할 수가 있었다. 인혜는 자동차 뒷자리 등받이에 기대어 앉고서는 멍하니 앞을 바라보는 것이 어제 있었던 자신의 실신 사건에 대해 기억을 더듬는 모양이었다. 별다른 말을 꺼내지는 않지만 별로 불편한 기색도 보이지 않아서 청수에게는 적이 안심이 되었다. 중간에 대중식당에 들러서 밀렸던 식사를 할 때에도 별다른 말이 없었기 때문에 청수는 인혜의 심중에 대해 뭐라고 추측을 내릴 실마리를 잡지 못하였다.

별다른 이상 징후를 보임이 없이 집에 들어온 인혜는 생각을 정리하는 듯 잠시 조용히 앉아있더니 정색을 하고 청수의 얼굴을 정면으로 보면서 질문 공세를 폄으로써 그를 당황케 하였다. 어제 놀이터에서 파트너였던 효정과의 관계에 대해 과거의 내력과 현재의 진상을 밝히라는 것이었다. 청수는 이런 질문이 나올 것이라고 어느 정도의 예상은 하고 있었지만 인혜가 말하는 표정과 어조가 너무 진지하고 침중하였는 데다가 덜덜 떨리기까지 하는 목소리는 정말로 뜻밖의 일이었다. 무엇보다도 어제 놀이터에서 있었던 일에 대한 청수의 해명이 전혀 먹히지 않는다는 것이 문제였다. 효정과의 과거 내력이란 것은 같은 학번으로 같은 인문대학에 다니는 동급생이었다는 사실이 전부이며 여타의 친구들과 다른 특별한 관계는 전혀 없다는 그의 변명을 믿으려 들지 않았던 것이다. 두 사람 사이가 아무런 특별한 관계가 아니고 그동안 왕래가 없었다면 어제 동창회 모임에서 그렇게 같은 장소에서 같은 시간에 만나서 회전목마 파트너가 되는 기막힌 요행이 어떻게 가능하냐고 다그치는 것이었는데 이에 대한 청수의 답변에 대해서는 제대로 귀담아들으려고도 하지 않았다.

"우연히 그렇게 된 걸 내가 어떻게 하나. 당신도 알다시피 동창회에 나가는 시간을 그렇게 정한 것은 당신하고 둘이서 의논해서 한 거고, 대공원에 들어가서 놀이터에 먼저 찾아간 것도 당신 뜻에 따른 것이었네."

"그건 그렇다고 치고 어떻게 그렇게 빨리 놀이터의 파트너 짝 짓기를 할 수 있냐고. 이상하잖아."

"아까 말했잖아. 그 친구들이 마침 그 자리에 나타났고 그 사람들이 먼저 회전목마를 타자고 했던 거라고 말야. 파트너 정하는 것은 가위바위보를 해서 했으니까 금방 되었던 거고."

"어떻게 나하고 데이트한다고 가 놓고서는 딴 여자하고 놀이터 파트너가 되어 놀아날 수 있지? 나의 존재 같은 것은 까맣게 잊어버렸으니까 그런 거 아냐?"

"그 자리에 상황이 그랬던 거라고 하잖아. 여자 둘에 남자 하나인데 내가 함께 끼어든 건 당연하잖아?"

"어째서 그게 당연하지? 내가 버젓이 옆자리에 있는 거나 다름 없는데 마땅히 딴 여자와 파트너 되는 걸 거절해야지 않겠어? 당신 양심이 그것밖에 안 되는 거야?"

"10년 만에 만난 친구들인데 꼭 그렇게 냉대해야 돼? 당신이 마침 어디 가고 없는 자리에서 친구들하고 같이 놀아준 게 그렇게 비양심이야?"

"그럼 날 그 친구들하고 같이 놓고 생각하는 거야? 이 김인혜라는 존재는 그 친구들 중에 하나 밖에 안되는 거야? 난 당신을 위하여 몸과 마음을 다 바치는데 당신은 나를 어떻게 보길래 그런 무감각이 나올 수 있냐고."

청수는 할 말을 찾지 못하고 침묵할 수밖에 없었다. 인혜는 답답한 울분을 참지 못하는 듯 울먹이는 소리를 내며 잠시 말을 멈추었다가 다시 입을 열었다.

"그 효정이라는 여자에게 전화를 걸어봐요. 전화를 걸어서 두 사람 사이의 관계를 명백히 밝히자고요."

"내가 전화해서 무얼 어떻게 밝히자는 거야아."

"그 여자하고 당신 사이에 아무런 의심 살 일이 없다는 걸 나한테 보여주라고요."

"내가 그런 걸 어떻게 증명하란 말야? 애초에 아무것도 없는 걸 어떻게 보여주란 거냐고."

"그럼 나한테 전화를 바꿔줘 봐요. 내가 그걸 알아볼 테니까."

"내가 어떻게 전활 걸라는 거야. 아무 용건도 없는 사람에게 뜬금없이 전화해서 무슨 말을 한다는 거냐고."

"됐어요. 그만 해요. 전화 걸지 않겠다면 그럴 만한 이유가 있겠지요. 마음에 꿀리는 데가 있든가."

인혜는 잠시 말을 멈추더니 새로운 화제를 꺼내어 공박을 가한다.

"그러고 보니까 이번 봄에는 당신 휴대폰 요금이 전에 없이 많이 나왔던 것이 이유가 있었네요. 내가 모른 외출 시간도 전에 없이 많았고요. 그게 다 인과관계가 있었던 거군요."

"그건 당신도 알고 있는 일이잖아. 연초에 직장 부서를 바꿔서 한동안은 일거리가 많아진 거라고."

"직장 부서 바꾼 지가 벌써 몇 달이 지나는데 그런 말이 나와요? 당신이 똑똑히 밝히지 못한 외출이 주말에도 많았다는 거 기억나요? 거짓말을 해도 결국엔 다 들통나는 거 몰라요?”

“직장 일 열심히 해서 승진 빨리하겠단 사람을 이렇게 무시하
다니 나 참 ….”

청수는 인혜의 생떼에 어이가 없었다. 남자에게 순정을 바치고
지극정성을 다한다는 것을 구실로 하여 이 여자가 요구하는 것은
남자의 생활 내용 하나하나를 꽁꽁 묶어버리는 것이라고 생각하
니 여자와 같이 산다는 것이 갑자기 무서워지기까지 하였다. 청
수는 자기도 모르게 벌떡 일어서면서 여자의 정면을 향하여 큰소
리로 외치듯이 소리쳤다.

“그만 두라구. 여자 사랑도 좋지만 난 나대로의 인생이 있는 거
야. 십 년만에 만난 대학친구들하고 어울려서 옛날 추억을 잠시
되살려 보는 것이 뭐가 나쁘다는 거야. 사랑하는 사람이 풍요한
인생을 살면 그것을 축복해 줄 줄 알아야지. 그것을 가로막고 저
주하는 것이 잘하는 거야? 내가 옛날 친구들하고 같이 놀았다고
당신하고의 관계가 어떻게 달라지는 것도 아니잖은가 말야. 당
신 말대로 내 독자적인 인생의 기회가 이런 식으로 말살되면 이
건 감옥이지 뭐야. 창살 없는 감옥, 사랑을 빙자한 감옥살이지 뭐
냐구. 신체의 자유, 양심의 자유를 구속하는 감옥이 아니냐 말야.
당신이라는 여잔 나한테 감옥살이하라고 여기 와 있는 거야?”

청수의 말이 과했는지 인혜는 말대답을 하지 못하고 가만히 있
더니 이윽고 울먹이는 소리가 들리고 그 울음소리는 점점 커지기
시작했다. 양 볼에는 어느 틈엔지 두 줄기 눈물이 흘러내리고 있

었다. 청수에게 불만이 있으면 언제나 당당하게 따지고 대드는 성격인 인혜에게 말다툼하다가 이렇게 울먹이는 것은 좀처럼 없는 일이었다. 한참을 그렇게 울먹이다가 목소리를 겨우 가다듬은 인혜는 낮지만 또렷한 소리로 말하는 것이었다.

"됐어요. 그럼 저는 이제 여기 있을 필요가 없는 거네요. 박청수 씨 집에 김인혜는 더 남아있을 이유가 없어진 거네요."

말을 마친 인혜는 흘러내리던 눈물을 닦고 가만히 일어서더니 옷장에서 봄 코트 하나를 꺼내서 몸에 걸치고는 현관을 향하여 걸어갔고 이윽고 현관문을 여닫고 밖으로 나가는 소리가 들렸다. 또박또박 걸어 나가는 인혜의 초췌한 얼굴에는 어느덧 울먹일 때의 일그러진 표정이 사라지고 차돌처럼 굳은 표정이 자리하고 있었다. 애처롭게 울먹이는 얼굴이나 무섭게 이를 악무는 옹골찬 표정이 어디서 나타났는지 아주 딴 여자 같다는 인상이 혼자 남은 청수의 마음을 잠시 얼떨떨하게 만들었다.

긴장된 순간들이 지나고 정적만이 남은 거실 안에서 청수는 허탈하였다. 높이 높이 쌓여가던, 끄떡없이 공고하리라던 공든 탑이 이렇게 한순간에 허물어질 줄은 정말 몰랐던 것이다. 이제까지는 사소한 다툼으로 티격태격하다가 서로 양보하고 타협하여 그냥저냥 마음이 돌아선 경우만이 있었지 이렇게 정면으로 동거 관계를 흔드는 충돌은 없었다. 청수 앞에서 눈물 흘리며 울어본 적이 없는 인혜였다. 다툰 다음에 이렇게 문을 박차고 집을 나가는 행동도 전에 없던 일이었다. 그리고 보니 청수에게 건네는 말이 존댓말로 바뀐 것도 몇 년 사이에 기억에 없는 일이었다. 코트를 찾아 입고 밖으로 나간 인혜가 어디로 갔을지 청수로서는 얼른 집히는 데가 없었다. 그동안 어렵고 힘든 경우를 많이 당해 보았고 그러면서도 낙천적인 성격이 흔들리지 않았던 인혜가 자살 같은 불상사를 저지를 염려는 없을 것 같았다. 청수와 효정의 관계에서 인혜의 의심을 살 만한 잘못이 없다는 것이 결국에는 밝혀질 것이고 그렇게 되면 이번 사건도 한때의 말다툼으로 끝날 것이라는 생각이었다.

이러한 생각이 드는 다음 순간 청수는 가슴이 덜컥 내려앉는 것 같았다. 만약에 인혜가 청수와 효정이 대학시절에 축제 파트너였음을 어떤 식으로든지 알고 있다면 이를 확대 해석하여 그의 결백 주장을 의심할 수 있다는 걱정이 슬며시 떠오르는 것이었다. 청수가 인혜와의 동거생활로 들어가면서 과거 여자친구들과의 관계를 해명하고 깨끗이 청산 절차를 밟을 때 효정과의 관계에 대해서는 전혀 언급하지 못했던 것이 갑자기 마음에 켕겨왔다. 효정과는 대학 4년간을 통하여 하루 동안의 축제 파트너였다는 사실 이상으로 별다른 관계가 없었기 때문에 언급을 하지 않았다는 변명이야 할 수 있지만, 효정이 출연하는 대학 소인극을 청수 자신이 즐겨 봤음을 인혜가 알고 있었고, 오늘 다시 두 사람이 회전목마 파트너가 된 것까지 합쳐져서 인혜가 오해할 여지는 얼마든지 있을 것 같았다. 평생을 약속하고 동거 중인 남친의 입장에서 과거의 여자관계를 여친에게 숨긴 것은 자기 잘못인 줄 알았기 때문이라는 과잉 추측을 할 수 있다는 염려가 고개를 쳐들고 그의 머리를 짓누르는 것이었다. 그러자 청수는 집 나간 인혜의 거취가 갑자기 걱정되기 시작했다. 자신에 대한 남자의 사랑 하나만을 보고 살아간다는 외곬 성격의 인혜인지라 무슨 큰일을 저지를지 모르는 일이었다.

집 나간 인혜가 저지를 수 있는 갖가지 사고와 불상사들이 어떤 것이 될지 별별 불안한 예측과 상상으로 인하여 청수는 좀처럼 마음을 놓을 수 없었다. 이런 가운데 아무 일도 손에 잡히지 않는 하루를 보낸 청수는 밤이 늦어지자 자리를 펴고 누웠다. 불안과 걱정 가운데서도 간밤에 잠을 설친 때문인지 어느덧 잠에 떨어졌다. 얼마나 잤는지 어렴풋한 몽환상태를 헤매던 청수는 소스라치며 눈을 떴다. 부드러우면서도 강렬한 압박감을 입술에서 느끼며 잠에서 깨어난 것이다. 처음에는 차갑고 낯설게 다가온 압박감이었지만 그것은 금세 따뜻하고 친숙한 것으로 느껴졌다. 인혜의 입술이었다. 그전에는 이처럼 따뜻하고 강렬하게 느껴진 적이 없었던 것처럼 인혜는 청수의 입술과 가슴 속과 알몸의 모든 곳을 탐하고 있었다. 청수는 인혜의 온몸을 받아들여 힘껏 껴안았다. 집안으로 들어와서 얼마 되지 않았는지 아직 차가운 몸이어서 더욱 힘껏 껴안았다. 하마터면 영영 놓쳐버릴 뻔했던 여자의 몸이었기에 더욱 기운을 내어 포옹하는 것이었다. 밖에는 너무 추워, 당신 몸이 그리웠어, 인혜의 입에서 나온 말이라고는 이 두 마디뿐이었지만 청수의 귀에는 이 말마저 제대로 들리지 않았다.

동창회 날 그 사건이 있은 이후 청수는 인혜와의 관계가 더욱 공고해지는 느낌을 갖고 있다. 다시 이렇게 깜짝 놀래키는 사건이 일어나도 무난히 소화시킬 것 같고 어쩌면 더욱 심한 위험 사건이 일어나도 그것을 의미 있는 사랑의 시련으로 받아들일 수 있을 것 같다. 이 사건을 통하여 인혜가 자기에게 의지하는 정도를 알게 되었고, 그녀가 감정의 심한 충격에도 불구하고 결국에는 자기에게 돌아왔다는 사실이 청수의 마음을 안정시키는 효과를 가져온 것이다. 그러나 이 같은 안정적인 효과가 인혜에게는 해당되지 않을 것이라는 예감이 든다. 인혜의 성정으로 보아서 앞으로도 비슷한 일이 일어나면 그전처럼 실신할지도 모른다는 걱정을 지울 수 없는 것이다.

이날 회전목마 사건을 겪고서 청수는 여자의 말을 이해하는 방법을 새롭게 깨우쳤다는 생각을 하고 있다. 그것은 어디선가 읽은 적이 있는 남녀 간 언질 해석의 차이에 대한 것이다. 여자는 감성적인 존재이기 때문에 사랑은 많이 하되 절대로 이해하려고 해서는 안 되고, 이성적인 존재인 남자에 대해서는 조금만 사랑하고 이해는 많이 해야 한다는 얘기이다. 여자의 말은 그냥 그대로 시인하고 들어가야지 거기에 논리적인 설명을 붙이기는 어렵다는 것이다. 동창회 날 있었던 의문점들에 대해서 그날에는 물어보지 못했다가 뒤늦게 인혜의 입을 통하여 풀게 되었는데 이때 그녀가 들려준 말들이 바로 그랬다. 그날 어린이대공원 놀이터에서 날이 춥다느니 휴대폰을 잊어버렸다느니 하는 구실로 집에 다녀오겠다는 인혜의 말은 표면상의 이유였고, 사실은 옛날 추억을 즐기는 동창회에서까지 남친을 감시하려는 자신의 성깔이 너무한 것 같아서 자리를 피해주려는 심사였다는 고백이었다. 그랬던 것이 대공원 주차장을 나가던 참에 동창회 임시 안내소에 들렀다 나오는 효정의 얼굴을 보았고, 그 얼굴이 주차장에서 말다툼을 벌였던 여자였고 과거 대학시절에 P대학 학생극장 무대에서 보았던 주연 배우의 얼굴임이 생각나자(특히 효정이 가슴에 매달린 명찰의 학번이 청수와 같은 입학 연도임을 알아보자) 갑자기 오기가 발동하여 자동차를 되돌려서 다시 대공원 놀이터로 돌아왔고, 때마침 회전목마 코너에서 청수와 효정이 파트너가 되어 놀자판을 즐기고 있음을 목격하자 그 충격을 이기지 못하여 까무라쳐버렸다는 얘기였다. 청수가 마지막으로 어렵게 물어본 말은 옛날 대학시절에 그와 효정이 축제 때 파트너였음을 알고 있었느냐는 것이었는데, 인혜는 이에 대해 말을 살짝 돌려서 대답하였다. 그런 추억은 혼자서 두고두고 즐기는 은밀한 보물단지 같은 것인데 이 같은 보물을 자기가 건드려 버리면 김이 새지 않느냐는 것이었다. 청수는 이 말을 듣고서 자기가 공연한 걱정을 했음을 알게 되자 입가에 저절로 미소가 떠올랐다. 오랜만에 머금어 보는 유쾌한 미소였다.

봄날 아지랑이 가물가물

모친이 우리 집안으로 다시 돌아온 것은 결국 죽기 위한 준비가 아니었던가. 30년 넘게 잠적해 있다가 불쑥 나타난 모친의 입에서 나온 말이, 박씨 집안 귀신이 되기 위해 돌아왔다는 것이었다. 그리고, 박씨 집안으로 다시 돌아온 모친이 5년이 넘게 종갓집 봉제사에 극진한 정성을 바친 것은 당신의 저승 가는 길을 닦아놓으려는 심산이 아니었나. 그렇다면, 어제 내 전화를 받을 때 모친이 오늘 제사에도 오지 못하겠다고 말한 것은 어인 일일까. 더구나 이번에는 바로 나의 부친의 제사, 그러니까 모친의 입장에서는 남편의 제사가 아닌가.

　　아직 러시아워가 안됐는데도 교통량이 폭주하면서 자동차 속도가 마냥 줄어들고 있었다. 차내 라디오 방송을 틀자 경쾌한 목소리의 크리스마스 캐럴이 왁자하고 울려 퍼졌다. 바로 오늘이 성탄절 전야구나 하는 생각과 함께, 오늘 아침에 아내가 건넨 말이 떠올랐다. 모친이 이번 제사에 오지 않는 이유는 몸이 편찮기 때문이 아니라 모친이 다니기 시작한 교회 탓이라는 것이 아내의 주장이었다. 조상의 명복을 빌고 자손들에게 유대감을 길러주는 의례가 제사라고 보면 예수교 신자라고 해서 제사 못 지낼 이유가 뭐냐고 하는 것이 내 의견이었지만, 아내의 말은 그게 아니었다. 천주교는 제사 명절을 종교의례로보다는 하나의 사회 풍속으로 인정하고 있으나 개신교에서는 이것을 우상숭배로 규정하는 교파가 많다는 것이고, 게다가 누이가 속해 있는 교파에서는 제사 지내는 일을 유달리 엄하게 금단하기 때문에 가족 간 다툼이 잘 난다는 것이 아내의 말이었다. 가만히 생각해 보니 아내의 추측이 옳을 듯싶었다. 내가 아는 한에서의 모친은, 몸이 좀 불편하다는 이유로 종갓집 대사인 봉제사의 도리를 저버릴 사람이 아니었다. 그만큼 모친은 깐깐하고 철저한 데가 있는 성격이었던 것이다.

제삿날 다음 날이 성탄절이라, 모친이 느낄 심리적인 갈등이 짐작될 만도 하였다. 성탄절을 앞두고 교회에서는 신도들의 신앙 열기를 고조시키게 마련이다. 그런 상황이라면 모친의 마음을 돌리기가 더욱 어려울 터이다. 모친이 오늘 제사에도 나타나지 않을 때 숙부는 또 어떻게 나올까. 저번 제삿날에 이 문제를 가지고 격노하던 숙부의 모습이 떠올랐다.

숙부가 모친에 대해 노발대발한다는 건 예상 못 한 일이 아니었다. 마음 단단히 먹고 애초의 시가媤家로 돌아왔으면 한곳에다

정성을 모아야지 족보가 다른 딸자식을 따라가면 어떻게 하느냐, 종손 며느리 역할을 젊을 때에 못했으면 이제라도 그 벌충을 해야 할 게 아니냐, 이제 죽을 날이 얼마 안 남은 나이인데 저승 가서도 제사 명절 때 찾아갈 곳 없는 원혼이 될 것이 두렵지 않으냐, 그렇게 조상 제삿날도 몰라라 할 양이면 모친이 죽어도 발트집을 하지 않을 줄 알아라⋯. 숙부가 대로하는 것도 나름대로는 일리가 있고 수긍이 가는 데가 있었다.

자동차 행렬이 막히는 통에 나의 마음은 더 조급해졌다. 좀 전에 모친을 만나던 장면들이 문득 머리에 떠올랐다. 요즘 시내 도로망이 잘되어 있어서 보통 때에는 반 시간밖에 소요되지 않을 거리인데 오늘은 한 시간 가까이 걸려서 누이네 집에 도착하였다. 다행히 모친은 누이와 함께 집에 있었다. 모녀 두 식구만 살고 있는 조그만 집이었다. 모친은 딸을 옆에 앉혀두고 자리에 누워 있었다. 누이가 앉았던 몸을 일으키면서 나에게 앉을 자리를 권하였으나, 반기는 표정이 아님은 분명하였다. 모친의 건강이 아주 좋지 않다는 것이 누이의 말이었다. 오늘 아침부터 온몸에 열이 나고 어지럼증 두통이 심하다는 것이었다. 식사도 거의 하지 못하고 있으며 약국에서 사 온 약조차 먹기가 힘들 정도라고 했다. 나는 모친 가까이로 다가앉아서, 반백의 머릿결이 어지럽게 흘러내린 늙은 이마에 가만히 손을 대 보았다. 축축하게 땀에 젖은 이마의 더운 열이 나의 다섯 손가락 끝에 진득하게 전해왔다. 헝클어진 머리칼, 숨쉬기가 힘든 듯이 입을 혜벌리고 씩씩거리는 모습, 고통을 참는 듯 일그러진 얼굴 표정, 게다가 주름진 눈자위에서부터 축 늘어진 관자놀이께로 흘러내리는 추레한 눈물줄기···. 나는 반사적으로 모친의 얼굴에서부터 고개를 돌려 버렸다. 옆에서 누이가 나직이 말하는 소리가 들려왔다. 어머닌 이런 몸으로 아무 데도 나갈 수가 없으세요, 가끔 이런 열병으로 고생하시지만 멀지 않아 낫기는 하실 거예요.

단단히 준비해왔던 말들은 어느 틈엔지 목구멍 아래로 내려가 버리고 내 마음은 이미 모친의 몸 상태를 종손 며느리 결례의 부득이한 사유로 인정하고 있었다. 다른 이유 때문이라면 모르지만 이렇게 몸이 아프고 제정신이 아닌 사람을 일으켜서 걸어나가게 할 수는 없는 노릇이었다. 숙부한테 이 같은 사정을 알리고 모친의 불성실을 변명할 확실한 구실을 얻고 가는 것만으로도 이 방문의 의미는 충분할 터이었다. 적어도 오늘만큼은 모친이 거동하지 못하는 이유가 신앙심 때문이 아니라 신병 때문이라는 믿음이 나의 마음에 따라붙던 걱정을 얼마간 덜어주었다. 여러 말 없이 누이네 집을 나온 것은 잘한 일이다 싶었다.

귀갓길의 거리는 점점 혼잡해지고 있었다. 교통 혼잡이 거리의 성탄절 분위기를 돋구워 주는 것 같았다. 시간이 많이 지체되어 조급해진 나는 거리의 흥청거리는 분위기에 짜증이 났다. 네거리 하나를 건너는 데에 신호등 바뀌기를 두 번 세 번 기다리곤 하였다. 이대로는 한 시간으로도 집에 도착하기가 어려울 것 같았다. 모친과 숙부 사이에서 어정쩡하게 찡겨있는 나의 처지가 마치 찻

길에서 이렇게 꽉 막혀 있는 꼴과 같구나 싶었다.

밀고 밀리는 자동차 행렬에 묶여 있는 동안 나는 곰곰이 생각해 보았다. 내가 지금 겪고 있는 문제의 시작은 어디에 있었을까. 모친을 누이와 함께 살게 만든 것이 잘못이었을까. 우리 부부가 노병 수발을 달가워 하지 않음을 눈치챘기 때문에 누이가 모친을 모셔갔다고 보면 우리의 잘못도 없다고는 할 수 없는 일이었다. 저번 제삿날에 들었던 숙부의 노기 띤 음성이 아직도 귓가에 들리는 듯했다. 모친의 병세가 그렇게 중한 것이라면 왜 입원시키지 않느냐, 자기 집에서 간병하기 어려우면 모친을 입원시키고 병원비를 대서라도 아들 노릇을 해야 하지 않느냐, 노친네 봉양을 성씨 다르고 가문이 다른 여동생네 집에다 왜 맡기느냐….

나는 문득 고개를 흔들어 생각의 다른 실마리를 잡으려 들었다. 문제의 진짜 출발점을 찾고 싶었던 것이다. 현대사의 도도한 격랑에 휩쓸리면서 가정의 질서가 한번 어긋나기 시작하니까 줄줄이 흐트러지는 꼴이었다. 해방 후의 어지러운 시국을 줄타기하듯 살아오던 부친이 결혼 5년 만에 행방불명이 되어버리고 그후 몇 해 안 가서 모친까지 홀연히 사라져버린 것이 내 나이 네 살 때였기 때문에 성장기간 중 부모에 대한 기억은 거의 아무것도 없다. 그때는 조모가 살아있어서 부모 없는 나를 키워주었지만, 몇 년이 못 가서 조모마저 세상을 뜨는 바람에 나는 숙부의 신세를 지지 않을 수 없었고, 이렇게 하여 이 집안 장손의 눈칫밥 신세가 시작되었던 것이다.

모친이 느닷없이 아들 앞에 나타나서 우리들의 모자 관계를 복원하게 된 것은 내가 결혼한지 10년을 넘기던 해의 일이었다. 그동안 무엇을 했는지, 내력담도 별로 없었다. 그러나 자신의 어리석음 때문에 헛고생하러 집을 나갔던 것이고, 이제 환갑을 넘긴 나이가 되어서야 도리를 깨우쳐서 박씨 집안 귀신이 되고자 되돌아왔다고 사죄를 하는 데에야 아무도 거절할 명분이 없었다. 아들인 나로서도 생이별했던 모친을 다시 놓아보낼 수는 없는 일이었다. 엄격한 성격의 숙부도 별로 반대하는 말을 하지 않았다. 모친이 가출한 시기는 전쟁 중의 혼란기여서 가족이 행방불명을 당하는 일은 비일비재하기도 했으며, 숙부의 입장에서 볼 때에도 모친의 귀환을 환영해야 할 특별한 이유가 있었다. 부부의 함자가 나란히 올라있어야 할 족보의 빈 곳을 그대로 남겨두는 것도 무심한 일이거니와, 부친의 제사상에 두 내외 몫의 멥밥 두 그릇을 올려놓지 못하고 있음을 뼈대 있는 박씨 가문의 치부로 여겨오던 숙부였다. 저승살이 이치도 이 세상 이치와 같은 법이라 부부귀신의 구색을 갖추어야 한다는 오랜 관습에 따라 적당한 집 처녀 귀신을 초치해다가 부친 영혼과 죽은 혼사를 맺어주어야 할 것이라고 걱정하던 차에 모친이 느닷없이 출현했던 것이다.

그 당시 숙부가 조용히 귀띔해준 말로는, 모친의 귀환을 받아주는 일은 그 밖에도 그럴만한 이유가 있었다. 만약에 제 발로 들어온 모친의 귀환 희망을 들어주지 않는다면, 그것은 제삿날에 갈 곳 없는 원혼을 만드는 셈이 되고 그런 원혼은 반드시 이승 사람들에게 짓궂은 해코지를 하고야 만다는 이야기였다. 그때 숙부가 모친의 복귀를 받아들이면서, 박씨 집안 귀신이 되려면 조상 제사 모시기를 정성껏 해야 한다는 다짐을 받아두었던 것인데 그만 그 다짐이 헛방으로 끝나고 말았으니 숙부가 저번 날 보여준 노여움도 그 딴에는 무리가 아니었다.

애쓴 끝에 집에 도착하고 보니 숙부네 쪽 제관들은 이미 와 있었으며, 좀 있다가 부친의 누님인 고모가 메쌀 바구니를 들고 들어왔다. 옛날부터 여러 가지 제물들 차리는 중에도 역시 중요한 것은 정성어린 멥밥이었는지, 고모는 그전서부터 부친의 제삿날에는 이렇게 꼭 메쌀을 가져오는 것이 습관이었다.

제관들이 모여앉은 자리에서의 화제는, 자연히 그동안의 안부 이야기부터 시작하는 게 보통이었다. 요즘에는 가까운 친척간에도 제삿날에야 오랜만에 만나는 경우가 많기 때문이다. 아직도 시골의 고향 마을을 지키고 있는 숙부가 우리 집에 올 때마다 으레 하는 말은, 신도시 개발과 새 도로 건설 등으로 세상풍경이 너무 빨리 바뀌기 때문에 도무지 딴 세상 같다는 얘기였다. 나는, 이번 제사에 모친이 나타나지 못하는 이유를 조심스럽게 이야기하면서 숙부가 또 어떤 불호령을 내릴지 조마조마하였다. 그러나 그전처럼 장황하게 훈계하는 말투로 나오지는 않고 혼잣말처럼 몇 마디 비웃는 소리만 하였음은, 아마도 몇 년 만에 제사 보러 거동한, 칠순 나이의 고모가 옆에 있어서가 아닌가 생각되었다.

나는 이틀날 모친을 다시 방문하지 않을 수 없었다. 전날에 보왔던 모친의 병세가 걱정되었던 것이다. 그러나 내가 찾아간 누이네 집은 밖으로 굳게 잠겨 있었다. 대문간 별채에 세들어 사는 모친 또래의 노파에게 물어보았더니, 모친은 누이와 함께 성탄절 예배를 보러 교회에 갔다는 것이었다. 밖으로 나갈 때의 모친의 모습이 어땠는지를 물어보았더니, 제 발로 꼿꼿이 걸어나가는 품이 아픈 사람 같지 않더라는 대답이었다.

나는 모친의 갑작스러운 병세 호전이 의아스러웠다. 어제 보았던 모친의 모습은 분명히 열에 들뜬 중환자의 것이었는데 그 후 몇 시간이나 지났다고 스스로의 힘으로 교회에까지 나갈 만큼 나아졌단 말인가. 그만 돌아갈까 하다가 나는 모친이 돌아올 때까지 기다리기로 하였다. 밖에 세워둔 자가용차 안으로 들어가 앉아서 그럭저럭 한 시간쯤 보냈을 때 모친이 혼자서 돌아왔다. 누이는 교회 일이 좀 남아있어서 돌아오지 못했다는 이야기였다. 좀 전에 들은 대로 모친의 얼굴은 언제 아팠었느냐 싶게 혈색도 좋고 기운이 넘쳐보였다. 나는 자리에 앉자마자, 어제 그렇게 심했던 병세가 어떻게 된 것인지 물어보았다.

걱정되어 묻는 사람의 궁금증에 비하면 대답하는 사람의 어조는 예삿일처럼 심상하였다. 하룻밤 되게 시달렸더니 오늘 아침에는 씻은 듯이 머리가 상쾌해졌다는 것이다. 분명히 주님이 내려준 성탄절 은총일 것이라고 덧붙이는 품이 독실한 신앙인의 굳건한 어조 그대로였다. 글을 읽지 못하는데 성경은 어떻게 읽고 찬송가는 어떻게 부르느냐고 물었더니, 성경책을 읽지 못해도 목사님 말씀을 들을 수는 있고, 찬송가는 옆자리 사람들이 부르는 것을 들으면서 대강 따라 하는 정도라는 것이고, 글자를 읽지 못하는 무식쟁이 할머니가 자기 혼자만은 아니라는 말을 덧붙였다.

나는, 모친이 성경에 나오는 말들을 얼마나 이해하고 있는지 믿을 수 없었지만, 그런 것을 문제 삼고 따질 일은 아니었다. 중요한 것은 변화의 원인보다 그 결과라고 생각되었다. 교회에 나가서 병이 낫는 건 좋은 일이지만, 제사 명절 잘해서 자손들 복되게 하겠다던 말씀은 어떻게 됐느냐고 내가 물은 것은 모친의 앞으로의 거취가 걱정되었기 때문이었다. 이에 대한 모친의 대답은, 사람의 마음이 어찌 그렇게 쉽게 바뀔 수 있을까가 의아스러울 정도였다. 조상들 음덕이라는 것도 하나님의 품 안에 있는 것이고, 자기는 그동안 하나님 품 안을 너무 멀리 벗어나 있었기 때문에 그 죗값을 치르기 위해서 교회에 더 열심히 나가야 한다는 게 모친의 대답이었다.

모친하고 이 말 저 말 주고받다 보니 시간이 많이 지났는지 늦게 들어온다던 누이가 돌아왔다. 나는 누이에게 모친의 병 수발을 잘해준 것에 대해 치사를 하였다. 누이는 모친의 신앙심이 자기도 감탄할 정도여서 이번에 열병이 낫게 된 것도 그 같은 신앙심에 내려진 축복이며 이 같은 상태에서 모친이 조상 제사 모시는 일을 다시 하지는 못할 것 같다고 하였다. 그러고 보니, 모친이 누이네 집으로 거처를 옮긴 후 첫 번째 부친 제사에 못 나온 것은 교통사고 후유증의 신병 때문이었을지 모르지만, 두 번째 제삿날인 어제 나타나지 않은 것은 모친의 신앙심 때문임이 명백하였다. 나는 말로만 듣던 신앙의 위력을 보는 것 같아서 한동안 할 말을 못 찾고 누이의 얼굴을 바라볼 뿐이었다.

누이가 이어서 들려주는 이야기는 아무리 호의적으로 들으려고 해도 광신적인 신앙론이라고 아니 할 수가 없었다. 제삿날에 찾아오는 귀신은 조상들 영혼이 아니라 잡귀나 마귀이다, 사람이 죽어서 되는 영혼은 이 세상에 다시 찾아오지 못하기 때문이다, 제사상을 차려놓고 절하는 것은 마귀가 날뛰게 하는 일이고 이 같은 마귀가 잠자는 사람들에게 달라붙어서 괴롭히는 것이 바로 병마이다, 제사 명절 때에 들어와서 날뛰는 마귀들은 제삿날에 나온 음식물에까지 달라붙어 있기 때문에 그 교회 신자들은 이웃집에서 나누어준 제사 떡조차도 받아먹지 않는다, 교회 열심히 다녀야만 죽어서도 하나님 나라에 갈 수 있고 하나님 나라의 문 밖으로 쫓겨나면 두고두고 마귀들에게 시달린다…. 나는 신념에 찬 누이의 열변을 들으면서 매우 당혹스러웠다. 알지도 못하는 죽음 저편의 세상에 대한 환상이 눈앞에 살아있는 생사람의 삶을 짓밟는 격이었다.

나는 얼떨떨한 심정으로 누이의 말들을 들으면서 모친이 쓰는 방안을 둘러보았더니 어제 왔을 때는 미처 보지 못했던 이상한 그림이 눈에 들어왔다. 크지도 않은 방의 한쪽 벽에 휘장 같은 하얀 광목천이 걸려있고 그 천 위에는 아이들 만화 같은 그림이 그려져 있었는데, 뭔가 하고 자세히 들여다봤더니, 막대기 후려치는 싸움 장면 같은 것이 마치 유치원생 작품처럼 단순한 필치로 그려져 있었다. 누이에게 물어보았더니, 이것은 모친처럼 글을 못 읽는 신도들에게 하나님이 마귀를 쫓아내는 형상을 보여주는 그림인데, 이 그림을 보면서 손뼉 치고 찬송가 부르면 마귀가 놀라 달아나게 되어있고, 이렇게 마귀가 쫓겨나는 그림을 옆에 두고 잠을 잔 이후로는 모친을 괴롭히던 사나운 꿈자리가 없어졌다는 설명이었다. 그 꿈자리가 어떤 것이었느냐는 나의 질문에 대한 누이의 대답이 나를 잠시 아연케 하였다. 모친이 교회에 다니기 시작해서 몇 달 동안은 꿈속에서 박씨 집안 조상신들이 나타나서 봉제사 않는 며느리라고 욕설을 퍼붓는 바람에 이를 피하기 위해 달아나다가 낭떠러지 아래로 떨어지고 하는 등 단잠을 자기가 어려웠다는 것인데, 이렇게 강대한 힘을 행사하는 하나님의 벽화를 옆에 끼고 자면서부터는 그 무섭던 조상신들이 뿔 달린 마귀들과 함께 쫓겨나는 것을 보게 되어 다리 뻗고 편안하게 잠을 자고 있다는 얘기였다.

나는 모친의 거취 문제는 좀 더 두고 보자는 말과 함께 몸을 일으키고 집으로 향하였다. 일이 이렇게 꼬이게 된 것은 모두 누이의 소행에서 나왔음을 생각하니 한동안 조금씩 가까이 느껴지던 누이가 이제 갑자기 먼 나라 사람같이 여겨졌다. 모친의 거처를 지금 상태대로 두고 보자고 말한 것은 결국 두 모녀의 동거를 무기한으로 연장하는 셈이었다. 나는 누이와 헤어져서 집으로 돌아오는 동안 의문투성이인 누이의 과거와 현재에 대해 갖가지 상상을 피어 올리면서 생각의 갈피를 잡아보려고 하였다.

누이는 모친이 우리 집을 나가 있는 동안에 얻은 딸이었는데도, 내가 누이라고 부르는 이 여자가 세상에 있는 줄 알게 된 것은 불과 2년 전이었다. 재작년 봄 어느 일요일 날 내 앞에 불쑥 나타난 누이는, 모친의 가출 기간에 일어났을 법한 일들, 유별나게 팔자 드센 남녀가 뜬금없이 만나고 헤어지는 기구한 사연에 대해 무성한 추측을 불러일으켰다. 그러나 별로 내세울 만한 것이 없었는지 두 모녀는 한결같이 그동안 어떻게 살다가 어떻게 헤어졌는지에 대해 속시원히 해명해 주지를 않았다. 모친처럼 초라해 보이는 누이의 인상착의를 보고 그동안 얼마나 구차한 세월이었을지 막연하게 상상해 볼 따름이었다. 손이나 얼굴 모습이 거칠고 겉늙어 보이는 것은 그만큼 모진 세파와 풍상을 겪었다는 것을 말해주었다. 말투에서도 표준말이나 유식한 어휘를 구사하지 못한다는 것은 그만큼 문화생활이나 교양과는 거리가 먼 삶을 이어왔음을 암시하는 것이었다.

모친의 과거가 별로 많이 알려지지 않은 것은 나 자신의 무성의 탓도 있음을 인정해야 할 것이다. 근엄한 숙부의 손에 붙잡혀 살면서 정상적인 가정생활의 희로애락을 맛보지 못하고 자란 나였다. 나에게 집이란 위로와 안식의 보금자리가 아니라 무거운 책임과 의무를 부과하는 곳이었으므로 나는 장손이라는 나의 가정 내 위치에서 꼭 필요한 정도만큼만 가족들의 안위를 걱정하였다. 그런 습성이 굳어져 버렸는지 새로 만난 모친에 대해서도 별로 자상한 관심이나 따뜻한 감정을 가지고 접근하지 못하였다. 우리 집 식구로 복귀한 모친은 다행스럽게도 선대로부터의 오랜 거주지인 시골마을에 혼자 살면서 제사 명절을 치르는 며느리 역할을 하겠다고 나섰기 때문에 나는 이를 은근히 속으로만 반기는 심정이었다. 그때 마침 나는 내가 속한 지역 미술인협회의 회장을 맡게 되는 등 사회활동이 많아지면서 시골마을에서 30킬로 정도 떨어진 이곳 신개발 도시지역으로 옮길 계획을 세우고 있었으므로 갑자기 출현한 모친은 나의 훌륭한 협력자 역할을 한 셈이었다.

나는 모친의 도움으로 제사 명절 걱정을 덜고 시골마을을 벗어나 살게 되어 내심 후련한 심정이었지만, 내 예측대로 아주 속 시원하게 후련하지는 않았다. 모친이 조상제사를 모시면서 시골에 있었던 5년 동안 나는 모친의 부름을 받고 여러 차례 고향 나들이를 해야 했던 것이다. 모친은 고향에 정착한 후 두 번째 맞는 봄 어느 날 나를 시골집으로 호출하였다. 부친의 묘소를 만들어야 하지 않겠느냐는 것이었고, 모친은 이미 이를 위해 상당한 준비를 해놓고 있었다.

그때까지는 부친의 묘가 있을 수 없었다. 난리통에 실종되어 오래도록 소식이 없자 죽은 것으로 치고, 생일날을 죽은 날짜로 잡아 제사를 지내고 있기는 했지만, 아직 누구도 부친의 묘소가 없다는 걸 문제 삼은 적이 없었다. 모친은 그게 될 일이냐는 얘기였다. 아들을 무릎 가까이 앉혀 놓고서, 꿈에 니 아부지가 나타났느니라, 죽은 혼백이 무덤 하나도 없어서 천지사방을 떠돌아다닌단다, 니도 생각 좀 해 봐라, 세상에 묘소 없는 제사가 어디 있으며 지 애비 묘에 벌초하지 못하는 아들자식이 무슨 자식이냐, 이렇게 차근차근 이르는 모친의 면전에 나로서도 이에 반대하는 말을 꺼낼 엄두를 내지 못하였다.

모친은 부친의 묘소를 만들기 위해 꼬박 1년을 애쓴 모양이었다. 어수선한 시국에 부친이 어디서 죽었는지는 아무도 모르고 있었는데 모친은 그것이 동해안의 어느 지점이었다고 믿는 모양이었다. 나에게 직접 말은 하지 않았지만, 모친은 영험 있다는 어떤 점쟁이가 말하는 부친의 사망지점에 가서 빛깔 좋은 자갈돌을 몇 개 주워다가 하얀 베 헝겊 속에 정성껏 싸놓고 있었다. 시신이 없으면 그 대신에 죽은 곳의 흙이나 돌을 묻는 수도 있다더라는 모친의 말에 대해서 누구도 반대하지 못하였다. 숙부는 부친이 어디에서 죽었는지 그 당시에 들어서 아는 것이 있었던 모양으로 점쟁이 말을 듣고 덜컥 믿어버리는 모친을 매우 못마땅하게 타박하였지만 이미 상당한 준비를 해놓고 있는 모친의 정성을 제지하지는 못하였다. 모친은 그밖에도 함께 매장할 물건을 꽤나 많이 모아 놓고 있었다. 보관중이던 부친의 사진 중에 국민방위군 훈련소 수료 기념사진이 있었는데 이것을 가지고 부친 얼굴만 따로 나오게 확대사진을 만들어 놓고 있었다. 집안 깊숙이 어디에 들어있는지도 잘 몰랐던 자잘한 물건들 중에서 부친과 관련

있는 것들을 용케 찾아서 싸놓고 있었는데 그 가운데에는 부친이 혼인날에 입었다는 예복의 일부도 들어있어서 이를 보는 사람들을 잠시 놀라게 하였다. 그러나 이 같은 진행과정을 지켜보는 숙부의 표정은 내내 마뜩잖은 내색을 보였다. 합장할 물건으로 모친이 챙겨놓은 물건들이 정말로 부친이 썼던 물건인지 알 수 없다는 것이며 그중에는 분명히 모친이 억지 주장으로 내놓은 것들이 있을 것이라는 말까지 하는 것이었다.

모친이 부친의 묘소를 만들 준비를 많이 해놓았다고는 해도 아들로서 해야 할 일도 적은 것이 아니었다. 묘소를 차리려면 알만한 지관한테 찾아가서 묘지의 터와 장례의 날짜를 법식에 맞춰서 잡아야 하고, 터 닦을 일꾼들을 알아봐야 했다. 숙부를 통하여 수소문한 끝에 알게 된 팔순 나이의 지관 어른은 자초지종 사연을 들어보더니, 부친의 묏자리를 공동묘지의 제일 뒤켠, 길이 멀고 험하여 남들이 별로 탐내지 않았던 묘역 끝자락에 잡아주었다. 성분成墳할 일꾼들 문제는 장의사에 주문하여 쉽게 해결되었다. 그러나 이런 일들보다도 더 신경쓰이는 것은, 사망 후 30년 넘게 긴 세월을 건너와서 치르는 이 매우 이례적인 장례절차 봉행의 취지와 경과에 대해 먼 일가 어른들에게까지 일일이 방문하여 고지해야 하는 일이었다. 나는 속으로는 정말 탐탁지 않게 생각하면서도, 모친이 요구하는 이 모든 일들을 싫어하는 기색 없이 잘 치러냈다.

장례절차를 모두 끝냈을 때 모친은 나를 부친의 묘소 한켠 조용한 곳으로 불러가서는 나직이 말했다. 오늘 이곳은 내가 죽으면 옆에 합장할 산 터이니라, 내가 니 애비하고 혼인했지만 5년도 같이 못 살고 헤어졌지 않으냐, 니 애비 묻고 한 다음에 니네 집에서 내처 살지 못한 것이 한이 된 내다, 살아생전엔 내가 떠돌아다녔어도 죽고 나서야 니 애비하고 떨어져 있어서 되겠느냐, 니 애비가 내 꿈에 나타나 나를 몰아세우는 것도 그 얘기이다, 내 말 알아듣겠느냐….

모친은 자신이 죽으면 남편 옆에 합장한다는 결의를 실천함에 있어서 매우 단호하였다. 부친 장례가 있던 해 초가을 성묘날에 모친과 함께 공동묘지에 갔을 때, 부친의 묘 바로 옆에 쌓아올린지 얼마 안 된 봉분이 나의 눈길을 끌었다. 모친은 잠시 나의 눈치를 살피더니, 그것이 바로 자신의 묘라는 알 수 없는 말을 하는 것이었다. 의아해하는 나의 손을 잡아 앉히고서 들려주는 모친의 말은 기상천외의 것이었다. 요즘 공동묘지 땅이 얼마 남지 않아서 자기가 죽을 때에는 여기에 합장할 터가 있을지 믿을 수 없기 때문에 이렇게 가짜 봉분의 모양을 만들어 놓아서 남의 집 묘가 들어올 수 없게 해두었다는 말이었다. 에미가 살면 얼마나 살겠냐, 아무소리 말고 있다가 때가 되거든 이곳을 후딱 파내고 묻어다고….

나의 얼굴을 빤히 쳐다보면서 나직하면서도 간절한 목소리로 애원하는 모친의 두 눈은 억하심정을 감추느라고 가늘게 감겨져 있었지만 어느덧 눈물방울이 맺혀져 있었다. 모친의 당부를 차마 거절할 수가 없는 나는 가볍게 고개를 끄덕이며 순종을 약속하였다. 그렇게까지 무리한 방법으로 남편 묘의 옆자리에 묻힌다는 것이 얼마나 부질없는 일인지 설명하려면 이야기가 언제까지 길어질지 막막한 마음이 앞섰던 것이다.

박씨 집안 혼백이 되기 위해 모친이 바친 정성은 남편 영혼의 장례로 끝나지 않았다. 파격적인 장례절차를 무사히 마친 모친은 지치지도 않고 다음 차례의 정성을 끝도 없이 고안해 냈으며 끈질긴 집념으로 이를 실천했다. 부친의 영혼을 장례 지낸 다음 해에 나는 또다시 모친의 호출 전화를 받고 시골마을로 내려갔다. 집에서 기다리던 모친은 내가 자가용 차에서 내리자마자, 자, 갈 데가 있다, 어여 가자, 하면서 명령하듯이 내 차에 다시 시동을 걸게 하더니 어떤 절간으로 차를 몰도록 다그쳤다. 그리 유명한 사찰은 아니었으나, 나도 이전부터 여러 번 들어서 알고 있던 풍광이 수려하고 역사가 있는 절이었다. 차를 타고 가는 동안 대강 들은 얘기로는, 부친의 장례는 일가권속들이 모두 알게 했지만, 이번 절간에서의 치성은 괜히 알렸다가 가타부타 말이 많아질 것 같아서 우리들 모자만 남몰래 하는 것이라 하였다. 그 치성이라는 것이 어떤 것이냐고 물었더니, 모친은 잠시 머뭇거리다가 부친에 대한 소상제小祥祭라고 하였다. 요즘 세상에 소상제 지내는 집이 어디 있느냐고 물었지만 모친은 엉뚱한 생각을 하고 있었다. 부친이 죽었을 당시에는 소상뿐만 아니라 대상까지 했었다는 것이고, 절간에 스님 말씀이 두 모자만이라도 열심히 치성드리면

집에서 소상 대상 다 지낸 것 같은 효험이 있을 것이라고 했다는 대답이었다.

누구한테서 들었는지 육신을 떠나 저승길로 가는 영혼은, 제사상에 차린 제물들 하고 그 앞에서 엎드려 절하는 사람들을 보면서 힘을 얻는 것인데 부친의 경우에는 초상제나 장례식이나 그 어느 것도 제대로 치러본 것이 없지 않으냐는 것이 모친의 말이었다. 제사상은 잘 차려주도록 절간에 부탁해 뒀으니까 소상제에 다녀가는 사람들 수 만큼 많은 횟수로 아들인 내가 절을 하면 된다는 것이 모친의 말이었다. 모친을 따라서 절간 경내로 들어선 나는, 뭔지 모를 집채를 두어 개 지나서 어떤 자그마한 법당으로 들어갔다. 자비로운 미소를 머금은 불상이 위에서 내려다보는 정면 위치에 제삿날 차례상 같은 것이 차려져 있었고, 그 위에 부친 이름의 위패가 놓여 있었다. 스님 한 사람이 들어와서 앉더니 목탁을 치면서 유창한 목소리로 염불을 외우기 시작하였다. 나는 모친이 시키는 대로 양손을 높이 치켜올렸다가 내리면서 앞에 엎드려 큰절을 올리기 시작했다. 마음에 없는 절을 한다는 것이 어색하기는 했지만, 이렇게 된 마당에 모친의 당부를 거절함으로써 애잔한 노파심의 여린 바탕에 생채기를 내고 싶지는 않았던 것이다.

내가 모친의 말을 거역하지 못했던 데에는 또 다른 이유가 있었다고 해야 할 것이다. 그것은 뭐랄까 말로 설명할 수 없는, 미묘하면서도 강력한 어떤 느낌이었다. 그래서 부모자식이라고 하는 것인지, 숙부로부터 무슨 시킴을 받을 적에는 모종의 반발심 같은 것이 앞섰던 것인데, 나를 몰아쳐 무슨 일을 시키는 모친에게서는 어떤 부정할 수 없는 푸근함이 느껴졌던 것이다. 모친이 믿음에 찬 단호한 목소리로 나를 다그칠 때, 그런 목소리에 담겨있는 당당한 기세에 나의 마음이 압도되었음일까. 어디서 어떻게 살다 온 사람인지 모르는, 생전 처음 보는 늙은 여자가 어느 날 갑자기 나타나서, 내가 네 에미니라 했을 때에도, 나는 솔직히 어머니라는 말이 입에서 잘 떨어지지 않는 심정이었다. 어쩌다가 손을 마주 잡을 때에도 혈육으로서의 따뜻한 느낌이 전해지지가 않았다. 그렇게 데면데면하고 서먹서먹하게만 대하던 주름살투성이 늙은 여자에게서, 이 어쭙잖은 노파가 바로 내 어머니이다 하는 불가항력적인 느낌이 드는 것은, 다른 사람들에게는 고분고분 낮은 목소리로 비위를 잘 맞추던 그 입을 가지고 나에게는 맞대놓고, 너 같은 환쟁이가 세상 넓은 걸 알겠느냐, 뭘 모르면 에미 말이라도 들어서 할 일이지, 이렇게 가차 없이 몰아세울 때였던 것이었다. 생각건대, 나 말고 이 세상 누구에게 또 이런 땅땅거리는 말을 건네볼 것인가 싶은 모친이었다. 그 모친이 애오라지 아들 하나에게 느꼈을 무조건적인 안온함이 나에게 전해져 왔음일까, 당돌하고 뜬금없는 모친의 요청을 들으면서 나는 뒤늦게야 맛보는 아들자식으로서의 뿌듯함이 느껴지는 것이었다.

고향 마을로부터의 부름은 다음 해에도 계속되었다. 부친의 저승길 닦기를 위해 모친이 바치는 정성이 아직 끝나지 않았던 것

110

이다. 이번에는 해원굿이었다. 제명에 죽지 못한 부친이 꿈속에 나타나서 원을 풀어달라고 하소연한다는 얘기였으나, 필시 입담 좋은 판수나 무당들의 사주에 따른 것이라고 생각되었다. 나는 그러나 모친이 시키는 대로 부친의 해원굿에 함께 참례하기 위해 두 번이나 고향 나들이를 하였다. 이번 일에 대해서는 아내가 크게 반대하였으나, 나는 최고의 이해성과 인내심을 발휘하여 모친의 말대로 따라주었다. 어디서 스스로 벌어놓은 돈이 있었는지, 굿판 벌이는 경비를 아들에게 요구함도 없이 다만, 제명에 죽지 못한 니 애비의 명복을 비는 일이니라, 하면서 다녀가라고 하명하는 것을 거역할 엄두를 내지 못했던 것이다. 내 마음 한켠에서는, 남편의 저승길 닦기에 대한 모친의 믿음과 집념에 탄복하고 있었다. 내 머리에서는 인간이 죽은 다음에 들어가는 세계에 대해 단 한 발자욱만큼도 떠오르는 것이 없는데, 내세에 대한 이런 믿음을 갖고 있는 사람은 산과 나무와 온갖 생명을 보는 눈도 어딘가 영험스러워질 것이 아닌가, 그런 눈으로 세상을 보는 사람이 그림을 그린다면 그 그림은 뭐가 달라도 다를 것이 아닌가, 하는 생각까지 들었던 것이다.

모친이 고향 마을을 떠나 우리가 사는 신개발 도시지역으로 이사 오게 된 직접적인 계기는 이제까지 살던 시골집이 헐리게 된 때문이었다. 그 마을에도 개발 바람이 불어닥쳤는데 새로 생기는 고속도로가 하필이면 모친이 살던 가옥을 직통으로 지나가게 되었던 것이다. 고향 마을 안에서 새 거처를 마련하는 궁리도 해봤지만, 결국 내가 사는 집으로 들어오기로 합의가 되었다. 모친이 지금 당장은 건강하다고 하나 육순이 넘는 나이에 앞으로 머지않아 노쇠현상이 나타날지 모른다는 점이 고려되었다. 때마침 아내가 문방구점 개업을 계획 중이었기 때문에 옆에서 집안일 도와줄 사람이 생겨서 잘됐다는 말로써 아내의 반대도 무마시킬 수 있었다.

내가 모친의 도시 이주를 주장한 데에는 또 다른 이유가 있었다. 영혼 장례식이다, 해원굿이다, 소상제 생략을 벌충하는 불공치성이다 하면서 유교식과 불교식과 무교식 사이를 무원칙하게 왔다 갔다 하는 저승길 닦기 정성도 문제였지만, 모친의 허황된 믿음은 이 밖에도 별 희한한 형태로 나타나고 있었음이 밝혀졌던 것이다. 모친은 내가 모르게 무당이나 절간을 통하여 여러 종류의 크고 작은 치성을 바쳤다는 눈치가 보였으며, 심지어는 야바위꾼 장사치들에게 농락당한 예도 있었음이 드러났다. 한번은 모친이 나를 당신의 이부자리 있는 데로 불러가서 한다는 소리가, 어디서 신통스러운 담요를 하나 샀다고 했다. 만면에 회심의 미소를 지으면서 모친이 들려준 설명을 들어보니, 노인네가 이 담요를 깔고 자면 말년에 노망기 막아주고, 죽어갈 때 관 속에 넣어주면 저승길 가는 동안에 추운기도 막아준다는 것이었다. 어떤 입심 좋은 장사꾼에게서 샀는지 붉은 줄무늬가 유난히 눈에 띄는 것만 빼고는 보통 침구점에서 흔히 보는 담요와 별반 다를 것이 없어 보였는데도 그런 물건에 대해 꽤나 많은 값을 치른 모양이었다.

모친은 우리와 동거를 시작한 다음에 내가 바랐던 많은 변화를 보여주었다. 집을 나가면 동서남북 방향을 모르니 무당이나 절간 스님을 만나러 갈 수가 없었고 야바위 장사꾼이 우리 집에 들어올 염려도 없었다. 그러나 산 너머 산이라고, 있던 문제가 사라지더니 이제까지 없던 새로운 문제들이 발생하였다. 도시공간의 공기가 나빴는지, 집안에만 들어앉아서 운동 부족이 됐는지, 우선 건강상태가 눈에 띄게 악화되었다. 도시로 옮긴지 1년이 채 지나지 않아서 고혈압에다 당뇨까지 겹치기로 얻어서 병원 출입을 자주 하는 지경에 이르렀다. 나는 병원만 믿기는 어렵다고 생각하고 모친의 건강회복을 위한 다른 대책을 세웠다. 얼마 멀지 않은 뒷산에 가는 길을 가르쳐 드린 것은, 모친이 공기 맑은 그곳에서 건강회복과 함께 같은 또래의 말벗도 얻을 수 있지 않을까 해서였다. 과히 험하지 않은 작은 산이었는데, 이곳은 맑은 물 흐르는 개천과 우거진 소나무 숲이 있고, 무엇보다도 장수약수터라고 불리우는 샘물 못이 한켠 기슭에 있어서 거의 연중무휴로 노인층의 발길이 이어지는 곳이었다.

건강문제 말고 점차로 불거져 나온 것은 고부간의 갈등 문제였다. 한동안 별 탈 없이 원만하게 이어지던 고부간의 관계가 틀어지게 된 것도 따지고 보면 저승길 닦기에 대한 모친의 강고한 염원에 기인했다는 점에서 고향 마을에서 있었던 문제의 연속선상에 있었다고 볼 수 있다. 애초부터 모친은 자식들에게 폐가 될 것을 저어해서인지 부엌은 따로 쓰겠다면서 문간방에다 독립된 살림을 차렸고 우리도 이를 고맙게 받아들였기 때문에, 고부간에 정면으로 충돌하는 것을 미연에 방지할 수가 있었다. 이들의 갈등 관계는 말하자면 매우 은밀하고 미묘한 형태로 전개되고 있었기 때문에 나는 한참 뒤에야 그 낌새를 알아차리게 되었다.

한번은 모친이 자신이 요리한 동태찌개가 맛있게 잘되었다면서 가져왔다. 처음에는 아내가 이 찌개 요리에 손도 대지 않는 것에 대해 나는 별로 관심 두지 않고 두 번에 나누어서 내가 다 먹어 치웠다. 그러나 이와 비슷한 일이 여러 번 일어나더니 마침내는 모친이 갖다준 음식은 속이 받지 않는다는 아내의 고백이 나왔다. 언젠가는 자잘한 일에 대범한 성격인 아내가 미처 마치지 못하고 싱크대에 남겨둔 설거지 그릇들을 모친이 보고서는 깨끗이 치워준 일이 있었는데, 그다음부터는 아내가 못다 한 설거지 일감을 남기는 예가 없어지게 되었다.

며느리한테 환심을 사려고 하는 모친의 행동은 여러 가지 형태로 나타났다. 지저분하던 대문 안팎에 빗자루질도 잘해주었고 쓰레기통이나 심지어는 화장실 휴지통까지 일찌감치 비워 주었으며, 시어머니한테 신세 지지 않으려는 며느리의 노력까지 가세하여 우리 집은 예전보다 훨씬 더 깨끗한 곳이 되었다. 뭐 별난 음식이 있으면 우리한테 가져오는 일도 계속되었다. 아내가 별로 싫다 좋다 내색을 하지 않아서인지, 며느리가 어떤 반응을 보이는지에 대해서 모친은 크게 신경 쓰지 않았다. 생각다 못해 내가 며느리한테 잘해 줄 필요가 없다고 넌지시 말해 보았는데 모친의 대답은 간단하였다. 제사 명절 정성껏 차리는 것은 아들보다도 며느리니라….

모친은 지극정성으로 시어머니 구실을 잘하려고 하였지만 며느리에게서 존대받거나 환심을 사는 일에는 무참히 실패하였다. 모친이 며느리에게서 어른 대접을 받지 못하고 별로 큰 발언권을 갖지 못한 큰 이유는, 자기가 직접 키우고 장가보낸 아들에 대한 며느리가 아니었기 때문이었을 것이다. 게다가 모친은 시골에서 따로 거주했을 때부터 며느리에게서 존경받기는 고사하고 자신의 딱한 처지에 대해서 동정을 받지도 못하였는데, 그렇게 된 한가지 이유는 귀신 위하는 일에 턱도 없이 많은 공을 들이면서 이를 제지하는 며느리의 말을 잘 듣지 않았기 때문이었다. 모친은 우리 집안으로 복귀하고 나서 부친의 묘소를 만드는 일에 유별나게 극성을 피웠고 갖가지 미신행위로 설치면서 이같은 정성으로 가문이 융성하는 것처럼 행세하였는데 그런 일들은 며느리에게 가소롭고도 한심한 것으로 비쳐졌을 법하다. 심지어는 아들의 그림 작품들이 좋은 평을 듣고 그것이 돈도 되고 하는 것까지 귀신 잘 모시는 자신의 치성 덕분이라는 내색을 보여서 며느리의 코웃음을 샀던 것이다. 나에게라고 모친이 벌이는 일들이 마땅할 리는 없었다. 나 자신에게는 내가 그리는 그림들이 끝 모르는 습작이고 엉터리없는 사이비 미술로 보이는데 이같이 되는 것은 모친이 불러들이는 악귀들의 소행이 아닌가 섬뜩할 때도 있었던 것이다.

모친이 시골마을에 거주했을 때에는 며느리의 눈총을 받으면서도 모친 자신의 소신대로 대소사를 챙겼었지만 아들네 집으로 옮긴 다음에는 며느리의 간섭을 많이 받게 되었다. 그러는 중에도 모친은 어떤 일에 대해서는 자기 고집 피우다가 경을 치는 일이 벌어지기도 하였다. 그중에 한 가지가 제사 명절 때의 미신행위에 관련된 다툼이었다. 모친은 애초에 우리 집안에 복귀할 때의 약속대로 며느리로부터 조상들 봉제사의 책임을 이어받아 수행했을 때 그 격식은 달라진 것이 거의 없는 것처럼 보였고 그리하여 시골에 있을 때에는 제사 격식을 가지고 고부간에 다투는 일이 별로 없었다. 그러다가 모친이 아들네 집으로 옮겨오고 난 후에 며느리하고의 불화가 소리를 내기 시작하였다. 모친은 시골에서 제사 명절을 지낼 때 조상신들을 위해 큰 마루방에 차려진 차례상 말고도 구석진 고팡 안에다 귀신 하나 몫의 제물을 따로 차려놓았다는 것인데 이제 아들네 집에서도 자신이 시작한 이 같은 치성을 계속하지 않으면 액운을 당한다고 며느리에게 애걸복걸 사정하기에 이르렀다. 이런 치성물은 예전에 이 지역의 가례 풍속에 덧붙여진 무속신앙에 따라 조왕할망신에게 바치는 것이었던 모양인데 이 같은 미신행위를 가만히 두고 볼 만큼 녹록한 며느리가 아니었기 때문에 이 일로 인하여 고부간의 냉랭한 관계가 한동안 덧나게 되었던 것이다.

며느리와 한 울타리 안에서 티격태격 다투고 심기가 불편하던 모친의 생활에 커다란 전기가 된 사건이 발생하였다. 오래 헤어졌던 딸과 상봉하게 된 것이다. 어느 해 5월이었다. 봄기운이 무르익는 어느 일요일 오후 모친은 뒷산 약수터로 놀러 갔다가 돌아올 때 어떤 젊은 여자 한 사람을 데리고 들어오더니, 그동안 오래 헤어졌던 딸이라고 하였다. 30대의 어디쯤으로 보이는 야무지게 생긴 여자였는데, 우리는 그 자리에서 처음으로 남매간의 수인사를 했다. 난생처음 누이라고 불러보는 기분이 나쁘지는 않았다고 해야 할 것이다. 이들의 두서없는 내력담을 들어보니, 모친은 우리 집에서 가출한 다음에 여기저기 헤매다가 어떤 뜨내기 남자와 짧은 기간 동거생활을 할 때 이 누이를 얻었던 모양이었다. 모친은 딸 하나를 데리고 그럭저럭 괜찮게 살아가고 있었는데, 이 딸이 고교를 졸업하고 무슨 교회 관련 직장에 나가기 시작하면서부터 어머니와의 관계가 잠시 틀어지고 결국 집을 나가기까지 했다는 얘기였다.

나는 그때, 남의 집 자녀를 가출시킬 정도로 극성스러운 교회가 어떤 곳이었을지 궁금하였다. 누이는 어떤 교파에 속하는 교회명을 대었는데, 그런 교파의 이름은 나도 어디선가 들어본 기억이 났다. 아마도 어느 주간지에서 이단 시비가 많은 것으로 소개되었던 교파인 것 같았다. 나는 초대면의 누이에 대한 호감을 종교적인 이유로 해치고 싶지 않았다. 그 주간지에서 이 교파에 대한 시빗거리로 예거한 것도 그리 대단한 비리라고는 생각되지 않았었다. 교회에서 신도들이 대성통곡하거나 손뼉치고 뛰면서 춤추는 행동, 또는 목사가 신도들의 등이나 가슴을 치며 기도하는 행동 등 좀 특이한 예배방식을 들고 있었는데, 사람이 이지적인 사고로만 사는 것이 아니라 정서적인 감흥의 영향을 크게 받는 존재인 이상 예배의 수단으로 언어만을 사용하는 단조로움을 피하여 다양한 신앙체험을 추구하는 것이 무슨 잘못인가 하는 생각이었다. 또한, 목사의 안수기도로 신도의 질병을 치료한다는 것도, 심인성 질환의 경우에 터무니없는 말이 아닐 것이라는 생각도 들었다. 모든 새로운 종교는 이단에서 시작되었다는 말이 일리가 있다고 생각하는 나는, 광신자냐 독신자篤信者냐 하는 문제에 대해서 매우 자유로운 견해를 갖고 있었다. 더구나 수십 년만의 모녀 상봉 기회를 만들어준 것이 바로 이 교회였다는 말을 들은 나는 이 교파에 대해 호의적인 선입감을 갖고 싶은 것도 사실이었다. 바로 이날 오전에 누이네 교회 신도들이 뒷산 소나무 숲 공터에서 야외예배를 보던 중, 때마침 그 근처에 놀러 갔던 모친과 얼굴을 마주하게 되었다는 것인데, 이것조차 그 교회의 기도가 내려 준 축복처럼 느껴졌다.

오랜만에 상봉한 두 모녀는 그 이후 자주 만나서 여기저기 구경도 다니고 하는 눈치였다. 딸의 거처가 그리 멀지 않은 곳이기도 했고, 섭섭했던 과거사의 기억들도 오랜 세월의 강물에 씻겨지면서 희미해진 모양이었다. 이렇게 반년가량 지나던 중 모친은 뜻밖의 사고를 계기로 하여 거처를 우리 집에서 누이네 집으로 옮기게 되었다. 일의 발단은 교통사고였다. 시골생활에 익숙했던 모친은 복잡한 도시에 와서도 교통 규칙을 잘 지키지 않았다. 횡단보도에서는 푸른 신호등이 켜질 때 건너야 한다고 신신당부했지만, 다른 사람들도 그러더라면서 교통규칙을 무시할 때가 많았던 것이다. 혼잡한 대로에서 승용차에 허리를 부딪치는 사고였는데 전치 3주의 진단이 나온, 과히 심하지 않은 상처라서 다행이었다. 그러나 연로한 데다가 고혈압에 당뇨까지 겹친 몸이라 약효가 잘 듣지 않는다고 애를 먹었고, 정신적인 타격 또한 가벼운 것이 아니었으며, 3주 후에 퇴원할 때에는 자연스럽게 아들네 집 대신에 딸네 집으로 몸을 의탁하는 신세가 되어 버렸다. 퇴원해도 옆에서 시중을 잘 들어주어야 한다는 의사의 말에 대해 며느리보다는 딸이 먼저 간병 수발을 하겠다고 나섰고 모친도 딸에게서 더 친근감을 느끼고 있던 차여서 우선 건강이 회복될 때까지만이라도 딸네 집에 가 있기로 했던 것이다.

곰곰이 생각해 볼수록 어머니의 거취 문제가 간단치 않아 보였다. 오늘 모친과 누이의 말을 들어보니, 어제 부친 제삿날에 모친이 열병을 앓았던 것은 봉제사 못 하는 종손 며느리한테 가하는 조상신들의 해코지 같은 것이고, 열병이 빨리 나은 것은 강대한 성령의 가호 덕분으로 여기는 것 같았던 것이다. 모친은 딸과 함께 동거하는 그동안에 이 같은 광신자가 되어버렸다는 것인데, 여기서 파생되는 집안 문제를 상상해 보니 막막하였다. 모친은 이제 교통사고 후유증 문제에서는 벗어났지만 우리 집안으로 다시 귀환할 가망은 없을 터이었다. 며느리보다 딸의 공대가 더 확실하고 조상신들보다 하나님의 힘이 더욱 크다고 믿는다고 할 때 모친이 어디에 의지하고 싶어 할지는 뻔한 일이었다. 어젯밤 숙부에게는 모친의 건강이 좋아지는 대로 우리 집으로 다시 들어올 것이라고 말했지만 이 약속은 이제 공수표가 되어버릴 참이었다.

그날 저녁 나는 아내에게 미처 하지 못하던 말을 털어놓았다. 광신자 적인 환영 속에서 사는 모친이 우리 집으로 다시 복귀하는 일은 없을 것 같다고 하였더니 아내는 싫다 좋다 아무런 감정 표시도 없이 묵묵히 앉아서 듣기만 하였다. 나는 여자의 침묵은 긍정의 표시라는 말이 생각나면서 아내의 침묵도 그런 의미로 보고 싶었으며, 그동안 있었던 고부간의 불화를 돌이켜 볼 때 더욱 그러하였다. 하여간 이 문제를 가지고 우리 부부가 더 이상 옥신각신할 필요는 없다고 생각한 나는 그냥 그대로 세월을 보내기로 하였다.

그리고서 며칠 후 나는 내가 속한 미술협회의 한일 정기교류전 시회가 일본 나고야에서 열린다는 통보를 받았다. 나는 잠시 생각 끝에 여기에 참가 신청을 냈다. 명목상으로는 한국대표단의 한 멤버로 가는 것이지만 교통비와 체류비의 대부분을 자비로 충당하는 것이었다.

미술협회에서 마련한 계획에 따르면 우리의 일본 체류 기간은 대충 한 달 정도로 되어있었는데 나는 이 동안만이라도 복잡한 집안일에서부터 홀가분히 벗어나 자유로운 일탈을 즐길 생각으로 이 프로그램에 참가하였다. 한국 측 대표단의 우리 일행 십여 명은 한일 교류전의 공동 주최를 맡은 일본 측 미술협회에서 주선한 나고야 근교의 한 여관에 머물면서 틈틈이 미술전시장에 나가 일본 화가들을 만나보고 적절한 교류 시간을 갖는다는 자유로운 스케줄이었다. 소문으로만 들었던 고풍스럽고 아담한 일본식 전통 여관은 그곳에 며칠간 머물러본다는 것만으로도 색다른 인상으로 남을 것 같았다. 이제는 일본 안에서도 흔히 볼 수 없다는 역사 오랜 건물들과 실내장식들을 바라보는 것만으로도 우리가 다른 나라에 와있음을 실감할 수 있었다. 특히 여관 건물 앞에 조성된 일본식 정원이 인상적이었다. 고도로 정교하게 디자인된 일본식 정원은 자연의 축소판이라는 서술이 어울릴 만큼 한 폭의 수려한 산수화였고 한정된 공간 안에 연출해 놓은 훌륭한 설치미술이었다. 인공으로 조성된 연못, 언덕, 바위, 돌다리, 소나무 숲 등이 어우러져 아기자기하고 단아한 조형미의 공간 구성을 보여주고 있었는데 한켠에 펼쳐진 검은 색 모래밭에 흰 자갈들이 깔린 것은 별빛 비치는 밤하늘을 재현한 것이라고 하였다.

나는 여관방의 문을 열면 바로 내 눈앞에 나타나는 일본정원의 풍경을 아침저녁으로 바라보면서 생각에 잠기고는 하였다. 그림 그리는 사람의 본능적인 감각이자 직업의식의 발동이었다. 나는 처음 보는 이색적인 풍경을 바라보면서 여기에서 어떤 그림 소재와 영감이 나올 수 있을지 곰곰이 새겨보았고 실지로 그림 그리는 도구와 캔버스를 대충 준비하고서 크고 작은 그림붓을 들어보기까지 하였다. 그러나 번번이 헛수고였다. 나는 캔버스 걸어놓은 삼각대를 면전에 두고서 여러 날을 고심해 보았지만 새로운 그림 소재나 영감이 잘 떠오르지 않았으며, 나의 그림붓은 공중에서 헛놀림만 허우적거릴 뿐 거의 아무런 형상도 만들어 내지 못하였다. 분명히 내가 이제까지 습관적으로 보던 사물들과는 다른 인상적인 풍경들이 내 눈앞에 전개되고 있었으나 이것들이 어떤 그림으로 재현되기에는 어딘가 역부족임이 느껴지는 것이었다. 이러기를 며칠이 지나면서 나는 나의 그림붓이 헛놀림으로 끝나는 이유를 알 것 같았다. 나는 내 눈에 보이는 사물의 겉보기 현상만을 보았지 그 현상들을 덮어씌우고 있는 나 혼자만의 환영을 보지는 못하였던 것이다. 그림이란 바깥세상에 저절로 보이는 명료한 현상에서 나오는 것이 아니라 현상들의 뒤꼍으로 어른거리는 아슴푸레한 환영에서 나오는 것이라는 인식이었다.

　세상과 격리된 채로 그럭저럭 소일하는 동안에 계절은 어느덧 늦겨울이 초봄으로 바뀌고 있었다. 그러던 중 나는 어느 날 교류 전시장에 나갔다가 나와는 동향인 한국사람 관광객을 우연히 만나게 되었는데, 나와는 친척관계가 되는 그는 나에게 아주 충격적인 소식을 들려주었다. 그것은 모친의 행방에 대한 불행한 소식이었다. 내가 들은 바에 의하면 누이가 속한 교회의 교역자들이 사기 횡령죄와 공갈협박죄 명목으로 경찰에 연행되는 통에 교회는 풍비박산이 났고, 누이도 어디로 갔는지 자취를 감추었다는 것이다. 그 바람에 이제까지 딸 하나의 말에 의지하여 살던 모친은 실성한 모습으로 여기저기로 헤매다니는 떠돌이 신세가 되어

버렸다고 하였다. 이에 덧붙여 알게 된 한 가지 사실이 나의 마음을 더욱 슬프게 만들었다. 모친은 이제까지 신명을 걸고 믿음을 바치던 교회가 문 닫힌 다음 어느 날, 남편의 분묘에 제주 한 병을 올려놓고 두 손 모아 절하는 모습이 숙부에게 들켜서 불호령을 듣고는 질겁하고 달아났다는 얘기였다.

나는 일본에서 계획하고 있던 모든 일정을 취소하고 서둘러서 귀국하였다. 급거 귀국하기는 했지만 나의 발길이 향할 곳은 막연하기만 하였다. 숙부를 찾아보는 일은 마음에 큰 준비를 요하는 일이었다.

나는 우선 부친의 무덤을 찾아갔다. 원로 귀성할 때의 선영 참배가 아니었다. 모친의 어두운 그림자가 가장 짙게 드리워져 있는 곳이 바로 이곳이었던 것이다. 사람의 시신 대신에 색바랜 종이 나부랭이들이 묻힌 부친의 허묘, 그 옆에 나란히 누워있는 모친의 가짜 무덤, 방황하는 모친의 영혼의 아늑한 종착지가 되지 못하고 잠깐 동안의 기착지, 급기야는 외롭고 굴욕적인 또다른 방랑의 시발지가 되어버리고 만 빈 껍데기 가묘, 이런 데가 나의 발길을 끌어당길 수 있는 유일한 곳이었다.

부친의 무덤이 있는 공동묘지 뒷켠 끝자락에 당도하여 무거운 걸음을 옮겨놓던 나는 그 자리에 우뚝 멈추어 서지 않을 수 없었다. 모친이 당한 고독과 굴욕의 현장은 내가 생각하던 것보다도 훨씬 더 가혹한 모습을 하고 있었다. 모친의 가짜 무덤은 없어져서 봉분 쌓았던 흔적까지 싸그리 지워져 있었고, 옆에 있던 부친의 무덤까지 을씨년스러운 모습으로 마구 파헤쳐져서 여린 속살 같은 흙덩이들이 시뻘겋게 드러나 있었으며 부친의 유물 항아리가 묻혔던 땅속 구덩이에는 시커먼 먹돌 덩어리들이 들어가 앉아 있었다. 그간에 있었음 직한 이곳에서의 사건들과 숙부의 노기 띤 얼굴표정이 나의 머릿속을 스치고 지나갔다. 나는 멍하니 선 자리에서 눈앞을 바라볼 뿐 어느 방향으로도 움직일 줄 몰랐다. 돌기둥처럼 우두커니 서 있는 나의 모습에 대해서는 아랑곳하지 하지 않는 듯이, 파헤쳐진 무덤 저 건너에서는 때 이른 봄날 아지랑이 무리가 꿈속에서처럼 가물가물 피어오르며 불현듯 이제까지 못 보던 아슴푸레한 환영을 만들고 있었다.

서예교실 여인네들

서예교실 정원 20명이 다 차는 데에는 1주일도 걸리지 않았다. 지방문화원의 문화진흥사업 이름으로 실시하는 것이라서 사람들의 믿음을 얻었던 모양이다. 시중에는 사립서예학원들도 있고 그냥 동호인들끼리 모이는 서예클럽들도 여럿이 있었지만 공공기관의 간판 아래 시행한다는 이름값을 했다고 할 것이다. 외톨이 신세 40대 여자의 심심풀이감으로 서예를 택한 것은 나에게 별다른 취미나 특기가 없기 때문이었다. 처음에는 회화교실을 지망할까 하다가 서예교실로 돌린 것은, 회화반에는 여자들이 많다고 들었기 때문이었다. 회화는 구체적인 사물을 그리는 것이어서 여성적인 취향이고, 서예는 추상적인 문구를 쓰는 것이어서 남성적이라는 말을 들으면서 나는 고개가 끄덕여졌다. 그런 것은 하여튼 간에 여자들 모인 데에서는 이런저런 말들이 많을 것 같아서 선뜻 내키지 않았다. 통상적으로 서예교실에는 여자들이 남자들

수효의 반에도 채 미치지 않는데 이번에는 거의 남자들과 비슷한 인원이 지망해서 모두들 이상하다고 하였다. 이에 대한 어떤 사람의 해석이 재미있었다. 기본적으로 서예교실이 여자들이 기피하는 곳이라는 점에서는 변함이 없지만, 이번에 여자들 지원자가 많아진 것은 여자들 수가 적은 클래스를 선호하는 여자들이 많이 모여든 때문이라는 것이다. 이러한 해석이 얼마나 맞을는지는 모르지만, 나의 경우가 바로 여기에 해당되는 것 같아서 좀 찜찜한 마음이 되었다.

나는 신입회원 상견례를 겸한 오리엔테이션이 있는 첫날 모임에서 서예교실 총무라는 뜻밖의 감투까지 덜컥 얻어쓰게 되었다. 나의 느림뱅이 못된 버릇 때문에 그날 모임에 늦게 나간 탓이었다. 오리엔테이션 시작 시간에 겨우 맞추어 나가보니 남은 좌석은 제일 앞줄 가운데 말고는 없었는데, 그 좌석은 원래 서예교실 총무가 앉는 자리라는 것이 **시문화원 문화학교 담당직원의 말이었다. 이제까지 서예교실 총무를 맡아보던 사람이 금년에는 나오지 않기 때문에 어차피 총무 자리는 새 사람이 맡게 되었다는 얘기였다. 나하고 거의 같은 시간에 출석한 오경숙이라는 여자가 있었지만 내 나이가 더 아래이므로 총무 자리에 더 어울린다는 것이 그날 서예교실 회장(우리 서예교실의 정식 명칭은 서예연구회였다)이신 나이 지긋한 어르신의 말씀이었다. 아마도 회장이 무슨 일을 시키기에는 조금이라도 더 젊은 사람이 만만할 것이라는 생각을 했을 것 같다.

서예교실 연습실에는 대형 테이블 네 개가 있었다. 사람들은 연습실에 들어서는 대로 좋은 자리를 차지하여 테이블 위에 화선지를 깔고 글씨 연습에 들어갔다. 그 탓인지 일찌감치 출석하는 사람들이 많았고, 뒤늦게 출석한 사람들은 연습실 바닥에 무릎 꿇고 앉아서 글씨 연습을 하는 불편을 감수해야 했다. 어떤 사람들은 아예 집에서 글씨 연습을 한 결과물을 갖고 나와서 지도 선생님에게서 검사를 받았다. 서예교실 지도 선생님은 이 지방에서 매우 명성이 높은 서예가여서 그에게 자기 글씨를 평가받고 몇 마디 코멘트를 듣는 것만으로도 여기 나오는 보람이 있다는 말들을 많이 했다.

서예교실 총무를 떠맡은 나는 남보다 일찍 나와서 서예 연습에 필요한 기물들 준비를 해야 했고, 하루 일과가 끝나면 다시 연습실 내 정리정돈을 해야 했다. 시간표가 바뀌거나 급하게 연락할 일이 생기면 휴대전화 연락망으로 문자메시지를 보내는 일도 했다. 날마다 출석부를 들고 출석 점호를 하는 일도 총무에게 맡겨졌다. 가을이 되어 작품전시회를 열 때에는 도록을 만들고 전시 회장을 준비하는 등 나들이할 일도 많았다. 회원들 대부분이 나의 고충을 알은 체하지 않았지만, 그중에 한 사람은 나의 답답한 심정을 알아주고 다독여주었다. 보기 드문 희성인 석石씨 성을 공유했다고 해서 나하고는 금방 언니동생 사이가 된 여자였다. 나하고는 연령 차이가 5, 6년밖에 안 될 것 같았지만 초대면할 때부터 자기를 금자 언니라고 부르도록 시키더니 막역한 자매 사이처럼 허물없이 굴었던 것이다. 어디서 내 이름을 알아봤는지 나를 부를 떼에는 꼭 '석명희'라고 성과 이름을 분명히 발음해주기도 했다. 두 사람이 만날 때에는 나보다도 먼저 인사말을 건네었고, 붙임성 좋게 내가 하는 총무 일을 거들어주기도 했다.

총무 일을 하다 보니 우리 서예교실 사람들의 이름과 얼굴을 단기간에 익히게 되었다. 두어 달이 지나자 누군가의 목소리를 들으면 이름과 얼굴을 대충 연상할 정도가 되었다. 기껏해야 매주 수요일 1주일에 한 번 모이는데도 그랬다. 40대부터 70대까지 폭넓은 연령대였지만 5, 60대 나이인 이들이 대다수였는데, 새로운 취미 함양에 요구되는 열의와 체력과 시간적 여유를 생각해보면 납득이 되는 일이었다. 회원들의 절대다수가 나보다 연상일 것 같아서 마음에 부담감은 오히려 가벼워지는 느낌이 들었다. 내가 무슨 실수를 하더라도 나이 어린 탓으로 봐줄 것 같았다.

서예 교습 몇 달이 지나도 글씨가 별로 늘지 않는다고 자평하는 이들이 많았는데 그런 사람들도 지도 선생님의 조언을 듣고 고개를 끄덕이고는 했다. 글씨 쓰는 기량이 향상되는 것이 얼른 눈에 보이지 않는 것은 화초의 꽃잎이 자라는 모습이 눈에 보이지 않음과 같고, 서예 교습의 효과를 먼저 알게 되는 것은 자기 글씨를 볼 때보다 남의 글씨를 볼 때라고 하였다. 처음에는 여러 사람들의 글씨를 보고서 그것들 사이에 뭐가 다른지 잘 모르지만, 얼마간의 교습을 거치는 동안 달필과 졸필 작품 사이에 뭐가 어떻게 다른지 알아본다는 것이고, 잘 쓴 글씨를 알아보는 감각이 늘어갈 때가 되면 먼 산의 능선이 뻗친 모양이나 소나무 줄기가 뻗쳐올라가는 모습 속에서도 예술적인 필치 같은 것을 감지하게 된다는 얘기였다. 썩 잘 쓴 서예 작품을 바라보노라면, 어떤 글자는 소나무 가지 뻗친 것 같고, 어떤 글자는 무슨 나무의 잎사귀 같고, 어떤 나무는 화단에 핀 어떤 꽃송이같이 보이는 경지를 상상해보라고도 했다.

우리 선생님의 서예강론은 갈수록 깊이를 더해갔다. 붓을 놀려 획을 그을 때의 마음가짐을 강조하는 선생님, 글자도 사람처럼 개성이 있는지라 글을 쓸 때마다 그 글자에 어울리는 심상을 떠올릴 것을 당부하셨다. 글씨 보기를 그림 보기처럼 하라는 것이고, 머릿속에서 그려지는 이미지가 글씨 쓰는 손가락에 전달되어야 훌륭한 글씨가 된다는 얘기였다. 우리 선생님은 '오래 보아야 아름답다'는 어느 시인의 표현이 글씨 감상에도 해당된다고 하였다. 거칠거나 부드럽다, 차갑거나 따스하다, 당당하거나 어줍다, 이런 식으로 어떤 그림이 풍기는 분위기와 인상이 있는 것처럼 글씨 속에서도 자연스럽게 전해지는 이미지 같은 것이 있다고 하였다. 이런 이미지는 그림이나 글자 자체에도 있지만, 그것을 그리거나 쓴 사람의 솜씨에 의해서 결정되기도 하며 여기에서 달필과 졸필이 갈린다는 얘기였다. 이런 말은 뫼산山 자나 내천川 자처럼 사물의 형체를 모방한 글자에만 해당되는 게 아니라고 하였다. 가령 마음심心 자를 쓴다고 할 때, 선으로 이어지다가 문득 점으로 흩어지기도 하는 사람 마음의 움직임을 떠올릴 수 있다면 더 풍부한 심상을 전 할 수 있을 것이라는 말씀이었다. 서예교실에서 한글서예보다 한자서예를 더 선호하는 것은 이 같은 이미지 형성에 주안점을 두기 때문이라고도 하였다.

우리 선생님의 서예강론에 대해서는 나보다도 금자 언니 편이 더욱 크게 공감하는 것 같았다. 금자 언니는 선생님의 가르침을 글씨 쓴 사람들의 성격에까지 확대 적용하였다. '글은 곧 사람'이라는 오래된 금언의 의미에 대해서는 보통 문학작품의 문체나 묘사 방식이 작가의 개성을 말해준다는 뜻으로 해석하지만, 금자 언니는 글씨의 서체가 그것을 쓴 사람의 개성을 보여준다는 뜻으로도 해석하였다. 이 언니는 글씨 스타일을 보면 사람을 알 수 있다는 말의 사례를 나에게서부터 찾았다. 그만큼 나를 막역한 사이로 봐준 것인지, 정말로 언니가 동생을 어르듯이 애정 어린 어조로 말하는 것이었다.

"석명희의 글씨는 걱정형型 타입이라. 가로로든 세로로든 획을 긋는 것이 이리 갈까 저리 갈까 영 불안정스럽다니까. 근심 걱정 많은 사람의 걸음걸이가 휘청거리는 격이여. 좀 자신만만하게 똑바로 갈 수 없는가 말이지."

나 자신이 생각해 봐도 나는 미상불 쓸데없는 근심 걱정을 잘하는 성질이어서 금자 언니의 말에 수긍하지 않을 수 없었다. 우리가 단둘이만 있을 때 금자 언니는 나하고 대비되는 사람의 글씨를 짚어주었는데 이때에도 나는 그녀의 뛰어난 감식력을 인정할 수밖에 없었다.

"저 사람 글씨를 좀 보라고. 내리긋는 획은 흔들림 없이 자연스럽고, 가로지르는 획은 자신감 있게 쭉쭉 뻗쳤단 말이지. 아마도 저런 사람은 남들 눈치 보는 일 없이 자기주장과 소신이 강할 것 같지 않아? 그것이 지나치면 다른 사람을 무시하거나 오만하기도 하겠지만."

내가 서예교실 총무 일을 보면서 여러 사람을 상대하는 동안 그들의 성격을 글씨체와 관련시켜서 상상해보는 버릇이 생긴 것은 아마도 금자 언니에게서 들은 말 때문이었을 것이다. 그러다 보니 나에게 사람들의 성격에 대한 관찰력 같은 것이 생긴 것도 같았다. 10월 달에는 단풍구경 야유회를 가기로 일찌거니 예정되어 있었는데, 총무인 나에게 야유회비 1만 원을 건넬 때의 표정과 태도가 사람마다 다른 것을 나는 눈여겨 보았다. 싫은 것을 마지못한 듯이 미적거리며 돈을 내미는 사람이 있는가 하면, 웃는 얼굴로 선뜻 다가와서 나의 손아귀에 돈을 쥐여주는 화통한 사람들도 있었다. 글씨체가 시원스러운 사람은 대체로 돈을 낼 때도 시원스러운 표정을 보이는 것 같았다.

내가 보기에 금자 언니의 서체론 전개는 얼핏 들어서 억지스러울 때도 있었지만 어떨 때는 아주 그럴듯해 보이기도 했다. 이 언니는 문청文靑 시절 소설창작 연습에 열을 올렸다고 하더니 소설 속 주인공들의 성격묘사를 많이 해본 효과가 여기에 나타나는 구나 싶었다. 인물 스타일과 서체 스타일의 상관관계를 설명하는 금자 언니의 말은 나를 곧잘 생각의 미로를 헤맨 다음에 출구 찾기의 즐거움을 맛보도록 하였다. 입구口 자의 사각형四角形 모양을 만드는 데에 틈이 열려있으면 자기 재산 씀씀이가 헤프고, 틈이 없이 잘 닫혀있으면 재산 관리가 엄격한 사람이라는 필적 감정 기준은 꽤 그럴듯하였다. 서예 교본에 나오는 정자체正字體의 글자 모양을 얼마나 잘 따르느냐에 따라 체제순응형順應型과 체제이반형離反型으로 분류하는 것도 공감이 갔다. 획 긋기의 방향, 획과 획이 교차되는 위치, 또는 전체적인 구도의 면에서 정자체의 시범을 잘 따르는 사람은 서예 초심자들이지만, 글씨쓰기 경륜이 쌓이면서는 교본 준수의 노력에 차이가 생긴다는 얘기였다. 나는 여기까지는 금자 언니의 말에 별다른 이견이 없었으나, 그녀가 말한 것 중에는 선뜻 수긍이 안 되는 것들도 있었다. 붓을 화선지에서 떼면서 획 긋기를 마무리하는 스타일에서 그 사람의 사생활 관리 스타일을 찾아볼 수 있다는 말은 아무래도 너무 나간 것 같았다. 획 긋기 마무리에 공을 들이면서 시간을 끄는 스타일은 남모르는 비밀이 많은 폐쇄적인 사람이고, 획 긋기를 산뜻하게 빨리 끝내는 스타일은 남과의 친교를 즐기는 개방적인 사람이라는 설명이었는데, 내 생각으로는 주관적인 공상이 만들어낸 억지 같이 들리는 것이었다.

금자 언니의 부풀려진 서체론은 선뜻 믿어지지 않으면서도 하나의 시안試案처럼 나의 마음 한구석에 남아있었고 나는 기회 있을 때마다 이 시안을 구체적인 인물들에게 적용해 보았다. 서체론 시안의 우선적인 적용 대상은 금자 언니 자신이었다. 그런데

이 언니의 서체가 어떤 스타일인지를 판정하는 것보다는 그녀의 성격이 어떤 스타일인지를 판정내리는 것이 더 쉬울 것 같았다. 그녀가 서예 교본의 시범을 얼마나 준수하느냐는 문제로 말하면, 준수하는 것도 같고 않는 것도 같았으며, 획 긋기 마무리가 어떠냐 하는 것도, 산뜻하게 끝내는 것도 같고 않는 것도 같았던 것이다. 반면에 그녀의 성격이 체제이반형이고 친교기피형인 것은 분명하다고 생각되었다. 그러니까 그녀의 서체 스타일에서부터 그녀의 성격을 추정하는 것보다는, 그녀의 성격 스타일이 그녀의 서체 가운데 나타나는 모습을 확인하는 즐거움 정도가 서체론 강론에 대한 나의 관심의 성과가 되어버린 셈이었다.

금자 언니의 성격이 체제이반적이고 친교기피적인 것을 관찰하려고 드니까 그런 사례는 비일비재하였다. 그녀는 1주일 만에 만난 사람에게 먼저 웃음을 보이는 적이 없었고 자기 기분을 표출시키는 말이거나 남의 기분을 물어보는 말을 하는 예가 없었다. 그녀는 매주 수요일 오후에 서예교실에 나타날 때에 혼자였고, 서예 교습을 마치고 돌아갈 때에도 혼자였다. 그 사이에 누구하고 다정하게 얘기를 나누는 예가 별로 없이 그냥 멀거니 다른 사람들을 바라보는 것이 고작이었다. 고독 좋아하는 사람은 보통 무표정하거나 꽁—한 얼굴을 하기 쉬운데 이 언니는 그렇지는 않고 그냥 남들과 가까이하지 않는 점만이 나의 눈에 띄었다. 이 언니가 말을 나누는 상대는 나하고 오경숙 씨 정도가 고작이었는데, 알고 보니 오경숙 씨하고는 동향인데다 초등학교 선후배 사이라고 하였다. 금자 언니는 서예 연습을 할 때에도 한쪽 구석지를 택해서 했고, 때로는 다른 사람들과 자기 사이에 나를 끼워넣기 하는 방법으로 친교의 기회를 기피하였다.

금자 언니의 친교기피 성격이 남성들보다는 여성들에 대해 두드러진다는 점을 발견한 것은 비교적 뒤늦게였다. 그해 가을이 되어 대정읍에 있는 추사적거지秋史謫居地 탐방이 있던 날, 우리는 소형버스를 대절해서 갔는데 총무인 내가 뒤늦게 승차하여 좌석에 앉은 사람들을 둘러봤을 때 내가 관찰한 것이 그것이었다. 서예의 대가 추사의 이름값에 어울리게 우리 서예교실의 정원 20명이 거의 참석했는지라 빈자리는 많지 않았다. 남자들 인원의 반 가량이 되는 여자들은 거의가 여자들끼리 짝꿍이 되어 동석하고 있었는데 남자들과 동석한 여자는 금자 언니와 오경숙 씨뿐이어서 나의 눈길을 끌었다. 그날 그 광경을 보고 오경숙 씨도 금자 언니처럼 같은 여성과의 동행을 기피하는구나 하는 생각을 하게 되었다. 더구나 이들 두 여자는 같은 초등학교 출신이라고 하면서 차내에서 동석을 기피한다는 점이 매우 이상하였다.

이런 일이 있고 나서 언젠가 나는 금자 언니에게 물어보았다.

"남자들 사이에서 주로 하는 얘기하고 여자들 얘기하고 어떤 차이가 있나요?"

"차이가 있지. 남자와 여자는 관심사가 다르니까 얘기하는 것도 다르지. 여자들은 자기하고 가까운 사람들에 대한 감정이나 관심을 말하기 좋아하고, 남자들은 자기하고 가까운 사람들 얘기를 피하는 경향이 있지. 그러니까 남자들하고 얘기하는 것이 마음 편한 거 같애."

나는 이 말의 뜻이 뭔지 종종 생각에 잠길 때가 많아졌고, 소설 쓰는 사람은 역시 다른 데가 있구나 싶기도 했다.

그날 이후로 나는 금자 언니가 남자들에 대해서만은 친교기피가 아니라 친교선호의 성향일 것 같다는 추정을 하게 되었고, 나의 이같은 추정이 옳았다는 생각을 하게 만드는 일들이 몇 번 있어서 나의 관심을 끌었다. 언젠가 내가 요즘 인기 있는 어떤 애정영화를 봤는데 극장에 동반자 없이 혼자 갔다는 말을 했을 때, 언니는 영화란 동반자와 같이 가서 봐야 영화 감상하는 상상력과 감각이 더욱 활성화되며, 여성의 동반자가 남성이라야 할 것은 당연하다는 말을 하였다. 극장 구경을 혼자 가는 버릇이 있는 나는 반론을 제기할 적당한 말을 찾느라고 고심할 정도였다. 또 언젠가는 화사한 색상의 새 옷을 입고 나온 그녀를 보고 우아한 의상을 고르는 언니의 감각 수준을 알 것 같다는 말을 했더니, 아무 옷이나 입을 수 없는 것은 나란히 동행하는 파트너에 대한 예의를 생각하기 때문이라고 하였음이 생각났다. 이런 몇 가지 말을 들은 내가 얻은 결론은, 금자 언니의 남편은 여자의 입장에 대한 이해성이 깊은데다 문학예술에 대한 조예도 갖춘 멋진 남자임에 분명하다는 생각이었다.

오경숙 씨는 서예교실 오리엔테이션이 있던 날에 나의 옆자리에 앉았던 인연을 살려서 그날 이후에도 나하고는 비교적 가깝게 지냈고, 나의 서예 솜씨가 별것이 아닌데도 나의 작품을 꼼꼼히 감상하고 칭찬까지 해주었다. 오경숙 씨의 서체를 바라볼 때마다 내 속을 어질러놓게 된 것은 그녀의 서체가 나하고 비슷하다는 사실을 알면서였다. 나의 서체를 새삼스럽게 눈여겨보았더니, 정자체 시범을 잘 이탈하거나 마무리 붓놀림이 산뜻하지 못하는 등 그녀하고 비슷한 데가 많았고, 그녀의 서체도 나처럼 획 긋기가 잘 흔들리는 것이었는데 금자 언니는 이런 글씨를 걱정형 타입이라고 했던 것이다. 서체의 타입처럼 두 사람의 성격도 유사하냐 하는 문제를 놓고 나의 머리가 빙빙 돌기를 거듭했으나 그런 것도 같고 그렇지 않은 것도 같아서 생각을 접어버리기가 일쑤였다.

오경숙 씨와 나의 서체가 동류이냐 아니냐를 떠나서 그녀의 대인관계로 말하면 나보다도 훨씬 비사교적인 것은 틀림없었고, 금자 언니의 서체론대로는 친교기피형이었다. 서예교실을 통하여 모처럼 만난 나의 말벗들이 어찌 이런 여자들인지 나는 찜찜해지는 기분이 되었다. 알고 보니 이들은 초등학교 선후배 사이인데다가 두 사람 모두 문단에 데뷔를 마친 문인들이었는데, 한 사람은 소설가로, 한 사람은 시인으로 등단한 것만 다르다고 하였다.

나하고 가장 가까이 지내는 두 여자의 신상에 대해서 이 정도로 알고 지내던 어느 날이었다. 그날 나는 하루 일과가 끝난 후 문화원장실에 들러서 무슨 보고할 일을 마친 다음에 서예 연습실에 들어갔다. 나의 소지품만 챙겨갖고 나오려고 했던 것인데, 금자 언니와 오경숙 씨 두 여자만이 마주 앉아서 무슨 이야기를 하는

지 진지한 표정들이어서 나도 함께 끼어들었다.

"무슨 말씀들인지, 제가 들으면 안 되나요?"

"안될 건 없지. 거기 앉아."

"무슨 토론을 하고 있었나요?"

"토론까지는 아니고, 뭐랄까 인생방담이지 뭐."

"테마는 뭐인가요? 인생방담에도 테마가 있을 거 아닙니까."

"우리 테마가 뭐였지?"

금자 언니가 오경숙 씨를 쳐다보며 물었다.

"우리 테마요? 고독 속에 피어오르는 그윽한 향기? 그런 거 아닌가요?"

"이 사람은 역시 시인이야. 근데 문장으로는 시를 쓰는데, 마음으로는 시인의 센스가 없으니 그게 탈이란 말이야."

"그건 제가 아직 어려서 그런가 봐요. 고독 속에서 향기를 느끼다니, 저로서는 아득한 얘기 같아요."

그날 이들의 담화는 그것으로 끝났기 때문에 그 가운데 어떤 숨겨진 의미가 있는지 나로서는 알쏭달쏭할 수밖에 없었다.

그해 연말을 기하여 우리 서예교실은 1년간의 교습을 종료할 예정이었고, 그때에 맞추어서 **시문화원 전시실에서 서예전시회가 열렸다. 그런데 서예전시 종료 이틀을 앞두고 내가 핸드폰 문자메시지로 발송한 뒤풀이 행사 안내문 안에 문장 하나가 문제를 일으켰다. 전시회 뒤풀이 행사가 우리 서예교실의 1년 과정을 마무리하는 기념행사이기도 하므로 그날 저녁 만찬에 혼자만 달랑 나오기보다는 배우자나 가족 중 누구와 동반하여 나오면 더욱 좋을 것이라는 단순한 생각이 나의 의도였다. 또 한 가지 나에게 숨은 의도가 있었다면, 금자 언니가 평생 반려자와 동행하는 모습을 내 눈으로 보고 싶었다는 호기심이라고 할 수 있다. 그리도 도도한 체하는 이 언니는 도대체 어떤 남편과 살고 있는지 알고 싶었던 것이다. 나의 순진한 의도가 뒤틀린 결과를 낳게 된 것은 아마도 만찬 동반자를 그냥 '가족 중에 누구'라거나 하지 않고 '평생 반려자'라고 칭한 탓이었다. '평생 반려자와 함께 나오셔서 우리의 올해 마무리 행사를 더욱 뜻있게 해주시면 좋을 것 같네요.' 내 생각에는 전혀 이상할 것이 없는 이 문구 가운데 미묘한 문제의 소지가 있음을 알게 된 것은 우리 서예교실 회장 어른이 나에게 전화를 걸어오면서였다.

"평생 반려자라니, 그렇게 명백한 표현을 쓸 필요가 없었는데, 그 부분 때문에 괜히 군소리가 나올 것이 아닌가 하는 생각이요. 자기 남편이나 부인하고 같이 나오고 싶은 사람이 몇이나 되겠소. 우리 나이가 되고 보면 무슨 말인지 알 거요. 이왕 핸드폰 메시지로 다 전달돼 버렸으니 그냥 두고 볼 수밖에 없네요."

1년이 다 지나면서도 서예교실 회장이 총무에게 전화를 건 예는 없었기 때문에 나는 심히 마음 줄이는 심정이 되었다. 나의 상상력과 언어감각이 빈약했음은 곧 드러났다. 드디어 우리의 뒤풀이 행사가 열리는 날 실지로 자기의 평생 반려자와 동반하여 만찬 장소에 나온 회원은 정말 극소수에 그쳤다. 그나마 서너 사람이 나의 순진한 메시지 표현에 호의적으로 응답하여 부부 동반 참석을 함으로써 나는 마음속으로 일말의 보람 같은 것을 느낄 수 있었다. 어떤 남자 회원은 내 모습이 빤히 보이는 위치에서 친한 사이인 듯한 회원에게 까놓고 웅얼거렸고 이에 대한 응수 또한 배포 두둑한 것이었다.

"자넨 왜 평생 반려자하고 함께 오지 않나."

"거참, 그걸 꼭 내 입으로 말해야 하겠나. 집에서 바라보는 것도 신물 나는데 밖에서까지 그 노릇을 하란 말인가."

마치 내가 그들의 수작을 들으라는 듯이 거침없고 능청스러운 말투였다. 그들은 내가 어떤 남편을 두고 있는지 알기나 하는지, 내가 그들의 말귀를 알아들을 것으로 생각을 하는지, 나는 잠시 뜻 모를 말을 들은 것처럼 멀거니 바라보고 있었다. 우리 회장님이 사전에 귀띔을 해주지 않았다면 그들의 말뜻을 더욱 놓쳐버렸을 것이다.

그러나 이보다 더 큰 불상사는 따로 기다리고 있었다. 우리 서예교실의 연말 행사에 예고 없이 참석치 않았던 오경숙 씨가 갑자기 서예교실에 나오기를 그만둔다는 통고를 했는데 그것이 꼭 나의 무감각한 메시지 문구 때문으로 보였다는 것이다. 서예전시회는 연말에 끝났지만 우리의 교습 기간은 1월말에 정식으로 종료되었는데 오경숙 씨는 서예교실 연습실에 있는 사물함의 물건들을 꺼내 가면서 총무인 나에게 간단한 작별인사를 해왔다. 미리 나의 시간 사정을 알고 나왔는지는 모르지만, 나 혼자만이 서예교실 교습장소에 남아있는 시간이었다. 일단 우리 서예교실 회원이 되면 대개는 1년만으로 끝내지 않고 다년 간 계속을 하는데 오경숙 씨는 나하고 함께 같이 들어온 회원이니까 미상불 의외의 탈퇴라 할만했다. 그만두는 것이 무슨 사정 때문인지는 아무 말이 없었다.

나중에 사람들 간에 떠도는 소문이 나의 관심을 끌었다. 오경숙 씨가 갑자기 사라진 이유는 자기가 최근에 이혼한 사실이 알려지면서 얼굴 보이기가 창피해진 때문이라는 말이 나돌았던 것이다. 그런 소문이 떠돌게 된 것이 꼭 나의 부주의한 문자 메시지 통보 때문이라는 증거는 없었지만 사건의 전후 관계 타이밍으로 보아서 그럴 가능성은 충분히 있다고 생각되었다. 다른 사람이 보기에는 전혀 걱정 않아도 좋을 일을 놓고 노심초사하는 사람이 있는 것이다. 만약에 그녀가 자신의 이혼 사실이 세상에 알려지는 것을 대단한 수치로 여기고 있었다면 다른 사람들의 부부 동반 행사를 보고 쓰라린 상실감을 느낄 수가 있을 것이다. 사람 마음이란 미묘한 것이어서, 가진 자에게는 하찮은 것이라도 그것을 못 가진 자에게는 굉장히 부러운 것으로 여겨질 수가 있지 않은가. 부부 동반해서 거리를 나다니는 것도 당사자들에게는 심드렁하게 여길 일이지만, 그럴 수 없는 사람들에게는 눈물겹게 부러운 일로 보일 수 있을 것이다.

혼자서 마음을 썩히던 나는 하릴없이 그녀의 서체가 어떤 것인지 새로운 관심을 갖게 되었다. 나하고 오경숙 씨의 서체가 얼마나 유사한지가 다시 궁금해졌다. 연말에 있었던 서예전시회의 작품 도록을 꺼내어 오경숙 씨의 작품을 나의 것과 비교해보았다. 그전에는 우리 두 사람의 서체 스타일이 꽤 비슷하다고 생각했었는데 이번에 보니까 별로 닮은 데가 없어보였고, 생각의 갈피가 더욱 어지럽게 얽혀드는 것 같아서 나는 그만 서예도록을 덮어버리고 말았다.

그다음 주 수요일 서예 교습이 끝나서 다른 사람들이 모두 돌아가고 나와 금자 언니 두 사람만이 남아있는 자리에서였다. 언니는 나에게 오경숙 씨의 이혼 사실은 언급하지 않고 자기에게 아무런 작별인사가 없었음을 섭섭해하였다.

"그 사람 참 이상하네. 나한테 한마디 말도 없이 사라지다니."

1월 한 달 동안 오경숙 씨의 서예교실 탈퇴와 이혼 사실의 소문이 사람들 입방아에 오르내렸는데, 이와함께 다른 사람들의 숨겨졌던 일까지 화제가 되었고, 그 가운데에는 금자 언니에 관한 것들도 있었다. 두 사람이 초등학교 선후배라는 사실 때문에 오경숙 씨의 서예교실 탈퇴가 마치 선후배 간의 교감에서 나온 것처럼 보였던 모양이다. 이들 두 사람이 모두 시나 소설을 쓰는 문인이라는 비슷한 이력까지도 흥미있는 화제로 떠올랐는데 흥미의 최고점은, 두 여자가 가진 유사한 이력의 귀결점이 이혼이라는 사실이었다. 금자 언니가 오래전에 이혼했다는 얘기를 듣고 나는 크게 놀랐다.

그 후 1주일 만에 금자 언니가 서예교실을 탈퇴하였다. 오경숙 씨처럼 금자 언니도 탈퇴의 이유는 밝히지 않고 조용히 사물함 물건만 수거해 갔다. 입속말로 퍼지는 풍문에서는 금자 언니의 탈퇴 이유도 오경숙 씨처럼 이혼 사실이 사람들 입방아감이 된 때문일 것이라고 하였다. 사람들의 추측이 맞았다면, 금자 언니는 오경숙 씨의 서예교실 탈퇴가 이혼 사실에 대한 항간의 소문 때문임을 보고 지레 겁이라도 먹었다는 말인가.

금자 언니가 이혼했다는 소문을 믿고 싶지 않은 사람이 있었다면 그 첫 번째가 나였을 것이다. 그 소문이 거짓이라는 말은 끝내 나돌지 않았고, 나중에 어떤 사람의 입에서 조금 다른 말이 나왔지만, 이상하게도 그 말에 대해서는 사람들이 비중을 두지 않았다. 금자 언니는 남편과 이혼한 것이 아니라 사별했다는 얘기였는데 이들 두 가지 얘기 중에 어느 쪽을 받아들이느냐 하는 것은 아마도 사람에 따라 달랐을 것이다. 나는 전후 관계가 맞지 않은 말들을 놓고 어떤 해석을 해야 할지 며칠을 두고 당혹감에 빠지게 되었다. 금자 언니가 이혼했다는 말이 정말이었다면, 그녀가 나에게 마치 자기에게는 믿고 존경하는 남편이 있는 것처럼 말한 것은 무엇이란 말인가. 동행하는 파트너의 품격을 고려해서 우아한 의상을 택한다고 말할 적에 그 파트너는 당연히 남편이 아닌가. 남편 말고 다른 가족일 수도 있기는 하겠지만, 나의 머리에 떠오르는 그녀의 파트너는 마땅히 그녀의 남편이었다. 영화 감상할 때 그녀의 상상력과 감각을 활발하게 만들어주는 동반자는 마땅히 그녀의 남편일 텐데 그녀가 이혼녀라고 하는 소문이 사실일

수가 있는가?

나하고 가까이 지내던 두 여자가 사라지고 나서 나의 머리에 떠오르는 또 다른 의문은 어느 날엔가 내 앞에서 이들이 나눈 얘기가 어떤 의미였는가 하는 것이었다. 나의 기억으로는, 고독한 사람의 삶에서도 그윽한 향기가 나올 수 있다는 것이 금자 언니의 생각임에 반하여 이를 받아들이지 못하는 것이 아직 나이 어린 오경숙 씨의 처지였다고 생각되었다. 그렇다면 나의 문자메시지 문구를 보고 충격받은 오경숙 씨가 서예교실을 탈퇴한 것은 납득이 갈 만하지만, 고독을 즐길 줄 아는 금자 언니가 사라진 것은 웬일인가.

나는 한동안 이야기 앞뒤가 연결되지 않는 사고의 미궁 속을 헤맨 다음에 숨겨있던 이야기 연결고리 같은 것을 겨우 찾아냈다. 금자 언니는 고독을 즐기는 것처럼 말을 한 것 같지만, 고독을 즐긴다는 것은 그리운 사람, 함께 하고 싶은 동반자가 아예 없다는 말이 아니고, 부재하는 사람에 대한 그리움이 있기 때문에 고독을 즐길 수가 있을 것이라는 생각이었다. 그녀가 이혼한 몸이라고 해도 과거에 부부생활을 했던 남편, 아직도 기억 속에 남아있는 남편은 있을 것이 아닌가. 금자 언니처럼 소설 쓰는 사람이라면, 상상 속의 남편하고 팔짱 끼고 걸어가는 자신의 모습을 그려보면서 별별 생각을 다 할 것 같았다. 문득 어떤 알뜰한 부부의 옛날이야기가 떠올랐다. 헤어진 남편을 잊지 못해 어느 순간에는 마치 산 사람처럼 대접할 때가 있었다는 그 여인은 기억 속의 남편이 저녁밥을 같이 먹도록 숟가락을 자기 식탁에 올려놓기도 하고, 남편이 옛날에 입었던 옷을 방안 벽에 그냥 걸어놓았다고 했다. 이런 생각까지 하면서도 금자 언니는 남편과 이혼한 것이 아니라 사별한 것이라는 말이 맞을 것도 같았다. 기억 속의 남편을 그리워할 적에는 이혼한 경우보다 사별한 경우의 개연성이 훨씬 더 클 것이 아닌가 싶은 것이다.

어느 날 교습이 끝나서 사람들이 다 돌아간 후 서예교실의 회장 어른이 나에게 말했다.

"요즘 세상에 이혼한 것 가지고 흠잡을 사람이 어디 있다고들 그러지. 오버센스요, 오버센스."

"두 사람 다 열성 회원이었는데 섭섭한 일이에요."

"난 뒤늦게 알았지만 두 사람 다 문단에 데뷔까지 한 사람들이라고 하던데, 아까운 일이요."

"우리 지방 사람들이 떠도는 소문에 너무 예민한 건 아닌가 모르겠습니다."

"좁은 지역이니까 그럴 수밖에 없겠지요. 사람들 간에 정이 쌓이다 보면 이렇게 엉뚱한 일도 있을 것 같소."

나는 혼자 시간이 되자 금자 언니의 서체가 어떤 것일지 새삼 궁금해졌다. 지난번 전시회에 출품했던 작품의 도록을 다시 꺼내어 세심하게 들여다보았다. 우선 눈에 띄는 것은, 이 언니의 서체가 오경숙 씨나 나의 서체와는 크게 다르다는 점이었다. 금자 언니의 서체는 아주 자유분방하여서 어떤 한 가지 타입에 속한다고 할 수 없을 만큼 애매모호하였고, 오경숙 씨나 나의 필체하고 다르다는 것은 분명해 보였다. 중요한 사실은, 금자 언니와 오경숙 씨는 비슷한 비밀을 지닌 외톨이 신세이면서도 필체 스타일이 아주 다르다는 것이라고 생각되었다.

나는 금자 언니 서체론의 진실성을 믿지 않기로 했다. 서체 스타일에서 사람들의 성격을 읽어내다니 이야말로 뜬구름 잡는 이야기일 터이고, 금자 언니가 서체형과 인물형의 상관관계에 대해 구름 잡는 유추를 해본 것은 그야말로 하릴없는 소설가들이 즐기는 상상 공상 망상에 불과하다고 결론을 내리자 속이 시원하였다. 남편이 해외파견 근무를 다시 연장하면서 요즘 들어 더욱 심란해져 있는 나였다. 남편에게 해외근무의 사업상 필요는 알아보려고 하지 않고 이제는 정말 이혼밖에 도리가 없지 않으냐는 말을 남편 앞에서 불쑥 꺼낸 것은 왜 그랬을까. 그렇지만 남편이 그 정도의 센스는 있지 않을까 싶었다. 여자들은 남자 마음을 떠보기 위해 마음에도 없는 말을 할 때가 있음을 알아줄 것 같은 것이다.

그림자 따라잡기

"나를 찾아 헤매지 마세요. 제가 갈 길은 제가 알아서 갈 것이니 걱정하지 마시기 바랍니다. 성철 엄마 올림.

추신: 호접란 잘 키우시고요. 물주기를 너무 자주 하면 안 되는 거 잊지 마세요."

상수는 아내가 남긴 쪽지를 아무리 오래 들여다봐도 생각의 갈피를 잡을 수가 없었다. 그동안 아내가 보여준 어떤 낌새가 있었는지 애써 상상해 보았지만 잡히는 것이 없었다. 아내가 어디로 사라졌는지를 모를뿐더러 아내의 가출 이유도 종잡을 수가 없었다. 아내의 말대로 걱정하지 말고 그냥 있는다고 할 때 마음이 편할 리는 없겠지만, 그렇다고 해서 아내가 사라진 행방을 모르니 어쩌란 말인가.

그런데, 호접란胡蝶蘭을 잘 키워달라는 것은 무슨 뚱딴지같은 말인가 싶었다. 이건 분명 가출사건인데, 집 나가는 사람이 집에서 키우는 화분 걱정을 하다니, 앞뒤가 안 맞는 말이잖은가. 그렇기는 하면서도, 화분 키우는 것 같은 사소한 문제를 언급한 것은 자기가 집 나간 것을 걱정하지 말라는 말이 정말임을 암시하는 것만 같았다. 상수는 이런 생각이 떠오르자 걱정이 다소 덜어졌으며, 아내가 무슨 악의를 품고 일을 저지를 여자는 아니라는 쪽으로 생각하고 싶었다. 그러나 가출한 아내를 마냥 손 놓고 기다릴 수는 없는 일이었다. 시간이 가면 아내의 행방은 자연히 드러날 터이지만, 그렇다고 그냥 무심할 수는 없을 것 같았다. 상수는 아버지를 찾아서 중국으로 떠나려던 계획은 일단 보류하기로 하였다. 6·25 당시에 북한사람이 되었던 아버지가 중국 연변 지방에 체류하고 있다는 소식을 들은 상수는 그곳으로 가는 국제선 항공편을 알아 보고 있는 중이었다. 아버지가 머물고 있는 거주지를 알고있는 것도 아니니까 부자간 상봉의 꿈은 아직 막막할 수밖에 없지만, 아내의 가출은 바로 눈앞에서 벌어진 긴급 사태가 아닌가. 누구들처럼 부부간에 알콩달콩 금실 좋은 사이는 아니었지만, 그래도 그 마누라가 해주는 밥을 먹고 건강한 몸을 유지하지 않았는가. 누가 봐도 이런 상황에서 아내를 찾아 나서는 것이 아버지를 찾아서 헤매는 것보다 더 절실하고 다급한 일일 것 같았다.

상수는 우선 아내의 행방에 대해 어떤 조그만 단서라도 찾아보기로 하였다. 평소에 아내하고 친밀했던 사람들을 꼽아보던 그는 박 과장 부인에게 전화를 걸어 아내의 근황에 대해 물어보았다.

박 과장은 상수의 도청 공무원 시절에 동료였는데 그것을 인연으로 하여 아내의 가까운 친구로 지내왔던 그 부인이 이 경우의 의논 상대로서 적임자일 것 같았고 그의 생각은 적중하였다. 아내는 일본 오사카로 가볼 일이 있어서 출국 준비를 하고 있다는 말을 며칠 전 박 과장 부인에게 하였다는 것이다. 그 정도만이라도 목적지를 알면 아내를 찾아내기는 어려운 일이 아닐 터이었다. 아내는 자기 친정 쪽 친척들이 많이 살고 있는 일본 오사카로 간 것이 분명하고 상수가 익히 알고 있는 일본 거주 처가쪽 사람들을 통해 아내의 행방을 아는 것도 어려운 일이 아닐 터이었다.

아내가 남편에게 일언반구 귀띔도 없이 도일했다는 것이 괘씸하기는 했지만, 자기 행방을 알리는 것은 자기를 찾아 나서라는 뜻이 될 것임을 넘겨짚은 아내의 심정을 알 만도 하였다. 지금 그런 거 갖고 원망할 때는 아니고, 그런 괘씸한 짓을 하게 된 아내의 마음이 도대체 어떤 것이었느냐, 이것이 문제이다 싶었다. 상수는 요즘에 아내의 심중에 어떤 고민되는 일이 있었는지 기억을 되짚어보았다. 자기가 아내에게 들려준 말 가운데에 혹시 어떤 부담되는 일이 있었는지도 곰곰이 짚어보던 상수는 문득 생각나는 것이 있었다. 아버지가 북한을 탈출하여 남한으로 오고 있다는 뜬금없는 소문에 대한 얘기였다. 그는 이같은 소식을 아내에게 전하면서 홀연히 닥친 이 엄청난 문제에 어떻게 대응할 것인지 물어보기까지 했던 것이다. 이 문제가 상수 자신에게만이 아니라 아내에게도 결코 작은 일이 아닐 것임은 불문가지였다. 아내의 입으로 딱히 자기 시부媤父의 탈북 소식에 대해서 뭐라고 소견을 말하지는 않았다. 그러나 근자에 뉴스에 많이 보도되는 탈북자들의 모험담과 남한사회 적응 문제에 대해서는 이런저런 얘기를 많이 했던 아내였다.

목숨을 걸고 남한으로 넘어오는 탈북동포들에 대해 환영하고 찬양하는 말을 많이 들어왔던 상수에게 이와는 반대되는 아내의 촌평이 의아스러웠다. 그렇게까지 위험을 무릅쓰면서 가족과 동지들을 버리고 탈출하는 사람들에게는 떳떳지 못한 뒷이야기가 있을 것이 아니냐. 지은 죄가 커서 앞길이 막힌 사람이든지, 범죄까지는 아니어도 누구에게 밉보이거나 하다못해 신용불량자가 되어서 도망갈 곳을 찾는 사람들이 탈북자가 되지 않겠느냐는 얘기였다. 지금 생각해 보니, 아내에게서 이같이 이상한 말이 나오게 된 것은 일본 나들이를 많이 한 탓이 아닌가 싶었다. 오래전에 재일교포 북송 사건에서도 그랬지만, 그전부터 재일교포들은 남한 주민들에 비하여 북한 정권의 정통성에 대해 비호하는 듯한 성향이 있는 것으로 느껴졌던 사실이 기억에 다시 떠올랐다. 재일교포 사회가 모두 그렇게 북한 정권에 대해 우호적인 것은 아니겠으나, 아내가 일본에서 만나는 사람들의 성향이 그랬길래 조국을 버리고 떠나는 탈북자들의 진정성에 대해 의심하는 것이 아닌가 싶었다.

이런 추측에다가 덧씌워지는 상상의 끝가지가 상수의 마음을 더욱 조이게 만들었다. 중국 땅에 와있는 아버지를 찾아보고 모서와야 되지 않겠느냐는 상수의 말이 아내에게는 더 큰 문제로 대두되었을 것이라는 상상이었다. 상수 자신도 이제까지 엄처시하에서 숨죽이고 살아왔다고 생각하는 처지인데 아내가 느닷없이 팔순 노인 시부를 봉양해야 하는 상황이 벌어진다면 그것은 결코 작은 일이 아닌 것이다. 아내는 남편 뒷바라지하는 것도 어설픈 여자인데 죽을 때가 가까운 시부의 뒷바라지를 하라고 하면 그건 정말 도망칠 생각부터 날 판이 아니겠는가. 이런 생각에 이르고 보니 아내의 가출은 아내 나름대로 심사숙고한 결심에서 나온 행동이라 여겨졌다. 사태의 중요성에 대해 생각을 거듭하던 상수는 아내의 가출은 탈북 행로의 아버지를 모셔오는 일에 맞춤한 준비과정일 수 있다는 결론에 이르렀다. 아내가 아버지의 귀환에 대해 환영하는 마음이 되지 못한다면 차라리 친정 쪽 친척들이 많이 있다는 일본에서 세월을 보내는 것도 좋지 않겠는가. 아버지가 천수를 다할 때까지 아들과 함께 살 수만 있으면 우리 부부가 얼마간 별거하는 것은 그리 큰일이 아닐 수 있는 것이다. 그러고 보면, 아내가 오랫동안 해왔던 일본관광객 상대의 고급요정 사업을 근래의 세태변화를 이유로 정리한 것도 이번 가출사건과 관련이 있을 것 같았다. 아내는 사업수완이 좋아서 일본인 상대의 접객업으로 돈을 버는 일방으로 일본생활에 관련된 각종 정보도 많이 입수하는 눈치였다. 상수의 채소재배 농사가 고급 요식업소에 납품하고 있고 아내가 같은 계통의 요식업소를 경영함으로 인하여 부부간의 영업상 협력이 있었길래 그동안 큰 탈이 없이 유지된 부부관계였지만, 아내의 사업 정리는 결국 부부간의 결별을 예고함이 아닐까 싶기도 하였다.

상수는 마음속에 결심을 했으면서도 국제선 항공편을 문의하는 전화를 선뜻 걸지 못하고 있는데 밖에서 걸려 온 전화벨이 울렸다. 서울에 대학 공부하러 간 하나뿐인 아들 성철의 전화였다. 한 달 전에 입사한 회사에서 신입사원 연수 1차 프로그램이 끝났는데 근무지는 중국으로 발령이 날 것이라는 짤막한 소식을 전하고 아들은 전화를 끊었다. 그 전부터 외로운 애비 처지를 생각하여 제주도로 들어와 달라고 사정했었지만, 대륙 진출의 큰 뜻을 말리지 말아 달라는 아들과는 이제 영영 떨어져 있어야 할 판국이라 생각되었다.

아들 전화를 받고 나서 가만히 앉아 생각에 잠긴 상수는 이제 국경을 넘어 뿔뿔이 흩어지는 가족들의 처지가 자못 스산하게 느껴졌다. 하필이면 이 시점에서 아내와 아들이 약속이나 한 것처럼 멀리 이역 땅으로 떠나 버리려는 것이다. 아들의 전화는 결국 상수로 하여금 중국행 국제선 항공편 예약을 서두르도록 독촉한 셈이 되었고, 그제서야 아버지를 만나러 간다는 계획이 그에게 실감 나게 다가오는 것 같았다. 그러자 그전에 아버지 소식을 그에게 전해 주었던 사람을 다시 만나 보는 게 좋겠다는 생각이 들었다. 고교시절의 친구 하나가 경영하는 여관에 제주도에 일자리 구하러 들어온 연변 조선족들에게서 용케도 얻어들은 아버지 소식이었다. 상수는 어쩌다 만난 조선족 청년들 가운데 한 사람에게서 뜻밖에도 얼굴조차 모르는 부친의 소식을 듣게 됨으로써 그동안 망각 속에 묻혀있던 부친의 과거 행적들이 다시 의식의 표면 위로 떠오르게 되었던 것이다.

상수는 혹시 더 들을 만한 얘기가 있을지도 모른다는 생각이 들어서 친구네 여관에 다시 전화를 넣어보았다. 그러나 며칠 전에 부친의 소식을 전해주었던 그 조선족 손님은 한번 나간 다음에 다시 들어오지 않는다는 것이 친구의 대답이었다. 하기는 전번에 들었던 정보만 가지고도 연길시의 부친 거처를 찾아가는 데에는 충분하리라는 것이 상수의 생각이었다. 연길시 서시장西市場 북쪽 동네에서 제일 큰 보신탕 식당인 〈해란강구육관狗肉館〉에 탈북자 신분을 숨긴 가운데 개백정 노역을 맡고있는 북한 젊은이들 다섯 명이 있고 그들 일행 중에 밖으로 얼굴을 잘 내밀지 않는 노인이 한 사람 있었다고 했는데 바로 그 노인이 그의 부친일 것이라는 믿음이 갔던 것이다. 남한에 돈 벌러 들어오는 기회를 엿보고 있었던 그 조선족 청년은 자신처럼 남한행 루트를 알아보고 있던 그 탈북청년들에게 관심을 가지고 여러 번 그 식당에 들락거리다가 그 노인을 만났다고 하였다. 젊은이들이 보신탕집을 비우고 외출 중일 때에 그 노인을 두어 번 만나 본 것이 전부였으므로 많은 얘기를 나누었던 것은 아니지만, 그 얘기만 가지고도 충분할 것 같았던 것이다. 그 노인이 80세 안팎으로 보였다니까 상수 부친의 나이에 해당된다는 점, 전쟁의 소용돌이에 휘말려 북한 사람이 되었다는 점, 특히 귀가 번쩍 트이는 것은 고향이 제주도라는 것이었다. 서귀포 동쪽 바닷가 조그만 마을이 고향이라는 데에야 의심의 여지가 없다는 게 그의 생각이었다. 그 조선족 청년의 말대로라면 부친 일행은 연길시에 친족 방문 명목으로 머물면서 일방으로는 돈을 벌고 일방으로는 탈북자들의 남한행 브로커를 접선하는 중이었다고 한다. 연로한 부친이 젊은이들 일행 중에 끼어있다는 게 이상한 일로 여겨졌지만 아마도 그럴 만한 무슨 사정이 있을 것 같았다. 북한에서 새로 일군 가족이 일행 중에 끼여있었는지도 모를 일이었다. 부친이 전에 묵고 있던 곳에 아직도 남아있느냐 하는 것이 확실하지 않았으나 반년 정도는 더 돈벌이를 해야 브로커에게 줄 코미션을 조달할 것이라는 말을 들은 때가 작년 가을이라 했으니 아직도 그곳에 체류 중일 것으로 생각할 수 있었다.

상수는 중국여행을 앞둔 이틀 동안 처리해야 할 일들을 하나하나 점검해 보았다. 우선 아내가 당부한 호접란 화분 관리는 걱정할 것이 없다고 생각되었다. 그전에는 아내의 도일渡日 기간 중에 상수가 물을 너무 자주 주었기 때문에 뿌리가 썩어버린 예가 생각났는데, 이번에 중국 가는 일은 2주를 넘기지 않을 것이라고 예상되기 때문이었다. 호접란 화분으로 말하면, 아내가 오랫동안 경영하던 일본 관광객 상대의 고급 요정에서 키우던 것인데, 그 사업을 그만두면서 집에 들여와서 키우게 된, 아내 입장에서는 매우 아끼는 추억의 유물이었다. 바짝 메마른 흙도 피해야 하고, 물에 푹 젖은 흙도 피해야 하는 등, 환경 적응력이 좋은 것 같으면서 곧잘 죽기 쉬운 식물인데, 웬일인지 일본사람들이 더 고급으로 치는 화초라고 하였다. 이보다 더 중요한 일은 납품 거래에 관한 것이었다. 제주도 내 특급호텔과 고급 식당에 양질의 유기농 채소를 납품하고 있는 그의 사업을 여러 날 중단할 수는 없기 때문에 인근에 사는 사촌동생에게 대리 역할을 부탁하기로 했다. 애초에 공무원 직장을 그만두고 농사일을 시작할 때에는 남들이 하는 감귤 과수원을 몇 년 해봤지만, 과잉생산으로 인한 가격 폭락 현상을 보면서 감귤 농사를 과감하게 포기하고 제주도의 유수한 고급식당들과 계약 납품을 시작한 이후로 다른 농가에 비해 꽤 수지맞는 사업으로 알려져 왔다. 이 과정에서 고급요정을 운영하는 아내의 사교적 영향력이 많이 작용하였다. 웬만하면 아내의 영향력의 그늘에서 벗어나고 싶은 심정이 굴뚝 같았지만 사업의 수익에 직결된 문제라 주어진 현실을 감수하기로 하였던 것이다. 공무원 재직 시에 장인의 후광을 입어서 인기 부서로만 발령이 났고 농사일을 한 다음에는 아내의 수완에 의지하여 고수익을 올린다고 남들의 부러움을 샀었다. 아내 덕을 보고 산다는 불편한 심기를 생각하면 차라리 고달픈 다수의 편에 서고 싶은 심정이 떠날 날이 없었다. 이제 그런 아내도 사라지고 난 마당에 그는 비로소 자유의 몸이 된 것 같았다.

　제주를 떠나던 날 인천국제공항을 출발한지 불과 2시간 만에 중국 연길공항에 내린 상수는 일시에 몰려오는 찬바람에 온몸이 으스스 떨려옴을 느낀다. 북쪽 나라 만주벌판의 늦겨울 찬바람

탓만이 아닌 것 같다. 작은 섬 제주도 사람이 광활한 대륙의 한 모퉁이에 섰을 때 느낄 법한 찌르르한 떨림이 더욱 큰 것 같다. 수십 년 전의 한국을 연상시킬 정도의 칙칙하고 촌스러운 공항을 빠져 나가는 허술한 옷차림의 동료 탑승자들조차 역사의 한복판을 당당히 걸어가는 군상들, 더 높은 자리에서 더 멀리 바라보는 사람들처럼 느껴진다. 작은 섬 한구석에서 가슴 옹크리고 살았던 자신의 한평생이 더욱 좀상스러워 보인다.

일찍이 상수가 작가를 꿈꾸고 있던 젊은 시절 중국은 그가 꼭 와보고 싶었던 나라였다. 아직 한중 수교 관계가 없었던 때부터 그가 중국여행의 날을 고대했던 것은 약자의 운명을 결정하는 거대 세력의 실체를 직접 보고 싶은 마음에서였다. 대학에서 국문학과를 선택했던 그는 한국어 사전에 수록된 어휘의 3분의 2 이상을 만들어낸 중국문화의 본고장을 찾고 싶었지만, 이같은 추상적이고 거대담론적인 관심보다 더 절실하게 중국탐방을 바랄 만한 이유를 갖고 있었다. 중공군이 6·25전쟁에 개입함으로써 전쟁의 참화가 확대되고 한국의 분단비극이 고착화되었다는 사실도 그의 피부에 직접 와닿는 아픔이 되지는 못하였으니 그가 온몸으로 부딪쳤던 개인적인 운명과 사연들이 그만큼 더 처절하고 야속했던 것이다. 6·25전쟁에 참전했던 그의 부친이 중공군의 포로로 붙잡힌 몸이 됨으로써 그의 뒤틀린 삶의 역정이 운명지어졌다는 사실이야말로 그의 50년 무골호인 곁다리 인생의 출발점이었다. 그가 바람 앞의 갈댓잎 같았던 자신의 삶의 자취들을 돌이켜

볼 때마다 그것의 근원은 노상 부친 부재로 인한 자신의 뒤틀린 출발에 기인한다는 결론이 나왔고, 과거의 어느 중요한 시점을 회상할 때마다 그로 하여금 일그러진 자조의 표정을 짓게 만드는 것들은 부친의 떳떳치 못한 모습들과 함께 떠오르는 그 자신의 나약한 자화상들이었다.

일찍이 조실부모한 상수는 부모의 얼굴을 한 번도 본 적이 없다. 4·3사건 이후의 소용돌이 시국에서 해산의 고통과 함께 사망해 버렸다는 모친의 얼굴에 대해서는 별로 생각해 보지 않았지만, 부친에 대해서는 달랐다. 한번도 보지 못한 부친의 아련한 그림자는 그의 뇌리 어느 한구석에 깊이 뿌리박혀 있다가 기회 있을 때마다 고개를 쳐들고 모습을 드러냈던 것이다. 6·25전쟁이 나던 해 봄에 태어난 상수가 말귀를 알아듣는 나이가 되면서 조부모한테서 무시로 들었던 얘기에 의하면, 그의 부친은 전쟁포로로 붙들려 갔지만 죽지는 않았으니 언젠가는 살아서 돌아오리라는 것이었다. 부친과 함께 중공군 포로수용소에 갇혀있다가 탈출하여 살아 돌아온 이웃 마을의 어떤 귀환병이 그의 조부모에게 그런 전갈을 보내왔었다는 것이다. 조부모와 함께 달랑 세 식구로 단출하게 살아가던 그에게 부친이 살아서 돌아온다는 말은 엄청나게 큰 의미로 다가왔다. 집안에 앉아있으면서 공연스레 방문을 열어놓는 것은 얼굴도 모르는 부친이 금방이라도 훤히 트인 마당 안으로 성큼 들어설 것 같았기 때문이었다. 학교 공부를 열심히 할 때도 언젠가는 만나게 될 아버지에게 좋은 성적표를 자랑하는 모습을 상상하고 있었다.

그러기를 몇 해 가지 못하여 상수의 조부모는 아들의 전사 통지서를 받았다. 상수는 나중에야 차차 알게 된 일이었지만, 전쟁이 끝나서 5년이 지나도록 행방을 알 수 없는 장병들에 대해서는 국가에서 일괄해서 전사자 처리를 해주었던 것이다. 전사 통지서가 날아온 때부터 상수의 뇌리에 떠오르는 부친의 그림자는 또다른 모습으로 나타났다. 매달 15일에 우체국에 가서 원호가족 연금을 수령해 오는 할아버지의 푸념 섞인 당부는 국가유공자 아들로서의 자부심을 심어주었다.

자랑스러운 부친의 국가유공자 이미지에 난데없는 금이 가게된 것은 금기시되던 제주도 4·3사건 얘기를 뒤늦게 조금씩 듣게 되면서부터였다. 상수의 부친은 국군으로 입대하기 이전에 한때는 빨갱이였다는 것이다. 그 이름만 들어도 으시시한 입산 무장대의 한 끄나풀이었는데 다만 운이 좋은 탓으로 목숨을 건질 수 있었다는 얘기였다. 해방 직후 제주도 전역에서 대다수 열혈청년들의 지지를 얻었던 좌익사상의 물결에 함께 휩쓸려 들어간 그의 부친이 좌익소탕의 소용돌이 속에서 구사일생으로 살아남게 되었던 것은, 무장대의 일원으로 입산하기로 예정된 날이 며칠 지나고도 마을 안에 남아있다가 경찰의 의해 붙잡혀 가게 되었기때문이었다.

입산 예정자 명단에만 올라있었지 무장대에 협력한 행적이 없다는 이유로 겨우 죽음을 면한 부친이 우여곡절 끝에 6·25전쟁

전사자 명단에 오르게 됨으로써 상수는 집이 가난했으면서도 대학까지 마치는 행운을 얻은 셈이 되었다. 조모가 일찍 작고한 다음에도 조부는 상수가 대학을 마칠 때까지 살아남아서 국가유공자 유가족 연금을 타낼 수 있었던 것이다. 섬끝 마을 출신 외톨이의 대학생활은 고독한 것이었지만 그는 이를 악물고 잘 참아냈다. 역사 속의 개인을 바라보는 객관적인 안목을 키우면서 부친의 진정한 실체에 대한 회의심이 어릴 적의 존경심을 밀어내는 아픔도 참아야 했다. 부친은 빨갱이로 붙잡혀 가서 죽음을 당할 몸이었는데 운이 좋아서 살아났고, 부친이 국가유공자가 된 것은 요행히 국군장병으로 출정할 기회를 얻었기 때문이었다는 부끄러운 사실을 누구한테 드러내 이야기할 수는 없었다. 부친이 사상적 변신 과정에서 어떤 고뇌를 했는지는 알 길이 없었다. 그러나 장교로서의 단기양성 과정을 거칠 만한 교육 수준이었던 부친이 사병으로 출정했다는 점과 전시체제에서 비교적 뒤늦은 시기에 입대하였다는 점을 보면 투철한 반공이념으로 돌아서지는 않았을 것으로 추측이 되었다.

부친의 확실한 정체에 대한 상수의 의문을 더 크게 만든 것은 중공군 포로수용소 탈출자가 전해주었다는 말이었다. 어릴 적부터 간간이 들었던 그 탈출자의 얘기로 보면 포로수용소 시절에 부친은 분명히 좌익사상 쪽으로 다시 돌아갔다고 추정되는 것이었다. 굴속 같은 감방에 꼼짝없이 갇혀있어야 했던 다른 국군포로들과는 달리 그의 부친은 중국군 통역을 맡은 인민군들과 함께

수용소 안팎을 왔다 갔다 했다는 것이 그 탈출자의 증언이었다. 그가 어릴 적에 가졌던 부친에 대한 존경심과 자부심은 대학시절에 크게 손상될 수밖에 없었다. 그 당시만 해도 그는 북한과 좌익 계열에 대한 적대감을 심어주는 반공이데올로기의 정치적 의미에 대해 의문을 가질 정도의 역사적 안목이 서지 못했다. 다만 부친의 사상적 거취가 오락가락했었던 사실을 그려볼 때마다 자신이 평소에 이랬다저랬다 하는 버릇이 함께 연상되어 더욱 머쓱해지는 것이었다.

제주도 4·3사건의 역사적 의의에 대한 공론의 방향은 이 사건 이후 반세기가 지나면서 전혀 다른 방향으로 틀어지게 되었다. 무장대의 주축은 반국가 모반을 감행한 빨갱이 폭도들이라는 종래의 해석에서는, 한라산 기슭에 진지를 구축하고 마을을 습격했던 수많은 입산자들과 그 협력자들이 군경에게 죽음을 당한 것은 당연한 일이었는데 소위 〈국민의정부〉와 〈참여정부〉 시대에 와서는 입산봉기자들에 대해 용감한 민주투사라는 찬사가 나왔고 4·3정신은 계승해야 할 자랑스러운 이념이라는 말까지 나오게 되었다. 해방정국의 혼란 중에 미제美帝에 반항하는 민족주의 진영과 풀뿌리 민중의 권익을 수호하는 민주주의 진영이 합세하여 이루어진 것이 4·3 봉기의 주체인 좌익 무장대이고, 입산 무장대원들과 그 협력자들이 국가공권력에 의해 죽음을 당한 것은 억울한 희생이라는 새로운 해석에서 4·3 희생자들에 대한 대통령 사과문까지 나오기에 이른 것이다. 빨갱이 혐의로 연행되기를 전후

한 부친의 처신에 대하여 상수가 가지고 있던 상념도 시류 변화에 따라 달라지게 되었다. 부친이 무장봉기자들과 한편이었음을 부끄럽게 생각했던 아들이었지만, 이제는 오히려 자기 부친이 정의로운 민주항쟁에서 쉽게 손을 떼어버린 사실이 부끄러운 일로 생각되었다. 그 당시 좌익사상의 신념에 따라 무장대 활동에 나섰더라면 살아남지 못했을 것임이 분명한데도 일단 한번 선택한 정의로운 이념을 용기 있게 지키지 못하고 주변 상황에 따라서 편리한 변신을 꾀한 부친이 떳떳지 못하게 여겨졌던 것이다.

부친의 사상적 변신에 대한 그의 의문은 오랫동안 미지의 것으로 남아있다가 전쟁이 끝난지 한참 뒤에 사실임이 밝혀졌다. 남북관계의 긴장이 풀리지 않았던 1980년대 초 신군부 정권 때에 부친은 일본의 친지를 통하여 아들에게 하룻강아지 헛소리 같은 서한을 보내어 일본 어디에서 만나보자는 청을 보내왔는데 이로써 그는 월북자 아들이라는 빨간딱지를 얻고 공무원 출셋길이 막히는 결과가 되어버린 적이 있었다. 그 당시에 남한에 사는 아들에게 보낸 서신에 따르면 부친의 직업은 철도역 역부라고 했는데 다른 대부분의 포로들 경우처럼 산간벽지의 강제노동 수용소가 아니라 사상적 신임도가 요구되는 교통망 관련 업종을 얻었다는 것은 곧 부친의 사상적 전향을 의미한다는 게 상수의 추측이었다. 일본에서 발송되었지만 일단 사전검열을 마친 부친의 서신을 받아본지 3일 만에 상수는 그 서신을 경찰에 압수당했고 남북한 부자간의 만남은 끝내 이루어지지 않은 채 유야무야되어 버렸었다.

부친의 줏대 없는 인생이 거대한 역사의 물결 때문이었다면 자신의 그것은 거대한 운명의 물결 때문이었다는 것이 상수의 생각이었다. 유지숙과의 결혼 내력이 생각날 때마다 그는 불가항력적인 운명의 힘 같은 것이 느껴지는 것이다. 세칭 명문대학 국문학과를 졸업하고서도 취직자리를 얻지 못한 그는 서울에 남아있으면서 막연한 실업자 생활로 세월을 까먹고 있었다. 작가 지망생이던 그는 따로 취직준비를 하지 않았던 것이다. 신춘문예 소설부문에 응모한 것에 혹시나 하고 기대하고 있다가 고배를 마신 그는 대학 졸업 후 1년을 더 서울에 머물면서 싹수 안 보이는 습작생활을 계속하고 있었는데 이것이 시골 고향 사람들에게는 고시공부하는 것으로 알려지게 되었다. 그 당시에 그의 거처가 고등고시 준비하는 법대생들의 집단합숙소인 무슨 고시원으로 되어있었다는 것 말고는 다른 이유가 없었지만, 그는 고향집 어른들을 안심시키기 위해 '최상수 고시 준비 중'이라는 낭설을 구태여 부정하지 않고 내버려 두었는데 이것이 그만 그가 유지숙하고 결혼하게 되는 운명을 낳고 말았던 것이다. 때마침 그즈음에 이웃 마을의 유지숙은 다른 남자하고 결혼하는 것으로 소문이 파다하게 나 있다가 파혼을 당하는 바람에 당혹스러운 처지에 있었고 그 파혼의 이유가 여자 쪽의 경박한 실수 때문이었기 때문에 더욱 암담한 미래를 예감하고 있던 차에 마침 고향마을에 내려간 상수의 그럴싸한 처지가 지체 높은 그 집 사모님에게 대견스럽게 비쳤을 것이라는 게 그의 추측이었지만, 그는 그동안의 경위를 구태여 따지려 하지 않았다. 시골 벽지에서는 보기 드물게 서울의 명문대학에 입학했다고 해서 이웃 마을에까지 소문이 나 있던 수재였는데다가 지금 고등고시 준비 중이라는 사실이 도청의 고위직에 있던 유지숙의 부친에게도 유망한 사윗감으로 비쳤던 모양이었다. 상수는 작가 지망이라는 자신의 뜬구름 잡는 미래상이 갑자기 막막해옴을 느끼면서 보다 확실한 장래를 보장할 것 같은 정략결혼의 길을 택하여 하루 만에 전격적인 약혼선언을 결행하였고, 1년여의 불철주야 공부 끝에 지방공무원 시험에 합격하고 나서 화려한 결혼식을 올렸다. 독재정권 타도를 부르짖던 작가 지망생의 양심을 묻어두고 안정 속의 번영을 복창하는 모범공무원의 길로 들어설 때의 갈등을 다독여주는 문장 하나가 있었다. '존재가 사유를 결정한다.' 이 짧은 문장의 의미는 그렇게 다각도로 써먹을 수가 있었던 것이다. 그 후로 그의 장인이 중앙부처로 영전하여 올라간 덕분에 힘입어서 자칭 약골 인생이던 최상수의 공무원 직장생활만은 순탄하게 유지될 수 있었다. 처음부터 사랑의 환상이 없었던 결혼이거늘 적어도 들통난 사랑 부재의 환멸은 없을 게 아니냐는 자기변명의 논리로 위로를 삼았고, 사랑 없는 결혼을 후회하지 않기 위해서라도 적어도 세속적인 생활의 안정만은 확실하게 해두자는 차돌 같은 결심과 노력이 있었던 것이다. 탄탄해 보이던 장인의 관운이 80년대 신군부 정권의 숙청 바람에 걸려들어 종말이 고해졌고 탄탄해 보이던 상수 자신의 관운도 부친의 불온 서신 사건을 계기로 끝장이 나서 시골 농사꾼 신세로 전락해 버렸지만 똑똑한 아내의 그늘에 기대어 살아가는 그의 처지에는 변함이 없었다.

연길시내로 들어선 상수는, 제주도에서 조선족 청년에게 들은 대로, 〈연길 서시장〉과 가까운 곳에서 〈한성여관〉이라는 간판이 붙은 3층 건물을 발견하고 주저 없이 들어갔다. 엄연히 중국 땅인데도 한글로 크게 써놓은 간판이나 남한의 수도를 상호로 쓴 것이 그에게 안도감을 주었고 여관주인과 종업원 모두가 조선족들이어서 마음이 놓였다. 말하는 억양이나 몇몇 어휘가 좀 다르다 뿐이지 의사소통하는데 전혀 지장이 없는 한국어를 듣다 보니 여기가 중국 땅인 것이 실감이 안 날 정도였다.

〈한성여관〉에 여장을 대강 풀고 난 상수는 지체하지 않고 서시장 북쪽에 있다는 〈해란강구육관〉을 찾아나섰다. 어렵지 않게 찾아간 그 식당은 제주도에서 흔히 보는 보신탕집에 비해 규모가 엄청 크고 번지르르한 식당이었다. 중국은 역시 식도락의 나라라는 말이 떠올랐다. 3층으로 된 꽤 큰 건물인데 온통 식당으로 쓰고 있어서 대충 2백 명 정도의 손님은 받을 수 있을 것 같았다. 식당의 안쪽 방에서도 먹을 수 있었지만 그는 일부러 바깥쪽 홀에 자리를 잡고 앉았다. 주인에게 조금이라도 호감을 사기 위하여 모처럼 비싼 메뉴로 주문하였다. 차려준 음식이 푸짐하기도 하여 그는 장시간 동안 느긋하게 앉아서 먹는 틈틈이 눈치 보이지 않게 식당 안 곳곳을 이리저리 관찰하여 보았다. 식당 종업원과 손님들이 보일 뿐 이상한 사람이라고는 보이지 않았다. 식사를 마치고 계산을 하러 카운터로 간 그는 식당 주인으로 보이는 중년 남자에게 조심스럽게 물어보았다. 이 식당에 와서 일하는 북조선 사람들을 좀 만날 수 있느냐는 질문에 식당 주인은 대답은 하지 않고 무슨 일 때문에 그걸 묻느냐고 되물어 왔다. 그는 주변을 살피면서 낮은 목소리로 사실 이야기를 털어놓을 수밖에 없었다. 이 동네에 있다가 남한에 들어간 조선족 어떤 사람을 제주도에서 만났다는 사실부터 여기에 와 있던 북조선 사람들 중에 자기 혈족이 있는 것 같아서 찾아왔다는 것까지 다 말했더니 식당 주인은 카운터 일을 다른 사람에게 맡기고 상수를 내실로 데리고 들어갔다.

식당 주인이 들려주는 말은 상수에게 실망시키기도 하고 희망을 주기도 하였다. 이 식당에 와있던 북한 사람들은 3일 전에 모두 떠났다고 했지만 그 사람들 중에 상수의 부친이 끼어 있을 것이라는 믿음은 더욱 확실해졌던 것이다. 바로 며칠 전까지 자기의 부친이 이곳에 머물러 있었다고 생각하자 상수는 가슴이 단박에 두근거려옴을 느꼈다. 모두 여섯 사람인 그 일행 중에 노인 한 사람은 분명히 고향이 제주도 서귀포의 인근 마을이라 하였고 나이는 85세라 하였으며, 비교적 작은 키와 동그스름한 얼굴까지 상수와 비슷하게 보인다는 점이나 6·25전쟁 때 북한으로 넘어갔다는 점, 심지어는 성씨가 최 씨라는 점까지 모두 상수의 부친임이 확실하다는 걸 증명해준다는 결론을 얻었다. 부친의 건강상태가 어땠느냐는 질문에 대해서 식당 주인은 약간 주저하면서 천천히 대답하였다. 어디 뚜렷이 아픈 데는 없는 모양이나 걸음걸이가 썩 편하지 못하여 밖으로 잘 나다니지 않았고 특히 딱한 것은 귀가 잘 들리지 않아서 자기하고는 이야기를 별로 나누어보지 않았다는 것인데 그런 사정까지 다 말해주는 것이 잘하는 일인지 잘 모르겠다는 듯이 어눌한 어조가 되어버리는 것이었다.

황해도가 고향이라는 식당 주인의 말은 매우 침착하고 친절하여서 처음 보는 사람이면서도 호감과 믿음을 갖게 해주었다. 자기네 식당에 와있던 탈북자들 가운데에는 자기와 동향인 사람이 두 명 있었고 이들과는 오랜 세월 왕래가 있을 만큼 서로 믿는 사이였기 때문에 그들의 탈북 모험을 도와주고 있었다는 것, 그러나 여기서 몇 달을 지내는 동안 이 근방에서 북한 보위대원에게 의심 살 만한 일이 하나 터져서 거주지를 급히 옮길 필요가 있었다는 것, 그런데다 남한 사람의 위조여권을 만들어다 준다던 브로커가 코미션 일부를 착복하고 행방을 감춰버려서 탈북자금 마련을 위하여 더 적극적인 방법을 강구해야 했으며 그러기 위해서는 이곳보다 벌이가 좋은 곳으로 떠나가지 않을 수 없었다는 말까지 퍽 소상하게 들려주는 것이었다. 그 돈벌이 좋은 곳이 어디냐는 질문에 대한 식당 주인의 대답은 결정적인 것이 못되었다. 탈북자금 마련의 거점지역은 일단 산동山東반도 청도青島 지방으로 정했다는 것인데, 그것은 이 지역에 한국 기업체들이 가장 많이 진출해 있어서 한국어 사용자의 취직이 제일 쉽다는 점과 북

한에서부터 비교적 멀리 떨어져 있어서 탈북자들에 대한 감시
망이 그리 엄하지 않다는 점을 고려했기 때문이라 하였다. 그러
나 청도 지방으로 곧장 떠날 수 없는 게 그 일행의 딱한 사정이었
다는 얘기였다. 청도에는 그들이 아는 연고자가 아무도 없는 데
다 그곳에 가는 즉시 취업이 된다는 보장이 없으므로 취업을 기
다리는 동안의 기본 생활비는 준비하고 가야 되는데 그럴만한 돈
이 수중에 없었다는 것이고, 애써 생각해낸 묘안이라는 것이 우
선 그들의 가까운 친지로서 대형식당을 경영하는 사람이 만주지
방의 심양瀋陽에 살고 있으므로 우선 이 대도시로 거주지를 옮겨
가서 약간의 여유 자금을 벌고 난 다음에 청도로 가기로 했다는
것이며 심양에서의 체류 기간까지 정하고 떠날 형편은 못 되었다
는 것이다. 그들 일행이 어떤 방법으로 돈을 벌 계획이냐는 물음
에 식당 주인은 잠시 상수 얼굴을 빤히 쳐다보면서 씽긋 웃어 보
인 다음에 입을 열었다.

　그가 들은 바로는, 상수 부친이 북한 탈출의 결심을 굳힌 것은
오래되었고, 그 오랫동안의 탈북 준비는 우선 손주 둘에 대한 교
육방침에서부터 시작되었다고 한다. 북한에서 받은 학교교육의
내용이 세계 어느 나라에 가서도 써먹을 수 있는 것으로는 의료
기술이라는 믿음을 가졌던 그의 부친은 단 하나 있는 아들과 협
의 끝에 두 손주로 하여금 물리치료 기술을 배우도록 유도하여
작년에 막내 손주까지 물리치료사 자격증을 얻었다고 한다. 다음
으로 두 손주한테 결혼만은 일찍 하도록 종용한 것은 남한사회에

들어갈 때 남한 여자와의 성격 맞추기가 힘들 것이라는 예측을 하였기 때문이고, 그 손주들이 결혼 후 아직 어린애를 낳아보지 않은 것도 가족 간에 치밀한 탈북계획을 짜놓은 결과였다는 것이다. 상수는, 부친의 치밀한 탈북준비가 두 손주며느리의 장래 대비에까지 미쳤다는 말을 듣고 쓴웃음이 저절로 나왔다. 시집온 손주며느리들에게 노상 들려주었던 김치 타령은, 맛있는 김치 만드는 실력이야말로 조선여자로 태어났다는 자부심의 최고 밑천이라는 것이었고, 원로 공산당원이라는 자신의 지위를 이용하여 손주며느리들에게 집단농장이나 집단공장의 급식소 김치 담당 부서에서 김장 솜씨를 익히는 기회까지 만들어주었다는 것이다. 근래에 들어 중국에서의 김치공장 사업이 번창하고 있다는 걸 잘 알았고 북한사람들의 김장 솜씨가 특히 유명하다는 사실에 착안한 결과라 하였다.

그러나 이렇게 탈북 준비를 위한 고도의 전략을 꾸몄었지만, 3개월가량의 연변지방 체류 기간에는 그같은 전략을 활용할 기회를 별로 얻지 못했다고 한다. 물리치료사 자격증을 정식으로 이용하려고 할 때엔 손주들이 북조선 국민임을 노출시켜야만 했기 때문이었다. 결국 두 손주가 모두 구육관狗肉館에 취업을 한 것은 엉뚱한 방향이 되어버렸고, 북한 보위대의 의심을 받지 않았어도 자금조달을 위해서는 거주지를 청도 같은 곳으로 옮기는 것이 어쩔 수 없었을 것이라는 얘기였다. 청도에 가면 사정이 얼마나 달라지느냐는 질문에, 그곳에는 수출품 만드는 본격적인 김치공장들이 여럿 있는데다 한국인이 경영하는 여러 방면의 대형 공장이 많이 있고, 큰 공장에는 대개 〈위생소〉라고 부르는, 물리치료사가 필요한 응급처치실이 있게 마련이니까 그런 곳을 찾아보면 무슨 도리가 있을 것이라는 순전히 희망에 불과한 얘기를 들려주었다.

상수는 식당 주인에게 고맙다는 치사를 하고는 곧장 여관으로 돌아왔다. 옷도 갈아입지 않고 우두커니 앉아있는 동안에도 가슴 뛰는 흥분이 좀처럼 가라앉지 않았다. 부친이 정말 살아있었구나 하는 반가움이 뭔지 모를 뿌듯함으로 이어지는 것이었다. 그러는 가운데, 보신탕집 주인이 전해준 얘기 중에서 상수의 마음에 걸리는 한 가지 일은 부친이 북한에 두고 온 일부 가족들을 잊지 못해 한다는 점이었다. 부친의 손주들인 30세 전후의 청년 두 사람과 그 아내들은 남한 땅에 들어갈 것을 목표로 자기네 조부를 따라나섰지만, 상수 부친의 부인, 그러니까 상수에게는 작은어머니라고 불리게 될 노파 한 사람과 함께 상수에게는 의붓동생이 되는 50대 장년 한 사람과 그 부인은 북한에 그냥 남아있다는 얘기였다. 그 노파는 남편의 끈질긴 탈북 권유를 처음서부터 일축하고 북한 잔류의 뜻을 굽히지 않았지만, 부친의 아들 내외의 경우는 사정이 달랐다고 한다. 애초에 상수 부친이 아들에게 은근히 가족 동반 북한탈출의 의지를 비쳤을 때 아직 강건한 체력을 유지하던 그 아들은 심사숙고 끝에 부친의 결단에 동조하였고 그 구체적인 계획을 의논하기까지 했었으나 그로부터 2년 만에 당한 철도 건널목 교통사고 때문에 한쪽 다리를 못 쓰게 되어버린 결과 탈북의 의지를 꺾지 않을 수 없었다는 안타까운 얘기였다. 결과적으로 상수의 부친 내외는 이산가족의 비극을 스스로 만들고만 셈인데, 남편 쪽은 남한에 두고 온 최씨 가문의 대를 잇기 위해 손주 둘을 거느리고 나왔고, 부인 쪽은 남편과 생이별하는 말년의 외로운 여생을 아들 내외를 위로 삼아 보내게 되었으니 비극적인 이산가족치고는 꽤나 계획적인 분산을 한 셈이 되었다는 것이다.

상수에게 작은어머니가 되는 노파의 북한 잔류도 이해 못 할 바가 아니었다. 남편 쪽이야 어린시절과 청춘의 꿈이 어려있는 고향을 잊지 못할 것이고 그곳에는 조상 대대로 내려온 집안의 역사가 있으니 돌아갈 마음이 생길 만하고, 또 젊은이들이야 창창한 미래의 꿈이 있으니 사람 살 만한 땅을 찾아 나서는 모험도 해볼 만하지만, 자기처럼 팔순에 접어든 인생으로서야 몇 년이나 더 살겠다고 생면부지의 이역 땅을 찾아 나서겠는가 하고 남편과의 동행을 거절하였다는 것이다. 남북분단 1세대와 3세대 사이에서 분단 2세대에 해당되는 상수 부친의 아들 내외는 사실상 어느 쪽에 끼일 수도 있고 또 어느 쪽에 끼이기도 난처한 매우 어중간한 위치에 있었음이 상수에게도 알 만한 일이었다. 50을 넘긴 나이에 전혀 다른 사회체제에서 제2의 인생을 설계한다는 것도 분명히 엄두 내기 어려운 일대 모험이었을 것이고 교통사고로 인한 모험의 단념은 어쩌면 운명의 가호라고 생각됨직도 하였다.

상수는 자기도 모를 착잡한 흥분 속에서 하룻밤을 보냈다. 아침에 깨어난 다음에도 이제 당장 어떤 식으로 부친 상봉의 새로운 계획을 짤 것인지 막막하였다. 어디로 어떻게 찾아가야 할지 도무지 떠오르는 그림이 없었다. 그렇다고 제주도에서 여기까지 찾아온 몸인데 포기할 수는 없는 일이었다. 그는 머리를 짜내듯이 궁리를 거듭하였다. 심양으로 찾아가는 것은 무모한 일 같았다. 인구 500만의 대도시에서 그들의 거처를 찾을 만한 근거는 아무것도 없다시피 한 것이다. 청도로 가서 한국인 공장 일대를 발로 뛰면서 찾아보는 것 말고는 다른 도리가 없을 듯하였다. 다만 지금 당장 그곳으로 갈 필요는 없을 것이라 판단되었다. 부친 일행이 심양에서 얼마 동안은 머무를 것이라고 했으니 어림잡고 두 주일쯤 있다가 청도로 가보기로 겨우 마음을 정하였다. 그 두 주일을 어디서 보내느냐, 그것은 더 망설일 필요도 없이 당연히 연길시여야 한다고 중얼거리면서 상수는 고개를 끄덕였다.

연길시를 중심으로 하는 연변 조선족 자치주는 상수에게 여러 가지 뜻깊은 연상을 불러일으키는 곳이었다. 조선족이 인구의 절반 정도를 차지하는 연변 땅, 이곳은 일찍이 나라를 빼앗긴 우리 선조들이 항일독립운동의 거점을 마련하기 위해 찾아왔던 통한의 민족 사적지가 아닌가. 또한 이곳 연변 땅은 6·25전쟁 당시 북한인민군을 지원하는 중공군과 조선족 지원병의 출정 기지였고 근자에 와서는 수많은 북한 탈출자들이 목숨을 걸고 숨어 들어오는 운명의 교두보가 되고 있는 지역이 아닌가. 일제시대부터 분단시대에 이르기까지 역사적인 유적지가 많이 있는 이곳에 머무는 동안 상수가 가 볼 곳은 많은 시간을 요할 터이었다.

상수가 역사공부 삼아서 둘러보려고 마음먹었던 용정 마을, 명성소학교, 일송정 등 역사 유적지들은 그렇게 쉽고 편하게 찾아갈 수 있는 곳들은 아니었다. 생전 처음으로 와보는 낯선 곳이라서 일일이 물어서 찾아가야 했고 버스를 타든 택시를 타든 수상쩍은 행동으로 의심받을 행동을 하는 것은 아닌지 불안하고 두렵기조차 하였으며, 탈것이든 도로망이든 어쩐지 지저분하고 불편하다는 생각이 들면서부터는 구경하러 돌아다니는 일이 생각했던 것보다 더 힘들게 느껴졌다. 만나는 모든 사람들에게 한국어가 쉽게 통하는 것도 아니었다. 길 가다가도 묻는 말에 선뜻 대답을 해주지 않거나 그의 모습을 유심히 쳐다보는 사람에게 대해서는 지레 겁을 먹고 이쪽에서 먼저 슬금슬금 피하게 되었고 그러다 보니 나중에는 어디 밖으로 나가는 것조차 싫어지게 되어 여관방 안에 죽치고 들어앉는 시간이 많아지게 되었다.

민족의 분단비극에 대한 역사공부를 여관방에 앉아서 할 수도 있음에 착안한 그는 연길시내에서 몇 번 눈에 띠었던 서점을 찾아갔다. 신화사新華社라는 중국식 간판을 걸었으면서도 한반도 사람들처럼 한글을 쓰는 조선족들의 서점임에 틀림이 없었다. 낯선 제목의 책들을 둘러보던 그는 이곳이 북한 땅에 가까운 곳이라는 사실을 실감하였다. 한자책 코너는 그만두고 한글책 코너로 가봤는데, 한자나 영문 알파벳은 하나도 없이 순 한글만 쓰여있는 책들을 훑어보노라니 이곳이 북한 땅이 아닌가 할 정도였다. 어떻게 된 셈인지, 김정일 사진이나 노동당 강령이 서두에 나와 있는 북한 학생들 교과서 같은 책도 있어서 더욱 그러하였다. 서점을 둘러보던 그는 드디어 자신이 찾던 책을 발견하였다. 그는 놀란 내색을 감추고 카운터로 가서 돈을 지불하였다.

여관으로 돌아온 상수는 사갖고 들어온 책들을 조심스레 펼쳐 보았다. 연변조선족자치주 문사자료위원회에서 펴낸 『돌아보는 력사』라는 참전 체험기 모음집과 조선족 출신의 어떤 6·25전쟁 참전 용사가 써낸 『항미원조전쟁을 회억하여』라는 회고록이었다. 항미원조라는 생소한 말이 무슨 뜻인가 했더니, 6·25 참전 중공군의 전쟁 목적, 즉 미국에 항거하고 조선을 도와준다는 의미인 抗美援朝임을 알았다. 이 책들은 모두 반세기 전 한국전쟁의 실제 전투에 중공군의 일부로 직접 참여했던 연변 조선족 동포들의 체험담을 내용으로 하고 있어서 그들이 겪었던 한국전쟁의 적나라한 실상을 생생하게 알려주는 것들이었다. 6·25 전쟁 비극의 완성자 중공군에 대한 상수의 회고는 착잡하고도 통한스러운 것이었다. 그의 기억 속에서 중공군은 민족분단을 고착화시킨 당사자들, 한마디로 민족의 불구대천 원수였다. 그들로 인하여 두만강까지 진격해 올라갔던 국군과 유엔군이 다시 밀려 내려오게 되었으며, 이 과정에서 중공군의 포로로 붙잡힌 그의 부친은 결국 북한 땅에 묻혀 살게 되는 운명이 되어버렸음이 이제 이역만리의 연변 땅 낯선 여관방에서 다시 그의 뇌리를 때리는 것이었다.

며칠을 두고 여관방에 들어앉아서 읽어내린 서적들의 내용은 그러나 상수가 이제까지 6·25 참전 중공군에 대해 갖고 있던 고정관념을 매우 혼란스럽게 만들었다. 오랫동안 그의 머리에서 잔인무도한 원수로 각인되었던 그들이 이 책에서는 확고한 정의와 평화주의의 편에 서 있었고 따뜻한 온정과 인간애의 소유자들이었다. 남한사람들의 역사서술에서 하는 말과는 엄청나게 다른 내용을 발견한 상수는 전쟁의 논리라는 것이 이런 것인가 하는 당혹감에 어리둥절해지는 것이었다. 우선 한국전쟁에 참가하려는 중국 청년들과 조선족 젊은이들의 열의는 그들의 신념이 얼마나 투철했는지를 잘 보여주었다.

"《항미원조》의 정의적 호소는 갓 해방을 맞은 중국인민들 속에서 거대한 국제주의, 애국주의 열조를 불러일으켰다. 전국적으로 수백만 열혈청년들이 항미원조전선에 탄원해 나섰다. 조선인민과 한 혈통인 중국 조선족들의 참군열정은 보다 높았다. 부모가 자식을, 새각시가 신랑을 보내고 형제가 다투어 참군했으며 심지어는 중학생들도 적극 참군에 나섰다. … 장엄하면서도 격정이 넘치는 주은래 총리의 연설은 침략전쟁에 대한 강력한 규탄, 영웅적 조선인민에 대한 동정과 성원, 미제 침략자를 조선에서 몰아내고 조국과 세계평화를 보위하려는 중국인민의 견정한 립장을 전세계에 남김없이 보여주었다." (허동운의 「항미원조의 제2전선에서」에서부터)

중국군과 조선족 청년들의 참전 열의를 서술한 여기까지는 상수로서도 크게 놀랄 만한 것이 아니었다. 중국의 최고 권력자 모택동의 장남, 20대의 앳된 청년 장교 모안영이가 중국군 참전 초기에 야전 캠프에서 미군기의 폭격으로 전사했다는 사실까지도 중공군 참전의 정당성을 증명하지는 못한다고 생각하였다. 전쟁지도자들이 조작하는 전쟁 정당성의 이데올로기가 고도의 정치선전에 의해 일반 국민들을 세뇌시켰을 때 광적인 호전주의 집단을 만들어 낸 예는 허다하게 찾아볼 수 있는 일이었기 때문이다. 이와는 달리 전쟁을 수행하는 과정 중에 군인과 민간인들 사이에서 일어나는 일들의 실상이야말로 전쟁의 정의로움을 판가름하는 중요한 기준이라는 것이 상수의 생각이었다. 전투 중인 중공군이 민간 마을을 거쳐 갈 때 민폐를 끼치지 않으려는 노력에 대해 서술해 놓은 부분은 그의 감동을 자아낼 만하였다.

"조선 중부에 위치한 금화, 철원, 평강지구의 산간마을에는 사과, 배, 복숭아 등 과일이 많았다. 우리 대원들은 과수원을 질러다니면서도 사과 한 알, 복숭아 한 알 다치지 않았으며 산간마을에 주숙하고 떠날 때에는 주인집에다 식비를 꼭 결산해 드리었다. 1분대 공작조가 금화지구의 한 산간마을에 가서 식량공작을 하고 떠날 때 조장은 주인에게 식비를 결산해 드리었다. (구체금액은 지금 기억나지 않는다) 그러자 주인 로인은 《아니 이게 무슨 일이웨우. 중국인민지원군은 조선인민을 위해 목숨마저 아낌없이 바치는데 우리가 어찌 지원군동무에게 밥 몇 끼를 대접하고 돈을 받겠습네까》하며 손에 쥐었던 돈을 조장의 웃옷 호주머니에 마구

밀어 넣었다." (김승옥의 「탄우 속을 헤가르며」에서부터)

"우리는 3대 기률을 엄격히 준수하였으며 모택동 주석께서 친히 중국인민지원군을 위해 제정하신 《조선인민의 산천과 풀 한 포기, 나무 한 그루, 바늘 하나, 실 한 오리도 애호해야 한다》는 구정에 쫓아 군중기률을 견결히 지키는 동시에 개성 각계 군중들에게 광범위한 선전사업을 하면서 자신의 실제 행동으로 조선의 백성들을 감화시켰다. … 일어난 사실은 적들의 요언과 반동선전을 철저히 타파해버렸다. 개성주민들은 드디어 중국인민지원군을 미제침략군과 리승만 도당의 괴뢰군과는 근본적으로 다르다는 것을 똑똑히 인식하였다. 선량한 사람들은 분분히 문을 나서서 눈물을 흘리며 전사들을 자기 집으로 맞아들이었다. 지원군 부대가 개성에 진주한 뒤 문에 자물쇠를 잠그지 않아도 민간에서 물건을 잃어버리는 일이 드물었다. 백성들은 태평세월을 만났다고 기뻐하였다." (김문철의 「판문점을 지키던 나날」에서부터)

전쟁 중에 민간인 마을에 진주한 군인들로부터 밥값을 받는다는 것은 상수가 생각하기에도 대단한 일이었다. 적군이 마을에 쳐들어오면 죽음을 면하는 것만도 다행이었다는 것이 상식적으로 알려진 한국전쟁의 참상이었다. 국군에 의한 잔인무도한 양민학살이 얼마나 많았으며, 북한 보위부대에 의한 인민재판과 인민군에 의한 학살 만행이 얼마나 잔인한 것이었는지는 웬만한 사람이면 다 알고 있는 사실이 아닌가. 그런데 중국군은 달랐던 것이다. 상수는 중국군의 인도주의는 그 나라의 덕망 있는 지도자들에게서 비롯되었다는 생각이 들었다. 그러자 중국 공산당의 승리가 이유 있는 역사였다는 말이 그의 머리에 떠올랐다. 모택동이 지도하는 공산당 집단이 초반의 절대적인 열세를 극복하여 장개석의 국민당 정부에 최종적인 승리를 거두었던 것이다.

믿을 수 없는 최고의 거짓말 미사여구가 전쟁의 담론이라고 하지만 상수에게는 이 책의 내용을 사실에 가까운 것으로 믿고 싶은 몇 가지 이유가 있었다. 우선 전쟁이 끝났던 때로부터 거의 50년이 지난 2000년 전후에 나온 책이라는 점에 믿음이 갔다. 전쟁 참여의 광적인 열기에서 놓여나 있고 전쟁의 정당성을 얻어내려는 견강부회 논리의 필요성은 사라진지 오래다. 또한, 이 책의 필자는 거의 순수한 집필 의도를 가진 민간인들로서 어떤 정치적 목적을 가진 집권층에 속하지 않는다. 그들의 연령으로 봐서 이제 7, 80세가 넘은 노인들, 앞으로 남은 생애가 얼마 안 되는 이 노인들이 과거 사실을 왜곡시키면서 어떤 이득을 얻으려 할 것인가. 물론 50년 전 그들이 참전했을 때에 강요당했던 한국전쟁 개입의 정당성 논리가 머릿속 깊이 박혀있었기 때문에 이를 뒤바꿀 수 없었다는 말을 할 수는 있을 것이다. 그러나 그동안 일어난 국제 정치질서의 엄청난 변화는 오도된 전쟁 논리를 수정하여 냉정하고 객관적인 눈으로 과거 역사를 바라보게 할 수 있을 정도의 것이었지 않은가. 한 가지 예로서, 북한 측은 한국전쟁이 끝난지 오래된 오늘날에도 그것이 남침이 아닌 북침이라고 강변한다고 하지만, 이 회고록에 의하면 분명히 북측에 의한 선제공격이 사실인 것으로 서술되어 있었는데, 이것은 이곳 연변 조선족 자치구의 주민들이 중국 중앙정부나 북한의 간섭에서 벗어나 있다는 징표라고 생각되었다.

상수는 6·25 참전 조선족 동포들의 이같은 증언을 확인하고 나서 자기도 모르게 후유—하고 한숨을 내쉬었다. 부친의 변신은 이유 없는 것이 아니었던 것이다. 전쟁 당시 거제도 포로수용소에서 인민군 포로들에 대해 어떤 잔학행위가 있었는지를 뜬소문으로나마 들어서 알고 있던 상수였다. 부친이 중공군의 포로수용소에 수감되던 당시에 적군 포로에 대한 그들의 인도적 대우의 관행을 직접 목격하고 이에 감복한다면 그들의 이데올로기적 정당성을 믿고 싶었을 것이 아닌가. 더구나 부친은 4·3사건의 소용돌이 속에서 같은 동족끼리의 무도한 살육행위를 직접 목도했었다. 무기 하나 없이 벌벌 떠는 무고한 양민들, 죽여야 할 아무 이유가 없는 무수한 민간인들을 향해 총부리를 들이대었던 것이다. 두만강 포로수용소에서 부친이 보여준 것은 비겁한 변절이 아니라 고통스러우면서도 용감한 결단이 아니었을까.

그는 부친의 사상적인 무정견에 대한 자신의 추궁이 무리했던 것으로 느껴지면서 머리를 설레설레 흔들었다. 4·3사건 당시 입산무장대원 명단에 나와 있었는데 입산을 단행하지 못한 것도 무장대원들의 파괴적인 행동이 그만큼 잔인무도하여 거기에 가담하지 않은 것이었다면 그게 무슨 비겁함이겠는가. 상수 자신이 중요한 선택의 기로에서 줏대 없이 상황 논리에 휘둘렸던 것이 모두 그럴만한 이유가 있었던 것처럼, 부친이 번번이 보여주었던 변신의 모습도 모두 다 그럴만한 이유가 있었음이 아니었을까.

　반세기 전에 있었던 중공군의 참모습에 대해 새로운 사실을 발견한 상수는, 손꼽는 인권탄압국가라는 오늘날 중국의 위치가 의아스러워졌다. 중국 정부의 인권보장과 민주화 수준은 현재 대만 정부에 비해 훨씬 뒤떨어진다고 하지만 처음부터 그런 것은 아니었던 것이다. 모택동이 일으킨 초기의 중국공산당이 밑바닥 민초들의 신임을 얻음으로써 천하를 얻은 반면에, 집권층의 사리사욕만 채우고 부정부패가 만연했던 장개석의 국민당 정부가 대만 땅으로 패퇴 당했음은 정의가 승리한다는 역사의 교훈이라고 하지 않았는가. 중국과 대만의 위치가 이렇게 뒤바뀌는 데에는 필경 반세기라는 세월 말고 다른 요인이 있을 터이었다. 그것이 무엇일까. 상수는 곰곰이 생각한 끝에, 반세기 전에 출발이 좋았던 중국 공산당이 그동안 퇴보하는 역사로 낙착된 것은 그들 사회의 폐쇄성에 기인한다는 생각이 들었다. 흐르지 않는 물은 고여서 썩게 마련인 것처럼, 인간사회도 끊임없이 흐르면서 스스로의 정화기능을 잃지 않아야 발전이 이루어진다는 생각이었다.

　시중 서점에서 사 온 책 몇 권을 읽다 보니 상수가 예정해 놓은 연변 체류 기간이 금방 지나버렸다. 그러던 중 상수가 우연히 목격한 뜻밖의 사건은 그가 중국 체류 중에 줄곧 관념적으로만 생각하던 탈북자 문제의 실상이 얼마나 몸서리나는 것인지를 실감케 해주었다. 벌써 여러 날째 밖으로 나도는 일 없이 독서로 소일하던 어느 날 저녁의 일이었다. 그날도 하루 종일 3층 여관방에 틀어박혀서 조선족의 어떤 작가가 쓴 역사소설을 읽고 있었는데 갑자기 옆 방에서 우당탕 사람들 몸이 맞부딪치는 소리와 무슨 비명 같은 날카로운 고함소리가 들려오길래 책을 덮고 가만히 귀를 기울여 보았다. 전에는 사람이 들어있는지 어떤지조차 알 수 없을 만큼 조용하던 방이었다. 잠시 후에 소란한 발자국 소리와 함께 사람들이 여관방을 나가는 기척이 들려왔고 그 가운데 한 남자의 매몰찬 목소리가 들려왔다.

"짜아식, 도망가면 어디까지 가겠다는 게야. 한번 걸리면 꼼짝 못 할 줄 알아야지."

상수가 재빨리 나가 보았더니, 여관 복도 저쪽으로 두 사내가 엉겨 붙은 채 걸어가고 있었고 그 뒤를 한 사내가 조용히 따라가고 있었다. 일행을 뒤따르던 사내가 뒤를 돌아보면서 상수에게 씽긋하고 한번 웃어 보였지만 부드러운 데가 전혀 없는 싸늘한 웃음이었고 더구나 그의 오른손에는 권총이 들려져 있었기 때문에 순간적으로 으스스한 인상이 느껴졌다. 소란을 피우는 것은 앞장서서 걸어가는 두 사람이었다. 비교적 말쑥한 차림의 한 사내가 허술한 작업복 차림의 젊은이의 허리 뒤로 묶인 두 손을 꽉 붙들고 그를 밀치다시피 하면서 걸음을 옮기고 있어서 무슨 현행범 체포 현장이 아닌가 하는 느낌이 들었다. 더벅머리에 작업복 차림을 한 젊은이는 양손이 동아줄로 꽁꽁 묶여있어서 맥을 못 추고 있는데도 그를 붙잡고 가던 사내는 젊은이의 엉덩이를 무릎으로 한번 힘껏 차서 넘어뜨리는 것이었다. 힘없이 앞으로 고꾸라졌던 젊은이는 가벼운 신음소리와 함께 몸을 일으켰는데 옆으로 보이는 그의 얼굴에서부터 붉은 피가 낭자하게 흘러내리고 있었다.

떠들썩하던 사람들이 사라져버리자 상수는 여관주인에게로 내려가서 어떻게 된 일인지 조심스럽게 물어보았다. 그의 예감대로, 그가 목격한 것은 탈북청년이 북한 보위대원들에게 체포되어 끌려가는 장면이었다. 여관주인의 말로는, 자기네 여관에서 이런 장면을 종종 볼 수 있다는 게 성가시고 안타까운 일이지만 어쩔 수 없다는 것이었다. 연변에 사는 조선족들이나 심지어는 한족 중국인들까지도 불법 입국한 탈북자들을 적당히 숨겨주고 도와주기까지 하지만 그들을 색출하는 임무로 중국 땅에 들어와 있는 북한 보위대원들의 행동을 말릴 수는 없다는 얘기였다. 그나마 요즘에는 보위대원들의 탈북자 납치 방법이 많이 온건해져서 옆에서 보기가 덜 민망스럽지만 그전에는 오늘 상수가 보았던 것보다 훨씬 더 난폭한 방법을 썼기 때문에 일단 발각되었다 하면 성한 몸으로 돌아가는 사람이 많지 않았다고 하였다.

탈북자들의 애처로운 처지를 직접 보고 알게 된 상수는 떠돌이 신세인 부친 일행의 안위가 갑자기 걱정스러워졌다. 북한 보위대원들이 중점적인 수색 대상으로 삼는 탈북자들은 북한 사회에서 지도적인 위치에 있던 사람들이라는데 바로 부친의 가족들이 여기에 해당됨직 하였다. 그러자 상수는 느긋하게 연변지방에 남아

있는 자신의 모습이 가당치 않다는 생각이 들었다. 연길시를 떠나기로 예정했던 두 주일째 되는 날이 앞으로 이틀밖에 남지 않았지만 상수는 하루라도 앞당겨서 부친 일행이 가 있을 것이라는 산동반도 청도로 몸을 옮기기로 하였다. 하루 동안에 무슨 일이 일어난다는 생각보다도 갑자기 조마조마해지는 자신의 마음을 가만 놔둘 수는 없었던 것이다.

예정보다 앞당겨 청도행 항공권을 사는 것은 어렵지 않았다. 비행기로 두 시간 남짓 날아가서 도착한 청도시는 연길시와는 아주 딴판 세상이었다. 공항에서 청도 시내로 들어가는 동안 주변에 보이는 현대식 건물들 풍경에서부터 잘 정비된 미끈한 도로망과 한결 고급스러운 자동차의 행렬에 이르기까지 한꺼번에 성큼 느껴지는 중국의 발전상은 연변 땅에서 시작된 상수의 여행 목적을 잠시 잊어버리게 할 정도로 눈부신 것이었다.

청도 시내 거리를 두리번거리면서 숙소를 찾아 정하고 여장을 풀 때까지는 새로운 여행지를 찾아드는 사람처럼 호기심을 즐기던 상수였지만 그것도 잠깐이었다. 호텔 프런트에서 약간의 떼거지 끝에 안내판 게시의 요금보다 거의 절반 가격으로 별 세 개짜리 호텔에 3주일 투숙의 예약을 하고 객실을 정리한 후 목욕까지 하고 나자 앞으로의 계획을 세워야 했다. 객실 3층 방의 의자에 앉아서 창문을 통해 바라보이는 낯선 거리의 행인들 모습은 그가 여기까지 온 목적의 비현실성을 가차 없이 일깨워주고 있었다. 부친상봉이라는 중국방문의 목적을 앞에 놓고 상수의 마음은 한없이 막막할 뿐이었다. 부친의 가족들이 이곳에 오는 것은 이곳의 한국인 회사에 취직하는 것을 목표로 한다고 하였으나, 여기에 와 있는 한국 기업체 수는 6천 개를 헤아린다고 하니 도무지 종잡을 수가 없는 일이었다. 우선 중요한 것은 위생소라는 이름의 응급처치실을 갖춘 한국계열의 큰 회사를 찾아보거나, 요즘 한창 잘나간다는 대형 김치공장을 찾는 일이라 생각되었다.

이 도시 관청에 가서 외국인 회사 등록서류를 조사할 수도 없는 일이기 때문에 상수는 궁리 끝에 이 지방에 온지 얼마쯤 되는 한국인 친구를 찾아서 사귀기로 하였다. 이 지역 한국인 기업체들의 지리적인 배치상황이나 회사 직원들의 후생 관련 현황에 대해 물어볼 만한 친구를 알고 나서 도움을 청하는 것이 지역 사정에 생소한 자신의 실수를 줄일 수 있을 것 같았던 것이다. 그러기 위해서 그는 먼저 궁상맞아 보이는 지금의 옷차림부터 바꾸기로 하고 산뜻한 고급복장으로 갈아입었다.

그러고 나서 상수는 부지런히 밖을 나다녔다. 이곳에서 사귈 만한 한국인 친구는 이 도시의 명승지를 구경 다니는 동안 가장 쉽게 만날 수 있을 것이라 생각되어 그는 우선 이 지역의 관광지도를 하나 구하였다. 아직 쌀쌀한 2월 중순의 날씨에도 불구하고 상수의 위장관광 일정은 시작되었다. 청도에서 알아주는 관광명소는 우선 미끈하게 뻗어있는 수려한 해안선 줄기와 이를 따라 끝없이 펼쳐진 운치 있는 모래사장과 해수욕장이었다.

유명하다는 청도의 해안선 경치를 며칠 돌아본 상수는 다음 코스로서 중산공원이나 5·4운동기념공원 같은 몇 군데 공원을 돌아보았지만 바라던 한국인들과의 조우는 헛방이었다. 관광지와 역사유적지들을 유람하는 동안 시대변화의 양상에 대한 인식은 새롭게 할 수 있었지만, 한국인들이 많이 모이는 곳에 걸었던 상수의 기대는 수포로 돌아갔다. 그가 만나게 되리라고 기대했던 한국 회사원들은 물론이고 한국인 여행자들조차도 별로 눈에 띄지 않아서 실망스러웠다. 아마도 아직 2월 중순이라는 쌀쌀한 계절 탓인 듯하였다. 꼬박 1주일을 허비하고 나자 자신의 방법이 너무 막연하고 소극적이었다는 결론을 내린 상수는 이제 좀 더 적극적인 방법을 쓰기로 하였다. 헛되이 보낸 1주일 마지막 날 밤잠을 못 이루고 뒤치락거리면서 고심을 거듭한 상수는 이 지역 대기업체에 딸린 위생소나 식당 같은 곳을 직접 찾아본다는 방침을 세웠다.

이튿날 아침 모처럼 새로운 결심을 안고 호텔을 나섰지만 막상 행동에 옮기려고 하자 그것 또한 너무 허황되고 객쩍은 생각이었음이 드러났다. 이곳 대기업체들은 위생소라는 회사원 건강검진소가 딸려있다고는 들었지만, 회사원 아닌 사람이 그런 곳을 찾아가는 게 용인되는 일이기나 한지 알 수 없었고 공연히 그런 곳에 어정거리다가 수상한 사람으로 취급받기가 십상일 것 같았다. 대기업체 부설 식당에 찾아갈 생각도 했었지만 그런 곳에 혼자서 출입하는 것도 썩 내키지를 않았다. 시중에 있는 대형 대중식당은 쉽게 찾아 들어갔지만, 한번 뱃심 좋게 호기를 부려보려는 행동은 쉽게 되지 않았다. 되도록이면 많은 사람들이 모여앉은 자리에 끼어들어 말을 붙이되 그들이 알아듣지 못하는 제주도 사투리로 떠벌이거나 일부러 높은 소리로 제주도식 우스갯소리를 해서 주위 사람들이 그게 무슨 말이냐고 물어오면 다시 군소리를 섞어가며 그 말을 길게 설명해주려고 혼자 별러 보지만 막상 현장에 들어가서는 실천이 되지 않았다. 그 자신이 제주도에서 왔다는 것을 알리면 좌중의 어떤 사람으로부터 또다른 제주도 사람을 어디서 봤다는 말이 나올 수도 있을 것이라는 계산을 했었지만 그의 입에서 제주도 사투리가 나오기는커녕 생면부지 처음 보는 사람들에게 말을 거는 것조차 어려웠다.

생각 따로 목구멍 따로가 되어버리는 한심스러운 자신의 모습이 부끄럽게 생각되던 어느 날 한 대중식당을 대충 둘러보고 나오던 상수는 한 가지 기발한 아이디어가 떠올랐다. 자신이 제주도 사람이라는 것을 이 도시에 나다니는 한국사람들에게 알리는 방법은 말을 주고받아야만 되는 것이 아니라는 생각이었다. 요즘 젊은이들이 좋아하는 모자나 티셔츠에 유명 야구단 로고나 대학교 마크가 그려져 있는 것이 생각난 상수는 자기가 쓰는 모자에다 제주도를 알리는 그림과 글자를 그려넣기로 하였다. 그는 바로 그 길로 청도 시내의 한국인 백화점을 찾아갔다. 모자 코너에 들른 그는 점원에게 사정사정 물어본 다음에 이번에는 모자 제조업자를 찾아갔다. 모자 제조업자에게 제주도의 돌하르방과 해녀 그림을 넣어달라고 했더니 그런 그림의 모형을 가져오라는 것이었다. 그는 다시 호텔 방으로 돌아와 여행가방을 뒤져서 제주도 안내 책자를 찾아냈다. 그 속에 돌하르방과 해녀의 그림이 몇 개 나와있음을 확인한 그는 다시 모자 제조업자를 찾아갔다. 모자 모양은 둥그런 중절모자로 하되 되도록이면 대담하고 튀는 스타일로 하고 〈제주도〉라는 한글 글자까지 모자의 정면에 넣어달라고 했지만 자세한 디자인은 전문업자에게 맡기기로 하였다. 제작비가 예상보다 꽤 비쌌지만 그는 별로 깎으려 하지 않고 모자 대금을 지불해 주었다.

제주도 사람임을 알리는 데에 모자는 확실히 효과가 있었다. 시내 대중식당에서나 공원 같은 데에서 그를 쳐다보는 사람이 많아졌고 길거리에서도 그의 모자와 얼굴을 힐끔힐끔 곁눈질하는 사람들이 많아졌다. 그들 중에는 쳐다보기만 하지 않고 말을 걸어와서는, 멀리 제주도에서 어떻게 여기까지 왔느냐, 나도 신혼여행을 제주도로 갔는데 서귀포 쪽 해안경치가 정말 죽여주더라, 성읍리 민속촌에도 가봤는데 할머니들 제주도 사투리를 전혀 못 알아듣겠더라, 하는 식으로 그들의 관심을 표시해주었다. 그러나 여기 청도 지방에서 제주도 사람을 봤다는 말을 해오는 이는 하나도 나오지 않았다. 상수는 결국 청도 시내의 대형 식당에서 제주도 사투리로 떠벌리며 다니지 못한 것에 대해 후회하지 않을 이유만은 확실하게 갖게 된 셈이었다.

상수는 자신이 할 수 있는 일의 한계를 실감하며 하릴없이 먼 하늘을 바라볼 때가 많아졌다. 호텔에 예약했던 3주일이 거의 지나간다는 생각이 그의 마음을 더욱 무겁게 내리누르고 있었다. 그러던 어느 날이었다. 오전 한나절을 호텔방에서 무료하게 흘려보내고 있던 그는 오늘 오후에는 어디를 가볼까 생각하면서 청도시 지도를 펼쳐보았다. 별로 하는 일도 없고 되는 일도 없는 하루하루를 보내는 것이 속상하고 역겨웠지만, 그동안 쌀쌀하던 날씨가 한결 따뜻해지고 청명해진 것을 보자 문득 바닷가 쪽으로 가보고 싶은 생각이 들었던 것이다. 지도를 잠시 훑어보던 그는 바닷가 쪽이라면 노신공원이 좋을 것 같았다. 옷을 차려입고 가려는데 호텔 방 탁자 위에 놓인 모자가 눈에 띄었다. 근 1주일을 쓰고 다닌 제주도 돌하르방 그림의 모자를 쓰고 나가고 싶은 마음이 그날은 별로 내키지 않아서 어쩔까 하다가 그대로 쓰고 나갔다. 그 모자조차 쓰지 않고 나간다면 정말로 하는 일 없이 빌빌거리는 신세가 되어버릴 것 같았다.

이 지역 지리 사정에 익숙지 못한 탓으로 물어물어 헤매면서 어렵게 찾아간 노신공원은 넓은 바다가 시원히 바라보이는 해안구릉지에 위치해 있었다. 마침 청명한 날씨여서 그런지 늦겨울날치고는 구경나온 사람들도 적지 않은 편이었다. 青島라는 이 도시의 이름자가 실감나게 느껴질 정도로 맑고 푸른 바다와 하늘이 한결 돋보이는 날이었다. 공원 앞으로 탁 트인 바다와 앙상한 나뭇가지의 숲과 군데군데의 정자들을 둘러보노라니 이곳은 역시 여름에 오는 곳이로구나 하는 생각이 들었다. 더구나 이곳에 나온 사람들은 모두가 여럿이서 같이 어울려 다니고 있음을 보자 자신의 홀로된 신세가 더욱 처량하게 느껴졌다. 얼마쯤 그렇게 돌아다니던 그는 이제 그만 보고 나오려고 했으나 공원 출입구 쪽이 어느 방향인지 얼른 알 수 없었고 자신은 공원의 외진 곳 변두리쯤에 와있는 것 같았다. 주위에 보이는 사람도 없었다. 그는 갑자기 두려운 생각이 들면서 자기가 왔던 방향으로 발걸음을 돌리고 있는데 그때 바로 느닷없이 나타난 정체 모를 사내의 모습이 그의 가슴을 덜컥 내려앉게 하였다. 언제 나타났는지 웬 남자 하나가 자기 옆으로 따라붙으면서 무슨 말을 걸려는 듯 입을 달싹거리고 있었던 것이다. 부리부리한 눈매에다 수염이 덥수룩하게 자란 더벅머리 얼굴은 빙긋이 웃는 모습 때문에 오히려 더 험상궂고 무섭게 보였다.

상수는 자신도 모르게 발걸음을 재촉하였다. 이에 따라 옆에서 따라오는 사내도 덩달아서 걸음을 더 재촉하게 되자 두 사람의 걸음 속도는 더욱 빨라지게 되었다. 이러는 동안 그의 머리에 빙빙 돌고 있는 생각은 어떻게 딴 사람들 있는 데로 가까이 가서 이 수상한 사내의 접근을 막느냐 하는 것이었다. 다수의 증인들이 옆에 있다는 것 자체가 이 사람의 범법행위를 막을 것이라는 생각이 번쩍 떠올랐던 것이다. 그런데도 그들과 가까이에는 사람들이 보이지 않았고 그들은 더욱 조용하고 막다른 곳, 공원 한쪽 으슥한 구석지로 가고 있는 것 같았다. 그는 더욱 무섭고 조급한 마음이 되면서 주변을 다시 휘둘러보았더니 저 멀리 공원 끝자락에 웬 이상한 구식 건물의 기와지붕이 보이고 그 건물 앞에 남자 두 사람이 마주 앉아서 땅바닥에서 움직이는 어떤 물체를 내려다보고 있는 모습이 보이는 것이었다. 더 가까이 가면서 살펴보니 그 중에 한 사람은 허드레 옷차림인 것 말고는 어떤 사람인지 알 수가 없었지만 다른 한 사람은 중국 공안원 복장을 하고 있음이 분명하였다. 그의 옆을 따라오던 수상한 사내는 공안원이 앞에 있음을 알아봤는지 어느덧 사라져 버렸다. 상수는 이제 마음이 놓이면서 그쪽으로 성큼 다가갔다. 두 남자가 내려다보고 있는 것은 자라 두 마리가 땅바닥을 엉금엉금 기어 다니는 모습이었다. 허드레 복장의 남자 옆자리 땅바닥에 '一个十元'(일개십원)이라고 쓰여있는 나무 팻말이 세워져 있는 것을 보니 그 사람은 자라 장수인 것 같았고, 공안원은 아마도 공원 내를 순찰 중에 자라 기어 다니는 모습이 신기하여 잠깐 앉아서 구경하고 있는 것으로 짐작되었다. 그들 모습을 잠시 내려다보던 상수는 고개를 들어 무심코 옆을 보았다. 거기에는 오래된 기와지붕의 옛날식 건물이 있었고 그 안에는 삼국지의 관운장같이 보이는 늠름한 기상의 장군상이 눈을 부릅뜨고 있는 모습이 보였으며 그 앞에는 어떤 나이 지긋한 아낙네가 양손을 합장한 채로 머리를 연신 조아리고 있었다. 이를 지긋이 바라보던 상수는, 산동반도의 어느 깊은 산중에 기복신앙화된 도교 풍속의 시원지가 있다는, 어느 책에선가 보았던 글이 떠올랐고, 이 나라에도 기층민중의 기복신앙적 전통은 유구하다는 말이 생각났다. 그러고 보니 점복술의 영물이라는 자라를 파는 사내가 관운장 신령이 좌정한 앞자리에서 좌판을 벌이고 있는 이유를 알 것 같았다.

한참을 그렇게 바라보던 상수는 합장한 아낙네가 밖으로 나오는 것과 동시에 몸을 돌이켜서 반대쪽을 바라보았다. 그랬더니 아까와는 달라진 광경이 그를 어리둥절하게 만들었다. 좀 전에는 쭈그려 앉아있었던 두 사람이 이제는 모두 일어서 있었고 특히 공안원 복장의 젊은 사내는 상수 자신의 얼굴을 빤히 쳐다보고 있는 것이 아닌가. 공안원은 상수에게로 몇 걸음 성큼 다가서더니 오른손을 내밀면서 뭐라고 퉁명스럽게 입을 열었다. 간단한 중국말도 잘 모르는 상수는 무슨 말인지 알아듣지 못하여 우물쭈물하고 있는데 옆에 서 있던 자라장수 사내가 이 사람이 여권을 좀 보자고 하네요, 하는 한국말로 거들어 주었다. 모자에 쓰인 한글을 보고 한국인임을 알아본 모양이었다. 상수는 지체없이 윗저고리 안주머니에 넣어둔 여권을 꺼내어 앞에 서있는 사람에게 내밀었다. 그러나 연이어 던져지는 질문에 대한 상수의 대답은 공안원의 의심을 풀어주지 못하였다. 조선족인 자라장수 사내가 중간에서 통역을 서 주었는데도 한참 동안이나 소요된 검문에서 가장 답변하기 힘들었던 질문은 중국 입국의 목적에 대한 것이었다. 처음에 상수는 얼떨결에 관광목적으로 들어왔다고 말했지만 중국에 유명한 관광지가 얼마나 많은데 하필이면 연변과 청도에서 한 달씩이나 관광하느냐는 물음에는 대답할 말이 궁하였다. 그가 다시 고쳐서 말한다는 것이, 집안 친척을 만나러 왔다가 거주지가 불분명하여 연변으로 청도로 돌아다닌다고 했지만, 그 친척이 누구냐는 질문에는 시원하게 대답하지 못하였다. 상수는 결국 공안원의 의심을 더욱 부추긴 결과가 되어버렸고 이에 따라 당장 그날로 청도시 공안국 유치장에 감금되는 몸이 되었다.

졸지에 중국 공안범으로 붙잡힌 몸이 되어버린 상수는 그러나 큰 걱정은 되지 않았다. 자기가 갇혀있는 유치장은 다른 명목이 아닌 〈마약사범 단속반〉에 속해 있는 것을 알았기 때문이었다. 또한 자기가 마약사범 혐의를 받게 된 이유가 결국은 당치 않은 것임이 밝혀질 것이라는 믿음도 그를 안심케 하였다. 그가 마약 사범으로 의심받게 되는 데에는 중국 입국의 목적에 대한 진술이 애매하다는 것 말고도 몇 가지가 더 있었다. 며칠 동안의 질문과 답변 과정에서 드러난 것에 의하면, 처음부터 노신공원에서 공안 원의 의심을 받게 된 것은 상수가 쓰고 있던 이상한 모자 때문이 라 하였다. 상습적인 마약 복용자들은 공원 같은 데에서 마약 밀 매자를 만나는 경우가 많은데 요즘에는 이상한 모자를 쓰고 다니 는 것이 마약 파는 사람의 신호로 되어있다는 것이다. 그리고 상 수가 쓰고 다닌 모자 표면의 제주도 돌하르방 그림이 마약을 먹 고 황홀경에 빠진 사람의 표정을 암시하는 것으로 공안원은 해석 하였다는 것이다. 또한 상수가 투숙하고 있는 호텔에 대한 조회 내용도 그의 여행목적에 대한 의혹을 더해주었음이 밝혀졌다. 뚜 렷한 목적도 없어 보이는 사람이 3주일씩이나 예약을 했다는 것 이다.

이 지역에는 근래에 한국인 거주자나 조선족 이주자들이 부쩍 많아졌다는 이유로 청도시 공안국에는 한국어를 할 줄 아는 조선족 직원이 배치되어 있어서 대화가 쉽게 이루어졌다. 조선족인 그 공안국 직원은 상수에게 처음부터 매우 친절하게 대해주었고 그의 마약사범 혐의를 처음부터 믿지 않았던 듯 그의 진술방법에 대해서도 자상하게 안내해주려고 하였다. 조선족 동포가 쓰는 고국어가 마음을 놓이게 했음인지 상수는 오래 망설이지 않고 자신의 입국 목적에 대해 솔직히 털어놓아 버렸다. 마약사범 혐의를 쉽게 벗어나기 위해서는 그것이 최상의 방법이라 생각되었던 것이다.

예상한 대로 상수는 쉽게 풀려나올 수 있었다. 수감된지 꼭 1주일 만이었다. 나중에 안 일이지만, 그의 진술이 신빙성을 얻게 된 데에는 다른 사정도 있었음이 밝혀졌다. 청도시 공안국에서 애초에 노신공원으로 순찰을 보냈던 것은 요즘에 청도 시내 공원 등지에서 특이한 모자 디자인을 신호로 마약 밀매를 하는 사람이 있다는 정보가 입수된 때문이었는데 상수의 수감 기간 중 전혀 다른 형태의 모자를 쓰고 다니는 진짜 마약 밀매범이 다른 공원에서 붙잡히는 바람에 상수의 결백성이 명백해졌다는 것이다.

상수는 공안국에 갇혀있었던 일을 통해서 오히려 뜻밖의 득을 보게 되었다. 그가 무고한 수감 생활의 고통을 1주일이나 당한 것에 대해 매우 미안하게 생각한 조선족 직원은 그의 부친 상봉에 대한 계획을 도와주기 위해 발 벗고 나서 준 것이다. 그는 상수가 탈북 모험 중인 부친 일행의 신상에 대해 소상하게 설명해주는 것을 메모지에 받아 적고 나서 상수에게 호텔에 가서 기다리고 있으면 연락해주겠다고 말했다. 기다리던 그 연락이 단 이틀만에 상수에게 왔다. 전화 연락을 받은 그는 지체없이 공안국으로 달려갔다. 그는 조선족 공안원이 어떤 서류를 보면서 전해주는 말을 듣는 동안 숨도 크게 못 쉬고 귀를 기울였다.

"가버렸이요. 이틀만 더 일찍 찾아봤으면 만날 수 있을 뻔했는데, 딱 한 발짝 늦어버렸이요. 그러니까네 그분들 일행이 청도시에 한 달 전에 오셔서 거주했던 건 사실이라요. 여러 가지 정황으로 봐서 최 선생님네 부친 일행이라고 판단되는 가족이 우리 공안국 요관찰 대상에 올라있었다는 거라요. 우리 공안국에선 북조선 탈출자들에 대해서 조사도 하고 사안에 따라선 북조선으로 강제 송환시키기도 하는데, 이런 업무를 맡아보는 전담반이 있단 말입니다. 제가 어제 그런 탈북자 담당부서에 가서 알아본 결과 얼마 전부터 그 최씨 가족들 일행이 탈북자 혐의로 관찰 대상에 올라있던 거라요. 그렇게 관찰 대상이 된 건, 어떤 한국인 기업체 위생소에서 근무하는 젊은이들의 신원에 수상한 점이 발견됐기 때문으로 나와있이요. 그 기업체에서 무슨 살인사건인가가 발생했던 모양이라요. 젊은 형제가 같은 회사 위생소에 근무하고 있었는데 자기 신분을 숨기고 있더란 말입니다. 그 사람들 국적이 중국인이라면 신분을 숨길 필요가 없을 거란 말이야요. 요즘엔 탈북자들이 청도시에까지 많이 오기 땜에 우리 공안국에서도 철저한 조사를 한단 말입니다."

"그럼 그분들은 언제 어디로 가셨다는 건가요?"

"2일 전에 그러니까네 그저께 여기를 떠난 걸로 조사됐이요. 일행 중에 젊은이들이 한국인 회사에 일을 나간 것은 3일 전까지로 돼 있고요. 공안국에서 무슨 지시를 한 건 아니고 그분네 스스로 떠난 것으로 돼있이요. 세들어 살던 집 주인의 진술로는, 할아버지와 같이 다니던 손주들 내외는 상해인가 하는 중국 내의 딴 지역으로 거주지를 옮겨 간다고 했고 할아버지는 계획을 바꾸고 혼자서 북조선으로 다시 들어간다고 하는 말을 들었다고 진술했던 모양이에요. 중국에 와있는 북조선 사람들 중엔 얼마쯤 있다가 다시 되돌아가는 이들도 많이 있이요."

"다시 북조선으로 돌아갔다면 어떤 교통편을 이용했을까요?"

"그것까진 알 수가 없지요. 그렇지만 뻔한 일 아닌가요. 여기서 기차 타고 심양 거처서 연길시로 가든지, 대련까지 배 타고 가서 다시 연길까지 기차 타고 가든지 말입니다. 항공요금이 얼만데, 비행기로 갔을 리는 없을 거구요."

"연길까지 시일은 얼마나 걸릴까요?"

"아마도 이틀 안에 가기가 어려울 거예요. 심양에서 기차를 갈아타야 되는데 그것도 얼마나 기다려얄지 모르니까요. 대련으로 가도 아마 그 정도는 걸릴 겁니다. 여기서 대련 가는 선박편은 그렇게 자주 있는 게 아니니까요. 그저께 여기서 떠났더라도 오늘쯤에 연길에 도착하지는 못할 거예요. 그러니까네 오늘 여기서 항공편으로 가면 연길에서 만나보실 수도 있을 거라요."

호텔로 돌아오는 상수의 발길은 허탈감으로 맥이 풀려 있었다. 부친 일행을 아슬아슬하게 놓쳐버린 셈이었다. 만약에 부친이 북한행 결심을 했다면 오늘이나 내일쯤 연길에 도착할 것이고 그가 이제라도 항공편을 이용해서 연길로 가면 부친을 만날 가능성도 없지 않을 터이었다. 그러나 그는 마음이 썩 내키지를 않았다. 연길시 〈해란강구육점〉에 다시 찾아가 보면 무슨 소식을 얻을 수 있을지도 모른다고 생각되었지만 어쩐지 그쪽으로 발길이 당기지를 않는 것이었다. 어떻게 할지를 결정하지 못하는 동안에 다시 1주일이 지났고, 부친 상봉의 꿈은 이제 사라져 버렸다는 감이 들었다.

　부친 찾는 일을 포기한 다음에도 상수는 당장에 청도를 등지고 떠나버릴 수가 없었다. 하릴없이 낯선 도시의 거리를 헤매고 다녀도 머릿속까지 한가하지는 않았다. 꼬리에 꼬리를 물고 떠오르는 상념의 가닥들은 그의 하염없는 발걸음을 끝 간 데 없이 이어지게 만들었다. 바로 며칠 전까지만 해도 이 낯선 청도 거리 길바닥에서 게슴츠레 흐린 눈을 비비며 남쪽 하늘을 바라보았을 팔순 노구 부친의 모습을 그려보는 동안, 상수는 자신의 지난 생애가 한 다발로 묶여져서 머리에 떠오르는 것 같았다. 어렴풋하면서도 지워지지 않는 부친의 그림자를 지르밟으며 흘려보낸 50년 세월, 그것은 부친이 살았던 무골충 무소신의 삶을 뒤따라가는 것이었다.

　그 당시 그 시점에서는 나의 의지, 나의 선택으로 살고 있다고 생각했으나, 지나고 보면 나의 선택이 아니라 다른 누군가의 힘이 작용한 것만 같았고, 그것은 바로 낯모르는 부친의 그림자를 따라잡는 삶이었던 것이다. 부친이 살았던 무소신의 삶도 나처럼 자신의 의지가 무력함에 연유했던 것일까. 4·3민주항쟁의 기치를 올린 좌익투사의 전망이 불리하자 이승만 우익정권의 대세에 영합했고, 전쟁포로의 앞길이 막히는 상황에 직면해서는 재빨리 좌익으로 전향하였다. 북한 좌익정권의 충직한 봉사자로 반세기 동안이나 살아온 보람을 내던지고 목숨 걸고 탈출을 시도할 때의 심정은 어떤 것이었을까. 조상들이 묻힌 제주도 땅에 자신의 뼈를 묻고 싶었더라도 자신의 고향 제주도의 하늘이 보이는 이곳 청도까지 와놓고서는 어찌하여 다시 북한 땅으로 되돌아갈 생각을 했단 말인가. 한심한 것은 상수 자신의 지난 생애 역시 자기 부친의 줏대 없는 인생 행로를 뒤따라가는 꼴이었다는 사실이다. 청년 작가로서의 다부진 꿈을 버리고 나서 충직한 모범공무원이라는 알량한 권세 추종의 길을 택하였고, 사랑이 없는 정략결혼을 감행하는 후안무치의 청춘이었다. 백면서생의 막막한 처세가도를 단념하고 안정 속에 번영을 택한 것을 후회한 적이 있었던가. 엄처시하에서 기를 펴지 못하는 가정생활을 하거나 생업에서조차 아내의 섭외 수완에 의지하여 채소재배업을 하는 등 자신의 지난 생애는 영락없는 무골충 인생, 짐짓 과장된 상황 논리에 맥없이 휘둘리는 무소신의 삶이 아니었나. 그것은 나약한 편의주의였고 비겁한 세태영합이었다. 역사의 격랑에 부딪히면서 번번이 소신을 굽히는 부친의 가녀린 그림자가 한반도 수천 리를 가로질

러 텔레파시 전해지듯이 아들의 인생행로를 원격조종이라도 해
왔단 말인가. 부전자전의 신비한 전파 현상이 그렇게 신기한 것
일진대 이곳 청도지방에 와서 부자간의 텔레파시가 작동하지 못
한 것은 어인 일이었을까. 불과 몇 킬로 상간의 작은 도시 안에서
같은 색깔의 하늘을 우러르고 있을 동안에는 아무런 전파력도 지
니지 못했지 않은가. 이 스산한 도시의 거리 어느 한 모퉁이에 부
친이 남기고 간 한 모금 체취라도 서려있는 것처럼 차디찬 공기
를 가슴속 깊이 들이마셔 보지만 아무런 훈기도 느껴지지 않았
다. 마감 시점에 거의 다다른 노쇠한 인생의 끝자락에서 더 이상
자기 아들에게 텔레파시를 보낼 여력이 소진됐음인가, 아니면 이
차갑고 매서운 계절의 공기가 인간의 허망한 꿈의 실상을 이제야
적나라하게 드러냈음일까.

상수는 결국 부친 상봉의 꿈을 이루지 못하고 돌아오는 몸이
되었다. 청도공항에서부터 연길시로 가지 않고 곧바로 인천공항
을 거쳐서 제주도로 돌아오는 동안 그의 머리를 떠나지 않은 문
제는, 부친은 왜 스스로 북한으로 되돌아가는 길을 택했을까 하
는 것이었다. 처음에는 이 문제가 그의 마음을 무겁게 짓누르는
고통스러운 것이었으나 차차 그 고통이 덜어지는 것을 느꼈다.
부친의 발길이 북한으로 되돌려진 것이 처음에는 하나의 가능성
에 불과해 보이던 것이 시간이 지나면서 그렇게 됐을 확실성이
점점 커지는 쪽으로만 생각되는 것이었다. 부친이 스스로 북한행
을 택했다는 쪽으로 생각이 정리되면서 그의 마음은 겨우 느긋한

평정을 되찾을 수 있었다. 제주 공항에서 비행기를 내린 다음에 택시를 잡아타서 집으로 돌아오는 동안 상수의 생각은 더욱 앞으로 진전되었다. 부친을 만나지 못한 것은 어쩌면 잘된 일이다 싶었고, 자신은 한동안 너무 감상주의에 빠져있었던 것 같았다. 자식들 걱정만 없다면 이제 죽을 날을 가까이 바라보고 있는 부친이 다시 북한 땅으로 돌아가는 것은 충분히 이해될 만한 일이었다. 싫든 좋든 80년 생애 가운데 50년 이상의 세월을 보낸 땅이 아닌가. 그 나이가 되면 지나간 인생을 돌아봄에 있어서 일의 성패나 선택의 옳고 그름 차원을 넘어서는 덤덤하고 대범한 안목이 생길 것 같았다. 더구나 반세기 세월을 함께 동고동락했던 아내를 북한 땅에 두고 나온 남자의 심정도 알 만한 일이었다. 그에 비하여 상수 자신은 부친에게 있어서 얼굴까지도 다 잊혀진 어렴풋한 과거의 한 편린에 불과할 터이었다.

집으로 들어서면서 상수는 아내가 안 보이는 것이 전에 없이 허전하게 느껴졌다. 아내가 가출한 이유라고 자신이 넘겨짚었던 것들도 다 허황된 상상처럼 생각되었다. 거실에 들면서 제일 먼저 눈에 띈 것은 창가에 놓인 호접란 화분이었다. 그동안 물을 주지 않은 것이 괜찮았는지 가까이 가서 눈여겨보았지만 잎이 말라가는 징조는 보이지 않았다. 얼추 계산해 보니, 집을 비운 지 2주를 지나지는 않은 것이 분명하였다. 겨울철에는 물 주는 양이 적어진다는 말이 있었으나, 아슬아슬하게 물주기 기간을 맞춘 셈이었다. 부친을 쫓아가느라고 연길행 비행기를 탔더라면 어땠을까를 상상해 보니 역시 잘한 선택이다 싶었다. 이제는 부친과의 껄끄러운 관계를 걱정할 필요가 없이 안심하고 아내를 데려오게 된 것이다. 호접란이 메말라 죽지 않게 된 것조차 마치 자신의 대단한 결단의 결과인 것처럼 생각되면서, 분무기로 화분에 뿌려지는 물줄기 소리가 한결 시원스럽게 들리는 것 같았다. 아내가 가출 메모지에다가 호접란 이야기를 우정 집어넣은 것은 어쩌면 자신의 후회 없는 선택을 유도하는 텔레파시 전달을 한 것이 아닌가 싶기도 하였다. 아무튼 만사 제쳐두고 일본으로 가서 아내를 데려오는 것이 시급한 일로 여겨졌다. 앞으로 그에게 남은 여생의 고독은 부친이나 아들과 함께 할 것이 아니라 아내와 함께해야 한다는 생각이 드는 것이었다.

꽃을 찾아서

이창우가 친구 박상훈을 경쟁자로 여기게 된 것은 중학생 때부터였다. 시골마을에서 초등학교를 마친 이창우가 읍내의 중학교로 올라갈 때 새로운 분발의 결심을 다지면서 급우들과의 경쟁심이 커진 것이었다. 작은 학교에서지만 줄곧 1등을 지켜온 그였다. 이창우가 박상훈을 자신의 운명적인 경쟁자라고 느끼게 된 데에는 두 사람의 생년월일이 꼭 같다는 사실도 한몫을 하였다. 이창우는 어쩌다가 박상훈이 써내는 신입생 신상카드를 들여다보다가 이를 발견하고 이상한 전율을 느꼈던 것이다.

그가 박상훈을 평생의 경쟁자로 삼기로 결심을 굳힌 것은 중학교 1학년 가을소풍 때 일이었다. 시골 중학교인지라 그냥 오종종 걸어서 인근의 조그만 오름에 다녀오는 코스였는데 돌아오는 길에서도 자유롭게 삼삼오오 짝을 이루어 내려오고 있었다. 내리막길을 한창 걸어가던 이창우가 사방을 둘러보니 자기와 동행인 사람은 하나도 없는데 박상훈과 나란히 걸어가는 학생들은 다섯 명이나 되었으며, 개중에는 예쁜 여학생도 둘이나 있었다. 이때 일이 오래 잊혀지지 않았는데, 생각해 보면 그것은 아주 당연한 일이었다. 박상훈은 읍내의 같은 초등학교 출신 친구들이 많았지만, 이창우가 나온 초등학교는 작은 시골학교였던 것이다. 게다가 박상훈은 부잣집 아들이라 입은 옷이나 얼굴에서 자르르 부티 흐르는 모습이 역력하였고 수려한 외모에다 키까지 컸다. 초등학교 때 입었던 옷을 그대로 걸치고 다니는 이창우의 궁상맞은 모습과는 비교가 안 되었던 것이다. 그날 이후로 이창우는 박상훈 앞에만 가면 열등감으로 쫄아드는 마음이 되었고 열등감을 물리치는 길은 오직 공부 잘하는 것이라는 결심을 다졌던 것이다. 옹골찬 결심과 노력의 결과로 이창우는 1학년 말에 친구 박상훈보다 단연 우수한 성적을 뽑아냄으로써 그와의 경쟁에서 밀리지 않는다는 자신감의 뿌리를 단단히 내릴 수 있었다.

이창우와 박상훈은 중고등학교를 같은 캠퍼스에서 마친 다음에 서울에서 같은 대학에 다니게 됨으로써 경쟁심보다는 우정을 키우는 단계를 맞게 되었다. 경영대를 택한 이창우는 인문대를 택한 친구 박상훈에 대해 별다른 경쟁심을 갖지 않게 되었고, 중고등학교를 같은 학교에서, 그것도 지방의 소도시에서 마쳤다는 공통의 출신 배경이 두 사람 사이의 각별한 우정과 협동심을 일으키게 된 것이었다. 이창우는 친구 박상훈이 입학 관련 시험에 자신이 없었기 때문에 들어가기가 비교적 수월한 인문대학을 지망했고 여기에서도 더욱 수월한 편인 불문학과를 지망했음을 잘 알고 있었다. 이창우 자신은 취직이 잘되는 학과였으므로 경쟁심이 생기지 않았을 것도 같다. 친구 박상훈이 훤칠한 키와 떡 벌어진 어깨, 수려한 미모에다 사근사근한 말씨로 뭇 여성들의 시선을 모으고 있다는 소문도 들렸으나 그는 이 같은 소문을 그냥 재미로 들을 수 있었다. 두 사람은 앞으로 갈 길이 엄연히 다를 것이고, 인생의 성패를 가름하는 것은 더욱 중요하고 확실한 능력, 그러니까 세상 사람들이 한 남자를 평가할 때 잣대로 삼는 직장을 통한 능력 발휘라는 믿음을 갖고 있었던 것이다. 친구 박상훈이 졸업 후에 마땅한 취직자리를 얻지 못하는 막막한 심정을 달래려는 심산으로 유럽으로 배낭여행을 떠나는 것을 볼 때만 해도 그를 인생행로의 경쟁 상대로 바라보는 일은 다시 없을 것으로 생각했다. 대학을 졸업하는 즉시 유수한 대기업체에 취직이 된 이창우는 시골 출신 누구에게도 뒤지지 않는 당당한 출셋길로 접어들었다고 자부했던 것이다.

이창우가 친구 박상훈을 다시 경쟁 상대로 바라보게 된 것은 대학을 졸업하고 10년이나 지난 다음이었다. 박상훈은 대학 졸업 후 유럽으로 배낭여행을 가기 위해 1년 동안 집중적으로 생활영어 수련을 쌓았다고 했다. 낯선 땅 여행지에서 온갖 어려운 문제에 부딪히고 터지고 해야 하는 배낭여행 반년 동안에 세상 사는 요령과 자신감을 얻었는지 그는 귀국 후 해외여행사 두어 군데에 얼마간 근무한 것을 밑천으로 하여 자기 자신이 조그만 여행사를 차렸다. 때마침 한국 국민들 사이에 해외여행 붐이 일어나기 시작할 때여서 그의 사세는 단기간에 크게 신장되어 창업 10년 만에 50명 사원을 헤아리는 성공적인 중견 여행사로 발전하였다. 불어불문학과 출신이라는 자신의 전공 특성을 살려서 유럽 지역을 주요 대상으로 하는 테마기행 형태의 여행 프로그램 활용이 사업 신장에 크게 기여했다는 것이 그의 고백이었다. 반면에 앞날이 막막하게 된 것은 이창우의 출셋길이었다. 이름있는 기업체에 취직이 되었다고는 하나 무한경쟁의 피나는 노력과 억척스러움과 민첩한 감각을 요하는 대기업의 속성상 시골 출신의 무딘 감각세계를 벗어나지 못한 그로서는 승진의 기회를 잘 잡지 못하고 있었던 것이다.

중견사원으로서의 현상유지조차 힘겨운 이창우의 입장에서 볼 때 잘 나가는 여행사 사장으로 자리를 굳힌 친구 박상훈은 창조적인 인생의 개척자요 승리자였다. 어릴 적 친구 박상훈에게 꿀린다는 느낌이 더욱 쓰리게 다가오는 것은 그가 젊은 나이의 여행사 사장으로서 세계여행의 기회를 마음껏 즐긴다는 생각을 할 때였다. 세계여행 다니는 것이야말로 세상 사는 맛을 양적으로나 질적으로 쌈박하게 즐기는 최고의 기회일 것 같았다. 박상훈에 비하여 자신의 처지가 뒤처진다는 느낌이 더욱 절실해지는 것은 중학교나 고등학교 동창들이 모인 자리에서였다. 중고등학교 시절의 친구들은 비교적 안정된 직장인 대기업체에서 일한다는 이창우를 부러워하는 것이 아니라 세계여행을 실컷 즐기고 있을 박상훈을 부러워하는 것이 역력하였다.

성공적인 인생 설계에 뒤지고 있다는 생각에 떠밀린 이창우는 심사숙고 끝에 회사에 반년간의 휴직원을 내고 그동안 오래 방치 되었던 외국어 실력을 확실하게 쌓는 데에 열중하였다. 다행히 마음먹은 계획이 적중되어 유럽주재 사원으로 파견 근무를 나가 게 된 이창우는 업무상 출장 여행 명목으로 유럽대륙 곳곳에 구 경 다니는 기회를 얻게 되었다. 학창시절 친구의 여행사업 번창 을 계기로 한 편의 여행기로서의 한평생의 의미에 눈을 뜨게 된 것이었다.

부푼 기대와 희망을 안고 시작된 이창우의 유럽주재 근무는 그 러나 흡족한 결과를 안겨주지는 못하였다. 자유시간이 넉넉지 못 한 회사원의 사생활 패턴으로 인하여 유럽여행을 즐기는 일이 애 초에 기대했던 대로는 되지 못하였던 것이다. 자신의 현실로 보 아서 여행사 사장으로 세계여행을 즐기는 박상훈과는 비교가 안 될 것을 알게 된 이창우는 이대로 간다면 친구 박상훈의 여행과 세상 체험이 절대적인 비교우위를 점하게 될 것으로 생각되었다. 이 같은 열등감이 더욱 고조되는 것은 친구 박상훈 이름으로 발 행되는 여행사 사보를 받아볼 때였다. 타이틀도 거창하게 『세계 를 품 안에』라는 이름으로 나오는 이 사보를 정기구독하여 읽으 면서 이창우는 친구 박상훈의 세계여행의 실상을 그 일부나마 헤 아릴 수 있었다. 세계 도처의 명승지와 역사유적지를 미사여구로 소개하고 현지답사를 권하는 갖가지 여행상품들은 이창우의 마음을 번번이 주눅 들게 하였으며, 인생은 곧 여행이고 세상 구경이라는 말의 의미가 새로운 무게로 느껴졌다.

박상훈 사장이 경영하는 여행사는 〈오딧세이여행사〉라는 회사명부터가 특이해 보였다. 『일리아드』와 함께 세계문학전집 제1호로 잘 나오는 호메로스 작 『오딧세이』 작품의 개요를 인터넷 사전에서 찾아본 창우는 〈오딧세이여행사〉라는 회사명에 담겨 있는 박상훈 사장의 의도를 추측해 볼 수 있었다. 트로이전쟁을 그리스 연합군의 성공으로 이끈 뛰어난 지략의 영웅 오딧세이우스가 사람들의 부러움을 사는 이유는, 그가 트로이목마 계략으로 승전의 일등수훈을 세웠기 때문보다는, 반복되는 일상의 틀을 벗어나 갖가지 색다른 체험을 가능케 했던 그의 모험적인 귀향길 여행 때문이라고 할 때, 〈오딧세이여행사〉가 표방하고 나선 것은 그같이 색다른 모험으로서의 여행 프로그램이라는 뜻으로 해석되었다. 혼신의 힘과 용기를 바쳐서 위험천만한 귀향길을 찾아가는 오딧세이우스의 파란만장한 모험행로는 그것 자체로서 멋지고 매력적인 인생처럼 보이는 것이었다.

친구 박상훈이 경영하는 여행사의 사보를 빠짐없이 받아보는 이창우는 때로는 움츠러드는 마음을 추스르고 생각을 돌이켜 보기도 하였다. 사장이라고 해서 자기 여행사 사보에 실리는 여행 코스를 실지로 얼마나 섭렵했는지는 알 수 없는 일일 터이었다. 여행사 사보에 실리는 여행 정보의 내용들은 고객들의 상품 구매욕을 유도하기 위해 상업적으로 편집된 광고 같은 것이라고 자위해 보기도 하였다. 화려한 상업 광고를 보면서 속이 쓰릴 일은 아니라고 자위하면서 열등감을 달래던 이창우가 눈을 번쩍 뜨고 주시할 일이 일어났다. 『세계를 품 안에』라는 제호의 사보에 친구 박상훈 사장의 집필로 된 〈유럽문화탐방기〉가 연재되기 시작한 것이다. 친구 박상훈의 직접적인 여행 체험이 실지로 어떤 것일지 막연하게만 그려보던 이창우였지만, 이제 박상훈이가 직접 쓰는 유럽여행기가 사보에 실리게 되었으니 그의 구체적인 여행 체험의 실상을 확인해 볼 수 있게 된 것이었다.

박상훈의 유럽여행기는 확고한 유럽숭배주의에 입각해서 쓰여지고 있었고 이 같은 입장은 다시 불어불문학과 출신인 그가 쌓은 상당한 수준의 서양문화 지식으로 뒷받침되고 있었다. 인간이 도달한 정신문화의 꽃을 찾아 나선 사람들에게 유럽 탐방은 최고최선의 본보기를 보여준다는 믿음으로 쓴 여행기여서 이 글을 읽는 유럽 여행객들의 프라이드를 한껏 고조시켜 줄 것 같았다.

박상훈의 여행사 월간 사보에 실리는 〈유럽문화탐방기〉는 주요국별로 나뉘어 있는 가운데, 각 나라의 여행기는 다시 그 나라 문화의 주된 특징을 하나씩 골라서 그것을 주제로 하는 테마기행문 형식으로 풀어나갔다. 유럽숭배주의 관념이 곳곳에서 감지되는 그의 유럽 탐방기의 첫 장인 영국편은, 영국이 르네상스 이후 세계사 발전의 선두 주자가 될 수 있었던 것은 세계 최초로 산업혁명과 의회민주정치의 양면에서 근대화 혁명을 실현함으로써 가능했다는 말로써 시작되고 있었고, 서두를 장식하는 이 같은 영국 찬양은 펍(pub)이라는 대중 술집의 번창이 영국의 민주정치 발전에 초석이 되었다는 엉뚱한 말로 이어지고 있었다. 아마도 그의 생각으로는 여행 체험의 알짜배기가 술잔을 통해 온다고 보았던 모양이었다. 그러나 영국 역사에 대한 풍부한 자료를 동원하고 필자의 두터운 인문학적 식견을 기초로 한 친구 박상훈의 문화탐방기는 엉뚱한 데가 있으면서도 재미도 있고 그럴싸한 설득력도 있는 수작이라 여겨졌다.

영국식 대중 술집인 펍은 여러 가지 점에서 영국민의 특성을 보여준다고 하였다. 영국에는 생긴 지 수백 년에 이르는 고풍스러운 펍들이 수도 없이 많다는 사실은 역사와 전통을 존중하는 그네들의 국민성을 보여준다는 얘기가 우선 주의를 끌었다. 한국에서는 볼 수 없는 일이었다. 펍의 손님들이 술을 즐기는 방식도 다르다고 했다. 웬만큼 마시고서는 취하지 않을 정도로 도수가 낮은 맥주를 즐겨 마시고, 맥주 두어 병을 가지고도 몇 시간의 담소를 즐긴다는 것은 영국민의 온건주의와 끈기를 보여준다고 했다. 그들은 또한, 고정석에 가만히 앉아서 마시기보다는 이동하기 좋게 서서 마시기를 좋아하며 술집 문턱을 넘어 거리까지 나와서 마시기를 잘한다는 점에서 고독과 단절과 폐쇄보다는 교감과 소통과 개방을 선호하는 국민임을 보여준다고 했다. 몇 잔의 술로 인생을 즐기는 가운데 권력의 부침에 대한 정치토론, 전설적인 영웅담, 애틋한 사랑 이야기, 문학과 예술에 대한 갖가지 화제를 샘솟게 할 수 있다는 점에서 그들의 세상 사는 멋스러움과 알뜰함을 보여준다고도 했다. 박상훈의 펍주점 술문화론은 이 부분에서 영국적인 국민성을 다시 두 유형으로 나누어서 잉글랜드인처럼 점잖고 온건한 사람과 스코틀랜드인처럼 매섭고 화끈한 사람을 구분하고 있었다. 맥주 한 병을 까 놓고 몇 시간이나 친교의 대화를 즐기는 것이 전자의 타입이고 위스키를 한 잔 들이키면서부터 얼근하게 취하는 것이 후자의 타입이라는 말은 좀 지나친 표현 같지만 재미있게 들리는 부분이었다.

친구 박상훈의 탐방기에 나온 민속주점 펍의 내력담은 영국 역사에 대해 지식이 넓지 못한 이창우에게 놀라운 것이었고, 한 나라의 역사를 국민의 사회생활 패턴 속에 진득하게 반영한다는 이 나라 특유의 대중 술집 풍속에 대해 자연스러운 찬탄과 부러움을 자아냈다. 영국에서 고풍스러운 펍의 역사가 오래다는 것을 알아보기 위해서는 술 판매 영업허가증의 발급 연도를 조사할 필요가 없이 이들 술집의 간판에 나온 상호와 민속화 그림을 눈여겨보면 된다고 하였다. 고색창연한 술집 간판 위에 15세기 후반 장미전쟁 당시의 왕실 이름을 펍의 상호로 쓰고 있거나 다섯 차례 결혼 경력의 정력적인 국왕 헨리 8세 초상을 그려넣었다면 이들 술집의 역사가 적어도 500년을 넘었다는 확증이 된다는 것이다. 1620년 역사적인 아메리카행 항해의 돛을 올린 청교도 집단 필그림파더스를 기리는 〈메이플라워〉 펍 간판에서는 신대륙에 자유와 평등의 이상국가 깃발을 꽂았다는 뜻깊은 역사의 무게가 느껴진다고 하였다. 넬슨 제독이나 웰링턴 장군의 역사적 수훈과 관련된 수백 군데 술집 간판이 300년 역사의 부침을 지켜보면서 같은 자리에 걸려있다는 것은 그 술집에 오는 사람들이 이들 국민적 영웅을 잘 기억하고 존경한다는 것을 의미하며, 여기에서 술 마시는 사람들은 이들 역사적 인물들을 화제로 올리면서 국가의 운명과 국사의 운영을 토론하였을 것이라는 얘기였다. 대중주점에서 여론의 결집과 민의의 총화가 자연발생적으로 이루어지는 나라가 영국이라는 것이니 잠재적인 지식층 여행자들을 영국으로 유인한다는 여행상품 광고치고는 뛰어난 수작이라고 생각되었다.

박상훈이 집필하는 〈유럽문화탐방기〉의 영국편 술문화론 다음에 나온 것이 프랑스편 술문화론이었다. 역사의 무게를 마신다는 거창한 명제를 가지고 영국의 대중주점 펍을 소개한 친구 박상훈의 유럽문화 서술은 프랑스 문화론에 이르러서 이 나라 국민의 뛰어난 예술정신을 가지고 그들의 오래된 와인문화를 소개하였다. 영국의 민속주점인 펍에 해당되는 것이 프랑스에서는 카페인데 펍의 주요 메뉴인 맥주나 위스키는 영국인의 실용주의적인 국민성을 보여줌에 반하여 카페의 주요 메뉴인 와인은 프랑스인들의 예술적인 국민성을 보여준다는 대담한 비교가 프랑스 문화탐방기의 요지였다. 영국인들이 펍에서 맥주나 위스키를 마시는 것은 술 자체를 즐기기 위함이 아니라, 소통이나 친교 등 다른 어떤 목적 때문임에 반하여, 프랑스인들이 와인을 좋아하는 이유는 술 자체의 맛과 향기와 색깔을 즐기기 위함이라는 것이다. 와인으로 말하면, 그 새콤달콤한 맛과 그윽한 향기와 깊고 다양한 음영의 색깔을 가지고 이를 마시는 이로 하여금 미각과 후각과 시각을 동시에 즐기도록 만들어준다는 얘기였다. 좀 과장된 표현 같이 들리는 부분이었지만 영국편 술문화론에서 나왔던바, 맥주나 위스키의 유야무야한 향기, 단조로운 색깔, 단숨에 시원하게 들이키게 만드는 쓸쓸한 맛 등을 상기하게 되자 의미가 분명해졌다. 감각이 뛰어난 사람은 와인 마실 때의 향기와 맛을 가지고 그 와인의 생산지와 생산 연도를 감지해 낸다는 것이며, 이같이 오묘하고 정교한 와인 감식력이 프랑스적인 예술성의 단적인 사례라는 얘기였다. 이렇듯 세련된 와인 문화를 바탕으로 발달된 프랑스인들의 감각세계는 세계적인 명성의 상품 브랜드를 얻는 데에 성공하였으니, 후각의 발달은 샤넬 같은 화장품을, 시각의 발달은 입생로랑 같은 의상 팻션을, 미각의 발달은 코르동 블루 같은 요리학원들을 각각 탄생시켰다는 것이다.

영불 양국의 술문화 소개가 끝난 다음에는 유명한 관광명소 소개가 나왔다. 한 나라의 술문화 소개는 그 나라 국민들과 직접 마주하여 술을 마시면서 확인해보기 전에는 집필자의 이야기를 믿을 수밖에 없었지만, 각국의 관광명소들은 집필자의 이야기를 확인하기 위하여 이창우 자신이 직접 현지를 탐방할 수 있는 것이 달랐다. 여행기를 참고하면서 현지 탐방을 한다면 더 흥미롭기도 하려니와 문화관광 명소에 대한 감상과 이해가 더 충실할 것은 물론이었다. 박상훈의 유럽문화탐방기는 이 부분에 와서도 영불 양국의 문화비교론 형식으로 서술되었다. 영국과 프랑스의 대중 술집 비교에 대해서는 다소 억지스럽다고 보았던 이창우였지만, 런던과 파리의 관광명소들을 국민성에 비추어 비교하면서 소개하는 내용들은 퍽 설득력 있게 느껴졌다. 영국민은 알뜰한 현실감각을 중시하는 반면에 프랑스 국민은 화려한 예술가 취향이 강하다는 사실이 그들의 대표적인 관광명소 품목에도 나타난다는 것이다. 런던 여행자들이 손꼽는 관광명소치고 애초에 실용적인 목적이 없이 만들어진 것은 없음에 반하여 파리의 중요한 관광명소들은 한결같이 보는 것 자체를 즐기기 위해 만들어졌다는 사실은 양국 국민성의 차이를 잘 보여준다는 얘기였다. 런던 관광의 주요 행선지로 꼽는 웨스트민스터의 사원과 국회의사당, 빅벤 시계탑, 런던타워, 윈저캐슬 등은 영국의 왕조사와 의회정치 역사를 건립 배경으로 하는 실용적 목적의 건조물이었고 이것들이 관광명소가 된 이유는 그곳에 담겨진 역사의 무게 때문이지만, 파리의 관광 명소는 사람들이 그것을 보고 느끼는 것 자체를 존재이유로 하여 그곳에 서게 되었다는 것이다. 파리 근교의 베르사유 궁전은 너무 웅대하고 호화롭기 때문에 그곳의 진짜 존재이유는 국왕의 거처가 아니라 화려한 궁정의식이나 연회, 국력 과시용의 국제회의를 여는 데에 있었다고 하였다. 영국에서 제일 큰 왕궁인 윈저캐슬은 역대 국왕들 자신의 거주지였고, 현재 영국 국왕의 거소인 버킹검궁은 원래 버킹검이라는 공작의 사유물이었던 것을 왕실에서 구입한 것이라는 점과 대비된다는 것이다. 나폴레옹의 이집트 원정 후 위대한 프랑스의 영광을 세계에 과시하기 위해 건립된, 열두 방향의 갈래길로 퍼져나간 개선문 광장과 프랑스 대혁명의 상처를 아물리기 위한 화해의 상징물인 콩코르드광장, 자유와 낭만을 찾아 모여든 가난한 예술가들의 이색적인 동네라는 것 말고는 별다른 생성 이유가 없는 몽마르뜨르언덕 등이 프랑스적인 예술 취향의 사례로 언급되었지만, 가장 많은 지면을 할애하여 소개된 것은 에펠탑이었다.

프랑스혁명 1백주년 기념행사인 파리 만국박람회를 세계만방에 알리는 건조물이 되도록 에펠탑이 세워질 때는 영국에 뒤지지 않는 과학기술력을 과시한다는 의미 말고는 실용적인 목적이 없었다고 한다. 실제적인 용도가 없는 건조물이기 때문에 박람회가 끝난 다음에는 없애버린다는 계획이었지만 철거 비용이 너무 비싸다는 이유로 남겨두었던 것이 오늘날에는 엄청난 관광소득을 올려주고 있다는 것이다. 현재 에펠탑은 방송전파 송신과 군사용 통신, 기상관측 등 다각도의 목적에 이용되고 있지만 이는 애초의 계획에 있었던 것이 아니라 건축 후 사회발전에 따라 생겨난 부수적 용도라는 얘기였다. 300미터가 넘는 높이로 수직상승하는 에펠탑의 구조는 직선의 강직함과 곡선의 유연함을 겸비하는 동시에, 전체적인 철근 구조물 사이사이에 무수히 많은 큰 구멍들이 숭숭 뚫려 있어서 시원한 바람이 아무런 저항도 받지 않고 통과할 수 있는데, 무제한으로 모든 것을 포용한다는 이같은 구조물이 보는 이에게 시적 영감과 무한한 상상력을 불어넣어 준다는 재미있는 해석이었다. 에펠탑 전망대에 올라가서 파리 시가지를 내려다볼 때 이 도시는, 도시 전체가 하나의 예술적 건조물로 설계된 것처럼 조화롭고 아담하게 느껴지기 때문에, 런던 시가지에서 역사의 무게를 느낀다면 파리에서는 역사의 향기를 느낀다는 말이 나온다는 것이다. 에펠탑 소개 끝부분에 나와 있는 '키스타임 10분' 해설이 재미있었다. 날마다 저녁 8시가 되면 이 거대한 철탑 구조물에 숨어있는 수천 개의 전구에 일제히 불이 켜지는 장관이 펼쳐지는데, 휘황찬란하게 명멸하는 불빛의 조명을 받으면서 그곳에 모인 청춘남녀 커플들이 대담하고 열정적으로 서로의 얼굴을 껴안고 입술을 빠는 10분짜리 퍼포먼스를 연출한다는 것이다. 이런 깜짝쇼를 능청맞게 즐길 수 있는 나라로서 프랑스나 이탈리아라면 어울리지만 독일이나 영국이라면 영 어울리지 않을 것이라는 촌평까지 나와 있었다.

실용적인 쓸모에 상관없이 자유로운 상상과 감각을 즐기는 프랑스적인 예술성을 엿볼 수 있는 것이 파리 시민들이 애호하는 그라피티 미술이라고 하는 부분도 이창우의 고소를 자아냈다. 파리의 거리를 돌아다니다 보면 퇴락한 건물 벽이나 우중충한 골목길 담벼락, 어둡고 냄새나는 지하도의 시멘트벽, 녹슬고 변색된 공중전화부스나 열차선로 같은 곳에 강렬하고 도발적인 터치로 페인트칠해진 낙서나 만화들을 쉽게 찾아볼 수 있는데, 이 같은 그라피티 작품들이 불러일으키는 유쾌하고 자유로운 상상이 예술적인 창조정신과 상통한다는 것이다. 막춤 추듯이 아무렇게나 휘갈겨 쓰고 기분 가는 대로 별별 희한한 모양을 그려놓은 것들은 길 가는 사람들의 시선을 끌되 어떤 확실한 해석을 강요하거나 부담감을 주는 것이 아니기 때문에 더 눈길을 끈다고 했다. 특히 이 같은 낙서나 만화가 웅장하고 위엄 어린 대성당 같은 건물의 뒷전에서 발견될 때는 그들이 즐기는 자유로운 상상이 어떤 것인지를 알려준다는 것이다.

그라피티와 더불어 파리 구경 다니는 사람들의 눈을 즐겁게 해주는 것은 시내 도처에서 쉽게 볼 수 있는 원예작물이라 하였다. 호텔이나 식당, 공공기관의 출입 통로는 물론이고 아파트 베란다나 창고 출입구 등 그럴 만한 빈 공간이면 어디든지 찾아서 화분이나 관상수로 채워 넣어 주변 환경을 쾌적하게 만들어 준다는 것이다. 런던 시내의 공원 안에는 나무와 잔디밭과 벤치밖에는 시선을 끌 만한 것이 별로 없음에 반하여 파리 시내의 공원 안에는 역사상 인물이나 만화적인 캐릭터들의 동상과 그림 등 다양한 전시물들이 관람객들의 눈을 즐겁게 한다고도 하였다. 또한, 파리는 시민들의 눈만이 아니라 귀를 즐겁게 하는 풍류의 멋이 살아있는 곳이어서 파리 시내의 거리 모퉁이나 지하철의 환승역 등에는 관악기나 재즈피아노를 연주하는 아마추어 악사들이 출퇴근 길 시민들의 발걸음을 즐겁게 만들어 준다고 덧붙이고 있었다.

박상훈의 〈유럽문화탐방기〉는 영국과 프랑스 이외의 여러 나라에 대해서도 쓰여지고 있었지만, 그것의 출발에서부터 극히 대조적인 이들 두 나라 사이의 문화 비교를 주된 테마로 한 것이었기 때문에 다른 나라들에 대한 문화탐방도 자연히 이 같은 테마에 따르는 나라 간 비교를 주된 내용으로 하고 있었다. 나라별로 제각기 특색은 있지만, 대체로 북구 방면 나라의 국민들은 실용성을 중시하는 영국 국민성에 가까운 반면에, 남구 방면의 나라 국민들은 예술지향적인 프랑스 국민성에 가까운 것으로 대별된다는 얘기였다. 자본주의 경제의 발달역사로 보아서는 절도와 질서가 우선인 북구의 나라들이 모범적인 발전 패턴을 보여주었지만 진정으로 인간적인 문화와 예술을 자유롭게 즐긴다는 면에서는 프랑스를 위시한 남구의 나라들 수준이 높을 것이라는 결론은, 박상훈이 불어불문학과 출신임을 말해주는 것 같아서 이창우의 입가에 은근한 고소를 자아내기도 하였다.

이창우는 친구 박상훈의 여행기를 마주할 때 단순히 여행 정보를 얻을 목적이나 자기가 가보지 못한 곳에 대한 호기심을 대리만족시키는 의미로 읽었던 것이 아니었다. 한창나이에 이른 두 사람이 제각기 세상 구경과 인생 체험의 어느 수준에 와있느냐, 보고 듣고 즐길 것이 한없이 많은 이 세상을 어떤 식으로 만나고 있느냐 하는 문제를 갖고 서로 비교해보는 것이 그의 마음의 중심을 차지하고 있었던 것이다. 그러다 보니 친구 박상훈의 여행기를 읽는 이창우의 마음은 상대적인 상실감과 열패감으로 쪼그라들 수밖에 없었다. 친구 박상훈이 이 정도의 깊이와 넓이로 유럽문화탐방기를 썼다는 것은 그만큼 그의 유럽여행의 내용이 풍부하고 알찬 것이었음을 알려주는 것으로 여겨졌고 이에 비하면 자신의 보잘것없는 세상 구경이 부끄럽고 한심스럽게만 느껴지는 것이었다. 이창우는 이 같은 열패감에서 헤어나기 위하여 자신의 유럽여행 계획에 박차를 가하기로 결심하였다. 유럽문화 탐방의 고급 여행기를 읽으며 얻은 생생한 배경지식을 갖고 있는데다 어릴 적 친구와의 경쟁의식에서 나오는 열의가 가해져서 그의 유럽여행 일정은 고도의 관심과 주의력을 기울여 기획되었고 이에 따라 그 여행 체험의 내용은 양적으로나 질적으로 상당한 수준의 것이 될 수 있었다.

　이창우의 유럽여행 코스는 친구 박상훈의 문화탐방기에 언급된 곳들을 중심으로 정해졌으며, 어떤 목적지에 이를 때마다 그곳을 다녀갔을 이 친구의 여행 체험은 어떤 것일지를 상상하면서 각국의 사람 사는 모습을 눈여겨 바라보고 그 나라 문화의 특색을 탐색하는 데에 여념이 없었다. 이창우는 장기간에 걸친 직접적인 유럽여행의 결과로 뜻밖의 사실들을 발견하고 자신이 이제까지 지나치게 순진했음을 되돌아보게 되었다. 박상훈의 여행기는 그 내용들 하나하나를 세심하게 들여다보면 정확한 사실의 기록이라기보다는 상상력과 동경심이 빚어낸 허구의 결과물인 것이 많았으며, 자신의 여행기가 독자들에게 더 흥미있고 풍성하게 보이도록 하기 위하여 실지로 있는 사실일지라도 크게 부풀리거나 그럴싸하게 미화하고 경우에 따라서는 왜곡시켜서 썼다는 것을 알게 된 것이다. 이창우는 영국 내 곳곳의 펍을 많이 들어가 봤지만, 거기에는 박상훈의 표현대로 옛날 역사를 소재로 하는 민화나 상호의 간판이 전혀 없는 곳도 많이 있었으며, 잉글랜드인들의 성격을 보여준다는 맥주나 스코틀랜드인들의 성격을 보여준다는 위스키가 아닌 다른 종류의 술들도 많이 진열하고 있었고 아예 프랑스식 카페도 여러 군데 발견할 수 있었다. 프랑스에서도 카페라는 이름 대신에 펍이라 불리우는 술집도 여럿이 발견되었고, 카페라는 간판을 단 술집에서 와인 말고 맥주나 위스키 같은 술을 마시는 사람도 볼 수 있었다. 민속주점에서 술잔을 들이키면서 영국인은 역사의 무게를 마시고 프랑스인은 역사의 향기를 마신다거나, 영국인은 술 마신 결과를 즐기고 프랑스인은 술 마시는 과정 자체를 즐긴다는 박상훈의 명제는 그 표현방식 자체가 혼란스러울뿐더러, 객관적인 사실의 정확한 관찰이라기보다는 있는 사실을 그 일부분만 잘라내어 모양나게 포장하는 허세 어린 표현으로 생각되었다. 박상훈의 탐방기에 따르면, 영국의 펍은 감성 억압이라는 영국인의 국민성이 정지되는 예외적인 장소라 하였었다. 두꺼운 껍질 속에 갇힌 듯 수줍고 과묵하여 비사교적이고 계급의식이 강한 영국인들로 하여금 활발한 사교가로 변신하게 만드는 곳이, 웨이터 서비스가 따로 없는 영국식 펍의 바 카운터라고 하였던 것이다. 그러나 여러 나라의 술집을 돌아다녀 본 이창우의 소견으로는, 생면부지의 낯선 사람과 친교의 물꼬를 트는 곳이 술집인 것은 어느 나라에서나 흔히 있는 사람 사는 모습일 것 같았다. 거나하게 술기운이 돌면서 그 사람에게 그전에는 안 보이던 숨겨졌던 성격이 들통나는 것은 어느 한 나라에 국한되는 일이 아닌 것이다.

술문화론 말고 다른 관광명소에 대한 서술 부분에서도 사실의 왜곡은 비일비재하였고, 유럽문화를 찬양하려는 박상훈 개인의 목적에 충실한 나머지 억지춘향격의 무리한 논리도 많이 발견되었다. 파리의 몽마르트르 언덕을 가난하고 고독한 예술가들의 아지트로 표현하며 프랑스의 저명한 화가들이 젊은 시절의 꿈과 낭만을 키웠던 곳으로 소개하고 있었지만, 적어도 이창우가 가서 본 이곳의 느낌으로는 젊은 예술가들의 꿈과 가난한 예술의 향기 같은 표현은 이미 옛날얘기였음을 확인케 했으며 아마추어 화가들의 순수한 예술 취향보다는 환락 뒤의 환멸과 번영 뒤의 쇠락이 감지될 정도로 카바레, 술집, 섹스숍이 번성하고 야바위꾼, 취객, 소매치기에게 당할까 조심해야 하는 우범지대 같은 곳이었다. 게다가 밀려드는 관광객들의 발길에 채일 정도로 각종 기념품 가게들과 카페가 즐비하여 아늑한 분위기에 기념사진 한 장 찍을 기분이 아쉬웠다. 에게해 남쪽 크레타섬의 크노소스 유적지를 탐방한 소감을 쓰는 자리에서는 유명한 미노스 왕궁의 지하미로를 직접 보았다는 듯이, '3천 600년 전에 건조된 래버린스, 들어가기는 하고 나오지는 못하게 설계된 신비의 미궁에 대한 오랜 호기심을 풀었다. 수없이 많은 왕궁 내 방들이 여러 층으로 복잡하게 얽혀있어서 도무지 어느 방향인지 알 수 없었다'고 되어 있었지만, 이창우가 가보고 확인한 사실은 반인반수의 괴물 미노타우로스가 살았다는 지하미궁이란 신화상에만 있고 실지로는 존재하지 않았다는 것이다. 눈에 보이는 사람이면 닥치는 대로 잡아먹는 미노타우로스의 허구적인 감금 공간을 역사적 사실 속의 왕궁과 혼동하는 왜곡 서술은, 친구 박상훈이 이런 곳에 직접 가보지 않았든지, 직접 가본 것이 사실이었더라도 그냥 피상적으로 둘러봄에 그쳤음을 의미하는 것이라고 여겨지는 것이었다.

수십 미터의 높이에 수백 미터 길이의 무시무시한 모습으로 솟아있는 로마시대의 유물 콜로세움에 대한 친구 박상훈의 감탄어린 해설에 대해 반발심이 솟는 것도 이창우의 솔직한 심정이었다. 어마어마하게 크다는 것이 감탄할 만한 일이냐 하는 의문이었다. 기독교도 박해를 위해 콜로세움 건축을 주도한 황제가 네로였다는 박상훈의 서술에 이르러서는 기본적인 사료 조사에서까지 착오를 범하고 있음을 알게 되었다. 네로가 로마 역사에 악명높은 황제이기는 하지만, 이 거대한 원형투기장의 건축은 그의 다음 대 황제에 의해, 잔인한 검투시합에 열광하는 로마 시민들의 저열한 인기에 영합하기 위해 고안되었음이 이창우가 읽어본 역사서의 내용이었다.

여행사 사보에 실린 박상훈의 문화탐방기는 그중 많은 부분이, 그 자신이 직접 해본 여행 체험을 기록한 것이 아니고 독자들이 흥미를 느끼도록 여기저기서 모아놓은 잡다한 유럽여행 관련 지식을 펼쳐놓은 것이라는 심증이 가자 이 친구에 대한 이창우의 열패감은 어느 정도 가실 수 있었다. 이창우 자신이 직접 부딪쳐보는 유럽여행 체험이 많이 쌓여가면서 친구 박상훈의 탐방기 안에서 정확하지 못한 오류는 더욱 많이 발견되었고 그때마다 그의 성공을 부러워하는 쓸쓸함은 사라져가고 그 대신에 일말의 고소한 승리감과 쾌감까지 들어서게 되었다. 그 같은 오류는 관광명소의 서술에서뿐만 아니라 여행 다니는 동안에 거치는 공간적 이동 과정의 기록에서도 많이 발견되었다. 가령 어느 지역에서의 공간 이동에서 어떤 교통편을 이용하였고 그 과정에서 어느 정도의 시간이 소요되었으며 어떤 것들이 눈에 보였는가 하는 서술에 있어서 그의 오류를 여러 군데에서 확인할 수 있었고, 이 같은 확인은 결국 이창우 자신의 여행 체험이 친구 박상훈보다 더 충실한 것일 수도 있음을 의미한다고 생각되었다.

　박상훈 사장에 대한 이창우의 부러움이 한풀 꺾이게 된 이유는 이런 것 말고도 더 있었다. 그가 박상훈의 〈유럽문화탐방기〉를 여러 차례 읽어가면서 가장 크게 거부감을 느낀 것은 거대 규모의 문화관광 명소에 대한 찬양이었다. 친구 박상훈의 극찬을 받고 있는 거대 명소로서는, 로마에서는 콜로세움이라는 원형투기장과 판테온이라는 만신전萬神殿과 바티칸시티의 성베드로 대성당이 있었고, 프랑스에서는 에펠탑과 베르사유궁전과 나폴레옹 개선문이었다. 특히 베르사유 궁전을 찬미하는 부분에서는 프랑스적인 예술 감각에 대한 무조건적인 수긍이 느껴져서 집필자의 비열함마저 느껴졌다. 문화재가 화려하고 커야만 위대하다는 말인가. 이 궁전은 그 화려한 미관을 손상시키지 않기 위해 화장실을 만들지 않았기 때문에, 여기저기 배설물 냄새가 풍기는 것을 무마하기 위해 프랑스 향수산업을 발전시켰다는 어이없는 얘기도 있었다. 베르사유궁전은 그 규모가 얼마나 어마어마한지, 아득하게 멀리 펼쳐진 뒤뜰에 조성된 거대한 궁내 정원을 궁정 높은 곳에서 내려다보면 마치 광활한 평원을 화폭으로 삼고 그 위의 나무들을 붓으로 삼아 여러 가지 문양의 정교한 풍경화를 그렸다는 느낌이 든다고 되어있었으나, 이창우가 보기에 그것은 무지막지한 자연미 파괴였다. 한국 조선시대의 궁내 정원인 비원에서 느껴지는 자연 그대로의 숭엄미와 아늑함하고 비교할 때 그것은 남의 옷 빌려 입은 것처럼 거칠고 부조화스럽다는 느낌이어서 이질감과 함께 반발심만이 일었던 것이다.

이창우는 근래에 유럽여행이 한국인 관광객들에게 큰 인기를 끈다는 사실이 무엇을 의미할지 강한 궁금증이 일어났다. 한국인들에게 원격지이고 여행경비가 비싼 유럽 쪽으로 관광객들이 폭주하는 것은, 거대한 힘에 대한 승복을 뜻하는 것이 아닐까 싶었다. 그것은 힘의 횡포였다. 무릇 어떤 물건이 지나치게 거대해진다는 것은 인간생활의 절실한 쓸모에 역행하는 것이 아닐까. 이탈리아의 콜로세움이나 프랑스의 베르사유궁전이 그렇게 크다는 것은 더 중요하고 절실한 용도에 쓰여져야 할 경제력을 사치와 허영 등 불필요한 것에 썼다는 것이고, 수많은 노예 노동력을 무자비하게 사역했다는 것인데, 여기에는 언제나 탐욕적인 정치권력이 작용했을 것이 아닌가. 베르사유궁전을 짓고 나서는 정작 국왕 가족의 거처를 따로 만들었다고 하지 않는가. 사람 사는 일에 무엇이 중요한 것인지 모르는 권력자들이 어마어마하게 큰 것을 만들어 가지고 보는 사람 마음을 위압할 생각부터 했다는 생각이 들자, 이창우는 그동안 사기를 당한 것 같은 기분이 들었다. 인생은 여행이고 여행하는 가운데 인생의 참맛을 본다고 생각한 것은 착각이 아닌가. 알고 보니, 힘의 횡포는 거대 관광명소에만 숨어있는 것이 아니었고, 유럽관광의 속내는 사실상 힘의 횡포 역사를 확인하는 과정이었다. 파리의 루브르박물관이나 런던의 대영박물관에는 이탈리아나 그리스, 이집트 같은 나라에서 많은 유물들을 탈취해다가 진열해 놓았는데, 역사책에 나올 정도로 유명한 이런 문화재들이 국적을 달리하게 된 배경에는, 시대에 따라 양상이 달라지는 강대국 지배논리가 있었던 것이다. 박상훈, 이 친구는 대한민국의 대표적인 국보가 남대문이나 경복궁 정도밖에 안 된 것이 부끄러운 것이 아닐까. 생각해 보니 부잣집 아들인 이 친구는 학생 때부터 씀씀이 규모가 큰 작자였다. 생활의 적절한 규모 맞추기가 추억의 향기가 되는 가난한 집 살림살이의 찐득한 사연들을 이 친구가 알 턱이 없으니, 화려하고 거대한 것에 대한 찬탄이 나오는 게 아닌가 싶었다. 이창우의 뇌리에 문득 떠오르는 것은, 중학생 때부터 박상훈의 부티 나는 화사한 행색이 자신에게 속 쓰린 반발심을 일으켰다는 사실이었다. 힘의 횡포라는 것을 인식하지 못하는 박상훈의 문화탐방기가 이창우의 성미에 맞을 리가 없음은 자연스러울 것 같았다. 이창우는 자신이 지내온 과거의 삶이 박상훈과 다르다는 것을 잊어버리고는 그가 즐긴 인생 여행의 도정을 뒤따라 가려는 무모한 시도를 했던 것이 아니었나 싶어지는 것이었다.

박상훈 때문에 열을 올렸던 유럽문화 탐방이 쓸쓸하게 생각되면서 이창우는 더 이상 유럽관광 같은 것을 샘내지 않기로 하였다. 그것은 어쩌면, 배고파서 달려 들어간 식당인데 알고 보니 꽃 파는 가게였다는 역설과도 같았을 것이다. 유럽관광에 대한 욕심을 잠재우고 나서야 친구 박상훈의 문화탐방기를 읽으면서 느끼던 반발심이 차츰 희미해지고 이에 따라 경쟁 상대이던 어릴 적 친구에 대한 열패감도 오히려 사그라지는 것 같았다. 그러던 차에 〈오딧세이여행사〉의 사보 『세계를 품 안에』의 연재물은 〈유럽문화탐방기〉라는 이제까지의 제목을 바꾸어서 〈꽃을 찾아서〉라는 새로운 제목으로 등장하였다. 필자는 여전히 박상훈 사장으로 되어 있었다. 처음에는 꽃을 찾는다니 그게 어떤 뜻인지 아리송했으나 여기에서 꽃이란 세상 남자들을 현혹시키는 여색을 의미한다는 것이 곧 드러났다. 그러니까 〈오딧세이여행사〉 사보에 실리는 연재물에서 꽃을 찾아간다는 말은 유럽 천지의 색향과 환락가를 찾아 나선다는 것을 의미하는 것이었다. 잊지 못할 기억 속 어릴 적 친구의 여성 편력 기록이라니, 이창우로서는 그것을 반드시 읽어봐야할 이유도 있었고 반면에 죽어라고 읽기 싫은 이유도 있었다. 그런 테마라면, 거대한 관광명소에 대한 거부감 같은 것은 개재될 리가 없을 터이니 경쾌한 마음으로 공감대를 찾아볼 수 있을 터이었다. 그러나 다른 한편 여성 편력 이야기는 이창우의 마음에 껄끄러운 측면이 있었다. 그가 남몰래 앓고 있었던 고민거리는, 과거에 그 자신이 고심 어린 남성클리닉 처방에서 참담한 실패를 겪었다는 사실이었다. 그림 속의 떡 같은 환락가의 세태묘사가 신문 같은 데에 올라올 때에는 아예 오불관언의 무관심으로 대하는 그였던 것이다.

이창우가 아내를 한국에 그대로 남아있게 하는 것도 그 은밀한 이유는 자신의 남성불능이라는 역할 상실 때문이었다. 남편 구실을 못 하는 처지에 부부가 같은 지붕 아래 산다는 것의 열패감은 죽을 맛 그대로였던 것이다. 이런 열패감의 언저리에는 박상훈과의 경쟁심도 걸려있었다. 그는 과거 언젠가 자신의 성 역할 불가능이라는 문제를 두고 고민하다가 자신과 박상훈의 처지를 비교해보게 되었는데, 그 결과 이 친구도 같은 문제를 안고 있다는 추측을 내리게 되었다. 박상훈은 근래에 들어 자신의 주된 거주지를 프랑스 파리에 두고 있다고 말했었는데 국제적인 사업가라고 해서 자기 아내를 한국에 남겨두고 독신생활을 하는 진짜 이유는 부실한 성 역할 문제일 것이라 여겨졌던 것이다. 이같은 의심을 하게 하는 일이 또 하나 있었음이 기억났다. 3년 전엔가 어쩌다가 우연히 이창우와 박상훈은 파리 발 인천공항 행의 같은 비행기에 탑승한 적이 있었는데, 그때 이창우는 자기 아내가 공항으로 마중 나오지 않을 것을 두고 이 친구에게 꿀린다는 생각을 하고 있다가 박상훈 역시 자기처럼 아내의 공항 영접을 받지 못하는 것을 보면서 안도의 한숨을 내쉰 적이 있었던 것이다. 그날,

박상훈이 자기와 같은 고개 숙인 남성일 것이라는 심증을 세웠던 이창우로서는 이 친구가 유럽 천지의 색향 답사 모험기를 써내는 것을 보면서 한때 자기가 내렸던 섣부른 짐작을 포기하는 심정이 씁쓸하였다. 친구의 행복을 시샘하여 그의 왕성한 욕망을 일부러 못 본 척하지 않았나 부끄러워지는 것이었다.

사실을 말하자면, 박상훈의 청춘시절을 기억하는 사람이라면 그의 엽색기행 르포가 나온다는 소식을 듣고는 놀람보다는 기대의 심리가 앞설 만하였다. 박상훈의 대학시절 친구들 가운데에는 그가 집필하는 여행기의 〈꽃을 찾아서〉라는 제목만을 보고서도 고개를 끄덕이면서 한창때의 그의 모습을 떠올릴 사람이 많을 것이라는 얘기이다. 이창우 자신도 고개를 끄덕일 만하였지만, 두 사람 사이의 라이벌 심리가 자꾸 고개를 들었다 할 것이다. 이제 유럽천지의 색향답사라는 거창한 테마를 눈앞에서 바라보는 이창우의 머릿속에는 옛날 기억이 되살아나면서 박상훈이 지녔던 발군의 남성 매력이 연상되었다. 박상훈의 주변에 꽃 같은 여성들이 끊임없이 출몰하던 것을 알고 있는 이창우였다. 이제 그는 친구 박상훈의 새로운 여행기를 읽어가며 집필자와 집필 내용 사이의 상관관계를 추리해보는 색다른 재미를 예상할 수 있었다. 오래전 한때 국내에서 뭇 남성들의 선망의 대상이던 그의 섹스어필이 낯선 땅 먼 나라에서 어떻게 그 진가를 발휘하는지 사뭇 밀물 같은 호기심이 발동되었다. 훤칠한 키에다 미남형의 얼굴인 친구 박상훈의 서글서글한 눈매에는 언제나 산들바람처럼 엷은 웃음기가 감돌았고, 도톰한 입술은 그냥 가만히 있어도 달싹 움직거리는 듯싶은 것이 마치 무슨 다정한 말을 들려줄 것 같은 기대감이 들게 하였었다.

유럽대륙을 무대로 하는 박상훈의 여성 편력이 어떤 부류의 꽃을 찾아 나서는 것일는지, 이것이 이창우의 의문거리였다. 그것은 자신의 남성 매력을 매개로 하여 여성의 사랑을 얻는 낭만적인 꽃 찾기일는지, 아니면 해외여행자들이 흔히 하듯이 화류계 직업여성들을 대상으로 하여 벌이는 향락적인 꽃 찾기일른지, 이창우의 상상은 한동안 방향을 잡지 못하였다. 얼마간의 상상력을 구사한 다음에 그는 전자보다는 후자의 방향이 될 것이라고 짐작이 갔다. 친구 박상훈의 엽색 순력기는, 고객들의 호기심과 취향에 맞춘다는 여행사 경영자의 입장에서 집필되는 것이라는 점에 생각이 미친 것이다. 남녀 간의 낭만적인 애정욕구를 충족시키는 전자의 경우에는 유럽대륙에서나 한국 내에서나 그 성격이나 양상이 대동소이할 것이므로 구태여 유럽여행기의 이름을 빌릴 필요가 없을 것임에 반하여, 후자의 경우에는 남성을 유혹하는 꽃의 색깔과 자태와 향기를 탐스럽게 부풀리는 조직적인 섹스산업의 발달과 밀접하게 관련되고 그 양상은 나라와 도시에 따라서 크게 달라질 것이므로 유럽여행기라는 이름으로 나갈 필요가 있다고 생각되는 것이었다.

친구 박상훈이 펼치는 유럽대륙 엽색기행의 서두는 그러나 체험 현장에서의 구체적인 사실 기록으로 시작되지 않고 퍽이나 생뚱맞게도 유럽지역의 역사 강론으로부터 시작되었다. 현재와 같은 유럽사회의 섹스풍속이 형성되기까지의 문화사적인 배경을 알아야 프리섹스 천국을 구가하는 유럽인들의 섹스문화 실상을 거부감 없이 수용하고 즐길 수 있다는 얘기였다. 한국인에게 있어서 유럽여행의 참맛은 문화탐방에서 나올 수밖에 없으며, 어느 나라에 대해서든 문화탐방의 참맛을 알려면 문화사적인 배경을 알아야 한다는 논리였다. 정신문화의 역사가 빈약한 아메리카나 아프리카의 경우와는 달리 유럽관광은 문화관광이 되어야 하며, 이 같은 문화관광의 품목들을 고객들에게 소개해주는 여행사의 주요 책무가 그것들에 얽힌 문화사적인 유래나 배경을 설명하는 일임은 당연한 일이라는 얘기였다.

친구 박상훈이 집필하는 새로운 여행기 〈꽃을 찾아서〉의 서두는 온통 이같이 장황한 역사 이야기로 채워지고 있어서 그의 구체적인 여행 체험기를 기다리던 이창우의 마음을 다소 실망케 하였다. 유럽 여행자들에게 관광지의 역사와 문화적 배경을 설명하는 부분이 너무 많으면 그것은 문화탐방 예비안내라기보다는 문화사 강의가 되어버릴 것이 아닌가 싶었지만, 막상 읽어본 박상훈의 역사 이야기는 그것 자체로서도 재미가 있었고 앞으로 있을 그의 연재물을 기다리게 하는 효과도 있었다.

박상훈의 유럽문화사 이야기는 근대적인 프리섹스 문화의 선두주자는 유럽이고, 유럽적인 섹스문화의 원조는 고대 그리스라는 말로 시작되고 있었다. 인간의 오묘한 육체미와 육체적인 쾌락을 모르고서야 어떻게 생명의 축복과 인생의 기쁨을 알겠느냐고 하는 유럽적인 육체 찬미의 시발점은 그리스신화라는 것이다. 지배신 제우스의 종횡무진하는 혼외정사는 여성의 사랑을 강박하는 다양한 남성 매력의 모델을 줄줄이 열거하는 것 같고, 별의별 경로와 방법을 총동원하는 주요신들과 뭇 영웅들의 사랑 이야기가 그리스신화의 주요골자이며 그 극치를 이루는 것이 미와 사랑의 여신 아프로디테의 눈부신 활동상이라 하였다. 선정적인 거들(girdle)을 가지고 남성들을 유혹하는 아프로디테가 전쟁신 아레스와 혼외정사를 벌이는 장면이 올림푸스 여러 신들에게 들통나는 장면은 수치와 비난을 자아내기보다는 웃음과 풍류의 의미로 받아들여졌다는 것, 아프로디테 신전의 여사제女司祭는 매춘부들의 대모 역할을 했고, 평시민 여성들은 아프로디테 신전에서 매춘행위를 함으로써 여성 매력의 비밀을 터득하는 것을 여성으로서의 의무로 삼았다는 것, 지금도 유럽사람들에게 최음제라는 뜻으로 통하는 단어가 아프로디시액(aphrodisiac)인 것, 이 모든 사실이 아프로디테 신앙에 담긴 휴머니즘적인 인간찬미를 엿보게 한다는 말이었다. 그리스신화를 소재로 하는 도자기나 벽화의 그림들은 한결같이 나체화나 다름없는 것들이었고, 이 당시 전인교육의 장이었던 gymnasium(체육관)이라는 단어는 원래 나체라는 의미이고, 고대올림픽 경기장의 유니폼은 화끈한 알몸이었다는 말도 덧붙였다. 인간성 긍정의 그리스적인 휴머니즘이 무참히 억압당한 것은 금욕주의적인 기독교 윤리를 강요한 로마제국이

유럽 천지를 지배하는 정치변혁을 계기로 하며, 이때를 분기점으로 하여 체육관에서도 알몸 등장이 사라졌다고 하였다. 무려 1천년 동안이나 계속된 중세유럽의 암흑시대를 극명하게 특징짓는 것이, 육체적인 쾌락은 인간으로 태어난 축복이 아니라 악마의 저주이고, 간음은 살인과 같이 무거운 죄라고 가르치는 기독교 윤리라는 해설이 인상적이었다. 고대 그리스의 휴머니즘을 부활시킨 르네상스정신이 유럽문화 중흥의 추진력으로 작용하는 데에는 자유분방한 성개방 풍조가 큰 몫을 하였다는 것이다.

박상훈의 여행기 〈꽃을 찾아서〉는 이에 대한 나의 관심과 흥미를 더해감에 따라서 처음에 걱정했던 딱딱한 문화사 강론이라기보다는, 흥미를 끌지만 밀봉되어있는 어떤 보따리 속의 구경거리를 알아맞히는 사전 설명 같이 생각되었다. 나는 이같은 생각을 애써 유지하면서 유럽적인 섹스문화사에 대한 박상훈의 해설을 경쾌한 심정으로 읽어가기로 하였다.

중세의 암흑기 이후 유럽문명의 발달은 프리섹스의 길로 통했다고 할 수 있다. 르네상스 시대 이래로 새로운 지식과 경험을 통하여 세계인식의 폭이 넓어짐에 따라 재래의 금욕주의 생활이 무지와 선입견 때문이라는 사실을 알게 됨으로써 자유주의 성생활이 당연한 것으로 인정받게 된 것이다. 인간의 본능적 욕망을 오랜 억압에서 해방시키는 섹스혁명의 풍조는, 섹스가 임신과 종족번식을 위한 절차가 아니라 쾌락 그 자체를 위한 행위이며, 쾌락 추구의 목적에 충실하는 섹스가 곧 종족번식의 자연법칙에 충실하는 것이라는 논리를 담게 됨으로써 교회의 경건주의적 성욕 금기를 무력화시켰다. 르네상스 정신의 선두주자였던 보카치오의 『데카메론』은 화끈한 음담패설이었고, 레오날도 다 빈치의 유명한 〈성교해부도〉에서는 과학적 정확성과 예술적 감흥을 모두 느낄 수 있다. 당시에 이탈리아반도의 최강국인 피렌체 왕국의 실권자였던 메디치 가문의 득세는 르네상스 시대 남부 유럽의 풍속도를 엿보게 한다. 세속적인 통치력과 재력을 거머쥔 메디치가家 집단이 세인들을 방탕한 섹스 향락의 길로 타락시킨다고 본 수도원 세력이 이들을 단죄하는 신앙부흥 운동과 함께 현실 정치적인 책략까지 동원했으나 권력투쟁의 최종 승리자가 된 메디치 집단은 관능적인 르네상스 예술의 꽃을 피우는 후원자가 될 수 있었다.

　스페인 전설에 나오는 희대의 바람둥이 '돈 후안'을 둘러싼 여러 편의 인물평전은 금기시되던 환락의 풍속을 점차로 수긍하게 되는 세태의 변화를 잘 말해준다. 17세기 초 수도원장이면서 희극작가였던 스페인의 티르소 데 몰리나가, 스페인의 한 전설에 기초하여 지칠 줄 모르는 엽색행각의 〈돈 후안〉 평전을 희곡 작품으로 재창조해낸 것은, 영혼 구제를 도외시하는 육체적 욕망의 죄악성을 드러내기 위함이었다. 성적인 욕구 충족만을 위해 사랑하기 때문에 어떤 여자에게서도 완전한 만족을 얻지 못하고 숱한 여성들을 사랑의 이름으로 농락한 끝에 천벌을 받고 지옥의 불구덩이로 추락하는 〈돈 후안〉 스토리는 결코 사랑의 욕망을 미화한 것이 아니었다. 17세기 중엽 프랑스의 고전주의 극작가 몰리에르의 〈동 쥐앙〉과 18세기 오스트리아의 작곡가 모차르트의 오페라 〈돈 조반니〉는, 〈돈 후안〉의 수정판이라 할 수 있지만, 엽색행각을 벌이는 천박한 귀족들에 대한 경종과 응징의 수위는 한결 약화되었다. 19세기 영국의 낭만주의 시인 바이런의 장편시 〈돈 주안〉에 와서는, 세기의 바람둥이 연애꾼이 문화영웅의 모습으로 나타난다. 숱한 여성들의 애정 욕구를 채워주는 무한 열정의 소유자를 지상의 모든 권위와 억압에 죽음으로써 저항하는 자유주의자로 그려냄으로써 많은 사람들의 감동을 얻으면서 당대 유럽의 독서 대중에게서 폭발적인 인기를 끌었다. 끝없는 환락의 인생을 추구함이 남성 자신만의 욕망과 충동으로 가능한 것이 아니고 여성의 애욕 본능을 충족시킴으로써 가능한 것이기 때문에 돈 주안은 위대한 남성상으로 찬미의 대상이 될 수 있었던 것이다.

시민혁명의 선두주자였던 프랑스는 섹스혁명에서도 선두주자였다. 민주화가 진척됨에 따라 정치적인 자유와 권리의 신장이 인간적인 행복을 추구하는 인권사상으로 발전한 것이다. 종래에는 절대 금기시되던 자유로운 섹스풍속을 본능적인 인간성에 기인하는 것으로 설명하게 되었고, 이 같은 고정관념 타파는 전통사회의 위선적인 규범을 타도하는 방법의 하나가 되었다. 나폴레옹 1세의 아내가 되어 후일에 프랑스의 황후가 된 조세핀 보아르네는, 나폴레옹보다 앞서서 혁명정부 실권자였던 바라스 통령의 방탕한 애첩이었다. 공공연히 애첩들과의 정사를 즐긴 나폴레옹

3세의 치하에서 환락의 도시로 변한 파리에는 '러브호텔'(maison de rendezvous)이라는 신종 환락 시설이 생겨났고, 여기에 고용된 여자들 중에는 여염집 아낙네들도 적지 않았다. 알렉상드르 뒤마의『춘희』와 플로베르의『보바리 부인』에서 신분 추락의 모험을 걸고 환락을 쫓는 귀족과 부르주아 시민층은 이 시대 프랑스의 풍속 변화를 잘 보여준다. 외설적인 연극이 파리 중심가의 극장에서 공연되었고, 최초의 누드 사진도 이 시대에 출현되었으며, 점점 방만해져 가는 성도덕 실태를 단속하기 위한 예술작품 검열제도가 나타난 것도 이 시대였다. 19세기 말에 개장된 댄스홀 '물랭 루즈'는 환락과 예술의 도시 파리의 이미지를 한껏 과시하는 명물이 되었다. 프랜치 캉캉을 비롯하여 신나는 버라이어티 쇼의 흥행이 파리 시민들과 관광객들을 환호케 하였으며, 드가, 고흐, 고갱, 르누아르, 모네 등 유명 화가들이 이곳의 단골손님이었고, 영국 왕실에서의 따분한 규칙생활에 염증을 느낀 빅토리아 여왕의 장남(후일의 에드워드 7세)이 자주 등장하여 세상의 화제가 되었다. 이와 함께 영국인의 보수성과 프랑스인의 진보성향을 보여주는 것이 오스카 와일드의 수난이었다. 전통적인 도덕과 예의범절에 대한 반발과 조소, 번쩍이는 위트와 재치로써 런던 사교계의 총아가 되었던 와일드는 탈선의 도를 더하여 동성연애 행각을 벌임으로써 완고한 영국 귀족사회의 공적이 되었고 결국은 프랑스로 추방되는 몸이 되는데 이국의 도시 길바닥에서 외로움과 궁핍 속에 죽어간 그의 말로는 그 당시 영국 사회의 경직된 도덕관을 말해주는 대표적인 사례로 꼽는다.

유럽국가들 중에서 점잖고 품위 있는 신사의 나라로 통하는 영국은 성 개방 풍조에 있어서도 오랫동안 보수적인 성향과 일상적인 검약정신을 간직했다. 16세기 후반 영국인들이 이탈리아인들보다 순진했음을 알려주는 일화가 있다. 헨리 8세 치하에서 영국의 화물선이 여러 차례 베네치아 항구에 닻을 내렸지만 순진한 선원들은 뭍에 오르기를 주저하였다. 대담하게 인생을 즐기는 베네치아 남녀들의 향락 풍조에 겁을 먹었다는 것이다. 엘리자베스 1세 시대 이후 전지구적인 식민지 확대 및 국부 창출에 성공함으로써 런던은 세계 제일의 교역항이 되었고 이에 따라 세계적인 향락도시로 서서히 변모하게 되지만, 금욕과 엄숙주의의 영국적인 전통은 아직도 사라지지 않았던 것이다.

20세기 들어서 프리섹스를 받아들이는 풍속 변화는 사회적 금기에서 벗어나는 정도에 그치지 않고 이론적인 여러 가지 설명을 내세우는 적극 권장의 시대로 접어들게 된다. 섹스나 스킨쉽은 단지 젊은 시절 한때의 환락에 불과한 것이 아니라 떳떳하고 자연스러운 건강생활의 일부이며 부부간 사랑법의 비결로 권장되는 시대가 된 것이다. 활발한 성호르몬 분비는 전반적인 신체 기관의 활동을 촉진해준다는 과학적인 설명까지 볼 수 있다. 이러는 가운데 영국의 소설가 D. H. 로렌스의 성 본능 해방론은 섹스의 의미를 종교적 인간구제의 차원으로까지 올려놓음으로써 섹스 예찬의 특이한 정점을 이루게 된다. 로렌스에 의하면, 문명

사회의 거짓된 위선과 가식을 내던지고 순수한 남녀 간 애정으로 이루어지는 섹스행위는 신비하고 우주적인 생명력과의 만남을 이루게 함으로써 쇠락하는 인간 영혼을 소생시키고 타락 일로의 문명을 구제하는 길이라고 설파했던 것이다. 섹스를 테마로 말하는 자리에서는 함부로 웃지도 못할 정도로 엄숙하고 경건한 로렌스의 성 본능 해방론은 왕왕 무절제한 프리섹스 찬양과 혼동되기도 하지만, 섹스를 사회적 금기의 대상에서 풀려나게 했다는 점에서는 일정 수준 같은 방향의 노선을 지향한다고 할 수 있다. 영국의 철학자 버트랜드 럿셀이, 일생 중 네 번씩이나 결혼했을 정도로 여성과의 사랑에 절대한 의미를 부여했던 사실은, '성현이나 시인들이 꿈꾸던 천국의 열락'을 바로 남녀 간 합궁의 순간에 얻을 수 있다는 그의 자서전 중 한 구절을 연상케 한다. 럿셀은 그의 저서 『서양철학사』에서 난봉꾼 시인 바이런의 낭만주의에 대해 한 챕터를 모조리 할애할 정도로 그의 자유연애 편력에 박수를 보냈다.

유럽지역은 대체로 자유연애와 프리섹스의 본고장처럼 되어 있지만, 북구와 남구의 연애자유주의는 그 양상을 달리하였다. 오늘날 유럽 여러 나라가 보여주는 향락산업의 판도는 과거의 전통이 다소 재조정된 느낌이다. 일찍부터 유럽 낭만주의의 원조 역할을 했던 남구 지역에서는 지중해의 출렁거리는 파도와 온난한 기후가 경쾌하고 개방적인 자유주의를 낳았다고 할 수 있다. 한편, 북구지역은 현재 알려지기로는 남구보다도 더 찐한 자유연애를 구가하는 것처럼 보인다. 풍요로운 사회복지 선진국으로 안착함에 따라서 섹스 자유화를 누리게 된 이 지역은 움츠러들기 쉬운 추운 날씨 탓으로 두꺼운 베일 속에 갇혀있던 자유주의가 뒤늦게 표면화된 셈이다. 전통적으로 자유로운 풍토에서 성 개방주의의 선봉에 섰던 남부유럽의 향락 욕구가 개인 단위의 생활 속으로 잠겨든 반면에 종교적 경건주의를 성생활 속에서 실천하던 북유럽이 근래에 와서는 섹스산업의 발전에 앞장서고 있다는 말이 나온다. 북구3국에서는 외설죄의 개념이 흐려질 정도로 막된 포르노 영화의 제작과 공연이 허용되고 있으며, 섹스의 금기가 거의 없기 때문에 성범죄가 오히려 줄어들고 매춘산업이 시들해진다는 보고가 나올 정도이다. 사회복지제도가 발달하여 미혼모의 자녀 양육에 걱정이 없다는 것도 섹스의 자유를 누리는 좋은 조건이 된다. 이에 비해, 한때는 유럽적인 향락 풍속의 선두에 섰던 프랑스와 이탈리아는 왕년의 원로답게 조용히 뒷전으로 물러난 느낌이다. 오랫동안 외국 여행자들에게 달콤한 일탈과 방종의 기회를 선사했던 자유주의 파리 환락가의 향락 업소들은 은밀한 지하세계나 빈민가로 숨어들은 것 같다. 이탈리아에서도 향락산업은 조심스러운 모습으로 변모하거나 지하로 숨어드는 경향이다. 매춘가마저 공식적으로는 폐지되어 마사지 살롱 같은 위장된 시설로 둔갑하여 유지된다.

점잖은 영국인들이 향락 풍조 조성에 발 벗고 나선다는 평을 듣게 된 것은 20세기에 들어와서이다. 런던에 대해 세계 최고의 향락도시라는 딱지를 붙이는 이들도 있다. 1960년대에 들어와서 황홀한 리듬을 폭발시키는 비틀즈 악단을 탄생시켰고, 은폐되었던 각선미의 섹스 어필 부위를 스릴감 넘치게 열어놓는 미니스커트 패션을 개시한 것도 영국인들이었다. 네덜란드는 마약이나 도박과 더불어 매춘까지도 합법화시키고 있다. 독일 제일의 항구도시 함부르크의 숲 공원에서는 희한한 매매춘 방법이 창안되어 관광객의 발길을 끈다. 공원 벤치에 남자가 얌전히 앉아있으면 그의 양 무릎 위에 치렁치렁 긴 치마를 입은 단정한 창녀가 아랫도리를 간단히 열고 걸터앉아서 다정한 아벡크족 마냥 뜨거운 접촉의 열락을 즐길 수 있는 것이다.

역사적으로 볼 때 미국보다 앞서서 프리섹스 풍조가 만연된 지역이 유럽이었지만, 뒤늦게 출발한 미국이 이제 유럽의 성 개방 수준을 따라잡으려고 하는 것은, 기계문명을 먼저 발달시킨 미국이 뒤늦게 정신문화의 색깔까지 유럽화되고 있음을 의미한다. 미국의 건국 시조들은 종교적인 자유를 찾아서 신대륙 이주를 결행한 사람들로서 청교도적인 순진성과 금욕주의가 이들의 특징으로 알려져 있는데 이 같은 전통은 부분적으로나마 20세기를 넘긴 현재까지 남아있다고 할 수 있다. 기독교 근본주의자들의 보수적인 성경해석이 미국인들 사이에 아직도 많이 남아있다는 사실과 상통된다. 미국의 많은 도시에서 '성인용'(ADULT ONLY)이라는 밀봉 딱지가 붙은 그림엽서나 만화들의 대부분이 유럽 여러 나라의 관광 기념품 가게에서 그냥 깨놓고 공공연히 팔리고 있음을 볼 수 있다. 오늘날 미국사회의 일부가 대담한 성개방주의에 있어서 유럽에 못지않은 진보적 현상을 보이고 있다면 세계의 선봉을 달리는 자본주의와 물질주의 물결의 만연에 기인한다고 할 것이다. 돈 벌기 위한 섹스산업의 번창은 갖가지 방법으로 섹스 향락의 산업생산적 가치를 높여놓았다. 정신적인 가치가 인정받지 못하는 가운데 남녀 간의 사랑은 로맨틱한 향기를 잃어버렸고 그 대신에 섹스파트너끼리의 육체적 교접을 의미하게 되었다는 실망 어린 문명비평가의 말이 나오고 있다.

친구 박상훈의 해설에 의하면, 유럽적인 프리섹스 문화사의 흐름은 대충 섹스찬미론과 섹스경계론 두 가지 방향이었는데, 이를 읽는 이창우의 관심은 자연히 섹스찬미론 쪽으로 기울어졌다. 자본주의적인 섹스산업의 발달이 본래적인 섹스본능의 의미를 타락시키고 있다는 관점이 섹스경계론이엇지만, 이창우의 입장에서는 섹스풍속의 타락을 걱정할 이유가 없었던 것이다. 게다가 D.H.로렌스의 문학과 버트란드 럿셀의 자서전에 들어있다는 섹스찬미론은 이창우 자신의 오래된 고민과 직결되는 것이어서 그의 마음에 큰 울림을 일으켜주었다. 인간이 누릴 수 있는 환희의 최고 경지인 섹스를 통하여 인간정신이 고양되고 정화될 수 있다는 관점은 그에게 절망과 희망을 동시에 안겨주는 기분이었다.

이창우의 마음은 한동안 큰 갈등 속을 헤매야 했다. 역사발전의 과정은, 자유와 정의의 기회를 확대한 것처럼, 섹스 충족의 기회를 확대해왔다는 것인데, 자신의 섹스욕망은 이와는 반대 방향에서 오그라들기만 했던 것이다. 아내와는 애초부터 궁합이 맞지 않았는지 그는 합궁의 참맛을 모르고 살았다. 아내의 불감증은 섹스에 대한 기피증으로 바뀌고 기피증은 다시 혐오증으로까지 악화되었다. 아내가 침실에서 흥분하거나 도취하는 것을 본 적은 없었지만, 이창우 자신은 합궁의 참맛에 대해 꿈꾸기를 쉽게 포기하지 못했다. 제 딴에는 적지 않은 시간과 금전을 투자하여 여러 형태의 홍등가 여성을 찾아다녔지만 그 결과는 참담하였다. 돈을 호탕하게 쓰지 않은 탓인지, 그런 방면에 어울리지 않은 깐깐한 결벽증 때문이었는지, 직장 회사의 목표달성을 두고 닦아세우는 강공 스트레스 때문이었는지, 꽃을 찾아다닌 그의 추억은 비참을 극한 것이었다.

이창우는 마음에 상처만 덧내는 것 같은 친구 박상훈의 연재기사 사보를 냅다 던져버리고 싶다가도 다시 그것을 집어 들고 찬찬히 읽어보기를 반복하고 있었다. 그러던 차에 〈오딧세이여행사〉의 사보에 달마다 실리던 친구 박상훈의 유럽여행기 〈꽃을 찾아서〉가 예고도 없이 갑자기 중단되었다. 그 자리에는 필자의 사정으로 당분간 연재를 중단한다는 짤막한 고지만 나와있었다. 당분간이라는 막연한 표현으로는 앞으로 언제 이 기사가 나온다는 것인지 알 도리가 없었다. 서론에 해당되는 유럽지역의 섹스혁명사 부분이 끝나면 이 지역 프리섹스의 실상에 대한 견문과 체험기를 내보낼 것이라고 기대했던 기사였다.

마음을 다시 가다듬은 이창우는 친구 박상훈의 연재 기사가 중단된 것을 놓고 실망할 일은 아니라는 쪽으로 생각을 돌렸다. 인간의 본능해방 역사에 담긴 심령 고양의 메시지를 알았으면 된 것이고, 유럽사람들 섹스풍속의 현장 체험에 대해 알아봐서 뭐할 것이냐 싶었던 것이다. 〈꽃을 찾아서〉 기사가 이창우의 마음에 일으킨 갈등의 파장을 겪는 동안 그는 이제까지 생각하지 못하던 개심의 징후를 보이고 있었다. 어릴 적 친구 박상훈의 생생한 목소리를 심령구원의 복음으로 알아듣고 대오각성 분기탱천하는 심정으로 꿈만 같은 회춘의 가능성을 그려보기에 이른 것이었다. 어디선가 읽은 내리막길 남성클리닉의 지침 한 구절이 불현듯 생각나기도 하였다. 활활 타오르는 화톳불 피우기가 끝났다고 해서 캄캄한 암흑세계로 바로 들어가는 것은 아니고 긴가민가 있는 듯 없는 듯 잿더미 속에 남은 불잉걸을 찾아보는 시기가 온다는 한 구절의 뜻을 음미하면서 오랫동안 쫄아들었던 그의 남성을 추슬러 볼 기백이 생겼던 것이다.

　　이같이 은근자중형의 남성능력 회복 문제라면 아내하고의 합심과 협력이 절대 필요하다고 본 이창우는 과감한 결단력을 발휘하여 일시 귀국을 위한 휴가원을 회사에 제출하였고 회사는 그의 휴가원을 재가해 주었다. 이창우가 파리 근교의 국제공항에서 귀국행 항공기 탑승을 기다리고 있는 동안에 그의 머릿속에 어른거리는 것은 유럽천지를 누비면서 화려한 색향 탐방을 즐기고 있을 친구 박상훈의 미끈하게 잘생긴 얼굴이었다. 시간 여유가 넉넉하도록 비행기 탑승 수속을 일찌감치 마치고 간단한 수하물 탁송까지 끝낸 다음 마음 편하게 탑승구 근처 벤치에 걸터앉은 이창우는 다른 것들은 다 잊어버리고 짧은 한국 체류 기간에 아내와 만날 일만을 생각하기로 하였다. 거의 1년 만에 만나는 아내였다. 오랜 격조 끝에 만나는 아내하고 호쾌한 합환주 건배를 시도하면서 일어날 수 있는 일들이 벌써부터 눈앞에 어른거리는 듯하였다.

하염없이 시간 가는 줄 모르고 앉아있던 이창우는 소스라쳐 놀라면서 몸을 일으켰다. 그의 뇌리 속을 떠나지 않던 사람, 잠자다가 목소리만 들어도 그의 눈을 번쩍 뜨게 할 수 있는 바로 그 사람이 그의 시선에 잡힌 것이었다. 그가 앉은 곳을 비스듬히 스치면서 바쁘게 걸어가는 모습을 그 뒷꼭지만 보아도 금방 알아볼 수 있을 사람, 천만뜻밖에도 박상훈 바로 그 친구였던 것이다. 그는 저만치 멀어져간 박상훈을 급하게 불러세웠다. 악수를 나눈 후 사정을 알아보았더니, 박상훈은 이창우보다 한 시간 정도 이른 시간에 한국행 비행기에 탑승하기로 되어있었다. 추석 명절을 앞두고 있어서 일시 귀국하는 것이라고 하였다. 두 사람이 한국행 비행기를 타는 날짜가 우연찮게도 같은 날이었고 탑승구도 바로 이웃에 위치하고 있었으니 원수를 외나무다리에서 만난 격이었다. 이창우는 박상훈이 동쪽 하늘로 날아간 뒤끝을 바로 뒤쫓아서 날아가게 될 자기 신세가 좀 묘하다는 느낌이 들면서 그를 벤치에 끌어앉혔다.

"이 사람아, 여행사 사장이나 된 사람이 비행기 이륙 5분 전에 탑승구에 나타나면 어떻게 되냐고."

"학교 가까이에 사는 학생이 지각 잘하는 격이지 뭐."

"오딧세이여행사는 잘되고 있는가 보든데."

"그저 그렇다네. 경쟁사가 너무 많이 생겨나거든."

"자네가 그동안 쌓은 여행업 노하우가 어디 가겠나."

"아이디어 싸움인 것 같애. 자금력도 중요하지만."

"여행사 아이디어야 박상훈이 따를 사람이 어디 있겠나. 자네 여행기는 나도 잘 읽고 있다네. 그, 〈꽃을 찾아서〉라는 자네 연재물의 애독자라는 말일세."

"그런가? 고마워. 자네가 내 기사 애독자인 줄은 몰랐네."

"애독자는 맞는데, 자네 여행기 때문에 요즘 내 머리가 아프다네. 꽃은 좋은데, 그게 모두 그림 속에 떡인 걸 어떡하냔 말이지. 근데, 자네 그 연재물은 언제 다시 나온다지?"

"막연한 일이지 뭐. 잘 모르는 일을 아는 척하는 것도 한도가 있고 말이지. 테마도 너무 어려운 것 같고 ⋯."

박상훈은 말을 마치지 못했으나 비행기 이륙 시간이 걱정되는지 몸을 일으키면서 손을 내밀었다. 이창우는 친구의 손을 잡으면서 한국에 들어가는 대로 다시 만나면 좋겠다는 말을 하다가 오늘처럼 이렇게 만나는 것도 쉬운 일이 아니니 아예 인천국제공항에서 다시 만나자는 의견을 내놓았다. 한 시간 먼저 도착한 박상훈이 공항에서 기다리고 있다가 이창우가 나가는 출구에서 만나면 어떠냐는 말이었다. 박상훈은 별로 생각해 보는 기색도 없이 그러자고 하면서 잡았던 손을 놓았다. 그는 바쁜 시간 중에도 서로 간에 명함을 교환하는 것은 잊지 않고 챙긴 다음에 자신의 탑승구 쪽으로 총총히 사라졌다.

인천공항에 도착한 이창우는 공항 출구를 빠져나오면서 자기를 기다리고 있을 친구가 어디 있는지 사방을 두리번거리며 찾아보았다. 그러나 알아볼 만한 사람은 아무도 보이지 않았다. 장소를 잘못 알고 있을지도 모른다는 생각이 들면서 호주머니에 넣어두었던 친구의 명함을 꺼내어 그곳에 적힌 이동전화 번호를 보면서 전화를 걸어보려고 하는데 단말기 자판에는 이미 친구 박상훈이 보낸 문자 메시지가 찍혀 있었다.

─맹추야, 나에게도 꽃들이 그림의 떡인 것을 어떡하냐.

메시지를 잠시 들여다보던 이창우는 역시나, 하는 심정에서 입가에 가벼운 웃음이 흘러나왔다. 이럴 때는 고소한 웃음이 될 줄 알았는데, 웬일인지 씁쓸한 웃음이 되어버렸다. 애초에 박상훈 부부의 별거에 대해 지레짐작했던 것이 맞아들어갔다는 직감이었다. 박상훈 이 친구가 자기네 여행사 사보에 실리는 〈꽃을 찾아서〉라는 연재기사를 중단한 이유와, 그 중단 이유를 이창우에게 똑똑히 밝히지 못했던 이유가, 지금 공항에서 만나자는 약속을 어기고 그냥 사라져 버린 이유와 같을 것이라는 생각이 드는 것이었다.

꽁트 10편

50년 후

　오랫동안 잊고 있었던 장미영에 대한 추억이 되살아난 것은 중학생 때 친구 K를 만난 자리에서였다. 오랜만에 고향에 와봤더니 중학교 동창회가 3일 후에 열리게 되어있어서 내가 일부러 K를 불러낸 것이었다. K와 나는 그동안에도 가끔 소식을 전하는 사이여서 쉽게 불러낼 수 있었다. 종신 임기 동창회장임을 자칭하고 다닌다는, 왕년에 도의원 경력을 가진 친구였다. 내가 무명 작가임을 알고 있으면서도 작가라는 나의 직업 자체를 존경한다는 그의 말을 나는 사교적인 언사로 알고 있으면서도 그냥 기쁘게 받아들이기로 하였다. 며칠 뒤에 만날 어릴 적 친구들의 근황을 미리 알아두기 위한 만남이었으니 만감이 교차하는 대담이기도 하였다. 이 사람 저 사람 궁금했던 친구들의 소식을 주고받던 우리의 화제는 자연스럽게 장미영 얘기로까지 번지게 되었던 것이다.

　장미영은 나의 중학생 때 여자친구로서는 나의 기억 속에 제일 선명한 모습으로 남아 있었다. 우리가 다닌 중학교는 별로 크지 않은 시골마을에 있었기 때문에 한 학급이 한 학년을 이루는 작은 학교였다. 주변의 서너 개 마을 초등학교에서 진학한 학생들이 모였으면서도 그랬다. 나는 그중에서도 제일 작은 마을에서부터 도보 통학을 하는 학생이었고, K는 그중에서 제일 큰 마을, 그러니까 바로 우리 중학교가 자리한 마을의 학생이었다. 장미영 학생도 바로 그 큰 마을 출신이니까 K하고는 초등학교 때부터 친구 사이였고, 중학교에 들어가면서부터 이들을 알게 된 나하고는 그 친소관계가 다를 수밖에 없는 처지였다. 나는 중학교 다니는 동안에 K가 장미영 학생하고 흉허물없이 가깝게 지내는 것이 부러웠다. 공부로 말하면 내가 K보다 뒤지지 않았는데도 나는 장미영의 주의를 끌 수 없었고 나는 3년 동안을 그렇게 마음 졸이는 찜찜함 가운데에서 속을 태웠다고 할 수 있다.

중학생 시절 3년 동안 나와 장미영 학생 사이에서는 별다른 감정의 교류가 없었다고 할 수 있다. 내가 장미영을 좋아한다는 감정 표현을 했던 적도 없었던 것 같고, 물론 그녀의 편에서 나에게 그런 표시를 해온 적도 없었다. 그녀가 무슨 독심술 같은 것을 배우지 않았다면 나의 속마음을 눈치챘을 리가 없었을 것이다. 그렇지만 내가 그 당시의 장미영 학생에 대해서 기억나는 것이 아무것도 없느냐 하면 그렇지는 않다. 나는 60대 중반을 맞는 지금까지도 중학시절의 장미영에 대해 잊을 수 없는 추억이 있고, 그것은 나 혼자만이 알고 있는 비밀에 속하는 것이었다.

중학교 시절에 우리는 한 학급이 한 학년을 이루었으니까 우리의 학급편성은 자연히 남녀 혼성이었다. 그런 사정으로 인하여 일어난 아주 조그만 사건이 아직도 나의 기억창고 속에 생생하게 남아있다. 그 당시 우리의 체육선생님은 학생들이 체육 시간을 좋아하도록 머리를 많이 쓰셨는지, 어느 날 남자팀과 여자팀 간에 핸드볼 경기를 시키셨다. 그날 나는 요행히도 남자팀의 멤버로 출전하는 행운아가 되었다. 남학생들 수가 여학생들보다 많았기 때문에 남학생들 중에 반 정도는 탈락이 되었는데 우리 체육선생님은 운동 잘하는 아이들을 탈락시켰던 것이다. 그래야만 남녀 양 팀의 경기력이 비슷해진다는 계산이었다. 핸드볼 경기를 신나게 할 정도의 실력들은 못되었지만, 상대방이 갖고있는 볼을 뺏어서 던지고 받고 하다 보면 남학생과 여학생들 사이의 신체 접촉은 얼마든지 발생할 수 있는 상황이었다. 나의 손이 장미영 학생의 한쪽 손을 거칠게 스쳤던 것은 아마도 그녀의 몸이 나하고 가까이 있다는 사실에 대해 나의 정신이 팔려 가지고 나의 손이 헛놀았기 때문이 아니었을까. 물론 그렇게 하려고 했던 것도 아니었고, 두 사람 손이 스치는 정도가 그리 대단한 것도 아니었다. 그랬는데도 그 극적인 순간에 장미영이가 '애고—'하고 비명 같은 소리를 지른 것이 나의 마음을 설레게 만들었다. 나는 그때에 장미영의 입에서 나온 '애고—'하는 음성, 그 음악 소리 같은 떨림이 아직도 나의 귓바퀴 언저리에 맴도는 듯하다. 그 소리는 마치 우리들 사이의 무슨 비밀스러운 교신행위처럼 전해진 것만 같았다. 장미영은 이 순간의 기억을 아직까지 간직할 리가 없겠지만 나는 그렇지 않다. 내가 아닌 다른 남학생을 상대하고 있었어도 장미영이가 그렇게 비명 같은 소리를 질렀을 것인가 하는 것이 오랫동안 나의 의문으로 남아있는 것이다.

또 하나 장미영 학생에 대해 기억나는 것은 내가 그녀의 속살을 보아버렸다는 것이다. 그것도 우리의 체육시간에 일어난 일이었다. 그날은 아마도 여름철 더울 때였던 것 같다. 우리는 무슨 경기를 준비하기 위해 교복 상의를 벗으라는 지시를 받았다. 남학생들은 상의를 벗기만 하면 그 안에 있는 러닝셔츠만으로도 운동을 할 수 있었는데 여학생들은 교복 상의를 벗은 다음에 간단한 운동복으로 갈아입으라는 지시가 있었던 것 같다. 우리 선생님은 운동준비를 마친 학생들을 운동장에 세워놓은 다음에 반장인 나에게 교실에 가서 출석부인가 뭔가를 가져오라고 하셨다. 내가 교실문을 드르륵 열고 들어가고 있었는데 그때 교실 한구석에 있던 장미영 학생이 교복 상의를 막 갈아입고 있는 것을 내 눈으로 보아버리고 말았다. 내가 장미영 학생의 양어깨 속살을 보아버린 것은 전혀 내 탓이 아니었지만 나는 그녀에게 참으로 미안하였다. 내가 중학교를 다니는 동안 내내 그녀의 얼굴을 맞바로 쳐다보지 못한 것은 아마도 그때의 미안함 때문이었을 것이다. 그때 그 순간 내가 갑자기 나타나는 것을 본 장미영이가 화들짝 놀라는 모습이 나의 뇌리에 박혀있는 동안에는 그녀 앞에 선 나의 입에서 무슨 말이 나올 수가 없었다. 그때 그 사건만 없었더라도 나는 장미영 학생에게 말도 걸고 뭔가를 함께하자고 청하기도 했을 터이니, 그렇게 꼭 막힌 맹꽁이 노릇이 되지는 않았으리라 싶다. 내가 속옷 입은 여자의 상체를 보고 가슴이 마구 두근거릴 정도로 대경실색 직전 상태가 된 것은 나름대로의 이유가 있었다 할 것이다. 일찍이 전쟁통에 조실부모하여 조부모 밑에서 자란 나는 젊은 여자의 속옷을 볼 기회가 완전히 봉쇄되어 있었고 미지의 세계에 대한 상상력만 구름처럼 부풀려 있었던 것이다.

　K하고 대좌 중에 장미영에게로 우리의 화제가 옮겨간 것은 나의 뜻이었다고 할 수 있다. 나하고 소식이 끊겼던 옛날 중학교 친구들을 생각나는 대로 거명하다가 나는 아주 자연스러운 말투로 장미영에 대해 물어보았다. 그녀가 중학교 졸업 후에 어떤 세상을 살았는지 소식을 모른 지가 이제 50년도 더 되었던 것이다. 장미영은 중학교를 나온 후 사범학교에 진학한 것까지가 내가 아는 거의 전부였다. 제대로 되었다면 초등교사의 길을 갔겠지만, 그 오랜 세월을 어떻게 지냈는지 알 도리가 없었던 것이다. 중학교 입학해서 얼마 안 되는 어느 날 우리가 써낸 신상 카드의 장래 지망난欄에 장미영이가 '신문기자'라고 써넣은 것을 내가 어쩌다가 훔쳐보고서는 내가 잘 알지도 못하는 직업의 내용을 벌써 알고 있는 학생이구나 싶어서 은근히 부러웠던 기억도 떠올랐다. 사범학교를 나오고도 신문기자가 되었을까, 이것도 궁금하였다.

　K는 의외로 쾌남아 같은 과단성을 보여주었다. 내가 그에게 장

미영이 어디서 사는지 아느냐고 그냥 넘어가는 말투로 물어보았는데 그는 내가 물어보지 않은 사실까지도 들려주는 것이었다. 그녀는 사범학교 졸업한 다음에 무슨 사정이 있었는지 강원도 철원지방에 가서 초등교사를 했는데 지금은 고향마을에 와서 조용히 살고 있다는 얘기였다. 장미영이가 강원도 철원에 산다는 말은 그 당시에도 들어서 알고 있었다. 그때 그녀를 찾아가서 그 말한마디를 던지고 와야겠다고 몇 번이나 집을 나섰던가. 그러나 그 말 한마디를 입 밖에 내는 일은 마음만 갖고는 되지 않았다. 한마디 말이지만, 그 말의 색깔 농도를 어느 수준으로 할지 망설이다 보니 세월을 다 놓친 셈이었다. 이제 와서 무슨 후회냐는 생각이 들면서 나는 서둘러 물어보았다.

"그래? 파주라면 휴전선 가까운 지방이잖아. 내가 다음에 쓸 작품은 남북 이산가족 이야기인데, 그쪽 지방에 사는 사람을 만나면 물어보고 싶은 것이 많아. 이산가족들이 그쪽에 많이 산다는 말을 들었거든."

감각이 굼뜬 나로 말하자면 놀라운 순발력이 작동한 셈인데, K는 나의 청을 들어볼 필요도 없이 바로 핸드폰을 꺼내 들고 전화를 걸었다.

"아, 고 선생인가? 고 선생, 중학생 때 친구 창수 기억나지? 김창수라고 있었잖은가…. 그래, 그래, 그 친구가 지금 소설가가 됐어. 근데 말야, 이 친구가 지금 쓰는 작품에서 이산가족이 나오는 모양이라. 그래서 경기도 북부지방 사람을 만나면 들을 이야기가 많다나. 그러니까 고 선생 같은 사람을 한번 만나면 좋겠다는 얘기지. 어디 한번 전화로 얘기 들어볼래?"

나한테로 전화가 넘어왔는데 내가 마음을 챙겨 볼 새도 없이 그녀의 다부진 목소리가 들려왔다.

"어, 김창수야? 오랜만에 반갑긴 한데, 김창수가 이제야 나에게 전화 걸면 어떡하냐 그래. 50년 동안 어디 가 있다가 이제야 나타난 거냐고. 난 이제 쭈글쭈글 할망구가 되었단 말이야."

"나도 늙긴 마찬가지여. 며칠 전에 옛날 친구를 하나 만났는데 뭐가 제일 반가웠는지 알아? 그 친구도 나와 꼭 같이 늙었다는 거야."

전화기에다 대고 뭐라고 말을 더하긴 했는데, 장미영처럼 다부진 말은 못내 꺼내지 못했다는 느낌만이 치밀어 올랐다. 옛날 친구를 만났는데 다 같이 늙은 것이 제일 반가웠다니, 그렇게 센스 없는 말을 하다니. K가 나에게서 전화를 넘겨받았다.

"3일 후엔 우리 동창회가 있으니 그때 김창수를 만나면 되겠네. 그럼 그날 잊지 말고 나오는 거여, 응―."

나는 다음에 장미영을 만나면 내가 오늘 전화에서 말실수 한 것을 사과할 결심까지 하고 동창회 날을 기다렸다. 아직도 고 선생의 목소리는 곱고 윤이 난다고 말하면 내 마음까지도 알아주겠지 싶었다. 그동안 어디 가 있다가 이제야 나타났냐고 말하는 건 동창회에 나와서 나를 보고 싶다는 뜻이 아니겠는가 싶었다. 동창회 날에는 모처럼 이발관에 가서 머리 단장까지 하였다. 말쑥

252

해진 얼굴 모습에 어울리도록 옷까지도 젊은이 스타일을 골라서 입었다. 그러나 동창회 모이는 자리에 장미영의 모습은 끝내 나타나지 않았다. 모이기로 정해진 시간이 벌써 30분이나 넘어가고 있었다. K가 입을 쩍쩍 다시며 말했다.

"고 선생도 자네처럼 오랜만에 나오는 동창회인데 나오지 않네, 거. 정년퇴임하기 전엔 고향에 오기가 어려웠지. 이젠 여기 제주도로 이사했다고 말했는데 안 나오네. 남편도 일찍 작고했으니 자유로운 몸일 텐데."

"오랜만에 얼굴 보이는 것이 더 어려울 거야."

생각해 보니 장미영의 마음을 알 만하였다. 역시 그녀의 생각이 나보다 깊구나 싶었다. 그녀가 오늘 나오지 않는 것을 보니 옛날에 나를 좋아하기는 했던 모양이라는 생각이 들었고, 나는 그것으로 만족하기로 했다. 나는 K에게 그녀의 남편이 어떤 사람이었는지 물어보지 않았다. 내가 장미영에게 프러포즈하지 못한 것을 놓고 이제 와서 후회하는 것은 부질없는 짓이다. 내가 그녀를 행복하게 만들 수 있을까 자신이 없어서 그녀 앞에 나타날 용기를 내지 못했다면 그것은 잘한 일이었을 것이다. 갑자기 K가 일어서면서 환성을 지르는 소리가 들려와서 착잡하게 뒤섞이는 나의 마음을 한 곳으로 다잡아주었다.

"야―, 금년에는 박 여사가 다 나왔네. 이제 작년보다 한 사람이 더 나왔으니 이만하면 종신 회장 할 만하지 않은가."

무슨 큰 경사이거나 한 것처럼 기운차게 탄성을 발하는 K의 목소리가 어디 멀리 있는 나라에서 들려오는 것처럼 느껴졌다.

희미한 옛 그림자의 사랑

'희미한 옛사랑의 그림자'. 이것은 어떤 시인의 유명한 시에 나
오는 한 구절이다. 나의 출신 대학인 **예술대학의 동기동창들이
만든 남산클럽 인터넷카페의 초기화면 간판에 걸려있는 '희미한
옛사랑의 그림자를 찾아서'라는 글귀도 분명 이 싯귀에서 따온
것이라 생각된다. 백여 명이나 되는 남산클럽 회원들 중에 보통
스무 명 정도가 월례 모임에 나타난다고 하며, 해마다 연말에 있
는 송년회 겸 정기총회에는 반백 명이나 모인다고 한다. 인터넷
카페를 이용한 온라인 소통의 효과가 오프라인 소통에까지 확산
된 것이다. 나는 멀리 제주도에 살고 있다는 핑계로 그동안 남산
클럽의 모임에 한번도 참석하지 않았다. 남산클럽 회원들 중 나
의 얼굴을 알아보는 사람이 얼마 되지 않을 것이라는 생각을 하
니 별로 마음이 내키지 않았던 것이다.

지난해 연말에 우리 남산클럽의 신임 회장인 한병주가 나에게

특별히 장거리 전화를 걸어서 송년회 참석을 권했을 때에도 나는 종전처럼 불참 의사를 표하였다. 그래 놓고서 며칠이 지나는 사이에 내 마음이 참석 쪽으로 기울어진 것은 한병주하고의 각별한 친분관계 때문이라 할 수 있다. 한병주의 출신지는 거제도였다. 우리 두 사람은 변방의 섬에서 온 외톨이 신세이면서 가난한 고학생이라는 공통점 때문에 동병상련의 교감이 오가는 동지였다. 일찍이 소설가로 등단한 한병주는 지금 중견작가 대우를 받는 처지여서 나로서는 부럽고도 존경스러운 친구였다. 한병주라는 그의 이름을 놓고 친구들끼리 '막걸리 한 병 주오' 하는 식으로 놀려대던 기억도 생생하다.

그가 송년회 참석을 종용하는 두 번째 전화를 걸어왔을 때에는, 나에게 제주도문화를 테마로 하는 30분짜리 교양 강연을 부탁하였는데 이것이 나의 마음을 참석 쪽으로 돌려놓았다. 한병주 자신이 섬 출신이라서 그런 테마를 생각해 낸 모양이었지만, 하여간에 제주도에 관심을 가져준 것은 고마운 일이었다. 본토 문화와는 많이 다른 제주도 특유의 전통문화 담론 가운데에는 그네들의 흥미를 자아낼 화제도 많을 것 같았다. 동창회 이름으로 모여놓고서는 먹고 마시고 그냥 놀다가 헤어지느니 회원 동지로부터 30분짜리 교양 강연이라도 들으면 그것이 마중물이 되어 회원들 간에 의미 있는 화제를 이어가는 데에도 기여할 것이라는 취지로 신임 회장이 내놓은 참신한 방침이라고 했다.

내 마음이 남산클럽 참석 쪽으로 결심을 굳히는 순간 나 자신의 쇠잔해져 가는 기억력이 더욱 서글프게 느껴졌다. 내가 동창회에 나간다 해도 몇 사람이나 나의 얼굴을 알아봐 줄까 생각하니 나에게도 대학생 시절이란 게 있었던가 싶게 그때의 기억이 가물가물하다. 워낙 작은 규모의 대학이어서 대학동창 중에 제주도 거주자는 한 사람도 없으니 나의 대학시절 기억을 일깨워주는 기회도 차단된 셈이다. 오래전 대학 다닐 때의 기억이 깜빡깜빡 아슴푸레한데 이런 현상은 해가 갈수록 더욱 심해진다. 구닥다리 컴퓨터가 연상되기도 한다. 그러나 컴퓨터의 메모리 장치는 아무리 낡은 것이어도 한번 입력한 것은 지워지는 일이 없지 않은가. 살아 숨 쉬는 사람의 머릿속에는 기억장치 못지않게 확실한 망각 장치가 작동하고 있음을 어찌하겠는가. 사람 마음의 메모리 장치에서는 새 정보의 입력 못지않게 중요한 것이 오래전에 입력된 묵은 정보를 강화하는 일이다. 그렇다. 나는 컴퓨터가 아니다. 어딘가에 숨겨져 있을 나의 흐릿한 기억 속의 콘텐츠를 강화하기 위해서 과거의 시간과 장소로 다시 돌아갈 수는 없지만, 내가 간직한 기억 수첩과 유사할 것 같은 다른 동료들의 기억 속 콘텐츠를 활용할 수는 있을 것이다. 정체가 불분명한 고문서의 내용을 밝혀내기 위해서 이와 유사한 다른 이본異本들과 비교하고 대조하는 것은 상식이지 않은가. 나는 이만하면 남산클럽 참석의 이유가 충분하다고 결론을 내렸다.

모처럼 추억여행 떠나는 심정으로 서울 나들이에 나섰던 것인데 제주공항에서 김포공항까지의 여정은 나의 의도를 크게 벗어나는 것이었다. 내가 옛날에 대학 다닐 때에는 제주―목포 간 연락선의 3등선실에서 실컷 시달리고 나서 다시 목포―서울 간의 완행열차에서 열다섯 시간을 시달려야 했는데, 그런 고생이 전혀 두렵지 않을 정도로 패기만만한 젊음과 체력이 있었다. 이제는 제주―서울 사이를 한 시간이면 비행기로 후딱 날아가는 세상이 되었으니 과거의 나 자신에게 미안하고 송구스러운 생각이 다 떠오르는 것이었다.

김포공항을 나선 나는 옛날 나의 모교가 위치했던 남산 북쪽 기슭의 소나무 숲 지대로 향하였다. 우리가 다니던 **예술대학은 다른 곳으로 옮겨갔다는 것을 알고 있었지만, 우리 모교가 있던 집터까지 그렇게 싸그리 달라진 것은 미처 몰랐었다. 기억 속에 희미하게 떠오르는 우리 모교의 캠퍼스 자리에는 우람한 고급아파트 단지가 들어서 있어서 과거에 그곳이 어떤 자리였는지를 상상케 하는 아무것도 찾아볼 수 없었다. 예쁘게 만들어진 어린이 놀이터 미끄럼틀에 걸터앉아서 마침 그곳에 놀러 나온 아이들을 물끄러미 바라보다가 멋쩍게 물러 나오고 말았다.

그날 저녁 남산클럽 송년회 자리인 어느 관광호텔에 도착할 때까지만 해도 나의 마음은 배신당한 기대감 때문에 울적한 기분에서 헤어나지 못했었다. 그러나 하나둘 나타나기 시작한 옛날 학우들과 호텔 로비에서 간단한 인사를 나눈 끝에 나의 교양 강연 장소인 이 호텔 소회의실로 들어가면서 나의 울적했던 기분은 많이 풀리고 새로운 활기가 솟아나고 있었다. 오랜만에 만나는 그들의 얼굴이 친숙하다고 느껴진 것은 아니었으나 나하고 뭔가 공통된 과거를 갖고있는 얼굴임은 확실하게 느껴졌던 것이다. 사람 얼굴이란 감정과 의지가 없는 물체하고는 다른 것이었다. 사람 얼굴이 아니고 다른 어떤 물체였다면 30년 넘은 세월을 지나고도 과거의 흔적을 이렇게 확실하게 간직할 수 있었을까. 사람의 손이 가지 않는 산이나 강이든, 사람 많이 다니는 시가지의 풍경이든, 오랜 세월을 견디고도 이처럼 불변의 동질성을 유지할 수 있겠는가. 거기에는 사람 얼굴에서만 발견할 수 있는 눈빛과 표정이 있었고, 오랜 세월이 지나면서도 기본적인 바탕은 변하지 않는 저마다의 독특한 아우라를 이루면서 나하고의 어떤 교감이 형성되는 것 같았다.

내가 나의 연설 서두에서 작은 실수를 범한 것은 어쩌면 내가 옛날 친구들과의 교감을 너무 믿고 들어간 탓인 것 같다. 교양 강연 연단에 올라선 나는 청중을 한번 둘러본 다음에 나에게 주어진 테마인 제주문화론으로 맞바로 들어가지 않고 나 자신의 신상 발언을 먼저 해버린 것이다. 우리 동창회의 인터넷카페에 게시된 '희미한 옛사랑의 그림자를 찾아서'라는 구절은 나에게 맞지 않으며, 나에게 해당되는 표현은 '희미한 옛 그림자의 사랑을 찾아서'가 맞을 것이라고 했다. 대학시절에 아름다운 추억거리가 많았던 사람의 경우에는 그때의 일들이 희미한 옛사랑의 그림자로 남아있을 것이지만, 나와 같이 떠올리고 싶은 추억거리가 없고 과거의 기억을 공유하는 다정한 학우들이 없는 외톨이 신세로서는 다만 희미한 옛날의 그림자를 사랑할 수밖에 없다는 얘기였다. 이런 말을 하고 나서야 나는 이것이 부적절한 발언이라는 생각이 들었다. 이 자리에 처음 출석한 동창회원으로서 미안하다고 한마디만 하면 족할 것을 무슨 대단한 자기변명이라고 심각하게 늘어놓았는가 싶었다. 청중들 대다수가 나의 발언을 듣고 별다른 반응을 보이지 않았지만, 그중에 몇 사람은 분명히 비호감의 표정을 드러냈고, 이를 본 나는 뒤늦게야 나의 실수를 후회하였다.

나는 급히 심기일전하여 나에게 주어진 연설 테마에 집중하기로 했다. 미리 마음의 준비를 해두었던 것은 제주도 전래의 신화 이야기였다. 그것은 제주도 출신 국어 교사로서 보람을 느낄 수 있는 테마였고, 나는 제주도 방언에 대한 연구와 병행하여 제주 신화 연구를 틈틈이 해놓았던 것이다. 제주도 신화의 특징을 나는 기층민 원리, 평화의 원리, 여성 원리 등으로 풀이하고 있었지만, 오늘 이 자리에서는 청중들에게 제일 흥미 있을 것 같은 여성 원리에 대해서만 언급하기로 마음먹었던 차였다. 제주신화 이야기에는 여성이 남성보다 더 강인하고 똑똑한 주인공으로 등장하는데 그러면서도 남성과 여성은 주도권 다툼을 벌이기보다는 화목한 애정 관계를 열어가며 이 같은 애정 관계는 남자 한 사람과 여자 두 사람 간의 삼각관계에서 두드러진다는 것이 나의 발표 요지였는데 나는 구체적인 스토리를 예로 들면서 설명하였다. 제주도 토박이인 나 자신도 기이하게 생각하는 것인데, 한 남자와 두 여자가 한 울타리 안에서 살림을 차리는 희한한 일부다처 사례가 나온다는 것이다. 어느 마을에 사는 남자가 자기 아내가 길 가다가 부정한 짓을 했다고 해서 멀리 마라도로 쫓아내 버리는 데, 새로 들어온 작은부인이 그런 내력을 듣고서는 '나도 어쩌다 가 한눈팔면 쫓아버릴 거우꽈. 내가 가서 성님을 데려오겠우다' 라고 일렀고, 이렇게 당차고 너그러운 새 부인의 거중조정으로 두 여자가 한 남자를 사랑하는 원만한 애정삼각관계를 열어간다 는 것인데, 이 같은 서사구조는 여러 가지 변형본들이 있으며 비 단 신화에만 존재하는 것이 아니라, 과거 제주도의 전통사회에서 비일비재하게 있었던 풍속도였다는 것이다.

나의 제주신화론 강연이 어떤 반응을 일으킬지 조마조마하였 는데 청중 중에 한 사람이 대뜸 손을 들고 질문을 하였다.

"선사시대는 여성이 남성을 지배하는 여성상위 사회였다는데 제주도에는 그런 선사시대 풍속이 늦게까지 남아 있었다는 거네 요".

강연이 끝나자마자 질문을 하는 품이 마치 오랫동안 생각해 오 던 것을 묻는 것 같았다. 단정한 의상과 헤어스타일을 하고 있어 서 특이한 인상을 주지는 않았지만, 질문하고 나서 살짝 웃음 짓 는 표정이 나의 기억에도 초면의 인상은 아님이 확실하였다. 나 의 대답이 금방 나올 수 있었던 것은 제주신화를 생각할 때마다 떠오르는 문제였기 때문일 것이다.

"앞으로 언젠가는 여성상위 시대가 온다는 말들을 하는데, 그 렇게 되면 제주도는 미래의 역사발전에 선도역할을 할 것이라는 생각이 듭니다. 제주의 전통사회에서는 외형적인 법과 제도상으로는 남성상위였지만 가정생활과 애정 관계의 내면에 있어서는 여성우위라는 것을 제주신화를 통해서 알 수 있습니다."

호기 있는 나의 발언에 대해 옳소, 우리 집 손녀딸은 제주도로 보내야겠네요, 등의 화답이 나왔다. 이런 가운데 아까 나에게 질문을 던진 여자를 다시 바라보았더니, 나의 기억 속에 점점 더 선명하게 떠오르는 얼굴임을 알 수 있었다. 기억 속의 그 얼굴과 더불어 오래 잊혀졌던 대학시절 추억의 한 가닥도 분명히 생각나기 시작했다. 나의 강연이 있던 자리에서 정기총회 형식의 안건 처리까지 끝난 다음에 호텔식당에서 각자가 저녁식사 테이블에 자리를 찾아갈 때에 나는 이 특별한 기억 속의 여자가 나하고 같은 테이블에 앉아주기를 간절히 바랐다.

동창회장인 한병주는 자기 좌석 옆에 내가 앉는 것을 당연하게 생각했는데, 나의 관심사는 자연히 우리 앞자리에 누가 앉느냐 하는 것이었다. 그런데 누구보다도 먼저 우리 앞자리로 다가온 여자들 두 사람 가운데 한 사람이 바로 내가 점 찍은 여자가 아닌가. 부지런히 기억수첩을 더듬던 나는 드디어 그녀의 이름이 양미혜였음도 생각해 냈다. 양미혜는 앉자마자 다시 제주도 얘기를 꺼냈다. 나는 그녀의 목소리 속에서 옛날 어떤 기억의 자취를 찾아보려는 마음으로 한동안 잠자코 숨을 죽이고 있었다.

"오늘 제주도 신화 이야기 참 재미있게 들었어요. 저의 집안도 원래 제주도 원주민이었다고 하니까요."

"아, 그러고 보니까 양미혜 씨와 양창수 씨는 같은 종씨네요. 고량부 삼성은 원래 제주도 원주민들 아닙니까."

자기 자신이 섬 출신인 한병주는 제주도 역사에 대해서도 뭔가 알고 있음을 보여주고 싶었던 모양이다.

"그래서 저의 얘기에 관심이 많으셨군요. 이거 정말 반가운 만남이네요. 오늘 제가 멀리서 비행기 타고 날아온 보람이 있는 것 같습니다."

나는 양미혜에게 인사치레를 한 다음에 좌중 담화의 기회를 동석한 사람들에게 넘기고 대학생 시절의 기억을 떠올리느라고 바빴다. 내가 그 당시에 얼마나 주변머리 없는 남자였는지 더욱 분명해지는 것이었다. 같은 양씨라는 사실이 양미혜와 나 사이의 화제 전개에 손쉬운 도입부가 될 수도 있었을 것이 아닌가. 생각해 보면, 황량한 사막 가운데에 샘 솟는 오아시스가 있듯이 나의 삭막한 대학시절에도 아름다운 추억이 전무했던 것은 아니었다. **예술대학 합창부에 한 축 끼여 노래 불렀던 추억이 아련하게 남아 있고 그 당시 합창부 활동을 함께했던 양미혜의 얼굴이 이제야 똑똑하게 떠오르는 것이었다. 마냥 수줍은 나의 성미로 그 합창부에 가입한 것은 활동적인 한병주의 꼬드김을 받고서 가능한 일이었다. 예술대학 학생들답게 합창부원들의 노래 실력은 상당한 수준이었다고 기억된다. 합창단원 대다수가 여학생들이었다. 이들 예쁘고 세련된 여학생들에게서 낭랑하게 울려 퍼지는 노랫소리 가운데에 나 자신의 목소리가 섞여 나온다는 것, 그것은 설렘이었고 두근거림이었고 황홀이었다. 나는 목소리를 한껏 낮추어야 했다. 나의 노래실력을 잘 알고 있던 나는 나의 목소리가 표나게 튀어나오지 않도록 명심했던 것이다.

합창발표회 날에는 핑계를 대고 슬그머니 빠져버렸다. 그날 합창 소리가 우렁차게 울려퍼질 때 나는 객석 맨 뒤 자리에 숨을 죽이고 앉았지만 누구보다도 열심히 귀를 기울여서 들었다. 그 당시 합창부에서 내가 배운 노래 중에 제일 강한 기억으로 남는 것은, 차이코프스키의 비창 교향곡을 편곡한 '보람이 옵니까'라는 노래이다. 비창 교향곡은 그리 쉽지 않은 작품이지만 내가 지금도 이 교향곡의 한 소절만을 듣고서 금방 알아들을 수 있는 것은 순전히 대학시절 한 학기 동안 어설프게 합창부에 기웃거렸던 전력의 덕분이다. 이 곡을 들으면 요동치던 슬픔이 다소곳한 슬픔으로 변한다고나 할까, 대가들의 명곡과 명연주에 대응하는 맞울림 공명판을 나 자신의 영혼 깊숙한 곳에 간직하고 다니는 것만 같았다.

나는 오늘 모임에서 어떤 순서가 남았는지 궁금증이 커진다. 아마도 저녁식사가 끝나면 자리를 옮겨서 어떤 형태로든 뒤풀이가 있을 것이었다. 나의 바람대로 마지막 뒤풀이 장소인 단란주점 노래방에까지 한병주와 양미혜와 그녀의 옆자리 친구까지 동행한다. 다른 사람들도 여럿이 동행했지만 나의 안중에는 보이지 않는다. 한 시간 정도 지나자 노래방 동지들의 수가 확 줄어든다. 이것도 내가 바라는 바이고 양미혜만 있으면 된다 싶다. 틈틈이 마신 술로 취기가 슬슬 오르는데 이것도 내가 바라는 바이다. 동석자들이 마이크 잡고 노래하는 중에 기회를 보아 양미혜 옆자리에 앉기에 이른다. 그녀에게 물어본다. 옛날 우리 합창부에서 불렀던 '보람이 옵니까' 기억나요? 대답이 영 시원치 않다. 나의 기억 속에서 낯익은 얼굴로 떠오르던 양미혜였는데 갑자기 돌변하여 아득한 꿈나라에서 보는 듯한 낯선 얼굴이 된다. 술기운이 막 달아오른다. 노래를 잘 못 불렀던 나 같은 사람도 기억하는데 '보람이 옵니까'가 기억 안 난단 말이오? 옛날 **예술대학 합창부에서 낭랑하게 노래 불렀던 거 잊어먹었남요, 이거, 정말….

(꽁트 3)

맞불 놓기

내가 청운클럽 산행에 박성구를 데리고 나온 것이 잘한 일인지 의심스러워진 것은 점심 도시락 먹을 때부터였다. 박성구가 우리 등산 클럽에 처음 나오는 날이고 해서 나는 그의 도시락까지 챙겨갖고 나왔던 것인데 그랬다고 해서 내가 무슨 공치사를 한 것도 아니었다. 도시락 속에 들어있는 것을 보면 내가 들인 정성을 알 수 있을 터인데, 맛깔스럽게 먹어주고 입담 좋은 말치레라도 해주었으면 그것으로 점심값이 될 수 있었을 것이 아닌가. 음식 칭찬 같은 것은 천박한 사람의 표시라는 듯이 엄숙하게 굳어있는 그의 표정을 보니 일시에 온몸에서 힘이 쪽 빠져나가는 것 같았다. 오름 꼭대기에서 지친 다리를 꺾고 앉아 도시락 까먹는 점심 시간은 하루 동안의 산행 일정 중에서도 가장 즐거운 시간인데, 박성구의 철학자 같은 얼굴표정이 분위기를 망치는구나 싶었다. 심지어는 옆자리 여자들에게 한눈을 팔고 남들의 도시락까지 흘깃거리다니 이 남자가 도대체 자기를 데려온 여자의 존재를 깜빡 잊어버린 것이 아닐까. 오늘 박성구를 만날 것에 대비하여 어제는 미장원에 다녀오기까지 했는데 나는 정말 지독히 수모를 당하는 기분이 되었다. 나하고는 오랜 친구 사이니까 인사치레 같은 것은 필요치 않다고 여기는 것인지 모르지만, 받는 정이 있으면 주는 정도 있어야 할 것이 아닌가.

고등학교 동창인 박성구와 나는 **상고 재학시절 각별하게 친밀한 사이였으니 인사치레 같은 것을 무시할 만하다는 생각이 들기는 했다. 그 학교 1학년 때 우리 두 사람은 연극반에 가입하여 두 학기 동안 열심히 연기연습을 했고 연말 공연을 위한 준비 기간에는 정말로 찐한 우정과 교감을 경험한 사이, 말하자면 막역한 친구 사이였던 것이다. 인문계가 아니고 실업계 고교라서 가능한 일이라고들 하였다. 내가 상고 졸업 후 은행원으로 취직할 수 있었던 것은 취직시험에 대비한 학교공부를 착실히 했기 때문이지만, 박성구는 그러지 못했기 때문에 웬만한 취직자리 얻어가는 데에도 대학 진학이 필요했던 것 같다. 나는 이러한 박성구가 생각날 때마다 실업계 고교를 나온 나의 열등감이 사그라드는 묘한 느낌이 들었다.

내가 고교 졸업 후 오랫동안 박성구와의 교제를 멀리했던 것은 그의 불안정한 직장 탓이었다. 그는 지방대학의 비인기 학과 출신이기 때문인지 그저 그런 직장을 여러 군데 전전하였고, 한참 늦게 들어간 직장에서도 그동안 말단에서만 맴돌다가 계장 진급을 했다는 말을 최근에야 들었다. 그의 진급 소식을 듣고서 나는 우리 두 사람의 관계에 어떤 도약이 있을 것을 기다렸으나 그런 낌새는 보이지 않았고 내가 그를 우리 청운클럽에 들어오도록 권한 것은 말하자면 그의 프러포즈 작심을 유도하기 위한 사전 포석이었다. 허황된 생각을 할 줄 모르고 얌전한 그의 성격이 나의 마음에 들었던 것이다.

박성구와의 교우관계를 연인관계로 한 단계 업그레이드시킨다는 이같은 전략이 서있었기 때문에 나는 아침부터 그의 일거수일투족을 예의 주시하고 있었던 셈이다. 아침에 우리 일행 30여 명이 오름 행선지로 출발하는 자리에서 나는 우리 청운클럽 오름 대장에게 박성구의 인사 소개를 시켰다. 그때만 해도 내가 보는 박성구 첫인상의 평가는 만점이었다.

"저의 남자친구입니다."

"저는 박성구라고 합니다. 진영희 하고는 **상고 다닐 때부터 가까운 친구였습니다. 앞으로 잘 부탁합니다."

박성구의 자기소개 인사는 간단하면서도 당당하였고 품격과 센스가 있었다. 내 이름을 거명할 때도 그냥 '진영희'라고만 지칭한 것이 마음에 들었다. 만약에 '진영희 씨'라고 했으면 우리 사이가 아직 섣부른 남녀관계, 예의를 갖추어야 하는 친구 사이라는 인상을 주었을 것이다. 우리가 **상고 다닐 때부터 친구였다고 한 말도 그에 대한 신뢰감이 솟아나게 만들었다. 우등생이었던 나조차도 **상고를 나왔다는 말이 쉽게 나오지 않는 것은 실업계 고교를 나온 열등감 때문인데, 박성구가 그런 말을 예사롭게 하는 것은 내가 몰랐던 뚝심이 그에게 숨어있음을 보여주는 게 아닐까 싶었다.

여러 대의 자가용차에 분승하여 오름 행선지 가까운 곳까지 간 우리 일행은 삼삼오오 자유롭게 짝을 이루어 계획된 산행 코스로 접어들었다. 청운클럽의 오름대장이 박성구를 도보 동반자로 삼은 것은 신입회원 환영의 뜻이었을 텐데 두 사람은 쉴 새 없이 화제를 이어가는 것이 서로 죽이 맞는가 보았다. 나는 자연스럽게 그들의 뒤를 따라가며 그들 사이에 오가는 얘기를 듣게 되었다. 오름대장은 박성구가 오름 등반을 취미로 삼고 있다는 말을 듣고는 탄성을 발하며 좋아하였다.

오름대장은 박성구에게 호감을 가졌는지 청운클럽 별동부대에서 수고해 줄 수 있는지 넌지시 물어보았다.

"네? 별동부대라니, 그건 어떤 겁니까?"

"우리 클럽엔 별동부대라는 게 있어요. 그러니까, 우리 클럽 본진이 등반하기 전에 미리 현장 답사를 해서 계절 변화에 걸맞은 산행 코스를 정하도록 하는 거지요."

"아, 그렇습니까. 그 별동부대는 몇 사람이나 되나요?"

"답사 가는 날에 불가피한 사정이 생길 수도 있으니까 여유 있게 네 사람 정도 수고하고 있는데, 요즘에 인원 변동이 생겼어요. 지망자들은 많은데 모두 나이 든 사람들이어서 걱정이오. 우리 클럽에선 젊은 피가 귀한 대접을 받습니다."

"저 같은 신참자를 끼워주신다면 영광입니다."

박성구는 오름대장으로부터 신임을 받는 것이 기분 좋은 모양이었다. 오름을 오르면서 우리 일행이 나눈 이야기는 주로 박성구와 오름대장이 뭐를 물어보고 대답하는 형식이 되었다. 오름동호회의 이름을 청운클럽이라고 지은 사람도 자기이며, 청운클럽 안에 별동부대를 두자는 아이디어도 자신이 낸 것이라고 말하는 오름대장은 초로의 나이에 심신의 건강을 유지하는 비결이 오름등반이라고 하였다. 오름대장은 나하고도 각별한 관계였다. 우리는 같은 지방은행에 근무하기 때문에 서로 선후배 같은 친근감이 오갔고, 나의 청운클럽 참여도 그의 소개를 통해 이루어진 것이었다.

등반 중에 사람들끼리 어울리는 동안 박성구가 얼굴을 알아본 사람이 하나 나타나서 나의 관심을 확 끌었다. 한영선이라는 우리 또래의 여자였다. 박성구가 한영선의 얼굴을 보고 초면이 아니라는 것을 알아볼 정도의 막연한 지인이었지만, 이런 경우에도 산에서 만난 사람들끼리는 빨리 친해지는 것이 상례였다. 그들은 같은 대학 출신에 같은 학번이라서 얼굴을 알아본 것이라는 말이었지만 나는 한영선의 존재가 공연히 마음에 걸렸다. 우리 청운클럽 전체 인원의 절반에 가까운 여자들 중에서 한영선은 내가 제일 피하고 싶은 인물이었다. 한영선은 노상 수수한 차림에다 화장기 하나 없는 부시시한 얼굴 모습으로 우리 앞에 나타나기 때문에 남자들 눈길을 잡아끄는 일은 별로 없을 것이라는 인상을 풍겼다. 매력 없는 여자는 옆에 있는 여자의 매력을 상대적으로 돋보이게 하기 때문에 동반자로서는 환영을 받는다는 말이 있지만, 한영선과 자리를 같이하면 나의 자존심을 깎아내린다는 생각만이 떠올랐다.

내가 한영선을 피하고 싶은 것은 우리 둘 사이에 현 사장이라는 남자가 끼어있기 때문이기도 했다. 관광회사를 경영한다는 현 사장은 나하고 출신 마을이 같은데다 나의 초등학교 3년 선배이다. 내가 청운클럽 회원이 되는 날 선후배 간에 인사를 나눌 때에는 부담 없이 가까이 지낼 수 있겠구나 싶었으나 현 사장과 한영선이가 친숙한 사이임을 알고서는 그게 잘되지 않았다. 그들 두 사람은 등반 중에도 함께 걷거나 말 상대가 될 때가 많았다. 나의 선배 동향인이 보는 자리에서 내가 한영선과 함께 있는 것은 자존심 상하는 일이었다. 한영선만 없었더라면 나는 현 사장하고 더 가깝게 지낼 수 있었을 텐데 하는 생각이 들 때가 많았다. 재미있는 세계여행 이야기도 많이 갖고 있을 것이고, 스포츠로 단련된 몸이어서 그런지 풍채도 훌륭하였다.

나는 혹시나 오늘 산행에서 박성구와 한영선이가 동행이 되는 일이 있을지 신경이 쓰였으나 다행히 그런 일은 일어나지 않았다. 그들은 간단히 인사를 마치고는 곧 갈라섰던 것이다. 점심시간 중에도 한영선은 나의 시야에서 벗어나 있었기 때문에 나는 한동안 그녀의 존재를 잊을 수가 있었다. 더구나 점심시간 중에 나의 신경이 쏠려있었던 것은 박성구의 신사답지 못한 행동이었다. 그가 쓸데없이 옆 사람들에게 한눈파는 것을 보면서 나는 심기가 불편한 상태에서 속만 태우고 있었던 것이다.

한동안 멈춰있었던 한영선에 대한 경계심이 퍼뜩 되살아난 것은 잠시 안 보이던 그녀가 박성구에게로 다가와 섰을 때였다. 점심식사를 마친 사람들이 모두 일어설 무렵에 한영선이는 박성구 앞으로 성큼 다가와서 큼직한 밀감 두 개를 건네주는 것이 아닌가. 잘 익어서 탐스럽게 보이는 한라봉 밀감이었다. 제 딴에는 오랜만에 만난 대학 동문에게 반갑다는 표시일지 모르지만 나는 그녀의 어설픈 친절 흉내를 보고 단박에 화가 치밀었다. 박성구와 내가 점심도시락을 함께 먹는 것을 한영선이가 보았다면 우리 두 사람이 특별한 관계임을 눈치챘을 터인데, 그녀는 같은 여자이면서 어찌 그렇게 나의 심정을 몰라줄까. 딴 여자가 주는 밀감을 우리 두 사람이 기쁘게 받아먹을 거라고 생각할 정도로 이 여자는 바보란 말인가.

한영선에 대한 의심과 함께 머릿속에 퍼뜩 떠오른 것은 오늘 아침에 오름대장이 했던 말이었다. 우리 청운클럽 별동부대에 새 일꾼이 필요하다는 말을 들은 박성구는 이에 대한 관심을 표명하였는데, 거기에는 더 많은 사람들이 참여할 수도 있다는 것이 오름대장의 말이었다. 만약에 박성구가 그 부대에 참여하고 한영선까지 자원해 나서면 어떻게 될까. 한영선이는 오름대장의 신임을 받는 것 같고 청운클럽 안에서도 모범 회원이라고 할 수 있다. 그런데다가 그녀가 박성구를 좋아한다면 어떤 일이 벌어질 것인가.

나는 고졸 학력이고 한영선이는 대졸 학력이라는 사실에 대해 박성구는 얼마나 비중을 둘까, 갑자기 이런 의문도 떠올랐다. 한영선은 현 사장의 파트너라는 것이 생각났기 때문에 나는 쓸데없는 걱정을 집어치우자고 자신을 타일렀지만, 마음 한구석이 찜찜한 것은 어쩔 수 없었다.

점심식사가 끝나고 하산 길에 나선 다음에 나의 머릿속을 가득 채운 것은 박성구와 한영선이 나란히 오름 길을 걸어다니는 상상 속의 모습이었다. 어리석은 일인 줄 알면서도 상상 속에서는 꼴사나운 장면들이 구름처럼 피어올랐다. 머릿속이야 무엇으로 차 있든 겉으로는 아무 일 없는 듯이 나는 하산 길 내내 박성구의 옆자리를 지키려고 했다.

내가 오름대장의 말 상대가 되어 같은 일행이 된 것은 내가 원해서가 아니었다. 앞서가던 오름대장이 나에게 할 말이 있었는지 멈춰서서 기다리고 있었던 것이다. 두 사람이 같은 금융계통 직업이다 보니 우리는 언제나 서로에게 알아보고 싶은 일들이 많았다. 그렇게 얼마쯤 걸어가는 동안 박성구는 걸음을 늦추었는데 아마도 은행업무에 관련된 우리 얘기에 대해 흥미가 없었던 모양이다. 마침 잘 되었다 싶다. 내가 오름대장에게 넌지시 물어보고 싶은 얘기가 있었던 것이다.

오름대장하고 얘기하는 동안 혹시나 했던 일이 사실로 나타난 것을 알고 나는 움찔 놀랐다. 박성구와 한영선이 함께 별동부대 대원이 될 것 같다고 하지 않는가. 오늘 아침에 박성구가 그것을 자원한 것은 내가 본 대로이고, 한영선이는 지난번 산행 때에 이미 의사표시를 해 왔다는 것이다. 부질없는 상상 공상이라고 생각했던 일들이 현실로 나타나다니 나는 부끄럽고 당혹스러운 마음에 눈앞에 뽀얀 안개가 끼는 것 같았다.

나는 무엇에 찔린 듯이 뒤를 돌아보았다. 이게 웬일인가. 박성구와 한영선 두 사람이 나란히 걸어오고 있지 않은가. 그들은 무슨 재미있는 일이 있는지 서로 마주 보며 웃기도 한다. 아무리 얌전한 남자라고 해도, 저처럼 섹시한 데라고는 한 군데도 없는 여자를 좋아하다니 나는 오기와 분기가 솟구친다. 오름대장이야 감각이 닳아 문드러진 꼰대 같은 남자니까 한영선 하고 어울려주는 것이지, 저런 여자가 어떻게 박성구 같은 젊은 피를 넘본단 말인가. 나라고 가만히 있을 수는 없다. 나도 한 남자와 다정한 파트너가 되는 모습을 보여주자. 맞불 전략이다. 때마침 저만치 앞에서 훤칠한 키의 남자 하나가 걸어가는 모습이 보인다. 잘 보았더니 나의 초등학교 선배 그 남자이다. 걸음을 재촉하면 이 남자와 동행이 될 수 있다. 우리가 일행이 되면 박성구와 한영선보다도 더 즐거운 동반자인 듯이 보이자. 이 남자 정도이면 누가 봐도 씩씩하고 늠름하다. 나는 파트너를 보며 웃기만 할 것이 아니라 손짓과 고갯짓까지 할 것이다. 박성구는 우리가 다정하게 걸어가는 모습을 보고 어떤 생각을 할까. 바보 멍청이가 아니라면 따끔하게 찔리는 데가 있을 것이다. 자기가 얼마나 센스 없는 남자인지 반성도 할 것이다.

나는 사이코다

초등학교 동창 송춘배의 초청 만찬이 있는 날 나는 아침부터 기대에 부풀어 있었다. 육순 나이에 접어들면서 서울 생활을 정리하고 하향하여 귀농귀촌의 시골생활을 시작한 지 반년만이었다. 송춘배로 말하면 초등학교 6년과 중학교 3년을 동급생으로 지냈으니 막역한 사이라고 할 수 있다. 늦둥이 막내아들이 행정고시에 합격했다고 한 마을 친구들을 불러다가 한턱 낸다는 자리였으니 나에게는 오래 끊겼던 옛날 친구들과의 교분을 복원하는 좋은 기회이기도 했다.

집을 나설 시간이 가까워오면서 나의 머리에 떠오른 것은 오늘 만찬에 나오는 사람들 가운데 내가 모르는 이들이 많지는 않을까 하는 생각이었다. 이 마을은 이농현상이 심해서 스무 명도 안 되는 초등학교 남자 동창들 중 대다수가 외지로 나가버렸는데, 이에 대한 벌충이나 하듯이 이 마을로 이주해 온 외지인들이 많았던 것이다. 관광지로 알려진 이 마을은 현재 인구의 절반가량이 외지인들이라고 했는데 그런 사람들까지 송춘배의 초청을 받았는지가 궁금하였다. 서울 등 외지에서 들어온 사람들 중에는 문화예술인도 많다고 했지만, 이들은 마을 사람들 하고 소통이 잘 안 되는지 서로 만나기를 기피한다는 말이 있었다. 마을 사람들은 외지인들이 이 마을의 오랜 역사와 미풍양속을 몰라보고 경솔한 품행을 보이는 것이 괘씸하다고 보는 반면에, 그런 사실을 눈치챈 외지인들은 시대 감각이 떨어진다는 이유로 마을 사람들을 경멸한다는 것이었다. 얼마 전에는 외지인들 중에 어떤 젊은이가 양쪽 팔뚝에다 무시무시한 문신을 하고 다닌다는 소문이 나돌아서 이 마을의 깐깐한 토박이 또래들에게 사이코가 아니냐는 등 눈살을 찌푸리게 했다는 말을 들은 적이 있었다. 외지인들은 서울살이에서 돌아온 나의 신상에 대해 어떤 소문을 들었는지 유독 나에 대해서만은 호의적인 태도를 보이는 것 같았고, 어쩌다가 나를 보면 객지에서 동향 사람 만난 것처럼 이무롭게 굴기도 했다. 그랬다고 해서 내가 외지인들과 가까이 지낸다면 마을 사람들을 얕보는 것이 되어버리는 나의 미묘한 처지가 오늘 저녁의 모임에서 어떤 모습으로 나타날지 나는 벌써부터 신경이 쓰이고 있었다.

내가 이런 생각을 하면서 집을 나서려고 할 때 밖에 나갔던 아내가 들어왔다. 나의 한 동네 친구 김청수네 집에 들렀다 오는 길이라고 했는데 아내가 들려주는 말이 의아스러웠다. 김청수는 오늘 송춘배네 집 만찬에 갈 생각은 하지 않고 있더라는 얘기였다. 이상한 일이었다. 오늘 송춘배네 집에서 김청수를 만나면 좋은 말벗이 될 것으로 생각하던 나였다. 김청수는 나에게는 초등학교 동창인데다가 모험가 기질이 있어서 오랫동안 베트남 등 동남아 여러 나라로 돌아다니다가 들어왔기 때문에 재미있는 이야깃거리가 많은 친구였던 것이다.

"그런 사이코라그네 좀 빠져도 좋주게."

"뭐, 사이코라고?"

"네에. 그 사람, 이 마을 부인들에겐 사이코로 통협주마씸."

아내가 김청수를 사이코라고 비웃은 적은 그전에도 있었다. 김청수가 비웃음거리가 되는 것은 그의 처량한 신세 때문이 아니라 그의 해괴한 가족 상황 때문이었을 것이다. 김청수에게는 베트남인가 어느 나라에 다 큰 딸이 둘이나 있다고 했다. 그에게 아들을 낳아준 한국인 아내는 이 마을에서 코빼기도 보이지 않았다. 그 아들이 최근에 아빠 곁으로 와서 동거하고 있지만 확실한 직업도 없는 모양이다. 그러나 막상 본인의 심정은 천하태평이고 생계유지에는 걱정이 없는 것 같다. 그동안 동남아 여러 나라를 돌아다니며 얻어둔 국제관계 지식과 감각을 밑천으로 국제결혼 중개업소를 차렸는데 큰 수입은 못 되지만 직업치고는 재미있고 활기 있는 일이 많아 보였기 때문에 꽁생원 같은 나의 직업에 비해서는 부럽기조차 하였던 것이다.

나는 송춘배네 집으로 가는 길에 김청수에게 들러서 그에게 무슨 사정이 있는지 알아보기로 했고, 되도록이면 오늘 만찬에 같이 동행하도록 만들 작심까지 단단히 하였다. 걸어가는 동안 나의 머리에서 떠나지 않는 의문은 김청수가 송춘배네 집 만찬에 가지 않는 이유가 무엇일까 하는 것이었다. 송춘배에게서 초청을 받지 않았기 때문에 가지 않는다면 초청받지 못한 이유가 궁금하였고, 초청을 받아도 가지 않는 것이라면 그것도 이상하기는 마찬가지였다.

김청수는 혼자서 티브이를 보고 있다가 나를 맞았다. 나는 밖에 서있는 채로 안에 대고 말했다.

"오늘 춘배네 집에 자네하고 같이 가려고 왔네."

"춘배네 집엔 뭐 하러?"

"그 친구네 막둥이가 행정고시에 붙어서 한턱 낸다고 했잖은가."

"난 아까 자네 처한테서 들었지. 나에겐 아무 말도 없으니 내가 갈 곳은 아니라고 생각하고 있네."

"아, 그건, 내가 깜빡해버렸기 때문이야. 사실은 그저께 내가 ** 마을 농협 마트에서 춘배를 만났을 때 오늘 만찬에 초대를 받았어. 그날 아침에 춘배가 우리 집에 왔었는데 부재중이어서 말을 못 했는데 마트에서 우연히 만난 거지. 춘배가 자네 집에도 왔었는데 부재중이었다고 했어. 난 춘배 대신에 내가 자네에게 그런 말을 전하겠다고 했는데 그 말을 깜빡해 버린 거여. 그러니까 후딱 준비하고 나오라고, 우리 같이 가게."

"글쎄, 이거, 가야 하나, 말아야 하나."

"여부가 있나, 이 사람아. 우리 초등학교 동창들이 몇 방울이나 된다고 말이지. 오늘 자네가 안 가면 내가 욕먹게 생겼어. 친구 간에 이간질한 셈이 되잖아."

김청수는 못 이기는 척하면서도 외출복으로 차려입고 나왔다. 그렇게 유쾌한 기색은 아니었다. 나는 모처럼 나선 동행 길에 이 친구의 기분이 좋아지도록 이런저런 말을 꺼내 붙였다.

"송춘배, 그 친구 그래도 어릴 적 친구들 생각해 주는 게 고마워. 그렇지 않아?"

"난 좀 다른 데가 있잖아."

"다른 데라니 무슨 말인데?"

"난 초등학교 졸업하고 나서 오랫동안 외지에 가서 살았잖아. 이 마을에 다시 온 지도 얼마 안 되고."

"그게 뭐 대순가 말이지. 어릴 적 친구는 평생 친구 아녀?"

"그 친군 날 별로 좋아하지 않는 것 같아."

"자네들 무슨 오해가 있었구나."

"오해가 아니라니까. 춘배, 그 친구가 나에게 사이코라고 했어. 그것도 대중 앞에서 말이지."

"뭐, 사이코라고 했다고? 조크로 한 말이겠지, 조크. 친구 간에 조크도 못 하나?"

"우린 친구라고 해도 수준이 다르잖은가. 송춘배는 온 마을이 알아주는 명문가지만, 난 미천한 뜨내기이고. 그런데다 내가 하는 짓들이 삐딱하게 보였나 봐."

"그래, 뭣 때문에 사이코란 말을 들었노."

"그럴 일이 있었어."

김청수의 말을 들어본 즉, 그가 실수했다는 일은 정말 대단한 것이 아니었다. 작년 가을 이 마을 연례행사인 운동회가 초등학교에서 열렸을 때라고 했다. 무슨 달리기경기를 하게 됐는데 자기는 열심히 뛰어보겠다는 작심에서 후다닥 웃통을 벗어제키고 스타트라인으로 나가려고 했는데 옆에서 이를 본 송춘배가 그에게 야 너 사이코로구나, 하고 퉁을 놓았다는 것이다. 이 말을 들은 그는 와락 무안해지면서 제꺽 웃통을 찾아 입고 달리기에 나서긴 했지만, 그때 그런 면박을 당한 것이 영 잊혀지지 않는다는 얘기였다. 김청수의 고백대로라면 그의 실수는 그렇게 이상할 것도 없어 보였다. 오랫동안 상하의 나라 베트남에서 살다 보니 더운 날 웃통 벗어부치고 운동이나 공사판 노동에 나서는 것은 예사였다는 것이다. 나는 송춘배의 경박한 행동이 오히려 실망스러웠다. 김청수가 송춘배로부터 사이코라는 말을 들은 것도 야속한 일이지만, 송춘배가 자기 집 만찬에 김청수를 초청하지 않은 이유가 친구의 가벼운 실수 때문이었다면 그것도 야속한 일이라고 생각되었다. 이런 상황에서 나는 있지도 않은 일을 아슬아슬한 이야기로 짜 맞춤으로써 빼돌림 당한 친구의 억울한 마음을 겨우 돌려놓았지만, 언제 가서 나의 어거지 말 맞추기가 들통날지 조마조마한 심정이 되는 것이었다.

이와 함께 김청수가 야속하게 여겼다는 사이코란 말이 그렇게 심한 표현일 것인지 곰곰이 생각해 보았다. 나에 관해서 우스개로라도 그런 평을 들어본 적이 있는지 돌이켜봤는데 그런 기억은 떠오르지 않았다. 나는 세상에서 소설가로 통하는 사람이고 소설가는 기발한 상상력으로 행세하는 사람일 텐데도 사이코라는 지칭에는 근처에도 못 갔다는 것이다. 맹숭맹숭한 눈으로밖에 세상을 볼 수 없는 사람, 누구에게나 뻔한 상식의 테두리 밖으로 한 발짝도 나가보지 못한 사람에게서 어떻게 감동적인 소설이 나오겠는가. 그러기에 나는 고리타분한 이야기꾼이라는 말을 듣는 것이 아닐까. 김청수처럼 미묘한 남녀관계에 엎치락뒤치락 휘말리기도 하고, 홀애비 적막강산에도 살아본 사람이라면 어땠을까 하는 생각도 들었다.

송춘배네 집에 당도하고 보니 만찬석의 손님 중에는 낯 모른 사람들도 여럿이 있었다. 젊은 층이 많았고 그중에는 전위예술인 티가 나게 대담한 팻션 차림을 보이는 이들도 더러 있어서 송춘배의 폭넓은 사회활동을 짐작할 수 있었다.

만찬 자리는 곧 잔치 분위기가 되었다. 스무 명 가까운 초청 손님들은 먹고 마시고 웃고 떠들고 하느라고 바빴다. 자식농사에 대성공을 거둔 시골농사꾼의 지극정성에 대한 찬탄과 축하의 덕담들이 나왔다. 청년실업난 시대에 2남 2녀 모두를 공무원 만들었으니 한턱만 가지고는 안되고 두턱, 세턱을 내야 한다는 허물없는 타박도 나왔다. 끊일 새 없는 좌중의 소란 속에서 송춘배가 방문을 열고 밖으로 나가는 모습이 보였다. 나는 이때다 싶어서 그의 뒤를 따라 나갔다. 그는 집에 기르는 개가 요란하게 짖어서 밖으로 나왔다고 했다.

"개가 너무 똑똑한 것도 탈이라. 옆집에 자동차 온 것까지도 걱정해주니 말이야."

나는 송춘배의 표정을 살피면서 조심스럽게 물어보았다.

"자넨 오늘 만찬에 청수는 초청하지 않았나?"

"응, 내가 초청은 하지 않았지만 잘 알아서 왔는데. 그러면 된 거 아닌가?"

"사실은 말이지, 그 친구가 오늘 여기에 올 생각은 하지 않고 있더라구. 자네가 아무 연락도 않았다고 말이지. 청수가 오늘 여기 온 것은 내가 권해서 온 거여. 내가 혹시 말을 잘못한 것은 아닌지 물어보는 거야."

"잘못은 무슨 잘못. 아주 잘한 일이여."

"그럼 다행이네. 근데 말이지, 김청수 이 친군 자네한테서 사이코란 말을 들었다고 상심이 되었던 모양이드라고. 작년 가을 마을운동회 때 그런 일이 있었나?"

"아, 그때 내가 조크 한마디 하긴 했지. 난 그 정도 조크는 무방할 줄 알았지, 뭐."

"조크가 원래 어려운 거잖아. 외국어 공부도 조크 알아듣기가 제일 어렵다는 거 아냐."

"내가 김청수를 초청하지 못한 건 다른 이유가 있었어. 내 자식들은 모두 잘 풀렸는데 청수네는 그러지 못했으니 얼마나 속이 상할까 하는 생각이었지. 그 친구넨 단 하나 있는 아들이 직장을 잃어갖고 시골집으로 돌아왔다는 거 자네도 알잖은가."

내심으로 걱정하던 일이 자연스럽게 풀리자 나는 안심이 되었다. 되돌아와서 함께한 만찬 자리는 여전히 떠들썩하였다. 나도 기분 좋게 마시다 보니 얼큰하니 취기가 올랐다. 옆에 앉아있던 초등학교 동창 하나가 느닷없이 나의 이름을 들먹이는 소리가 들렸다.

"이번에 건배사 차례는 우리 마을이 낳은 자랑스러운 소설가 이영국 씨에게 넘겨봅시다. 아무래도 보통 사람하고는 뭔가 다른 연설이 나올 테니까."

나는 가득 찬 술잔을 들고 기다렸다는 듯이 성큼 일어섰다. 건배사도 미리 준비해 둔 것처럼 술술 나왔다.

"에- 또, 솔직히 말해서 저는 오늘 여기 뜻깊은 자리에서 건배사를 한번 뽑아보고 싶었던 것이 사실입니다. 이건, 얼마 전 티브이 방송에서 어떤 정신과 의사가 했던 교양 강연 얘기를 전하는 거니까 그렇게 알아주시기 바랍니다. 여러분들도 요즘 뉴스 같은 데에서 누구가 사이코다 아니다 하는 말들을 많이 들어보셨죠? 그런데 어떤 사람이 사이코냐 아니냐 하는 기준은 어디에 있다고 생각하십니까. 아마도 우리 사회에 통용되는 행동규범, 그러니까 일반 교양인의 상식이 그런 기준 아니겠습니까? 그러니까 일반적인 교양이나 상식대로 따르지 않으면 사이코라는 딱지가 붙는단 말이죠. 그런데 이 정신과 의사가 하는 말은 말이죠, 요즘 사회에서 교양인의 상식이란 건 그 유통기한이 반백 년도 안 된다는 겁니다. 물론 사회변동이 거의 없던 시대에는 그런 기준의 유통기한이 천 년이나 되던 시대도 있었지요. 그렇지만 요즘은 세상이 달라졌다는 겁니다. 온 세계가 인터넷공화국이라고 하는 어마어마하게 큰 나라로 통일되다 보니까 옛날 작은 나라에 살 때 통했던 풍속 습관이 말짱 구시대 유물이 되어버린단 겁니다. 어제의 상식도 오늘은 믿을 수 없는 것이 우리가 사는 인터넷공화국인 것입니다. 그러면 새로운 행동 기준을 창시하고 세상의 흐름을 바꾸는 사람은 어떤 사람들이냐, 인간역사에서 그런 사람들은 대개가 뛰어난 예술가였다는 것이 이 정신과 의사의 말이었습니다. 그러니까 역사상 위대한 예술가는 모두 사이코였다, 이런 얘깁니다. 저는 이런 의미에서 오늘 우리의 건배사는, '나는 사이코다'로 해봤습니다. 제가 선창하면 다 같이 복창하시는 겁니다. 자, 나는 사이코다ㅡ."

우렁찬 복창 소리가 들리는 가운데 나는 송춘배와 김청수의 얼굴을 얼핏 훔쳐보았다. 그들이 빙긋이 미소 짓고 있는 것은 분명한데 그것이 어떤 의미의 미소인지는 알 수가 없었다.

〈꽁트 5〉
위로주로 합시다

요즘 들어 할배의 외출이 잦아지고 있었다. 공무원 생활을 마친 지가 오래되는 할배에게 별다른 용건이 있을 리 없는데도 아침을 먹고는 슬그머니 밖으로 나가는 것이었다. 그전처럼 바둑을 두려고 노인당에 나가거나 친구들과 환담을 즐기러 시민공원에 가는 것이라면 걱정할 일이 아니지만 그러지는 않는가 보았다. 언젠가 할매가 어디를 가느냐고 물었더니, '도서관에도 가고 …'라고 말끝을 흐렸다. 공짜 버스 타는 재미에 맛을 들였다는 말을 곧이듣고도 싶었다. 작년부터 70세 넘은 노인들에게 공짜 버스 혜택이 주어진 후 뚜렷한 행선지도 없이 그냥 심심풀이 삼아 노선버스를 잡아타고 구경 다니기도 하는가 보았다.

할매가 단단히 결심한 그날 할배는 날이 어둑해질 무렵에야 집에 돌아왔다. 발걸음에 힘이 없어 보이는 것은 다른 날과 마찬가지였다. 오늘따라 할배의 얼굴이 더 추레하고 표정도 축 처진 것 같았다. 별다른 말이 없는 채로 저녁상을 물린 다음에 할매는 조심스럽게 말을 꺼냈다.

"저어, 우리 초등학교 때 친구 김희정이라고 기억나시우? 내가 전에 몇 번 말했잖수."

"김희정이라고? 기억나는 것도 같고 아닌 것도 같고, 그러네. 그래, 김희정이라는 친구에게 무슨 일이 있소?"

할매가 김희정이라는 어릴 적 친구를 오랜만에 만난 것은 5일시장에서였다고 했다. 2년 전에 서울생활을 끝내고 중소도시인 이곳으로 이사 온 이 친구는 옛날 시골생활의 추억을 더듬듯이 5일시장을 자주 찾는다는 얘기였다. 너무나 반가운 마음에 두 사람이 대중식당에 들어가서 점심을 같이한 것까지는 좋았는데 말이 길어지다 보니 그 친구의 운수 뒤틀린 소식까지 듣게 되었다고 했다. 서울에서 거주하던 아파트를 제꺽 처분하려고 했던 것은 건물 벽에 금이 간 것을 발견했기 때문이었는데, 그런 불미스러운 일은 소문 나지 않게 쉬쉬하는 것으로 알고 있었기에 아주 조용히 복덕방에 매물로 내놓아 파격적으로 싼값에 처분해버렸다는 것이다. 서울을 떠난 지 얼마 안 되어 그 아파트가 리모델링 공사를 거치면서 고급화된데다가 인근에 있는 도로가 확장되기까지 하여 부동산 가격 폭등을 가져왔다는 얘기였다.

서울에서 아파트를 팔아버린 것이 엄청 큰 재산을 날려버린 셈이 되었다는 친구네 소식을 전하면서 할매는 자기 일이나 되는 것처럼 한숨을 쉬었다. 그러나 친구네 이야기를 마무리하는 할매의 말끝은 한숨 쉬기를 그치고 친구 칭찬하는 쪽으로 모아졌다. 큰 재산을 날려버리고도 별로 실망하지 않는 친구가 신통하고 존경스럽다는 얘기였다. 그 친구가 원통할 만큼의 악운을 당하고도 그렇게 대범하고 통 큰 사람이 된 것은, 아마도 오랫동안 모진 풍상을 겪어오면서 담력과 뚝심이 강해진 덕분일 거라고 말하는 할매의 시선은 할배의 추레해진 얼굴에 꽂히는 것 같았다.

할배는 잠시 놀라면서 생각에 잠기는 듯하더니 조용히 입을 열었다.

"그런 이유도 있겠지만 더 큰 이유는 다른 데에 있을 거요. 뜻밖에 당한 큰 불행으로 고생하는 사람들이 충격을 어떻게 받아들이느냐 하는 건 그 불행의 원인을 만든 장본인이 누구냐에 따라 달라질 거란 말이오. 자기도 모르는 동안에 불가피한 상황에서 생긴 불행이라면 충격이 덜하겠지만, 자기 자신의 잘못으로 불행에 빠진 사람은 마음이 더 아플 거 아니겠소. 당신 친구의 경우도 그렇잖소. 그 사람이 당한 불행은 자기 자신이 잘못한 때문이 아니라 이 나라의 부동산 정책이 잘못된 때문이란 말이오. 게다가 그런 불행을 당한 사람은 이 나라에 수도 없이 많단 말이오."

그날은 그렇게 노부부의 대화가 끝났다. 할배의 얼굴에서 축 처진 우울증의 기색은 사라지지 않았고, 그런 얼굴을 바라보는 할매의 걱정도 사라질 수가 없었다. 그로부터 며칠이 지났다. 그날 저녁에도 풀이 죽은 얼굴로 외출에서 돌아온 할배 앞에서 할매는 자기 친정집에서 일어났다는 불행한 사고 소식을 전해주었다. 친정집의 사촌 언니가 자기 오빠네 은행 대출 보증을 서주었다가 큰돈을 떼인 금융사고 소식을 전화 통화로 들었다는 것이다. 할매에게 사촌 언니라고는 하지만 동갑내기에다 오랜 친구 사이여서 그만큼 안쓰럽게 되었다고 했다. 할매는 사촌 언니가 그렇게 화통하고 아량 있는 사람인 줄 몰랐다고 감탄하였다. 뜻밖의 사고 때문에 큰돈을 떼이고도 억울해하거나 오빠네를 원망하는 언사가 나오지 않았다는 얘기였다. 할매가 자기 사촌 친구의 넉넉한 인심을 낱낱이 전하는 얘기를 귀담아듣는 동안 할배는 한동안 깊은 생각에 잠기는 듯하였다.

"보통 사람 같으면 울고불고 난리 피울 일 아니겠우? 자기네 재산이 많이 날아가서 원통하다는 말은 안 하고 오빠네 걱정하는 얘기만 하는 거 있지요. 동생보다도 오빠네가 더 충격받고 울고불고한다는 거예요. 자기네 재산 잃은 것도 그렇지만, 보증 서 준 동생네까지 피해를 입었으니 마음에 상처가 더 크다는 거예요."

깊은 생각에 잠겨 듣고 있던 할배가 입을 열었다.

"당신네 사촌 언니가 존경스러운 건 틀림없지만, 그 언니네가 오빠네보다 충격이 덜한 진짜 이유는 다른 데 있을 거 같소. 그러니까, 당신 언니네가 입은 피해는 자기가 저지른 잘못 때문이 아니기 때문에 마음에 상처가 덜한 것이고, 오빠네는 바로 자기네가 원인을 만들어 놓은 불행이니까 더 비통하고 충격이 심했을 거요. 지진이나 전쟁처럼 하늘에서 떨어진 불행을 원망할 수는 없는 거 아니겠소. 같은 돈을 잃어버려도 강도한테 털려서 잃어버린 것보다 택시 안에 잘못 두고 나온 돈이 더 속상할 거란 말이오."

그로부터 다시 며칠이 지났다. 할배는 그날도 어둑해진 다음에야 집에 들어왔다. 그런데 할배가 손에 들고 있는 막걸릿병이 할매의 시선을 끌었다.

"들어오다가 막걸리 한 병 사 들고 왔소. 그럴 일이 있었소."

할배의 입가에 엷은 미소가 감돌고 있는 것도 할매의 눈에 띄었다. 할매는 제꺽 막걸릿잔까지 꺼내어 할배 앞에 갖다 놓았다.

"무슨 좋은 일이 있다고 술까지 사 왔우 그래."

식탁에 자리 잡은 할배는 막걸릿잔을 앞에 놓고 입을 열었다.

"아직 신문엔 안 났나? 우리 고등학교 동창들이 강원도 여행을 갔다가 교통사고를 당했다는구만. 아, 늙은이들이 안전빵으로 여행사 차를 대절하거나 할 일이지, 렌터카를 빌려서 자기네가 직접 운전하고 산악지대로 갔다는 거요. 여남은 명이 렌터카를 빌려 타고 자유롭게 설악산 일대를 돌아볼 계획이었나 봐. 지리를 잘 몰라서 낯선 곳을 헤매던 중에 날이 어두워진 모양이라. 길가에 있는 도랑창을 잘 모르고 지나다가 차바퀴가 빠졌다고 하더구만. 렌터카 차체가 찌그러지고 많이들 다친 모양이라. 절벽 추락 사고가 아니길 천만다행이지. 오늘 전화 통화를 했는데 사고가 난 친구들 집에서도 지금 난리요, 난리. 급히 비행기 편으로 날아가서 병원을 찾아가고, 자동차 파손 보상은 어떻게 할지도 문제인 모양이고. 나도 아까 전화로 청주행 비행기를 예약하고 왔소.

내일 아침 일찍 공항으로 나가야 하는데 사고를 당하지 않은 것만도 다행 아니오?"

"동창넨 그런 생고생들 하는데 막걸리 사들고 온 건 어인 일이우?"

"아, 쓰윽─ 보면 모르는가? 내가 교통사고 불행을 면했다는 사실이 하도 희한해서 지금 자축 파티를 하려는 것이오. 나도 강원도 여행을 갈 뻔했지만 그럴 기분이 안되어서 기권했던 거요. 내가 한동안 저기압 상태였던 거, 당신은 눈치 못 채었나?"

"그런 저기압 상태에 있으면서 자축이라니 어울리지 않는 거 아니예요?"

"아, 그 말을 해야 되겠네. 당신도 알다시피 내가 근래에 기분이 폭삭 가라앉았던 건 이유가 있었오. 이거 말하기가 창피하지만, 내가 얼마 전에 주식에 손댔다가 거금 3백만 원을 날려버렸오. 그걸 가지고 당신에게 말도 못 하고 속으로만 끙끙 앓았던 거요. 당신 얼굴 보기가 부끄러워서 멀리 피하고만 싶었고. 오늘 솔직히 고백해 버리면 속이 다 후련하겠네. 허지만, 그 정도 돈 잃어버린 것이 교통사고 면한 원인이 됐으니 잘된 일 아니오?"

"3백만 원이면 큰 재산도 아닌데 그렇게 속을 태웠단 말이예요?"

"큰 재산은 아니지만 당신 속인 것이 상심되었던 거요. 게다가 이번 일보다도 옛날 생각이 나서 더 창피했던 거요. 옛날에 주식투자로 큰돈 날려가지고는 다시는 그런 짓 절대 하지 않는다고 맹세했지 않소."

"실수하는 건 깜빡이지만 후회하는 건 두고두고 한다, 그런 말이 있잖아요."

"나도 요즘 그 말을 되씹고 있소."

"그런데 당신이 축배 올리는 자리에 내가 부조할 것이 있다우. 자, 이건 우리 친구 김희정이가 오늘 찾아와서 선물하고 간 거요. 막걸리에다 축하 케이크, 오늘밤은 우리 집이 축하 무드로 가나 봐요."

할매가 찬장에서 꺼내어서 내놓는 것은 제법 예쁘게 장식된 생일축하용 케이크였다.

"이거, 케이크 선물 받아먹는 거는 좋은데 이상하지 않소. 당신 친구 김희정 할매는 아파트 재테크 실수로 상심이 많다고 했는데 축하케이크라니…."

"내가 지금 그 얘길 하려는 거예요. 희정이네가 여기로 이사 오면서 재산을 날렸다고 한 내 얘기는 사실의 전반부였고, 그 후반부 얘기는 내가 일부러 빼고 한 거였어요. 그러니까 전화위복이 되었다는 얘긴데, 2년 전에 이사 오면서 며칠 동안 몸을 혹사하는 바람에 심한 몸살을 앓아서 병원에 며칠 입원했더랬는데 그동안에 건강상태를 체크해 봤더니 폐암 2기였대요. 다행히 발병 초기라서 간단히 약물 치료로 병을 이겨냈다는 건데, 만약에 그 상태로 서울에서 계속 거주했었다면 폐암 치료가 아주 어렵게 될 뻔했다는 것이니까 그때 이곳 공기 좋은 곳으로 옮겨온 것이 천만

다행이었다는 거지요. 요 며칠 전에 검사를 해봤는데 이제 깨끗이 폐암 치료가 됐다고 해서 이런 선물을 나에게 할 생각을 했다는 거예요. 새로 태어난 기분이니까 생일축하 케이크가 어울린다는 말이지요. 이 도시에 사는 사람으로는 자기하고 축하 기분 내줄 사람이 나 하나밖에 없다는 말이니까, 나도 기쁜 마음으로 축하케이크를 받아주었답니다."

"전에 그 할매네 이사 온 얘기 나한테 했을 땐 그 부분을 빼고 얘기했다는 거요? 거, 왜, 두 사람이 5일시장에서 만났을 때 그런 소식 들었다고 했잖소."

"이제 그 얘기를 하려던 참이예요. 난 진즉부터 당신이 주식에 손댔다가 낭패당한 거 눈치챘었단 말이예요. 그래가지고는 남의 집 재산 날린 얘기, 큰 재산을 날리고도 태평하더라는 얘기를 해주고 싶었다는 거지요."

"내가 아무 말도 않았는데 어떻게 알았는감?"

"옛날에도 그랬잖수. 나 몰래 주식시장에 발 들여놓았다가 주가가 폭락하면 혼자만 끙끙 앓고 그랬잖았수? 그때 그런 표정, 내가 잊지 못하지요."

"가만있자, 그럼 당신 사촌 언니네 불상사 얘기도 사건의 한 부분만 나한테 말했던 거요?"

"그래요. 사건의 일부는 사실 그대로 전했는데, 다른 일부는 나의 각색이 많이 들어간 거지요."

"그건 일종의 맞불 전략이네."

"맞불 전략이라니, 그런 것도 있나요?"

"이쪽 산에 산불이 났을 때, 저쪽 산에 불을 놓으면 이쪽 산불이 진정된다는 거요."

"그럼, 당신 마음속에 불 났던 것도 진정되었나요?"

"그러고 말고지요. 맞불도 맞불이지만 마음고생을 함께 해주고 격려사 연구까지 해서 들려준 우리 마누라님 정성이 있으니, 산불이 진정되고 그 자리에 꽃밭이 들어서려고 하네요. 자, 그런 의미에서 당신도 함께 축배를 듭시다."

"그런데, 축배라고 하면 말이 좀 이상하지 않나요?"

"그럼, 우리 위로주로 할까요?"

"맞아요. 당신의 주식투자 실패에 대한 위로의 뜻으로 말에요."

"게다가, 늘그막에 객기 부리다가 교통사고 당한 우리 동창 친구들에게 대한 위로까지 겸해서 위로주로, 좋소."

"자, 축배 아닌 위로주로, 건배!"

"우리 늙은이들의 헛발질에 대한 위로주, 건배!"

전화만 했더라도

　오늘 내가 너에게 쓰는 편지는 이제까지와는 다르다는 걸 알아
주기 바란다. 모녀간에 멀리 떨어져 살면서 안부를 걱정하는 얘
기가 아니라 나와 어떤 사람의 기막힌 만남에 대해 말하려고 하
는 것이다. 나보다 다섯 살이 많은 이 여자와 내가 만나는 인연은,
우리 **시에서 운영하는 실버합창단에서 만들어 주었다. 60세 이
상 노인들로 구성된 합창단인데, 내가 그동안 60세 되기를 기다
려온 것은 이 합창단에 들어가기 위해서였다. 연습실 제일 앞줄
가운데 자리에 우리 두 사람이 앉도록 해준 것은 우리 합창단의
최고령자인 단장 어른인데 나와 이 언니가 지금처럼 서로 친해
지는 데에는 오랜 기간이 필요했단다(우리는 이제 서로 간에 언
니 동생 칭호를 자연스럽게 쓰고 있으니까 너에게도 언니라는 단
어를 쓰고 싶다. 이 언니의 이름은 청자이다). 이 언니는 한 달가
량은 내가 묻는 말에 간단히 대답이나 하고 신참자인 나에게 한

마디 말도 건네주지 않았기 때문에 처음에는 무척 어색하고 무안했었다. 그만큼 세상 사람들을 불신하고 경계하는 여자라는 말이다.

우리 두 사람이 친해지기 시작한 것은 청자 언니가 악보 보는 법을 나에게서 배우면서였다. 우리 합창단에는 악보를 제대로 볼 줄 모르는 사람들이 많단다. 음악이론 공부를 못했기 때문에 악보 보는 것도 그냥 겉보기 감각으로 맞추면서 노래를 한다는 것인데 청자 언니 말고 다른 단원들도 대개 그런 식인 것 같다. 이 언니가 악보의 어느 부분을 가리키면서 나에게 뭘 물어오길래 나는 마침 잘되었다 싶어서 좀 친절하게 가르쳐 주었더니 우리 두 사람 사이에 말문이 열리기 시작했던 것이다. 내가 어린 너에게 음악공부를 시키면서 어깨너머로 배운 음악이론 지식을 이렇게 써먹게 된 것이 얼마나 다행인지 모른다. 1주일에 한 번 매주 수요일 오후에 연습하는 것이어서 우리가 친해지는 데에는 오랜 기간이 필요했다. 너는 지금 세계적인 명문 음악학교에 다닐 정도로 전문적인 음악이론 공부를 제대로 한 셈이지만, 음악공부를 별로 하지 못한 사람도 노래를 잘할 수 있다는 것이 신기하구나. 청자 언니가 노래 부르는 모습을 볼 때마다 본능적인 감각과 음악에 대한 열정만으로도 저런 절창이 나오는구나 감탄한단다.

청자 언니가 노래 부르기에 몰입하는 모습을 보면 나도 덩달아서 열중하게 되니 실버합창단에 나가는 날은 나에게도 즐겁고 행복한 날이 되었다. 우리는 서로 좋아하고 존경하는 사이가 되었으며 어느덧 수요일 오후 합창단에 나가는 날을 손꼽아 기다릴 정도가 되었다. 청자 언니는 다른 사람들에 대해서는 여전히 경계와 불신의 태도를 보이면서도 나에 대해서만은 신뢰를 보내주는 것이 얼마나 고맙고 다행스러운지 모른다. 합창단에 나가는 즐거움이 노래 부르기에만 있는 것이 아니라 언니 동생이 서로 만나는 일에도 있다는 생각이 든단다. 그러다 보니 어쩌다가 수요일 합창 연습에 나가지 못하는 날에는 전화로 미리 알려주게까지 되었다. 언젠가는 언니 입에서 동생이 이 합창단에 나가지 않는 날은 언니도 빠져버릴 것이라는 말까지 나왔단다.

알고 보면 청자 언니는 다정다감한 데가 있는데도 다른 사람들과는 담을 쌓고 사는 셈이다. 그러는 이유를 가만히 생각해 보니까, 그것은 사람들이 청자 언니를 기피하기 때문인 것 같다. 언니는 말문을 굳게 걸어 잠그고서는 누구에게 먼저 말을 거는 일이 없단다. 노상 입을 꼭 다물고 있고 얼굴을 활짝 펴고 웃을 때가 없으니, 이렇게 볼썽사나운 할매에게 누가 말이라도 걸어주겠나. 언니는 주름살이 많아서인지 얼굴 모습이 열 살이나 더 늙어 보인다. 얼굴에 살이 붙어있지 않아서 기운이 없어 보이고 이렇게 깡마른 몸 어디에서 열창하는 힘이 나오는지, 음악의 힘이 이렇게 대단하구나 싶다. 언니가 신명 나게 노래하는 모습을 보지 못한 사람이라면, 이 노인네는 도대체 무슨 재미로 사는지 의아스럽게 생각할 것이다.

청자 언니가 전심전력으로 노래 부르는 것이 무리임을 증명하는 사건이 일어났고 사실은 이 사건이 일어났기 때문에 내가 너에게 이런 편지를 쓰고 있는 셈이다. 그날 합창단 연습이 얼마간 진행될 때까지도 나는 언니의 컨디션이 어떤지를 미처 알아차리지 못하였다. 아마도 이 언니의 얼굴은 항상 기운이 없어 보였기 때문에 나의 주의력이 미치지 못했던 모양이다. 합창 연습이 거의 끝나갈 무렵 언니는 서있는 자세를 유지하기조차 힘에 겨웠는지 앞으로 폭삭 고꾸라져 버렸던 것이다. 우리의 합창 연습은 그것으로 중단되었고, 고꾸라진 언니를 부축하여 집에까지 데려가는 일은 당연히 나에게 맡겨졌다. 병원으로 가야되지 않으냐는 말도 나왔지만, 언니가 의식까지 잃어버린 것은 아니었고 본인 입으로 자기 상태는 걱정할 것이 없고 집까지만 데려다 달라고 하는 바람에 그냥 택시를 잡아타게 되었던 것이다.

천만다행으로 언니는 뭐를 좀 마시고 휴식을 취한 다음에 기력을 차츰 회복하였다. 그렇게 된 다음에라야 언니가 사는 집안 모습에 대해 나의 눈길이 모아졌다. 분명히 가난티가 덕지덕지 묻혀있는 집안 꼴임에는 틀림없는데 세간 살림은 집안 가득히 쌓여 있는 이상한 모습이었다. 솥과 냄비, 그릇 등 부엌살림이 한쪽 구석을 가득 메우고 있었고, 다른 한쪽은 크고 작은 테이블이나 의자 등속이 가득 채우고 있었다. 그것들은 하나같이 오래 쓰던 물건들임에 분명하였다.

내가 집안 모습을 유심히 둘러보는 것이 무안했는지 언니가 해명쪼로 한마디 했다. 남들이 버린 쓰레기 더미에서 주워온 물건들이라는 것이다. 앞으로 더 쓸 수 있는 물건들을 내다 버리는 사람들의 심보를 모르겠다는 푸념까지 곁들였다. 그것이 요즘 세태인 모양이라고 했더니, 하긴 그런 세태 때문에 자기 같은 사람의 생계에 보탬이 된다는 얘기까지 나왔다. 누구나 말만 고맙게 하면 여기 물건을 그냥 넘겨준다는 말을 들은 나는 중고품 냄비들 중에 하나를 골랐는데 이를 본 언니는 기분이 썩 좋은 듯 나의 어깨를 몇 번 토닥여 주기까지 하였다. 다른 쪽 구석지에는 신문지나 골판지 폐기물이 쌓여있었는데, 이런 물건들을 모아서 폐품처리업자에게 넘기면 돈벌이가 된다고 하였다. 그러고 보니 내가 거리에 나갔을 때 종종 보던 풍경들이 생각났다. 허리까지 꾸부정한 노인이 생활폐기물 처리장 같은 데를 기웃거리면서 종이류 폐품들을 모아다가 리어카에 가득 싣고 나르는 풍경 말이다.

이보다도 더 찡하게 나의 마음을 울려준 이야기가 언니 입에서 나왔단다. 언니의 마지막 남은 가족이었던 외아들이 죽은 이야기였다. 언니는 의식이 돌아오면서 자기의 외로운 신세를 나에게 털어놓고 싶었던 모양이다. 남편이 어땠는지는 언급이 없었고, 불구자였던 외아들이 마흔을 갓 넘기고 죽었다는 얘기를 꺼낼 때에는 끝내 눈물을 참지 못하였다. 소아마비로 인한 절름발이였던 아들을 부축하여 등하교시키면서 초등학교부터 고등학교까지 다 마치게 했다는 얘기였으니 그 노고가 어땠겠느냐. 그래도 그 아들에게는 장애인 몫의 일자리와 복지혜택이라는 것이 있어서 두 모자의 생계 걱정이 없었지만, 4년 전에 교통사고로 아들의 죽음을 당한 이후에는 자기 손으로 돈을 벌어야 한다고 했다. 아들이 죽고 나서는 세상 사는 것이 너무 허무하여 그냥 팍 죽어버리고 싶을 때가 많다는 얘기였다. 해마다 제삿날에는 공동묘지에 있는 아들 무덤으로 찾아가서 비석을 부여잡고 울음을 터뜨리는 것이 상례가 되었다고 했다. 그럴 생각으로 공동묘지를 찾아간 것은 아니었는데, 무덤 앞에 앉으면 일찍 죽어간 아들이 문득 미워져서 손바닥으로 비석을 두드리며 마냥 울음보를 터뜨리고 만다는 얘기를 하는 언니의 모습은 정말 비통하였다. 이 녀석아, 네가 없으면 나는 누굴 쳐다보고 산단 말이냐. 내가 너 같은 병신자식 키우느라고 얼마나 고생한 줄 모르느냐, 천하에 야속한 놈아. 이렇게 막말 욕지거리까지 나온다고 하니 그럴 적에 그 사람 심정이 어땠겠느냐.

이런 말을 가만히 듣고 있던 나는 아무 말이라도 하지 않으면 안 될 것 같더구나. 언니, 진정하십서. 언니가 아드님 때문에 서럽게 우는 모습이 아드님에게는 얼마나 가슴 아픈 장면이겠습니까. 언니가 울지 않고 꿋꿋이 살아가시는 걸 봐야 아드님도 저승에서 편안하게 잠들 거 아닙니까. 내가 이런 말을 하자 가만히 듣고 있던 언니가 글쎄 마음을 고쳐먹는 거 같더구나. 맞다, 느 말이 맞다. 다음엔 아들 무덤에 가도 울지 않을란다. 이런 말이 나왔단다. 난 얼결에 한 말이 언니 마음을 돌려놓은 것이 기뻤다. 그렇게 깊은 생각에서 나온 말도 아니었는데 말이다. 사람이 막다른 골목에 이르면 작은 틈새도 크게 보인다는 말이 아니겠나. 그러고 나서 언니가 말하는 것이 나의 가슴을 더욱 찡하게 만들었다. 세상이 싫어지려는 자기에게 희망을 심어주고 따뜻한 온정이 뭔지를 알게 해준 이 동생이 정말로 고맙다는 얘기였다. 이런 말을 들으면서 내가 느낀 감동이 어땠는지를 너에게 전할 말이 마땅치 않구나.

*   *   *

저번 편지에는 슬프면서도 기쁜 소식을 전했지만 오늘 편지에는 그러지를 못하겠구나. 청자 언니가 돌아가셨다는 소식을 너에게 전하는 나의 마음이 찢어질 것 같단다. 더구나 나로 인하여 청자 언니가 죽어갔다는 생각을 하면 나라는 사람이 미워서 못 견디겠구나. 그렇지만, 나의 잘못을 반성하는 심정으로 이 슬픈 소식을 전하려고 한다.

청자 언니와 나는 합창단 연습에 나가지 못하는 날에는 서로 연락을 할 정도로 친밀해졌다는 말까지는 너에게 했을 것이다. 지금 생각해 보면 사람 사이가 이렇게 친밀해지는 것도 그리 좋은 일은 아닌 것 같구나. 우리 집안의 큰댁 어르신, 너에게 백부님이신 분이 얼마 전에 돌아가셔서 나는 2, 3일 간 그 초상집에 가 있었다. 합창단 연습에는 그날 하루 빠졌다가 다음 주 수요일에 나갔더니 청자 언니가 보이지 않으셨고 결석한다는 연락도 없으셨다. 나는 그전에 한번 가본 적이 있기에 언니네 집을 직접 찾아가 보기로 하였다. 불러도 아무 대답이 없는지라 현관문과 방문을 차례로 열고 들어가 봤더니 언니는 이부자리에 편하게 주무시는 모습이었지만, 그것은 잠자는 사람이 아니라 죽은 지 1주일이나 지난 시체임을 알게 되었다. 나는 지체없이 경찰에 알렸고, 경찰은 **대학병원 담당 의사를 데려다가 전문적인 검시 작업을 한 결과 수면제 과다 복용으로 인한 사망으로 판정이 나왔다. 워낙 체력이 약한 몸이어서 수면제 치사량이 보통 이하일 것이라는 진단도 나왔다. 시청 사회복지과의 조사 결과로 청자 언니는 무의탁 독거노인임이 밝혀져서 장례절차는 경찰과 시청 공무원들이 수고를 해주었고 나는 그냥 구경만 하는 꼴이 되었다. 생전의 언니가 워낙 붙임성이 없었는지라 합창단 동료들의 참례는 있는 둥 마는 둥 하여서 나의 마음을 더 슬프게 만들었다.

청자 언니가 수면제 자살을 하게 된 이유를 밝혀내는 일은 나에게 맡겨진 셈이다. 막막한 일이었지만 다행히도 언니 핸드폰에 남아있는 흔적들이 중요한 단서가 되어주었다. 핸드폰에 적혀 있는 '최근 기록'에 따르면, 내가 큰댁 초상집에 가던 날 언니가 나에게 네 번이나 전화를 걸었고, 문자 메시지도 세 번 보냈다고 나와 있었다. 왜 전화를 받지 않으냐. 걱정된다. 무슨 큰일이 났느냐. 메시지라도 보내달라. 한 시간에도 몇 번씩 이런 물음을 보내온 것을 보니, 아마도 손바닥에 수면제 알을 올려놓고 있으면서 이런저런 걱정과 원망과 실망의 시간을 보낸 것이 아닌가 싶었다. 그때 내가 전화를 한 통화라도 걸어주었더라면 언니의 배신감이 덜했을 것이라는 생각이 나의 마음을 쓰리게 하였다. 내가 초상집에 갈 때 전화기 휴대를 깜빡했었지만, 내가 조금만 성의가 있었다면, 초상집에 나온 사람들에게서 빌려서 쓸 수도 있었을 것이 아닌가 말이다. 또 하나, 시간이 가면서 내 마음을 더욱 쓰리게 한 것은 내가 청자 언니에게 인간적인 신뢰감을 너무 안이하게 심어준 것 같다는 점이다. 애초에 내가 언니의 마음 씀씀이에 대해 그렇게 가까이 다가가지 않았으면, 내가 합창단 연습에 빠지던 날 전화를 하지 않았다는 것 정도 때문에 그렇게 실망하지는 않았을 것이 아닌가 하는 생각이다. 우리가 친해지기 이전에는 언니가 외로운 독거노인 신세를 굳건히 견뎌냈었지 않은가 말이다.

(꽁트 7)

골프장 가는 길

이민호 씨가 골프장 가는 길을 오랜만에 본 것은 지난 봄이었다. 사방으로 나지막한 구릉지대와 널찍한 평원지대가 연이어 있고, 크고 작은 잡목숲이 틈틈이 자라고 있는 수려한 경관이었다.

이 도로를 바라보는 이민호 씨의 감회가 남달리 깊은 것은 그의 화려했던 과거의 추억이 담긴 곳이기 때문이다. 그의 출세가도가 순항을 거듭할 때에 이 한라골프장은 그에게 불퇴전의 기백을 길러주던 곳이었다. 제주도를 대표하는 초선의원에서 재선의원, 3선의원으로 타이틀이 바뀔 때만 해도 그의 위세는 하늘을 찌를 듯하였다. 그의 성공을 후원하고 축하해 주는 이 지역의 저명인사들과 친교를 다지던 곳이 바로 이 골프장이었다. 제주도의 오랜 역사가 담겨있는 곰솔나무를 이 도로의 가로수로 선정하도록 만든 것도 바로 그였다.

이민호 씨의 정치 운명이 쇠락한 다음에도 그의 명예와 자부심만은 추락하지 않았던 곳이 이곳 한라골프장이었다. 연거푸 세 차례 낙선이라는 불명예를 안고 있으면서도 3선 국회의원으로서의 자부심과 품격을 잃어서는 안된다는 것이 이민호 씨의 좌우명이었고, 이곳에 출입하는 골프꾼들은 3선 관록이 붙은 그의 영광을 인정해 주었다. 세 차례 낙선이었던 것도 매번 아슬아슬한 차점 낙선이라는 것이 사람들의 동정과 존경을 산 점도 있었다. 차점 낙선은 꼴찌 낙선보다도 더 억울하다는 사실을 알아주는 사람이 많았다.

연이은 실패가 탄탄했던 그의 자부심과 가산을 거의 고갈시킬 무렵에 그는 척추관협착증 진단을 받게 되었다. 이 질환을 가진 사람은 골프채 같은 것은 던져버리고 그 대신에 날마다 한두 시간씩 평지에서 걷기운동을 해야 한다는 담당 의사의 엄명이 그의 행동반경을 제한했다. 이민호 씨가 바람 부는 해안도로에서 걷기운동에 습관 들인 지 10년이 넘으면서 한라골프장에 대한 그의 추억은 가물가물 사라지고 있었다. 그러던 차에 그의 기억을 되살려준 것은 지난봄에 있었던 공동묘지 나들이였다. 작고한 친척네 장의차를 따라 공동묘지에 가고 오는 길이 한라골프장 가는 길과 같았던 것이다. 그의 화려했던 추억이 점점이 박혀있는 그 길을 다녀오면서 재방문의 결심을 했던 것인데 이제 초가을이 되어서야 그때의 결심을 실천에 옮긴 것이었다.

그날에야 한라골프장으로 가는 길을 찾아 나선 것은, 그 전날 밤에 바로 그 골프장에서 골프채를 휘두르는 꿈을 꾸었기 때문이었다. 텔레비전에서 제주도의 대표적인 골프장 몇 곳을 소개하는 방송을 보다가 잠을 잔 것이 그런 꿈을 꾸게 한 모양이지만, 그런 꿈자리가 추억 속의 그곳을 찾아 나서게 만들었던 것이다. 그날은 하필 일요일이었지만 만원버스 타지 않으려면 일요일이 좋겠다는 생각이 들었다. 아침부터 구름이 많이 보인 것이 어떨까 했지만, 햇빛이 나서 무더운 날씨보다는 이런 날씨가 더 좋을 것도 같았다. 아직은 초가을의 초입이어서 여름 등산복으로 차려입은 이민호 씨는 늦은 점심을 먹고 나서 집을 나섰다. 일요일이라 손주 녀석 준식이하고 같이 점심을 먹는가 해서 기다렸지만, 그 녀석은 아침부터 친구집에 가있다는 며느리의 말을 듣고는 그냥 나올 수밖에 없었다.

서귀포 가는 버스를 탄 이민호 씨는 한라골프장 가는 길과 접속되는 지점에서 하차하였다. 거기에서 서쪽으로 반 시간 정도 걸어가면 골프장 입구에 닿게 되니 그곳까지의 왕복 구간을 오늘의 걷기운동 코스로 삼기로 하였다. 오랫동안 잊고 있었지만 걸어가면서 둘러보는 사방의 경치는 옛날의 기억을 끊임없이 되살려주었다. 그가 좋아했던 곰솔나무 가로수가 잘 자라준 것이 특히 반가웠다. 또 하나 반가운 것은 철쭉꽃 나무였다. 골프장 가는 2차선 찻길 중에서 골프장 가까운 구간 1킬로는 한라산의 명물인 철쭉꽃으로 장식을 해야 '한라골프장'이 가까웠음을 사람들이 알 것이 아니냐는 우격다짐으로 이민호 씨가 주장하여 만든 꽃길이었다. 그는 자기의 이런 주장을 관철시키기 위해 철쭉꽃 나무의

식수 경비 전부를 희사하기까지 했던 것이다. 그것은 이민호 씨가 재선의원으로 당선되던 때였음이 생각났다. 키 큰 소나무 가로수 아래에 키 작은 철쭉꽃들이 소담하게 핀 경치를 그동안 오래 보지 못했는데 오늘도 제철이 아니어서 꽃나무만 보게 된 것이 아쉬웠다.

행인들은 별로 없었지만 승용차 통행은 꽤 많은 편이었다. 그하고 같은 방향에서 오는 차량은 별로 없고 대부분이 그를 향해 마주 달려오는 차량들인 것이 웬일인가 싶었는데, 이들 차량의 출발지점이 골프장과 공동묘지 두 군데이기 때문이었다. 골프꾼이나 벌초꾼이나 하루 일과를 마치고 돌아가는 시간이었는데, 승용차의 출발지가 골프장이냐 공동묘지냐를 알아내는 것은 어렵지 않았다. 골프장에서 돌아오는 차는 모두가 고급차라고 생각하면 맞을 것 같았다. 반면에 공동묘지에서 돌아오는 차는 거의가 중소형차였고 가족 단위 행차인 경우가 많았다.

어느 틈엔지 이민호 씨의 시선은 골프꾼들의 자가용차로 향했다. 골프채를 싣고 이 도로를 달리던 옛날 생각이 나서 시선이 향했던 것이지 그 안에 탄 사람이 자기를 알아볼 것이라고 생각한 것은 아니었으므로 반대 방향에서 차를 몰고 오던 사람들이 그에게 고개 숙여 인사한 것은 정말 뜻밖이었다. 그의 얼굴을 어떻게 알아봤는지 몰던 차를 멈추고는 차창문을 열면서 뭐라고 인사말을 건네왔을 때 그는 마치 오래전 옛날의 어떤 장면을 꿈속에서 보는 듯하였다. 반 시간도 안 되었는데 그렇게 인사를 걸어오는 사람이 셋이나 되었다. 어떤 사람은 차를 내려서 허리를 깍듯이 굽히고 인사했다. 그들이 누구인지를 알지 못하여 만족스러운 응대를 해주지 못한 것이 미안하였다.

여기 인적이 드문 한라산 기슭 노상에서 골프꾼들의 인사를 받다니 이민호 씨는 가슴이 뿌듯하였다. 한라골프장은 이 지역에서 성공한 사람들에게 최고의 사교장이지 않은가. 오늘 나에게 인사한 사람들은 옛날부터 이 골프장에 출입했던 사람들일 터이니 그들은 잘나가던 시절 나의 명망이 어땠는지를 기억하고 있을 것이다. 명망 있는 사람에게 인사할 수 있으려면 자신도 명망을 갖추고 있어야 할 것이 아닌가. 저들은 나에게 인사를 함으로써 자기 존재를 과시하려고 했을 것이다.

만단의 정회를 품고 걸어가던 이민호 씨는 걸음을 뚝 멈추었다. 도로변 소나무 숲 공원에서부터 와자지껄 떠드는 소리가 났던 것이다. 그날 걷기운동 코스의 반환점에 거의 닿았을 때였다. 공원 입구에는 제주시내의 어떤 유치원 이름이 박힌 노란색 소형 버스가 세워져 있었다. 소나무 숲으로 들어가 봤더니 캠핑장 같은 공터에서 스무 명가량의 유치원 아동들이 무슨 게임 비슷한 놀이를 하고 있었다. 좋은 구경거리를 만났구나 싶은 이민호 씨는 아이들과는 얼마쯤 떨어진 곳에 자리 잡고 앉았다. 유치원 아이들이 가을 소풍을 온 모양인데, 어린아이들이 이리저리 돌아가며 자기네들끼리 웃고 떠들고 마냥 재미있어 보이는 모습이 그의 시선을 끌었다.

이민호 씨는 문득 집에 있을 손주 녀석의 얼굴이 떠올랐다. 금년에 초등학교 3학년인 그 녀석의 유치원 시절이 어땠는지, 이 아이들처럼 활발하고 명랑한 유치원 생활을 했는지 기억나는 것이 없자 무슨 중요한 것을 잃어버린 양 느껴진다. 공부 잘하라는 등 엄마의 등쌀이 심하여 아이의 기를 죽이는 것이 아닌가 싶다. 공부 잘하는 아이보다 활발한 성격을 가진 아이가 장래성이 있다는 것이 험한 세상 산전수전 다 겪은 그의 생각인데 아이들 교육에 관한 한 할배의 발언권은 미약할 수밖에 없다. 오늘 아침에만 해도 이 문제 때문에 아이 엄마하고 신경전을 벌이고 온 심정이 아직도 착잡하다.

아이들 노는 모습을 먼발치에서 구경하던 이민호 씨는 일어서서 앞으로 다가갔다. 그냥 아이들 얼굴이나 한번 둘러보고 자리를 뜰 생각이었는데, 유치원 선생이 뜻밖의 개입을 해옴으로써 그는 졸지에 무대 위 연기자가 된 기분이 되었다. 아이들은 한창 진행하던 놀이를 멈추고는 자기네 선생의 선창에 따르는 우렁찬 합창으로 그에게 만남의 인사를 건넨 것이었다.

"할아버지, 안녕하세요오."

이민호 씨는 얼결에 뜻밖의 인사를 받고 당황스러웠지만 용케도 순발력을 발휘하여 답례 인사를 해주었다.

"예쁜 어린이 여러분도 안녕하세요오."

아이들하고 소통이 되는 것 같은 기분에 고무된 그는 앞자리에 서 있는 한 아이에게 넌 이름이 뭐니, 하고 물어보기까지 했다. 그러자 네, ***입니다, 하는 똑 부러진 대답이 나왔는데, 그 옆에 서 있던 다른 아이에게서도 꼭 같이 우렁찬 인사말이 나왔다.

"네에, 저의 이름은 ***입니다아."

이민호 씨는 청하지도 않은 말대답을 건네는 기특한 아이에게 손을 내밀어 악수까지 하고는 자리를 떴다. 똑똑한 제자들을 바라보며 흐뭇한 미소를 짓는 선생이 존경스러웠다. 처음 보는 낯선 사람에게 넉살 좋게 인사를 건네는 것은 확실한 자기주장의 기초 훈련이라는 것이 유치원 선생의 생각일 것 같았다. 이민호 씨는 손주 녀석의 얼굴이 다시 떠올랐다. 그 녀석도 낯선 사람 앞에서 저처럼 똑똑하고 당찬 인사말을 할 수 있을까 싶었다.

소나무 숲 공원을 나온 이민호 씨는 이제 그만 집으로 돌아갈까 망설였다. 하늘을 보니 먹구름 색깔이 더 어두워진 것 같았지만, 골프장 입구를 둘러보지 않고 돌아갈 수는 없는 일이었다. 다시 걸음을 떼어놓는 그의 마음 한구석에 아직도 걸려있는 것은 오늘 아침에 며느리하고 티격태격 말다툼을 벌인 일이었다.

다툼의 원인은 손주 녀석 준식이의 교우관계 문제였다. 준식이의 같은 학급 친구인 웅철이와 민석이 두 아이 중에서 민석이를 집에 데려오는 것이 좋다고 말한 며느리에게 그가 노골적으로 타박한 것이었다. 두 아이 모두 준식이하고 허물없는 사이여서 서로 돌아가면서 친구네 집에서 점심을 얻어먹을 정도가 되었는데 며느리는 아들의 친구 선택 기준을 음식 먹는 버릇에서 찾는다는 말을 오래전부터 해온 터였다. 부잣집 아들인 웅철이는 자기네 집에서 잘 차려 먹는 탓인지 먹고 싶은 것만 골라 먹고 싫은 것은 손도 대지 않는 모습이 밉상스러운 반면에, 집안이 넉넉지 못한 민석이는 먹성이 좋아서 아무거나 주는 대로 맛있게 잘 먹는다는 얘기였다. 오늘 아침에는 그동안 참았던 말을 며느리에게 다 털어놓은 셈이다. 민석이처럼 누가 내놓는 음식을 아무거나 잘 먹는다는 것은 자기 나름의 취향이나 소신이 없다는 것이다, 이런 아이가 자라나면 얼마나 줏대 없는 인물이 되겠나, 웅철이 같은 아이라야 자기주장이 확실한 통 큰 인물이 될 것이고 준식이는 웅철이하고 친구가 되어야 한다. 백전노장이 연마한 수월찮은 처세비법을 아직 사회초년생인 며느리가 어떻게 알아듣겠나 싶다.

이민호 씨는, 며느리에게 너무 다그친 것만 같았다. 동거 중인 막내아들네 내외 앞에서는 목소리를 낮춰야 하는 그의 처지가 딱하였다. 위로 3남매를 키우고 교육시킬 때는 3선 국회의원의 위세가 당당하였지만, 막내아들 하나를 키울 때는 연거푸 세 번 낙선의 고배를 마시느라 자식들 교육 같은 건 돌아볼 경황이 없었다. 그 여파로 막내아들은 지금 빠듯한 생계를 걱정하는 처지이고, 늘그막의 그는 그런 막내에게 얹혀살아야 하는 신세이다. 잘 키운 3남매는 모두 서울로 가버렸는데다가 설상가상으로 뜻밖의 상처喪妻를 만난 결과로 맞게 된 말년의 불행이었다.

골프장 입구가 저만치에 보이는 곳에서 걸음을 멈춘 이민호 씨는 길가 적당한 자리에 앉아서 생각을 정리하기로 한다. 아들네 집에 얹혀살아야 하는 신세이니 며느리의 눈치를 보아야 하지만,

손주 녀석에게만은 떳떳한 할배가 되고 싶은 것이 이민호 씨의 심정이다. 할배가 손주에게 신뢰를 얻는 길이 뭔지를 궁리해 봐도 딱히 떠오르는 것이 없다. 요즘은 세상 변하는 것이 너무 빨라서 뭐가 뭔지 알 수가 없고, 뭐라고 한마디 하려고 하면 꼰대라는 말을 들을까 저어된다. 내가 쓸 용돈이 궁한 마당에 아이에게 쥐여줄 돈도 없다. 이래저래 뾰족한 수가 없다는 생각을 하고 있는데, 저만치 길가 소나무에 반쯤 가려진 덤불이 그의 눈길을 끌어당긴다. 오랜만에 보는 산딸기나무이다. 곧바로 그쪽으로 걸어가 봤더니 불그스레 잘 익은 산딸기가 탐스럽다. 문득 머리에 떠오르는 것이 손주 녀석 준식이가 이걸 보고 좋아하는 모습이다. 주저할 것도 없이 산딸기를 부지런히 따면서 그 옆을 살펴보니 산딸기나무는 여러 개가 있다. 이게 웬 떡이냐 싶었지만 이곳을 지나는 것은 자동차뿐이고 행인들이 없으니까 이상할 것도 없다. 견물생심으로 욕심껏 따 넣다 보니 등산복 양쪽 주머니가 수북하다.

빗방울이 우두둑 떨어지면서 이민호 씨는 부랴부랴 돌아갈 채비를 하지만 때는 이미 늦었다 싶다. 빗줄기가 점점 굵어지는데 버스 타는 데까지는 도보 반 시간의 거리인 것이다. 문득 생각나는 것은 그에게 차창을 열고 인사를 했던 골프꾼들이다. 나를 보면 제꺼덕 편승을 시켜줄 사람이 있을 것이다. 이번에는 내가 먼저 손을 들고 차를 멈추게 하리다 마음먹고 대뜸 길 한가운데로 나선다. 그러나 오늘따라 멈추는 차가 없다. 나를 알아보는 사람이 아니기 때문이겠지만 너무 실망스럽다. 공동묘지에서 온다고 생각되는 차 앞에서는 아예 손을 흔들지 않는다. 여기까지 걸어오는 동안 그에게 인사하기 위해 멈춘 중소형차는 없었던 것이다. 그런데 기대치 않았던 작은 차가 그에게 편승 기회를 준다. 작은 차 뒤에 큰 차가 뒤따르는 것을 본 그는 뒤에 오는 큰 차를 향해 손을 흔들었는데 앞서 오던 작은 차가 세워준 것이다. 차문을 열고 들어가 보니 벌초연장들이 가득 차있어서 비좁기는 했지만 비에 젖은 몸을 앉히기는 좋다.

얼마 후 큰 봉변은 피하고 집에 돌아온 이민호 씨, 며느리에게 오후 나들이의 전말을 대충 전한 다음에 허탈하게 한마디 한다.

"늙은이라고 괄시해서 태워주지 않는 건지, 야속하더라. 널찍한 좌석인데도 말이지."

"고급차 타는 사람들, 있는 척 폼내는 건 젊은 사람에게도 마찬가집디다. 아버님은 옷까지 젖었는데 태워줄 리가 있겠습니까."

어떤 재회

차창 밖을 내다보던 나는 급히 택시를 정차시켰다. 차를 내려서 조금만 이면도로 쪽으로 들어가면 내가 졸업한 고등학교였다. 어제 아침 김청수와 통화할 때부터 나는 우리가 졸업한 모교를 방문해 볼 생각을 하고 있었던 것이다. 김청수와 나는 이 학교에서 3년을 동문수학한 친구 사이였으므로 그 시절에 대한 나의 추억에는 그에 대한 기억이 함께 따라다니고 있는 셈이었다. 일요일이어서 그런지 교문 안에는 사람들 그림자도 보이지 않았고, 나의 눈앞에 펼쳐진 것은 나의 기억 속에 남아있는 옛날 학교의 모습이 아니었다. 내가 예상했던 대로였다. 역사 오랜 본관만을 남겨놓고 다른 것들은 모두 새로 들어선 낯선 건물들이었으므로 이를 바라보는 나의 머릿속은 과거의 회상과 현재의 인상이 어지럽게 뒤섞이고 있었다.

내가 이 학교를 떠난 후 흘러간 30년 세월의 무게를 짊어지고 있는 듯이 나의 발걸음 하나하나가 무겁게 느껴졌다. 내 눈앞의 풍경들과 내 기억 속의 모교 모습이 다른 것처럼, 내가 이 학교에 다닐 때 그려봤던 30년 후의 내 모습과 내가 현재 처해있는 삶의 좌표는 너무 달랐다. 그동안 내가 겪었던 방황과 도로徒勞의 세월이 시작되었던 것이 바로 이 학교 교문을 드나들던 때가 아닌가 싶었다.

김청수의 얘기로는 정지향은 분명히 나를 기억하고 있고 언젠가 나를 만날 것을 기대하고 있더라고 했다. 게다가 별로 알려지지 않은 나의 소설들을 많이 읽어봤다는 말까지 했다는 것이다. 김청수는 나의 고등학교 때 친구이고 정지향은 나의 초등학교 동창이니까 그들 두 사람은 직접적인 친교의 기회가 없었다. 김청수가 정지향의 화단畵壇 활동에 대해서 익히 알고 있었던 것은 정지향의 작고한 남편 강만춘을 통해서였다. 김청수와 강만춘 두 사람은 모두 나하고는 고등학교 동창 관계인데, 강만춘은 나하고는 초등학교 동창이기도 했기 때문에 옛날에는 강만춘이 김청수보다 나하고 더 가까이 지냈지만, 나중에는 강만춘이 나보다 김청수하고 더 가까워졌는데 그것은 그네들은 지방 소도시인 이곳에 거주하고 나만 서울에 거주한 탓이었다.

고등학교 졸업 후 줄곧 서울에서 살았던 나는 격월隔月로 모이는 고교동문들의 재경동창회에 자주 나가는데, 김청수가 지난번에 이 모임에 불쑥 나타나서 나에게 전해준 소식이 나의 마음을 동하게 했던 것이다. 서울에서의 그 모임에서 내가 정지향을 꼭 만나러 가고 싶다고 했더니 바로 그 자리에서 전화를 걸어 이번 달에 정지향의 개인전이 있음을 알아봐 주었고, 어제는 내가 이 친구에게 전화로 오늘의 고향 방문 계획을 말했더니, 정지향에게 그런 통고를 미리 하겠노라고 까지 말했던 것이다.

실로 오랜만에 와보는 모교 방문이었지만 나의 머릿속을 가득 채우고 있는 것은 이제 곧 만날 정지향과 나 사이에 어떤 말이 오 갈 것인가 하는 상상이었다. 정지향은 그동안 내가 살아온 내력 을 별로 알지 못할 터이니, 나하고 오늘 대면하는 것에 대해 어떤 기대를 하고 있을지는 김청수가 그녀에게 전해준 소식에 따라서 달라질 것이라 생각되었다. 김청수는 전화 통화에서 매우 호의적 인 전망을 내비쳤음이 생각났다. 정지향은 5년 전 남편의 죽음을 당한 다음에는 오랫동안 손 놓고 있었던 그림 그리기에 열중하면 서 종전의 무덤덤한 세월 보내기와는 다른 열정적인 삶을 살고 있으며 나를 만나면 소설가와 화가의 의미 있는 교감이 이루어질 것이라고 말했던 것이다. 옛날 나의 기억 속의 김청수는 고교시 절부터 강만춘에 대해 영 껄끄러운 선입견을 가지고 흠잡기를 좋 아했음이 생각나게 하는 말이었으며, 이는 또한 강만춘은 생전에 정지향하고는 교감을 나눌 적당한 파트너가 아니었음을 나에게 암시하는 말로도 들렸다.

옛날 고교시절에 김청수와 강만춘의 불화 관계는 나로 인하여 더 거북한 것이 되었다고 기억된다. 원만한 학우형型인 김청수는 싸움 잘하는 왈패형인 강만춘을 싫어했는데 내가 강만춘을 싸고 돈다는 이유로 김청수의 강만춘 혐오가 더욱 심해졌던 것 같다. 강만춘은 나의 초등학교 동창이기도 했지만, 내가 그를 좋아할 다른 이유도 있었음이 사실이다. 공부만 잘하지 무골호인형이었던 나는 학교에서 소문난 싸움꾼인 이 친구를 나의 안전을 지키는 보호막으로 생각했던 것이다.

우리가 처했던 삼각관계가 더욱 미묘하게 꼬이게 된 것은, 교내웅변대회 때문이었다고 기억된다. 나는 글재주가 뛰어났지만 말솜씨는 말더듬을 겨우 면할 정도였고, 김청수와 강만춘은 모두 구변이 뛰어난 반면에 학과성적은 보통 이하였다. 그런데 교내웅변대회에서 내가 강만춘의 웅변 원고를 써준 것을 알고 김청수가 토라져 버린 것이다. 내가 쓴 웅변원고로 나섰던 강만춘이 대회 일등을 함으로써 세 사람의 관계는 더욱 거북해졌던 것 같다. 그 당시 웅변대회의 장면이 어렴풋이 떠올랐다. 그때는 학교 강당이란 게 없었던지라, 바로 내 눈앞의 저 운동장에 모인 전교생들 앞에서 김청수와 강만춘이 열변을 토하는 장면이었다. 나라는 사람은 뛰어난 글재주를 갖고 있으면서도 말재주꾼 친구의 뒷바라지밖에는 할 줄 모르는 한심한 인물이었다. 나는 그 당시 이 같은 나의 천분을 받아들이기로 했고, 이를 바탕으로 나의 미래를 설계했다고 할 수 있다. 말더듬으로 타고난 나의 운명적인 핸디캡을 벌충하는 길은 뛰어난 글재주를 연마하고 발휘하는 것이라는 결심이었다.

내가 말더듬이었다는 기억이 제일 생생하게 남아있는 것은 초등학교 시절 정지향 앞에 있을 때였다. 정지향 앞에만 가면 더욱 말을 더듬게 된 것은 그녀의 얼굴이 뛰어나게 예뻤기 때문이라고 기억된다. 그녀가 입은 옷이 흔히 볼 수 없는 아주 고급옷이었다는 것도 나를 기죽게 하였다. 그녀는 그 당시 우리 지역 군수郡守의 손녀딸이었고 소문난 부자이기도 했는데, 언제나 궁상맞은 행색이었던 나는 귀공녀 같은 그녀 앞에만 가면 폭삭 주눅이 들었던 것이다. 어느 날 학교 점심시간에 도시락을 못 가져간 나의 처지를 눈치챈 정지향이가 자기 도시락을 같이 먹자고 했을 때 나는 그것이 그렇게 창피스러웠다. 그런 호의를 보이는 것은 분명 나에게 호감을 갖고 있었기 때문이었을 텐데 나는 왜 그것을 창피하게만 여겼던 것일까. 나는 정지향 앞에만 서면 언제나 말을 더듬었다고 기억이 되는 것이다. 그녀는 지금도 나를 그 당시처럼 빙충맞은 남자로 기억하고 있을까, 이것이 그녀를 찾아가는 나의 의문이었다.

내가 서울에서 대학에 다닐 때 정지향을 찾아가 만나볼 생각을 하지 못한 것은 나의 부질없는 자격지심 때문이었을 것이다. 정지향은 서울의 어느 유명대학 미술과에 재학 중임을 알고 있으면서도 단 한 번 데이트 신청을 해보지 못했던 것이다. 좋은 기회가 한번은 있었다. 우리가 대학 3학년생이었을 때 정지향으로부터 엽서 한 장을 받았는데, 자기네 미술과 3학년 미술전시회에 대한 안내장이었다. 나는 이 엽서를 들고 한참을 고민하였지만 끝내는 같은 초등학교 동창인 강만춘에게 넘겨버렸다. 정지향이는 나보다 강만춘을 좋아할 것이 뻔하다는 생각 때문이었다. 결국 나 대신 이 미술전시회에 찾아간 강만춘이 정지향하고 결혼하는 결과가 되어버린 것이다.

그 당시 나의 처지가 딱한 것은 사실이었다. 말 더듬는 지방학생에게 돌아오는 아르바이트 자리는 없었고, 그냥 하루하루 먹고 살기가 힘든 처지에 정지향을 만나 어떻게 할 것인지 막막하였던 것이다. 6년 만에 대학을 졸업한 내가 이를 악물고 대기업체 취직에 성공한 것은 정지향 앞에 떳떳이 나타나기 위함이었다고 자평하고 싶다. 뛰어난 글재주라고 해봐야 정지향 같은 귀공녀를 넘볼 만한 밑천은 될 수 없다는 판단이었다. 그러나 몇 해 넘기지 못하고 정지향은 강만춘의 여자가 되었다는 소식을 듣고는 이번에는 이들 신랑신부의 오랜 친구 자격으로 그들의 우인 대표 연설을 맡았던 나였고 그 이후 나는 이들을 만나기를 극력 피해오다가 5년 전에는 강만춘의 작고 소식을 들었던 것이다. 먹고 살 만큼의 생계 수단을 얻었다고 생각되자 나는 결국 퇴사의 결단을 내렸지만, 방황의 길은 끝이 없었다. 소설가로 얼마간의 성공을 하고 사회적인 신분 상승을 인정받은 다음에 결혼하자는 계획으로 있다보니 50세가 다 된 나는 아직도 미혼이다.

씁쓸한 추억의 장면들이 어른거리는 모교의 운동장을 한 바퀴 둘러본 나는 머리를 흔들면서 정적에 쌓인 교문 밖으로 나섰다. 여기에서 정 화백의 미술전시장인 **갤러리까지는 그냥 걸어가기로 하였다. 서울에서 나설 때에는 초봄의 날씨가 춥지 않을까 걱정했었는데 그사이에 바람결이 한결 부드러워진 것 같았다.

정지향은 나의 모습을 보고 어떤 생각을 할까, 이것이 나에게서 떠나지 않는 의문이었다. 이제 그녀 앞에 나타나는 나의 모습은 옛날과는 다르다는 생각에 힘을 싣기로 했다. 그때처럼 말을 더듬지도 않는다. 옛날 같은 가난뱅이도 아니다. 김 청수가 전하는 바로는 정지향은 나의 작품을 읽어봤다고도 했다.

얼마큼 걷다 보니 어느덧 덥다는 느낌이 들기 시작했다. 서울에서 출발할 때는 코트를 입을까 말까 했었는데 이제는 확실히 벗어서 손에 들기로 했다. 정 화백의 미술전시장인 **갤러리는 쉽게 찾을 수 있었다. 자그마하지만 아담한 건물이었다. 이 정도의 중소도시에 이만한 전시장이 있는 것도 대견한 일이다 싶었다. 조심스럽게 갤러리에 들어선 나의 시선은 정지향 화백의 모습이 어디에 있을지 찾고 있었다. 그러나 전시장 입구 카운터에서 나를 맞는 사람은 대학생같이 보이는 젊은 남자였고, 그 안쪽을 둘러보아도 관객들 너덧 사람이 작품을 감상하며 거니는 모습만이 보였다.

"어서 오십쇼. 코트를 들고 계신 걸 보니 어디 멀리서 오신 것 같네요."

"맞아요. 서울서 왔는데, 정지향 화백하고는 초등학교 때 친구였소."

"아, 그러십니까. 저는 정 화백의 아들입니다."

"그래요? 정 화백에게 이렇게 큰 아드님이 있었구나."

"제가 막냅니다. 제 위로 형님이 두 사람이나 있어요."

"그래요? 아들만 3형제라는 말이네요."

"네, 그렇습니다. 우리 어머닌 든든한 아들 3총사가 호위무사로 지키고 있습지요."

"아직 학생인 거 같은데."

"네, 대학 2학년인데 오늘 주말이라서 어머니 대신 전시회를 지키고 있습니다. 어머니에게서 말씀은 들었습니다. 옛날 친구분이 오늘 오신다고 말이죠. 어머닌 어제저녁 어떤 지인의 개인전 오픈행사에 참가하기 위해 서울로 가셨는데 오늘 오후에 오신다고 하셨어요. 그럼, 저기로 가셔서 잠시 편히 쉬시지요."

젊은이는 전시장 가운데에 있는 테이블께로 나를 인도하고 나서 물었다.

"멀리서 오시느라 수고하셨는데, 뭘 좀 드시지요."

"아, 시원한 사이다나 있으면 좋겠는데."

"네, 사이다는 여기 있습니다. 그 코트는 이리 주시면 제가 여기 옷걸이에 걸어 두겠습니다."

카운터로 돌아가 앉은 젊은이는 새로 들어온 어떤 사람과 얘기를 하고 있었다. 체격도 좋고 붙임성이 있어 보여서 호위무사라는 말에 어울린다는 생각이 들었다. 나는 느닷없이 밀려드는 상상 공상의 나래들을 뿌리치면서 시선을 갤러리 안쪽으로 돌렸다. 여기 진열된 것들이 정지향이 근래 몇 년을 두고 정성을 바쳐 완성한 작품들이라고 생각하니 그 속에서 그녀의 아우라를 엿볼 수 있을 것 같았다. 사이다를 다 마신 다음에 나는 슬그머니 일어서서 작품들이 진열된 하얀 벽 쪽으로 이동하였다.

미술전람회에 가본 적이 별로 없는 나에게 정 화백의 작품 감상은 사실상 막막한 일이었다. 나는 진열 작품들 앞에 한참이나 서서는 그 그림들 속에서 뭔가 감흥이나 의미 같은 것을 찾아보려고 했다. 그것들은 추상화가 아니라 구상화여서 다행이었다. 그것도 비슷비슷한 풍경화가 아니라 인물화였고 주로 나이 지긋한 인물들의 다양한 표정을 근접 시선으로 그린 작품들이어서 미술 문외한인 나의 마음에도 어떤 울림 같은 것을 자아내 주었다. 그림마다 중년 여인이 한 사람씩 들어 있어서 나는 어느덧 그 여자가 정지향의 자화상이라는 생각을 하고 있었다.

진열된 작품들을 모두 둘러본 나는 정 화백의 스타일 같은 것이 대충 짐작되었다. 찬찬히 둘러보았더니 그림 속의 인물들 배경은 모두가 실내이고, 그림 속 주인공은 한결같이 자기 옆에 있는 누군가에게 다정한 눈길을 보내고 있는 모습이었다. 달랑 외롭게 혼자만 있는 인물은 하나도 없는 것이 나의 주의를 끌었는데, 가만히 보니 꽃병 하나쯤은 실내 장식용으로 인물들 옆에 놓여있음도 알게 되었다. 그러나 그림 속 주인공이 꽃을 바라보는 작품은 하나도 없었다. 사람에게는 눈길이 가는데 꽃 같은 것은 안중에 없다는 것이 무엇을 뜻하는지 나는 한참 동안이나 의문의 쳇바퀴를 돌고 있었다. 의문이 다 풀리지는 않았지만 내가 내린 결론은, 이 그림을 그린 사람이 자기 가까이에 없는 사람을 그리

위하고 있지는 않을 것이라는 생각이었다.

　나는 결국 주춤거리던 발길을 전시장 밖으로 돌리고 말았다. 카운터의 젊은이에게 바쁜 사정이 있다고만 말하고 고개를 돌렸다. 정지향은 오늘 내가 올 것을 알고 있으면서도 서울 나들이를 갔다는 것이 아닌가. 어제저녁 서울에서 무슨 행사가 있었다면, 오늘 이 시간에는 여기 나타날 수도 있었을 것이다. 좀 서운하긴 했지만, 오늘 여기까지 와서 한 가지는 얻은 것이 있다는 생각이 떠올랐다. 나는 오랫동안 정지향에게 프러포즈하지 못한 것을 후회했지만 앞으로는 그럴 필요가 없게 된 것이다.

실수한 덕분에

다섯 번째 나타난 택시까지 길 건너에서 지나는 것을 봤을 때 나의 머리에 떠오른 말은 '머피의 법칙'이었다. 전에는 분명히 이쪽 편에서 택시 잡기가 쉬웠는데 하필 오늘따라 저쪽 편으로만 다니다니 되게 재수 없는 날이다 싶었다. 교통의 흐름을 눈여겨 보았더니, 이 시간에는 길 건너에서 차량 통행이 많을 이유가 있었다. 아침 시간에는 제주시내에서 밖으로 빠져나가는 차량이 많고 저녁 시간에는 들어오는 차가 많다는 것인데 지금 길 건너에서 질주하는 차들이 많은 것은 지금이 아침 시간이기 때문이라 생각되었다. 머리가 나쁘면 다리를 고생시키기 마련이지, 나는 급히 생각을 바꾸고는 횡단보도로 걸어가서 신호등을 기다렸다. 허비한 시간이 10분은 될 것 같았다.

길을 건넌 자리에서 기다리는데 이번에는 시내에서 밖으로 빠져나가는 빈 택시가 하나도 없어서 초조해졌다. 가만히 생각해 보니 아침 시간에 도시 외곽으로 가는 차가 많다는 것이 여기에서 택시 잡기가 쉽다는 말은 되지 않겠다 싶었다. 주말을 즐기기 위해 토요일 아침에 도시 바깥으로 나가는 사람들이 택시를 이용할 수는 있지만, 그럴 경우에도 손님이 없는 빈 택시가 나갈 리는 없는 것이다. 오히려 아침 시간에는 도시 밖으로 손님을 태워다 주고 들어오는 빈 택시들이 많을 것이 아닌가.

나는 부랴부랴 다시 횡단보도를 건넜다. 시간이 너무 지체되고 있어서 나는 마음이 마냥 다급해졌다. 한참 만에 나타난 택시에 올라타면서 나는 소리 질렀다.

"종합운동장까지 10분 안에 갈 수 없겠습니까."

택시운전사에게 재촉을 하긴 했지만 시계를 보니까 나의 독촉은 너무 무리일 것 같았다. 당황해진 나는 오늘 행선지를 급히 바꿀 결심을 했다. 나의 고향마을 향우회의 총회 겸 야유회가 중산간 마을 교래리에서 열리는데, 오늘 아침 아홉 시에 오라동 종합운동장에서 집결하기로 된 시간이 거의 되었던 것이다. 대절 버스 업자들은 시간 엄수를 사업 간판으로 한다고 했고, 단체행동에 비협조자가 되기도 내키지 않은 일이어서 나는 재빨리 핸드폰을 꺼내어 메시지를 보냈다.

'오늘 총회 참가 못 함.'

나는 향우회 회장에게 메시지를 보내고 나서야 좀 안심이 되었다. 택시 잡기에 실수한 것이 잘된 일이라고 생각하기로 했다. 나이 들면서 발길을 끊었던 향우회였는데 이번 야유회에는 특별히 나가보기로 했던 것은, 옛날 바로 이웃집에 살았던 후배가 회장이 되는 바람에 인사치레하기 위함이었다. 저번 총회에서는 회장이 모처럼 부탁하여 향우회 고문 자리까지 수락한 처지였지만, 그곳에 나가봐야 번번이 소외감만 들었던 것이 사실이었다. 젊은이들과 무슨 얘기를 나누어도 잘 알아듣지 못 하는 말이 많았으며, 옛날 세상 이야기 중에도 젊은이들이 들을 만한 것이 있다고 말하다 보면 꼰대 소리나 들었던 것이다.

택시 잡느라고 수고한 보람이 없는 것은 아니었다. 오늘 내가 참석하기로 된 모임이 하나 더 있었던 것이다. 종친회 가을 총회가 **씨 한마음단합대회라는 이름으로 열리는데 그 날짜가 마침 오늘이었다. 그 모임의 집결지는 총회 장소인 표선민속촌이니까 조금 늦게 도착해도 괜찮을 거라고 생각되었다. 이제까지 종친회 모임에는 별로 가본 적이 없었는데, 얼마 전에 나의 고등학교 동창이 회장이 되면서 오늘 모임에 참석을 권해온 것에 대해 확실한 대답을 해주지 못 한 상태였다. 나는 지체없이 오늘 계획을 바꾸기로 했다.

"아, 기사님, 종합운동장 말고 버스터미널로 가주세요."

종합운동장과 버스터미널이 지척의 거리여서 다행이었다. 향우회보다 종친회 모임에 참가하는 것이 더 좋은 이유가 있을 것 같았다. 표선민속촌이라면 오래전에 한두 번 구경한 적이 있었지만, 그때는 바쁜 일정에 건성으로 둘러봤기 때문에 언제 한 번 더 가보고 싶었던 차였다. 오래전 이 지역 사람들이 살던 시골마을 풍경의 그윽한 분위기를 느긋하게 느껴보고 싶었던 것이다. 나하고 친구 사이인 종친회 회장이 가을총회 장소를 민속촌으로 정했다는 것이 용하다 싶었다. 민속촌 관람이나 종친회 모임은 모두가 과거에 대한 향수를 잊지 않고 역사를 존중하는 행사이기 때문에 이 같은 장소 선택을 했을 것이라는 그럴듯한 해석을 해보기도 했다. 옛날 가옥들이나 동네의 모습을 찬찬히 둘러보면 자연스럽게 우리 조상들이 어떤 세상을 살았을지 상상이 떠오를 것 같았다.

표선으로 가는 버스는 손님이 많지 않았다. 버스 앞쪽에 빈 좌석을 찾아 앉은 나는 느긋하게 창밖 경치를 즐기기로 했다. 오랜만에 타보는 시외버스였다. 나는 금년에 70세가 되면서 도내에서의 버스 이용은 무료이지만, 시외버스 무료 승차는 이번이 처음이었다. 연초에 자가용차를 팔아버리고 나니 속이 후련하였고, 버스 무료승차는 나에게 자유 공간의 폭을 크게 넓혀준 셈이다. 직업에서 손을 떼고 나니 시간은 많이 남아나고, 시간이 많아지니 별 볼 일 없이 버스 타고 밖으로 나갈 때가 많아진다. 그러나 막상 밖으로 나가봐야 갈 곳이 없다는 것이 문제였다. 세상 돌아가는 것을 보면 나의 관여를 필요로 하는 일이 별로 없고, 무슨 일에 손을 대려고 해도 나의 체력과 정신력에 한계가 느껴진다. 활동능력이 소진되어 세상일에 손을 놓아버리면 마음속이 편해져야 할 텐데 그렇지도 못하다. 직장생활에 시달리던 스트레스가 아직도 남았음인지 노상 무엇에 쫓기는 듯하고 초조하기만 하다.

친구들을 만나봐도 나하고 별로 다를 것이 없고 재미없기는 누구나 마찬가지인 것 같다. 늙은이에게는 아이들 커가는 것을 보는 재미가 최고라지만, 그것도 한 지붕 아래 살 경우의 얘기가 아닌가.

두서없는 생각에 잠겨있던 나는 버스 앞쪽 전광판에 눈길이 머물면서 정신이 번쩍 들었다. 내가 탄 버스의 행선지는 표선이 아니라 서귀포였던 것이다. 이런 실수를 저지르다니, 나는 몸을 벌떡 일으키며 차창 밖을 내다보았지만 표선행 갈림길은 벌써 지나간 뒤였다. 나는 몸을 다시 앉히면서 이 일을 어쩌나 싶었지만 당황하는 마음을 금세 진정시켰다. 내가 버스 행선지를 잘못 보았던 것은 표선행 버스 타기를 피하고 싶은 잠재의식의 작용이 아닌가 싶었다. 그래, 나는 표선민속촌 구경을 가고 싶지 않았던 것이다. 전에 가본 적이 있는 곳이 아닌가. 게다가 종친회에 가면 잘 모른 얼굴들이 대부분일뿐더러, 자기소개할 때는 중시조가 누구이며 어느 가지에 몇 대 손임을 밝히고, 어떤 때는 서로 간에 항렬과 촌수까지 헤아려보고, 그리고 나서 돌아서면 잊어버리기 일쑤였다. 어느 사회학자가 밝힌 바로는 각 가문마다 족보를 만든 것은 족보상의 오래전 조상들 시대보다 훨씬 후세의 일이고, 자기네가 자랑스러운 가문임을 과시하기 위해 없는 사실을 조작한 것이 많았다는 연구 결과가 생각났다.

나는 결국 서귀포행 버스에서 내릴 강단을 갖지 못했고, 그렇다고 해서 이 버스의 종점까지 갈 이유도 없었다. 도리없이 성판

악에서 하차한 나는 한라산 등산 온 사람처럼 넓은 주차장을 가로질러서 등산로 입구로 향했다. 나를 여기까지 태워다 준 버스가 헛수고를 한 것이어서는 아니라야 할 것이고, 향우회나 종친회에 나가는 것에 못지않은 중요한 일로 여기에 왔다는 것을 보여주어야 할 것이 아닌가. 막상 등산로 길로 접어들고 보니 다른 생각들은 깨끗이 씻겨나가는 것 같았다. 거의 끊어지지 않고 이어지는 등산객들의 행렬에 함께 끼이자 나도 분주하게 걸음을 옮기는 그들의 행보에 동화되는 기분이 되었다.

나는 오늘 한라산을 높이 올라가는 일에 욕심낼 필요는 없다고 생각되자 걸음 속도를 내지 않기로 했다. 느긋하게 걸어가다가 적당한 쉼터를 만나면 편히 앉아서 드높은 하늘을 쳐다보며 산속의 초가을 정취를 즐기면 되는 것이다. 점심 준비를 해갖고 온 것도 아니기 때문에 어디 한적한 곳을 찾아서 조용히 쉬다가 하산하기로 마음먹었다. 성판악 등산로는 옆길로 빠지는 곳이 없는지라 한라산 동쪽으로 나 있는 개울을 찾아보았다. 있는 둥 마는 둥 애매한 개울이 나타나자 그쪽으로 한참을 들어갔다. 제주도 개천이 으레 그렇듯이 물 흐르는 곳은 없었지만, 빗물에 잘 씻겨진 자갈돌들이 나의 마음을 깨끗이 씻어주는 것 같았다.

다리를 뻗고 앉은 나는 오늘 일어난 일들이 마음에 걸렸지만 별로 걱정할 일은 아닌 것 같았다. 내가 향우회나 종친회에 얼굴을 보이지 않았다고 해서 그 모임 진행에 무슨 차질이 있을 것도 아니고, 그 때문에 실망할 사람도 없을 것이었다. 머릿속을 비우고 나자 발치 가까이 있는 작은 풀들이 눈에 가득 들어왔다. 사람들이 보아주지 않는 호젓한 곳에 있으면서도 함초롬히 예쁘게 자라고 있는 풀들이 장하고 기특하다는 생각이 들었다. 가만히 내려다보니 작은 풀들도 떳떳이 자기 세계를 갖고 살아가는 품이 신성한 생명의 권리를 행사하는 것 같았다. 그러자 문득 머리에 떠오르는 것이 있었다. 손주 녀석이 흥미로워할 만한 화제를 찾아보자는 생각으로 도서관 아동문고 칸에서 〈보물섬〉이라는 모험소설을 얼마 전에 읽었는데 그 책 마지막 페이지의 마지막 문장이었다. 천신만고의 사투 끝에 보물섬 지도에 나온 땅속 금고를 찾아내기는 했지만 기대했던 보물 대부분은 이미 누군가가 훔쳐 간 뒤였고, 가슴 철렁하게 넋을 잃고 되돌아 나오는 사람의 눈에 들어오는 이름 모를 들풀 꽃 한 송이가 그의 발길을 멈추게 한다는 장면이었다. 비바람 눈보라가 몰아쳐도 끄떡없을 듯이 유유히 고갯짓하는 그 작은 풀꽃은 그렇게도 당당하고 위엄있게 보였고 이를 내려다보는 사람의 마음을 한없이 부끄럽게 했다는 것이다. 그리고 보니, 비장한 소설 스토리가 끝나는 부분에서 주인공이 겪는 긴박한 사건과는 아무 관련이 없는 자연현상의 묘사를 여러 번 보았음이 생각났다. 들판의 나무나 풀포기 같은 식물, 구름이나 산봉우리같이 무심한 물상이 희로애락의 소용돌이에 빠진 사람 옆에 있는 모습을 묘사하는 작가들의 의도를 알 것 같았다.

그날 오후 늦은 시간에 나의 고향마을 향우회 회장한테서 전화

가 걸려 왔다. 평소와 다름없는 유쾌한 목소리여서 우선 안심이
되었다.

"선배님, 오늘 향우회에 안 나오셨는데 무슨 불편한 일이 있으
신 건 아니지예. 한 가지 말씀드릴 건 선배님이 오늘 안 나오셨기
때문에 오늘 임원 개선에서는 제외되었습니다. 이전에 의논하기
로는 선배님을 우리 향우회 고문으로 추대하기로 되었지만, 회의
현장에 부재자는 임원으로 선출하지 않는 것이 관행이라고 합니
다."

"어, 오늘 못 나가서 미안허네. 오늘은 마침 우리 종친회가 열
리는 날이라서 그리되었네. 종친회장이 나하고는 고등학교 동창
이라서 우정 출연하느라고 말이지."

조금 후에는 종친회 회장으로부터 전화가 왔다.

"자네, 오늘 종친회에 어찌 안 나왔노. 자네가 나오지 않아서
오늘 임원 개선에서 자네는 제외되었네. 그전 약속으로는 이사로
추대하기로 됐었잖은가."

"어, 오늘 못 나가서 미안허네. 오늘은 마침 우리 고향 마을 향
우회가 열리는 날이었네. 향우회 회장이 나하고는 어릴 적부터
친형제처럼 지냈고 내가 강권해서 향우회장이 된 처지라서 내가
불참할 수는 없었네."

나는 안도의 한숨을 몰아쉬었다. 오늘 하루는 결과적으로 최고
로 운이 좋은 날이라고 생각되었다.

내 탓이 아니었기를

세상 사람들은 교사라는 직업에 대해서 어떤 생각을 갖고 있을까. 중등학교 교사로서 일생을 바칠 결심으로 있는 나로서는 이 같은 질문을 자신에게 물어볼 때가 많은데, 그때마다 학교선생에 대해서는 어느 정도 일치된 사회통념이 있다는 생각을 하게 된다. 교직이 화려하거나 끗발 좋은 직업은 아니지만 교사들이 우리 사회에서 상당한 존경의 대상임에는 틀림없을 것 같다. 교사를 존경하는 세상 사람들의 마음에는, 교사들은 학생들에게 모범을 보여줄 것이라는 기대심리가 작용하는 것이 아닐까. 누구는 학교선생인데 어떻게 그런 언어폭력을 쓸 수 있겠느냐, 어떤 사람이 이런 식의 말을 했다면 그에게는 교사들의 품행과 습관에 대한 기본적인 신뢰가 있다는 말이 될 것이다.

학교선생은 학생들에게 모범을 보여주어야 한다는 고정관념, 이것 때문에 나는 요즘 심한 고민에 빠져있다. 얼마 전에 있었던 일 때문이다. 우리 집과 울담 하나 건넌 이웃집은 아주 오랫동안 친밀한 관계로 지내온 사이인데 그 집의 둘째 아들, 그러니까 고등학교 2학년에 다니는 학생이 가출사고를 낸 것이 꼭 내가 관련된 돌발 사건 때문이라고 생각된다는 것이다. 30대 후반의 미혼 남자인 나는 자유로운 몸이어서 극장 구경도 자주 가는 편이다. 한 달쯤 전에 18금 성인영화를 보고 나오다가 바로 그 이웃집 고등학생을 극장 로비에서 만났는데, 그 조그만 사건이 얼마 후 그 학생의 가출사고를 촉발하는 계기가 아니었을까 하는 것이다. 그 이웃집 가족들에게 비쳐진 나의 이미지가 불미스러운 데가 없을 것은 오랜 세월을 사이좋고 원만한 이웃사촌으로 지내온 것으로 미루어 짐작이 된다. 점잖은 학교선생으로서의 나의 이미지가 그 집안 사람들 모두에게 번져갔다고 한다면, 문제의 그 가출 학생이 받은 충격은 작은 것이 아닐 것 같다.

우리가 본 영화는 자유연애를 찬미하고 프리섹스를 즐긴다는 내용이었다. 물론 그 학생은 인터넷 사이트나 요즘 흔하다는 은밀한 경로를 통하여 야한 동영상에 접할 수도 있을 것이다. 그러나 학생들에게 본보기가 되어야 할 학교선생이 버젓이 공개된 장소에서 학생들과 같은 자리에 앉아 그런 성인영화를 관람했다면 얘기가 달라진다. 우리는 같은 학교의 사제관계가 아니기 때문에 그날 극장 로비에서 만났을 때에도 가볍게 고개만 까딱하고 지나쳤지만, 어쩌면 그 학생은 그 돌발 사건을 당하고는 점잖은 학교선생이라는 나의 이미지를 파기하고 무단가출의 용기를 발동시킨 것이 아닌가 하는 것이다. 우리가 관람한 영화는 자유연애의 모험을 멋스럽게 즐기는 내용이었기 때문에 그렇게 야한 영화를 본 가출 학생은 내가 말로만 들었던 미성년자 남녀혼숙 같은 비행으로까지 갈 것은 아닐까 염려가 되기도 했다.

내가 이웃집 고등학생의 가출사건에 대해 필요 이상의 과민반응을 보이는 것은 나름대로 그럴만한 과거의 비화秘話가 있기 때문이다. 내가 관련된 조그만 사건이 한 여자의 삶의 궤도를 송두리째 바꿔놓았다는 오래전의 기억을 돌이키고 있는 것이다. 그것은 벌써 10년이나 지난 과거의 일이다. 내가 고등학교 교사로 근무한 첫 학교는 가톨릭 재단의 어떤 여자고등학교였는데, 그 당시 한 여선생하고 나 사이에 일어난 조그만 사건이 아직도 나의 기억에 생생히 남아있다. 상대는 머리를 하얀 베일로 감싸고 다니는 수녀 선생님이었는데, 나하고는 같은 과목을 담당하는 관계로 비교적 가까이 지내는 사이였다. 그 학교에 수녀 선생이 단한 사람 있던 때여서 우리 교사들 간에는 간단히 수녀님으로 통하고 있었는데, 다른 교사들하고 학사업무 관계로 말을 주고받고할 때는 많았지만 그 이상의 대화, 사생활의 면면을 드러내는 말들은 거의 없었다. 당연한 일이었다. 우리가 근무했던 고등학교는 농구단의 눈부신 활약이 매스컴 보도로 잘 알려진 학교였다. 때는 늦가을 스포츠 시즌이었고 그날은 무슨 여고부 농구시합의 서울시 결승전이 있는 날이었다. 모처럼 2학년 학생 전체를 이 농구시합 응원에 동원한다는 방침이 학생들에게 전달되었고 다른 때와는 달리 우리 수녀님도 다른 교사들과 함께 잠실체육관 농구장으로 응원 출장을 가는 뜻밖의 적극성을 보임으로써 우리 남자 선생들에게 즐거운 화제를 만들어주었다. 농구시합이 진행되는 동안에는 어느 자리에 앉아있었었는지 모르던 수녀님이 대망의 결승전이 우리 학교의 우승으로 통쾌하게 끝나고 난 다음에야 그 하얀 베일에 싸인 얼굴에 살짝 웃는 모습을 보이면서 나의 면전에 불쑥 나타났다. 나도 마침 어디에 어정거리느라 혼자 남아있던 참이어서 우리 두 사람은 본의 아니게 남녀 한 쌍의 동행인이 되어버렸다. 그날 우리 수녀님이 나의 자가용차에 동승할 것을 제안한 것까지는 나의 상식적인 기대를 벗어나지 않았지만, 운전석 오른쪽 좌석에 몸을 실은 다음에 느닷없이 어디 한강둔치공원에라도 구경가는 게 어떠냐고 제안해 온 것은 정말로 천만뜻밖의 일이었다.

나는 유쾌한 기분으로 차를 몰아 한강변으로 향하였다. 차창 밖에는 시원한 강변도로 저편으로 질펀한 강물이 흐르고 있었다. 차창을 조금 열고 시원한 강바람을 얼굴에 맞으면서 수녀님은 옛날 생각이 나는가 보았다. 왕년에 자기도 농구선수가 될까 생각했던 적이 있었노라는 자기고백까지 털어놓았다. 자기 제자들이 땀 흘리며 신나게 도약하는 모습을 보면서 농구공을 힘차게 던져올리는 자기 모습을 그려보았을 것 같았다. 생기발랄한 몸동작을 펼치는 선수들의 경기 모습, 탱탱하게 부픈 선수학생들의 몸매, 자유롭고 열광적인 몸짓으로 젊음을 발산하는 응원단 모습, 수녀님 머릿속에는 이런 장면에서부터 얻었던 얼얼한 기운이 아직 가시지 않은 모양이었다.

그리 길지 않은 늦가을 해도 어지간히 남아있는 시간이었다. 나는 약간 당황스러웠지만 기꺼운 마음으로 한강 둔치공원 중에서도 널찍한 광나루 강변 시민공원으로 차를 몰았다. 나의 선택은 옳았다. 꽤 서늘한 날씨여서인지 사람들은 별로 보이지 않는 가운데 잘 자란 잔디밭이 넓게 퍼져있었고, 군데군데 크고 작은 나무들도 적당히 자라고 있었다. 우리는 잔디밭 한켠의 벤치에 앉아 하늘에 구름을 쳐다보고 나무와 새들을 바라보면서 두서없는 대화를 나누다가 노래 몇 곡을 부르다가 하면서 시간을 보냈다. 어느덧 해가 서쪽 하늘에 기울어질 무렵 우리는 자리를 털고 일어섰는데 돌아오는 길에는 강물이 흐르는 옆으로 바짝 다가가서 걸어보기로 하였다. 가볍게 출렁이는 강물 속으로는 벌써 도시의 불빛이 아롱져 비치고 있었는데 우리는 시간이 늦은 것도 잊어버린 양 느릿한 발걸음을 재촉할 줄을 몰랐다. 이때 우리 수녀님의 본심이 어떤 것이었는지 지금도 아리송하지만, 솔직히 나 자신도 어떤 심보로 그런 어스름 속에서 호젓한 강변 산책을 즐겼는지 모를 일이었다. 얼마 안 가서 우리가 걷는 오른쪽에, 그러니까 물에 젖은 모래밭에서 한 발 정도 떨어진 강물에 고만고만한 바윗덩이들로 징검다리가 놓여져 있는 것이 눈에 들어왔다. 어떻게 된 일인지 이 징검다리에 먼저 발을 디디기 시작한 사람은 수녀님이었다. 수녀님은 징검다리 바윗돌에 먼저 발걸음을 디

뎠지만 나는 그 모습이 아무래도 불안하게 느껴졌다. 내가 뒤이어서 징검다리를 밟은 것은 자연스러운 일이었고, 수녀님의 한쪽 손을 잡아준 것도 역시 매우 자연스러운 일이었다.

얼마 후 강변 시민공원을 떠난 차는 수녀원 가까운 길모퉁이에 이르렀다. 차를 먼저 내린 나는 몇 걸음 돌아가서 인도 위에 섰다. 손을 먼저 내밀어 악수를 청한 것은 뜻밖에도 수녀님이었다. 나는 그 손을 마주 잡고 손바닥에 꼬옥 힘을 주는 정도로만 그쳤으면 좋았을 것을 그 순간 어찌 된 마음이었는지 엄청난 일을 저지르고 말았다. 수녀님의 베일에 싸인 얼굴을 꼬옥 감싸 쥐고 그 촉촉한 입술에 내 입술을 포개고 말았던 것이다. 얼결에 당하는 입맞춤에 대해 수녀님이 어떤 식으로 반응을 보일 틈새도 없이 나는 금방 그녀에게서부터 손과 입술을 떼었다. 수녀님에게서 한마디 따끔한 말이 나왔던 것은 기억이 된다.

나한테 이러시면 어떡해요, 책임지지도 못할 것을…. 두 사람 사이에서 더 이상 어떤 말이 오갔는지, 어떤 모습으로 어떤 표정을 지었는지는 기억이 잘 안 된다. 충동질한 것들은 여럿이었다. 애초에 시민공원 구경 가자고 꼬드긴 사람, 어스름에 모래밭을 걷다 말고 강물 속의 징검다리에 발을 먼저 디딘 사람, 헤어질 때 손을 먼저 내민 사람은 수녀님이었고, 그 시간 수녀원 가까운 길모퉁이에 어둠이 짙게 깔렸던 것도 순간적인 분위기 조성에 한몫을 하였을 것이다. 남성 매력이 신통치 않은 내가 수녀님의 갇혀있던 감각을 일깨워준 데에는 학교선생이라는 나의 신분에 대한 그녀의 신뢰가 작용했을 것이라는 생각이 들기도 한다. 그날 밤 나는 예기치 않았던 그 순간의 소행에 대해 꽤 많은 자기 질책의 시간을 가졌다. 책임지지도 못할 것을…. 이 말 한마디에 담긴 의미를 곱씹는 맛은 그날 이후 여러 번 바뀌었지만 세월이 지나면서 점점 싫지 않은 맛으로 귀착되었다. 그날 이후 수녀님은 학교에서 나에게 별다른 내색을 보이지 않았고 오히려 더 허물없이 대해주었던 것 같다. 뜬금없는 나의 소행을 나쁘게 보지 않았기에 그랬을 것이라고 자위해 보기도 했다. 그다음 해에 수녀님이 교사직을 그만둔 사실이 한동안 나로 하여금 고민 어린 자기 심문의 시간을 갖게 했지만 얼마 지나지 않아 내가 직장 학교를 옮긴 다음에는 이 같은 일들의 기억이 차츰 희미해지게 되었다.

나는 직장을 옮긴지 오래되지 않아서 수녀 선생님이 결혼하였다는 소식을 들었다. 몇 해 전의 일들이 다시 떠올랐지만 추억의 색깔은 훨씬 밝아졌고, 나는 떨떠름한 자기 심문 대신에 어느 정도 유쾌하기까지 한 자기 정당화의 근거를 얻는다는 기분이 들었다. 수녀 선생님의 대담한 결심을 불러온 은밀한 수훈은 바로 나의 것이라는 생각이었다. 그날 그 시간에 수녀 선생님이 나에게 먼저 손을 내밀어 악수를 청한 것을 보면 나의 당돌한 행동이 없었더라도 농구장의 뜨거운 열기가 그녀 자신의 숨었던 욕망에 불을 질렀을 것이라는 생각도 들었다.

수녀 선생님이 결혼하고 나서 행복한 가정생활을 하고 있는지는 알 길이 없다. 세속적인 사랑과 가족관계라는 것이 얼마나 구차하고 얄궂은 데가 많은 것인지 온몸으로 부딪쳐 겪으면서 후회를 하고 있을지도 모르겠다. 그녀의 결혼 결행이 정말로 나의 소행 탓으로 일어난 일이 아니었으면 내 마음이 홀가분하겠지만, 혹여 내 탓이었다고 한다면 그녀의 결혼 사실이 불행한 결과를 낳지는 않았기를 바라는 마음 간절하다.

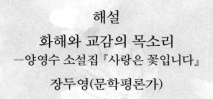

해설

화해와 교감의 목소리
―양영수 소설집 『사랑은 꽃입니다』

장두영(문학평론가)

1. 서사의 욕망과 설명의 욕망

양영수 작가의 이번 작품집에 수록된 작품을 읽다 보면 서술 중에 유난히 '설명'이 많이 나온다는 점을 발견하게 된다. 설명이란 '보여주기'와 '말하기'의 구분법을 취할 때, 전형적인 말하기 수법에 해당하는 것으로, 양영수 작가의 소설을 읽으면서 서술자의 목소리가 작품의 서술 전면에 우뚝 서 있어서 소설 속 소재와 내용을 힘차게 견인해가는 듯한 느낌을 가지게 하는 주된 원인이다. 극적 제시를 통하여 독자에게 상상력의 여지를 남기기보다는 서술자가 소설 속 이것저것에 대하여 분명하게 선을 긋고 문을 닫아거는 방식을 취한 셈이다. 곧 모호한 몽상의 세계보다는 선명한 이지의 세계를 뚜렷이 지향하는 모습이 이번 소설집의 여러 작품에서 공통적으로 발견되는 특징이라 할 수 있다.

표제작인 「사랑은 꽃입니다」를 보자. '스트레스 개화 이론'이 소개되어 있다. 이때 설명의 방식은 본격적으로 작동한다. 『식물에서 읽는 생명원리』라는 책에서 그러한 이론을 접하게 되었다고 운을 띄운 것을 시작으로 하여 무려 8페이지에 걸쳐서 '설명'이 이루어지고 있다. 이 소설을 읽은 사람이라면 다른 것은 다 잊어도 '인간 조릿대' 혹은 '한라산 조릿대'에 관한 내용은 쉬이 기억할 텐데, 그것이 바로 스트레스 개화 이론 설명의 한 가지 핵이다. 개체의 가지나 잎을 키우는 영양성장이 잘 될 경우에는 종족 보존을 위한 번식성장이 둔화되고, 반대로 영양성장을 방해하는 스트레스가 가해질 때 번식성장은 오히려 촉진된다는 이론의 대표적인 예가 조릿대가 아니었던가. 이론 설명 뒤에는 그것을 뒷받침하고 보충하는 예시가 따라오고 다시 이론을 다양한 영역에 적용해보는 이론 검증을 위한 일종의 실험도 이루어지는 모습이다. 소설 한 편이 식물의 생장과 번식에 관한 전문적인 학술 논문이나 과학 탐사 보도 같은 인상을 줄 정도로 풍부한 설명이다.

조릿대 이론이라고 해야 할까, 어떤 점에서는 누이동생 현이의 친구 커플이 헤어지고 다시 만나서 결혼에 이르는 이야기보다 조릿대 이론 설명과 적용이 더 흥미롭다. 정확히는 모르겠지만 실제 작가가 식물의 생태에 관해 상당한 지식을 지니고 있을 듯하다. 그뿐만 아니라 서양의 역사와 문화에 관해 해박한 지식을 지니고 있기에 이처럼 다양한 예시를 보여줄 수 있었으리라 싶다. 1930년대 에드워드 8세와 심푸슨 부인의 사랑 이야기를 들려주고 오딧세우스와 페넬로페의 서사시까지 거슬러 올라가는 동안 조릿대 이론에 푹 빠져들지 않을 수 없다. 식물생태학은 어느새 서양 역사와 문학에 대한 인문학 교양 강좌의 수준으로 발전하니 작중 인물의 사연과는 별개로 얻게 되는 지식과 정보가 읽는 이로 하여금 뭔가 배움이 늘었다는 뿌듯함을 느끼기도 한다.

이 작품은 서술 방법이 특이하다. 여느 소설과는 달리 경어체를 사용함으로써 일인칭 서술자가 독자와 대화를 나누는 듯한 어조로 서술을 이끌어간다. 이때 서술자가 전달하는 내용은 독일 유학생 커플의 이야기인데 독자에게 친밀하게 소식을 전해주는 식으로 구성된 서술의 특성상 마치 '소문'을 전달해주는 듯한 느낌을 만든다. 그런데 그러한 소식과 소문은 동생 현이를 통해서 들은 것이라서 상당히 복잡한 구성이 된다. 즉 원래의 이야기가 있고, 동생 현이가 한 번 전달을 하고, 그것을 일인칭 서술자가 다시 한번 전달하는 구조로 되어 있다.

삼인칭 시점으로 전달했더라면 간단하게 처리되었을 내용을 복잡하게 꼬아놓을 수밖에 없었던 이유는 무엇일까? 이야기를 전달하고 난 후 따라붙는 설명을 보면 그 이유를 짐작하게 한다. 동생 현이가 친구 이야기를 전하면서 시샘, 흉보기 같은 약간의 논평을 첨가하듯, 일인칭 서술자는 '설명'을 추가하는 것이다. 이 소설의 서술자는 궁금증을 그대로 내버려 둘 수 없는 존재다. 모든 것을 설명하여 세계에 일정한 질서를 부여하고 싶어 하는 욕망을 지닌 존재다. 동생에게 전해 들은 이야기보다 훨씬 더 많은 분량으로 설명을 붙임으로써 알 수 없는 독일 유학생 커플의 애정 관계를 분석하려는 의지가 작동하고 있으며, 이를 조릿대 이론으로 발전시키면서 인간의 '사랑' 전반에 관한 답을 구하려는 연구자의 모습을 보이고 있다. "이런 생각을 하면서도 저는 저의 새로운 추론의 뒤끝이 끝내 명쾌하게 여겨지지는 않았지요."(23면)라는 대목에서도 보이듯 사랑이라는 복잡미묘한 대상을 논리와 분석으로 파악해내고자 하는 '탐구'의 욕망이 뚜렷이 감지된다.

「꽃을 찾아서」 역시 사랑을 탐구의 대상으로 삼는 태도를 확인할 수 있는 작품이다. 작품은 중학교 동창 사이인 이창우와 박상훈에 관한 이야기로 시작한다. 아니, 작품의 시작부터 결말까지 줄곧 이창우의 시선에서 이야기가 전개되기 때문에 박상훈을 향한 깊고 오래된 열등감이라고 보는 편이 더 낫겠다. 그러나 표면적으로는 경쟁의식이나 열등감을 중심 소재로 다루지만 박상훈이 자신의 여행사 사보에 「유럽문화탐방기」를 연재하기 시작하면서 설명이 다시 소설의 이야기 전개를 압도하기 시작한다. 독일 유학생 커플에 관한 소식을 전하다가 조릿대 이론으로 넘어가면서 설명이 서사의 전면에 얼굴을 내밀었던 「사랑은 꽃입니다」의 경우와 유사하다.

영국식 대중 술집 펍에 관한 설명을 시작으로 영국과 프랑스의 술 문화를 비교·설명하고, 나아가 양국의 국민성에 관해서 흥미로운 설명과 의견을 제시한다. 소설 속에서 박상훈이 썼을 법한 「유럽문화탐방기」를 옮겨놓은 듯한 설명은 여기서도 8페이지 정도 이어진다. 「유럽문화탐방기」를 마치고 후속으로 연재한 「꽃을 찾아서」를 언급하는 대목은 그보다 더 많아서 10페이지를 넘어선다. 고대 그리스부터 시작하는 유럽 문명의 발달 역사를 훑어내리고 『데카메론』, 『돈 후안』, 『춘희』, 『보바리 부인』를 예로 들고 바이런, 오스카 와일드, 버틀란트 러셀, D.H. 로렌스를 거치는 과정은 단순히 질투심에서 경쟁자가 쓴 글을 읽어보는 주인공의 모습이 아니라 유럽 문화에 관한 설명 자체가 이 소설의 더 큰 주제가 아닐까 싶은 생각이 들게 한다.

  유럽 여행자들에게 관광지의 역사와 문화적 배경을 설명하는 부분이 너무 많으면 그것은 문화탐방 예비안내라기보다는 문화사 강의가 되어버릴 것이 아닌가 싶었지만, 막상 읽어본 박상훈의 역사 이야기는 그것 자체로서도 재미가 있었고 앞으로 있을 그의 연재물을 기다리게 하는 효과도 있었다.(「꽃을 찾아서」, 229면)

  이창우가 박상훈의 글을 흥미롭게 읽은 것처럼 소설 속에 삽입된 유럽 문화에 관한 설명은 상당히 재미있다. 잘 짜인 인문학 강의를 듣는 것처럼. 무겁고 딱딱한 강의가 아니라 편안하고 즐거운 분위기의 문화강좌 같은 경쾌함이 느껴진다. 이쯤 되면 양영수 작가의 개성으로 간주해야 하지 않을까 싶다. 유럽 문화에 대한 해박한 지식과 재미있는 설명, 동시에 유럽 문화에 대한 선망의 시선을 날카롭게 지적하는 관점의 제시가 어우러져 있다. 이러한 설명의 우세 현상은 비단 두 작품에만 적용되는 것이 아니다. 「서예교실 여인네들」에는 석금자 여사의 '서체론'에 관한 설명이 펼쳐진다. 서체론에 귀를 기울이다 보면 어느새 「그림자 따라잡기」에서 탈북자들의 이동 경로나 6·25에 대한 중국 측의 시각과 해석을 알게 된다. 「회전목마를 타다」의 경우에도 심근경색이나 정신적 충격에 관한 자세한 설명이 이어진다. 그래서 읽고 난 뒤 무언가 많이 배웠다는 든든한 지적 포만감을 느끼게 되는 것이 이번 소설집 수록 작품들에 나타난 공통적 특징이다.

2. 여행의 서사

설명이라는 것은 무언가를 알려는 욕망이 깔린 것, 곧 지식욕에서 비롯한 결과로 볼 수 있다. 그런데 이러한 지식욕이 눈앞에 놓인 사물에 대한 궁금증과 갈망이 아니라 외부의 세계를 향한다면 그것은 모험을 포함한 '여행'으로 이어질 수밖에 없다. 단순한 공간적 이동이 아니라 무엇인가를 찾아내고, 탐색하고, 해석하려는 욕망이 작중 인물을 움직인 것이다. 이 점에서 자세하게 설명함으로써 대상을 이해하려는 연구자의 시선은 세상의 곳곳을 누비며 돌아다니는 여행자의 시선과도 닮아있다. 실제로 이번 소설집에 수록된 여러 작품에서는 넓은 의미에서 '여행'하는 인물의 형상이 빈번하게 발견된다.

「꽃을 찾아서」에서는 아예 여행사를 차린 인물이 등장한다.

유럽 곳곳을 돌아다니는 인물, 박상훈. 여행기는 세상을 알고 싶고 자신이 본 것을 설명하고 싶은 욕망이 쓴 글이다. 그런데 이것 못지않게 박상훈의 글을 읽고 경쟁심에 불타는 이창우도 여행을 떠난다는 설정이 이 소설의 묘미이다. 박상훈의 여행기만 있어서는 소설이 될 수 없는 것, 경쟁자인 이창우가 여행기에 나온 장소들을 돌아다니면서 여행기의 기록이 사실인지를 검증해나가는 과정이 묘한 흥분과 긴장을 자아내기에 소설의 경계에 들어설 수 있게 한다. 이창우의 여행은 단순히 유럽에 관한 지식을 섭렵하기 위한 것이 아니다. 그는 경쟁자가 얼마나 잘난 인물인지 동시에 경쟁자가 어떤 실수를 저질렀는지 자신의 눈으로 확인하기 위해, 곧 '알아내기 위해' 여행을 떠난다. 그리고 나중에는 박상훈도 자신과 똑같은 처지, '꽃을 찾아서' 여행하기에는 괴로운 처지임을 '알아차리게 되면서' 소설은 마무리된다. 이처럼 지식욕은 설명뿐만 아니라 여행의 플롯과도 연관된다.

「회전목마를 타다」도 모티프 측면에서는 짧은 여행을 다룬다. 주인공 청수가 동창회에 참석하기 위해 집을 나와서 '여행'이 시작된다. 오랜만에 만난 동창들과 인사도 나누고, 색다른 감정을 느끼며 회전목마도 타게 되고, 결국 인혜가 졸도하는 어이없는 사건도 일어난다. 길지는 않지만 다양한 우여곡절이 있었던 이번 여행을 겪고 나서 청수는 인혜의 마음을 조금 이해할 수 있게 된다. "이날 회전목마 사건을 겪고서 청수는 여자의 말을 이해하는 방법을 새롭게 깨우쳤다고 생각을 하고 있었다."(88면) "뒤늦게 인혜의 입을 통하여 풀게 되었는데 이때 그녀가 들려준 말들"(88면) 곧 인혜의 '설명'을 통하여 회전목마 사건의 전후 사정을 알게 되고, 잠시 불안했던 두 사람의 관계도 원만히 회복되었음을 짐작하게 한다. 왜 갑자기 인혜가 쓰러졌는지 영문을 몰라서 불안해하던 모습과는 다르게 입가에 유쾌한 미소를 띠는 청수의 모습은 흔들렸던 사랑이 다시 회복되었음을 보여주는 동시에 설명과 여행을 통해 명확하게 알게 된 청수가 확보하게 된 안정감에 관해 생각하게 한다.

여행의 서사를 작품 전면에 선명하게 내걸고 있는 작품은 「그림자 따라잡기」를 꼽을 수 있다. 여기에는 여러 가지 여행이 중첩되어 설정되어 있다. 소설의 전체 줄거리와 연관된 것은 주인공 상수가 탈북한 아버지를 찾으러 떠난 중국 여행이 있고, 소설의 시작과 결말에는 호접란을 부탁한다면서 집을 나간 아내의 여행이 있으며, 신입사원 연수를 끝내고 중국으로 발령을 받은 아들의 여행도 있다. 이 중에서 무언가를 탐색하고 알아내고자 하는 욕망과 긴밀히 연결된 것은 당연히 아버지를 찾아 나선 여행이며, 이때 여행의 과정이란 아버지의 행방에 관하여 조금씩 단서를 모으는 과정과 일치한다. 양영수 작가의 작품에서 '여행'이란 무언가를 알아가는 탐색의 과정임을 다시 한번 확인하게 된다.

그런데 「그림자 따라잡기」에서 여행은 단순한 행방 추적이 아니다. 아버지의 행적을 따라가는 아들은 자주 과거로 여행을 떠나 어린 시절의 추억을 회상한다. 중국 각지를 돌아다니는 여행이란 어찌 보면 주인공의 아버지와 주인공 자신의 정체성에 관한 정신적 탐색의 과정과 겹쳐지는 식으로 조직되어 있다는 점이 감탄을 자아낸다. 「그림자 따라잡기」가 이번 소설집에 수록된 여러 작품 중에서 가장 무게감이 있고, 진한 여운을 남기는 작품이 된 것도 육체적 여행과 정신적 여행의 병행을 활용한 소설적 구조의 탄탄함 덕분이라 하겠다.

상수는 6·25 참전 조선족 동포들의 이 같은 증언을 확인하고 나서 자기도 모르게 후유—하고 한숨을 내쉬었다. 부친의 변신은 이유 없는 것이 아니었던 것이다. (…) 부친은 4·3사건의 소용돌이 속에서 같은 동족끼리의 무도한 살육행위를 직접 목도했었다. 무기 하나 없이 벌벌 떠는 무고한 양민들, 죽여야할 아무 이유가 없는 무수한 민간인들을 향해 총부리를 들이대었던 것이다. 두만강 포로수용소에서 부친이 보여준 것은 비겁한 변절이 아니라 고통스러우면서도 용감한 결단이 아니었을까.(「그림자 따라잡기」, 178—179면)

아버지는 반역자인가, 애국자인가. 주인공이 어린 시절부터 현재까지 오랫동안 시달렸던 질문이었다. 4·3사건과 6·25전쟁, 그리고 수십 년이 흘러 탈북하기까지 아버지의 인생을 어떻게 이해해야 할지 몰랐던 것이 이번 여행을 거치면서 어느 정도 정리가 된 것이다. 비겁한 변절이 아니라 용감한 결단이었으리라는 희망 섞인 기대가 이번 여행의 성과다. 그리고 이러한 확신에 가까운 기대는 그동안 "낯모르는 부친의 그림자를 따라잡는 삶"(196면)을 살아왔던 주인공의 인생에도 새로운 전환점을 마련해줄 수 있다. 운명에 수동적으로 끌려다니는 삶에서 드디어 벗어날 수 있는 여지를 확보한 것이다. 이런 점에서 이 소설은 결국 주인공 자신의 내면에 대한 여행의 과정이었고, 설령 아버지를 간발의 차이로 놓쳤다고 하더라도 아버지의 용기에 대한 확신과 자신이 살아갈 삶의 태도에 대한 깨달음을 통하여 여행에서 많은 성과를 거둔 셈이다.

3. 가족의 이름으로

이번 소설집에 수록된 여러 작품을 관통하는 중요한 주제가 바로 가족이다. 여행은 언제나 가족과 연결된다. 「그림자 따라잡기」는 아버지를 찾기 위한 여행이었고, 아내가 돌아오는 여행이었다. 「꽃을 찾아서」는 두 남자들이 유럽을 활기차게 돌아다니고 있으나 이와는 대조적으로 아내 앞에서 초라하게 서 있는 모습을 놓치지 않는다. 꽃을 찾아서, 환락을 찾아서 떠나노라고 외쳐도 남편으로서 감당해야 하는 무게가 덜미를 붙잡는 형국이다.

여행이 아닌 남녀 간의 사랑을 다룬 「꽃을 찾아서」나 「회전목마를 타다」에서도 가족의 문제가 큰 그림자를 드리우는 것은 마찬가지, 「꽃을 찾아서」의 관심은 독일 유학생 커플이 결혼에 이르러 부부가 되느냐 마느냐에 맞추어져 있고 「회전목마를 타다」

역시 서로에게 책임과 의무를 강조하는 사실상 부부에 가까운 관계로 상황이 설정되어 있다. 여자 셋이 등장하는 「서예교실 여인네들」은 또 어떠한가. 소설의 줄거리에서는 여자들의 모습만 부각되고 있지만, '평생 반려자 동반'에 관한 언급 때문에 갈등은 절정에 이르고, 또 결말에서는 해외파견 근무 중인 남편의 존재를 빠트리지 않는다. 가족의 문제를 놓고 보았을 때, 집을 나간 아버지에 관한 이야기인 「가출기」와 집을 나간 어머니에 관한 이야기인 「봄날 아지랑이 가물가물」은 흥미로운 비교를 이룬다. 이처럼 여러 작품들이 가족을 떼어놓고는 이야기가 성립되지 않는다고 여기는 듯한 독특한 모습을 보인다.

박 화백은 결국 죽어서야 집에 돌아오게 되었다. 아무리 예술하는 사람의 바람기는 일종의 특권이라고 하지만 처자를 버리고 정처 없는 유랑의 세월을 흘려보내다가 홀연히 세상을 뜨게 된 박 화백의 풍운아 같은 일대기는 그를 아는 뭇사람들의 입방아에 오랫동안 오르내렸다. 오십 줄 나이를 절반이나 남겨놓은 아까운 한 평생이었다.(「가출기」, 26면)

앞으로 펼쳐질 내용을 압축적으로 미리 노출시키는 「가출기」의 첫 대목은 박 화백의 예술과 바람에 관한 편력에 대한 무한한 궁금증을 유발한다. 뒤에 이어지는 내용은 첫 대목의 예고에서 한 치도 벗어나지 않으면서도 그럴 줄 알았다가 아니라 그런 사연이 있었구나 싶은 감탄과 탄식을 자아내기에 충분하다. 소설의 시작과 중간과 끝이 박 화백의 인생 이야기로 단일하게 이루어지고 예술과 바람기라는 두 가지 원동력으로 리듬감 있게 전개되기 때문이다. 소설 구성의 측면에서 본다면 단연 이번 작품집에 수록된 여러 작품 중 첫손가락에 꼽을 수 있다. 물론 「그림자 따라잡기」 같은 깊은 여운을 남기지는 못하더라도 서사의 흡인력 측면에서는 다른 작품보다 훨씬 소설적 재미가 더 있다는 말이다.

이 작품에서도 지식욕은 여전하다. 이번에는 아버지의 과거를 궁금해하는 아들을 통해서 그러한 욕망이 시작된다. 박 화백의 아들은 그동안 도대체 무슨 일이 있었는지, 특히 박 화백의 예술적 성취가 어느 정도인지를 독자를 대신하여 조사한다. 박 화백이 세상을 떠나기 1년 전의 시점에서 시작하여 사망하기까지의 내용을 다루고 있지만 아들의 활약으로 인하여 박 화백이 걸어온 예술적 여정은 온전히 소설 속에서 되살아난다. 그뿐만이 아니라 어떤 여인과 만났고 그러한 연애가 예술 활동으로 연결되었는지를 흥미진진하게 들려준다. 집으로 돌아온 박 화백을 어머니가 내쫓는 장면의 묘사, 미약하지만 희미한 미련이 여전히 남아 있음을 암시하는 내용, 장례식장에서의 소란 등이 적당한 양념이 되어 부친의 과거 행적을 알아가는 과정을 흥미진진하게 만들고 있다.

이 작품에서 무엇보다 감탄을 자아내게 하는 대목은 어머니의 변화를 그려낸 방식이다. 집에 돌아온 남편과 장례식장에 찾아온 남편의 내연녀들에게 감정을 폭발시키면서 퍼붓는 모습은 이야기 전개의 중대한 고비를 마련하고 소설적 갈등을 한층 끌어올렸다. 도저히 용서하지 않을 것 같은 단호함이 '생과부' 타령과 어우러져서 강렬한 인상을 남긴다. 그러나 작품의 결말에 이르러 5년이라는 시간이 흐른 후 미술관 관장 역할을 수행하면서 관람객을 맞이하는 모습은 놀라움과 호기심을 한껏 자극한다. 그리고 그림에 붙여진 '탕아 돌아오다'라는 제목을 통하여 바람기 많은 남편을 마침내 받아들였음을 확인시켜준다. 돌고 돌아서 결국은 제자리로 돌아온다는 식의 플롯이 너무도 자연스럽듯 아무리 애를 태우고 실망시켜도 가족은 가족이라는 생각이 어떠한 주장과 논거 없이도 자연스럽게 스며들기에 더욱 인상적이다.

돌이켜 보면 이번 소설집에 수록된 다른 작품에서도 결국 결론은 가족이다. 결론에서는 가족이 화해하고 재결합하는 것을 미덕으로 삼는다. 아니면 가족의 존재를 떠올리고 그들의 소중함을 꼬리표처럼 남겨놓는다. 설령 「봄날 아지랑이 가물가물」처럼 모친이 다시 집을 떠난다 하더라도 가족은 영영 남처럼 등을 돌릴 수 없음이 암시된다. 이 작품에 등장하는 모친은 「가출기」의 박화백을 떠올리게 하는 인물이다. 집을 나가고, 다시 돌아와 가족들과 갈등을 겪고, 아들이 그러한 좌충우돌 모친을 지켜본다. 아들의 시선에서 그녀의 행적과 생각이 파악되고, 아들이 느끼는 애잔함이 독자에게 그래도 전달되는 식의 방식이 「가출기」와 흡사하다.

내가 모친의 말을 거역하지 못했던 데에는 또 다른 이유가 있었다고 해야 할 것이다. 그것은 뭐랄까 말로 설명할 수 없는, 미묘하면서도 강력한 어떤 느낌이었다. 그래서 부모자식이라고 하는 것인지, 숙부로부터 무슨 시킴을 받을 적에는 모종의 반발심 같은 것이 앞섰던 것인데, 나를 몰아쳐 무슨 일을 시키는 모친에게서는 어떤 부정할 수 없는 푸근함이 느껴졌던 것이다. 모친이 믿음에 찬 단호한 목소리로 나를 다그칠 때, 그런 목소리에 담겨 있는 당당한 기세에 나의 마음이 압도되었음일까. (…) 이 어쭙잖은 노파가 바로 내 어머니이다 하는 불가항력적인 느낌이 드는 것 (…) 당돌하고 뜬금없는 모친의 요청을 들으면서 나는 뒤늦게야 맛보는 아들자식으로서의 뿌듯함이 느껴지는 것이었다.(「봄날 아지랑이 가물가물」, 109—110면)

몇십 년 만에 집으로 돌아온 모친은 가장인 숙부의 위세에 눌려서 기죽어 지낸다. 아들이 며느리와 혼인을 할 때 곁에서 지켜보지 못했던 터라 며느리 앞에서도 어깨를 마음껏 펴지 못하는 그녀다. 그러나 아들 앞에서는 일체 거리낌 없이 당당하기만 하다. '너 같은 환쟁이가 세상 넓은 걸 알겠느냐, 뭘 모르면 에미 말이라도 들어서 할 일이지.' 숙부나 며느리가 들었으면 기가 찰 만한 말이지만, 아들에게는 전혀 그렇지 않다. 어머니와 아들이라는 떼려야 뗄 수 없는 어마어마한 천륜의 위력이 두 사람 사이에 놓여 있다. 오히려 어머니에게 꾸중 비슷한 것을 들으면서 그동안 못 느꼈던 '뿌듯함'을 느끼는 이 대목에서 가족이라는 이름의 무게를 실감하지 않을 수 없다.

「봄날 아지랑이 가물가물」의 결말은 모친이 다시 떠나고 빈 자리를 지켜보는 아들의 시선으로 채워져 있다. 봄날 아지랑이가 피어오르며 아슴푸레한 환영을 만들고 있다는 것. 이때 아들이 느꼈을 법한 감정이 무엇인지 쉽게 한마디로 추릴 수는 없다. 그것은 분명 애증의 감정이 복잡하게 뒤얽혀서 정신을 산란하게 하고 있는 것이지만 가족이라는 이름이 떠나간 모친과 남아 있는 아들을 엮어주고 있기에 언젠가 다시 화해할 그날에 대한 기약이 한 자리를 차지하고 있다.

이러한 결말 처리는 다른 작품에서도 비슷한 양상을 보인다. 예를 들어 「가출기」에서는 홍 여인이 청명한 하늘을 보면서 눈부심을 느낀다. 이 역시 복잡다단한 감정의 얽힘이라 명확하게 설명하기는 어렵지만 특정한 대상을 향한 원망이나 질투의 감정이 아닌 것만은 틀림없다. 「회전목마를 타다」에서는 미소를 짓고 있으며, 「꽃의 찾아서」의 이창우도 웃음을 터트린다. 「사랑은 꽃입니다」의 결말에서도 모든 것을 설명하려고 했던 욕심을 잠시 내려놓고 현란하고 눈부신 꽃을 편안히 감상하는 것으로 마무리된다.

화해와 평화를 희망하는 잔잔한 결말이란 결국 가족의 품이라는 아늑함에 대한 존경과 찬사를 의미하는 것이 아닐까. 양영수 작가의 소설이 지향하는 궁극적인 주제는 결국 그러한 화해와 교감일 듯하다.

사랑은 꽃입니다

초판 1쇄인쇄 2020년 11월 12일
초판 1쇄발행 2020년 11월 15일

저 자 양영수
발행인 박지연
발행처 도서출판 도화
등 록 2013년 11월 19일 제2013 - 000124호
주 소 서울시 송파구 중대로34길 9 - 3
전 화 02) 3012 - 1030
팩 스 02) 3012 - 1031
전자우편 dohwa1030@daum.net
인 쇄 (주)현문

ISBN ǀ 979 - 11 - 90526 - 25 - 8 *03810
정가 13,000원

*이 책은 제주문화예술재단의 지원으로 출판되었습니다.

도화道化, fool는
고정적인 질서에 대한 익살맞은 비판자,
고정화된 사고의 틀을 해체한다는 뜻입니다.